विज़न

विज़न

मैत्रेयी पुष्पा

वाणी प्रकाशन

वाणी प्रकाशन
4695, 21-ए, दरियागंज, नयी दिल्ली 110 002
फ़ोन : +91 11 23273167 फ़ैक्स : +91 11 23275710
शाखाएँ
अशोक राजपथ, पटना 800 004, बिहार
कॉफ़ी हाउस कैम्पस, महात्मा गांधी मार्ग, इलाहाबाद 211 001, उत्तर प्रदेश
महात्मा गांधी अन्तरराष्ट्रीय हिन्दी विश्वविद्यालय, वर्धा 442 001, महाराष्ट्र
सुल्तानिया रोड, मोतिया पार्क, भोपाल 462 001, मध्य प्रदेश
www.vaniprakashan.com
marketing@vaniprakashan.in
sales@vaniprakashan.in

VISION
by Maitreyi Pushpa

ISBN : 978-81-7055-826-2
Novel

संस्करण 2002, 2005, 2009
चौथा संस्करण 2020

मूल्य : ₹ 450

सिटी प्रेस, दिल्ली-110 095 में मुद्रित

वाणी प्रकाशन का लोगो मक़बूल फ़िदा हुसेन की कूची से

इस उपन्यास को लिखते हुए डॉ. मोहिता का मुझे अप्रतिम सहयोग मिलता रहा, जिसके लिये मैं उनका आभार ज्ञापित करती हूँ।

—मैत्रेयी पुष्पा

आँख के ऑपरेशन में मरीज की मौत!

मौत मौत मौत...फोन की घंटी में जैसे यही एक शब्द फिट हो गया है। ट्रिंग ट्रिंग ट्रिंग...डा. नेहा शरण को फोन का चोगा उठाते हुए दहशत होती है।

फोन के उस ओर कोई पूछ रहा है—ऐसा कैसे हुआ?

—हुआ, हो गया बस!

—ऐसा नहीं होता है?

सिर झटक देती हैं डा. नेहा शरण। घंटी है कि पीछा नहीं छोड़ती।

कानों में फोन की आवाज ऐसे समा गई है, जैसे आकाश में हवा, जिस्म का हर पुर्जा हिल उठता है, सीने में रखी दिल नाम की चीज पाताल में डूबने लगती है। आय एम सिंकिंग...कैसा खौफनाक अहसास है।

डा. नेहा ने फोन नहीं उठाया। यह फोन पुलिस का भी तो हो सकता है। खुफिया लोग सुराग लगा रहे होंगे। फोन की घंटी फिर बजी, तनमन को भय के नागपाश ने कस लिया। कर्कश ध्वनि के आवृत्तों में शरण आई सेंटर की इमारत घूम रही है।

ऐसा क्या कुछ हो गया? अस्पतालों में मृत्यु भी होती है, जैसे जीवन होता है। जीवन और मृत्यु के बीच चकरी सा घूमता डॉक्टर...कभी सफल तो कभी निरुपाय। लौह-इस्पाती मशीन नहीं है मनुष्य का शरीर, कि कल काँटे ठोंक-पीटकर दुरुस्त कर दिया जायें। इंजन नहीं है दिल दिमाग...जीता-जागता धड़कता हुआ दिल और सोचता-समझता, चिंताएँ करता दिमाग, अंग संचालन का कर्ता-धर्ता...उसका कर्ता-धर्ता कोई डाक्टरनुमा मैकेनिक हो सकता है? बस यही गुत्थी तो सुलझती नहीं है। कविराजी वैद्य नाड़ियों के ज्ञाता आये गये, ऐलोपैथी के आविष्कर्ता और शल्यकर्मी शरीर के रग रेशों से जूझते हुए क्या यह घोषणा कर पाते हैं कि रोगी जीवित ही रहेगा? मौत की घोषणा कितनी सीधी है। मौत के मुकाबले जीवन सदा छली रहा है। अपनी डॉक्टरी शिक्षा के चलते इंटर्नशिप और हाउस जॉब में न जाने कितनी

चुपचाप सीधी-सरल मौतें देखी हैं। रोगी मृत्यु के आतंक से डरते नहीं, आँखें खोलकर उसे ऐसे देखते हैं, जैसे 'कोई' युग-युग के इंतजार के बाद मिलन के लिए सधे कदमों आ रही हो। तुलसी-दल सी पलकें झपकती भी नहीं कि 'प्रिया सी प्रिय कोई' आँखों के जरिये हृदय में समा जाती है। कहाँ चली जाती है उत्तेजना और आवेग की तीव्रता? नेहा ने जितना भी देखा है, मौत जैसी माता कोई नहीं, अपने जीव को इस साहस से आँचल में समेट लेती है कि डॉक्टर और परिजन जैसे दुस्साहसी खड़े देखते रह जाते हैं।

डा. नेहा नयी सीखी लड़की अपने वरिष्ठ डॉक्टरों को उद्विग्न देखकर घबरा जाती थी और मौत से हठ ठानने वाले परिजनों को यथाशक्ति समझाया करती थी—आदमी यहीं आकर रुक जाता है। आपने गीता पढ़ी है न, यहीं रुककर अपने शरीर रूपी कपड़े बदलता है! मौत ही तो नये कपड़े लेकर आती है। देखो न, हमारे ही अस्पताल के मैटरनिटी वार्ड में आज रात कितने-कितने मनुष्य चोला बदलकर जन्मे हैं। जन्म को कोई मृत्यु कैसे कहे? कहते हैं न मौत अमृतमयी होती है।

ओह! आज यह बात कह सकती है डा. नेहा?

सच में उनके मरीज के लिए मृत्यु नये वस्त्र लेकर आई थी? जो इस हिमशीतल मृत्यु माता के बरक्स खड़ा होता है और बार-बार उसके रेशमी जाल को उघाड़ फेंकता है, उसे ही तो डॉक्टर कहा जाता है। मौत की लड़ाई जीवन से नहीं, डॉक्टर से छिड़ती है, क्योंकि डॉक्टर गीता की नहीं, जीवन बचा लेने की शपथ लेकर खड़ा होता है।

मौत के विरुद्ध क्या संघर्ष किया था डा. नेहा ने? सोचते ही भीतरी मज्जा को झिंझोड़ने वाली आँधी बहने लगती है मन में। यहाँ आशंकित बैठी है नेहा नाम की डाक्टर। बचने की कोशिश भी करती है। पुलिस और खोजी दस्तों द्वारा होने वाली तबाही का खौफ किसे नहीं होता, लेकिन सारा कुछ भूलकर अपने आपको विश्लेषण की धार पर उतार देती है—कितनी सावधानी, कितने प्रिकॉशंस...अपने चिकित्सक होने की पूर्णता के लिए उन्होंने क्या-क्या किया? खुद ही खुद को जबाब देती हैं—

क्या करना था? अँधेरों के खिलाफ लड़ने वाले मौत से नहीं डरते। मैं आँख की डॉक्टर, प्राणों की नहीं...कह क्यों नहीं देती?

कोई उनके भीतर ही ठहाका लगाकर हँस उठता है—कुछ तो सत्य जरूर है, पर सोलह आना सच नहीं। आँखों की राह प्राण गये। उसी की शोक सभा में तो यह शरण आई सेंटर रो रहा है। डा. नेहा को अपनी आँखों में नमी महसूस हुई। अरे साड़ी का पल्ला भी भीग उठा! काले बादल की छाया घिर आई है।

अब भी कहोगी कि सृष्टि में बिखरता हुआ यह मृत्यु-मधु है? कैसे कहोगी?

आज मन की अजीब हालत है।

मरीज के पास से निकली थी तो बदन खोखला था, मानो उसका बेदम शरीर ही नेहा की आत्मा ओढ़कर चला आ रहा हो। आई सेंटर का अन्धकार! शायद कोई अन्धा व्यक्ति भी उस नीम अँधेरे की कल्पना न कर सकता हो। शरीर के साथ आदमी की आँखों की रोशनी नहीं मरती, डा. नेहा प्रमाणित कर चुकी हैं, मगर अपने चलते यह अनहोनी क्यों?

क्या एक संस्था गिर रही है, इसलिए?

एक लक्ष्य को अकाल मौत ने ग्रस लिया! रोशनी का अंखड सूर्य अँधेरे में समा गया! अपने गोपन संकल्प का अचानक बिखर जाना...प्रतिष्ठा और दौलत के मद में डा. नेहा शरण का वजूद कब डूब गया? जबकि यह तो सर्वोत्तम समय था कि साधन और साध्य का आपसी मेल बनता और एक सिलसिला हो जाता प्रकाश का, उजाले का, अन्धों की रोशनी का।

सब कुछ स्वाहा हो गया! मगर जो बच गया, वह खत्म हो जाने वाले से ज्यादा विषादपूर्ण है। विश्वास भी धोखे में बदल गया। नेहा ने सोचा—मगर किसका विश्वास? अपना ही न! दूसरे के भरोसे आदमी कितना कुछ कर सकता है?

फोन की घंटी!

यह अदृश्य लोक की आवाज, डा. नेहा को अदृश्य हो जाने के लिए मजबूर करती है।

क्योंकि शहर और शहर के बाहर बात फैल गई। कोई विश्वास न करे, यह कैसे हो सकता है? गिरते हुए आदमी, गिरती हुई संस्था और गिरते हुए आन्दोलन गुस्सा से ज्यादा रहम का विषय हो जाते हैं। रहम से किसी का कितना कुछ सुधर पाता है? इस वज्रपात का तमाशा ही रह जाएगा अब! चूचू की ध्वनि और 'हाय हाय' का अफसोस!

"लोकल टीवी पर आ गया कि अपने यहाँ..." नर्स डा. नेहा का चेहरा देखती है।

"अखबार देखो, इसी खबर से भरे पड़े हैं," कर्मचारी ने डरते-डरते कहा।

पुलिस का जालिम रूप, खोजी लोगों के दस्तों का बर्बर व्यवहार...नेहा के सामने इस तरह की कई तस्वीरें नाचती हैं। वारंट, हथकड़ियाँ, केस और सजा! क्या यही ससुर श्री डा. आर. पी. शरण का परमानन्द था? हिज हैपीनैस इज दिस?

और अजय? क्या उन्हें अपने पिता और गुरु की याद बार-बार न आ रही होगी? पिता की दीक्षा धारण करके यह देखने की कोशिश की या नहीं कि यह संकट आया तो आया क्यों? अति हुई तो हुई क्यों? दीक्षा अगर तर्क का द्वार बंद करती है तो लानत है ऐसी दीक्षा पर।

लम्बा-सा निःश्वास छोड़ती हैं डॉ. नेहा शरण।

यह स्वागत कक्ष! उन्होंने हिम्मत करके छत और दीवारों को निहारा कि पूरी

ताकत आँखों में समेट ली!

सफेद छत और क्रीम कलर की दीवारों के बीच खुली हवा और रौशनीदार जगह पर रखी भव्य बृहद शीशेदार मेज, जिस पर रखा सुर्ख गुलाबों वाला गुलदान और मछली जैसी आँख जड़ा रंगीन पेपर वेट। आवश्यक कागज रखने की हरी रंगत वाली प्लास्टिक की ट्रे...। इसी सबका हिस्सा, खुद डा. नेहा शरण, हरे रंग की सिल्क साड़ी में लिपटी सँवरी स्त्री ने उन्तीस वसन्त देखने के बाद यह तूफान कि प्रलय जैसी लाल पीली आँधी आएगी, कल्पना तक नहीं की थी।

लैटर हैड पर निगाह पड़ती तो मानों पेपर वेट घन सा पड़ा छाती पर। नेहा का खास कलम, कलमदान में...आलपिन कुशन से निकल-निकलकर सारी सुइयाँ कलेजे को छलनी करने पर तुल गईं।

तबियत खराब हो रही है, यह बात वे किससे कहें? सीना खण्ड-खण्ड टूट रहा है। घबराहट में अपना झपटता हुआ हाथ मंगलसूत्र पर गया! नाजुक उँगलियाँ अनायास ही घायल होने लगीं। ऑपरेशन में माहिर उँगलियों की पोरों को मंगलसूत्र के पेंडेंट में जड़े हीरों की तराश तीखे चुभ गई कि 'आह' निकल गई होठों से।

युवा डाक्टर नेहा को कौन सी चीज शान्ति दे सकती है? किसी अचूक उपाय की कल्पना उनके पास नहीं। सामने पड़ा है वह रजिस्टर, जिसमें आय व्यय के गोपनीय ब्यौरे हैं। आई-सेंटर की निजी बातें हैं।

'जीवन में मैं किसी प्रकार की बेईमानी नहीं करूँगी। सदा वही काम करूँगी जो रोगियों के हित में हो की सौगन्ध खाने वाली नेहा आज किस आग में जल रही है? क्या इस धधकती भट्ठी में रोगियों को प्रवेश कराने वाली वही नहीं रही? मन पर जड़े कपाट कौन खोल रहा है? भयंकर भय उठता है भीतर से।

आँखों के आगे रजिस्टर की माया पसरी है। इसे समेटो नहीं तो...

नेहा इन ब्यौरों पर विराम लगा देगी—

डा. कौशिक—20 पेशेंट/कट 40 प्रतिशत

डा. भारद्वाज—50 पेशेंट/कट 50 प्रतिशत

बहादुरसिंह ड्रैसर—60 पेशेंट/कट 20 प्रतिशत

बहादुरसिंह टैक्नीशियन 10 पेशेंट/कट 20 प्रतिशत

खतरनाक विवरण, खोजी दस्तों के लिए धाँधलियों की चाबी।

मगर शरण आई सेंटर की प्राणवायु हैं ये विवरण और इन ब्यौरों में जीत, डॉक्टर्स, टैक्नीशियन्स, ड्रैसर्स का बड़ा योगदान यह कि मरीजों को समझा-बुझाकर साथ लाना, उनको इस रास्ते के लिए बाध्य करना, किसी बड़ी कला से बड़ी कला है।

डा. नेहा ने ऐसे मरीजों की सूची रोज ही बनाई है। रोग की किस्म और निदान में प्रयोग होने वाले तरीकों का फैसला लिखा है। साथ ही वे दिलचस्प कथायें

भी सुनी हैं कि पेइंग पेशेंट (खर्च करने वाले मरीज) को कैसे भाँपा जाता है? फिर घेरकर अस्पताल के बाड़े में भेड़ों की तरह कैसे हाँका जाता है? घुमा-घुमाकर कैसे हलकान किया जाता है? और फिर होता है शिकार...

ऐसा न हो तो निजी नर्सिंग होम्स की जिन्दगी कितने दिन की?

"यह कला किसी भी कला की तरह आज के बाजार की जरूरत है," डा. नेहा के श्वसुर डा. आर. पी. शरण कहा करते थे।

'मुझे कष्ट होता है पापाऽऽ...' अनकही आवाज उसके सीने में सरक जाती। होठों पर लाना गुनाह होगा, नेहा जानती थी फिर भी सोचती थी—'मेरे सिवा अन्य डॉक्टर्स को ऐसा करने में कष्ट नहीं होता?'

आज उस मूक और कायर दुख ने दुनिया पलट डाली। यही था जीवन का उदय-लग्न?

'अब इन ब्यौरों का क्या होगा? डा. नेहा ने रजिस्टर परे सरका दिया। मगर कहाँ? डॉक्टर के सामने तो स्वागत कक्ष में भरे अमावसी अँधियारे के सिवा कुछ नहीं। बेबस क्षोभ इतना बढ़ा कि लगा अपने सिर को अपनी हथेली से पीटने के सिवा कुछ नहीं कर सकती नेहा।

ठण्ड के दिन! हरी साड़ी पर हरा शॉल...कब की बात, बेवकूफी भरी बात याद आ गई असमय...पोस्ट ग्रेजुएशन के लिए जब नेत्र-चिकित्सा को अपना विषय चुना था, और पहले दिन जब मेडिकल कॉलेज के नेत्र चिकित्सा केन्द्र में प्रवेश लिया था तो पहला वचन मन ही मन लिया था—मेरी पोशाक अब सदा ही हरे रंग की होगी, यह रंग रोगियों की आँखों के लिए राहतदायी...

इस साड़ी, इस शॉल की चिंदियाँ अँधेरे काले शून्य में ऐसे ही उड़ रही हैं जैसे ग्लोकॉमा (काला मोतिया) के मरीज को आँखों के आगे इन्द्रधनुषी बिजलियाँ सी दिखाई पड़ती हैं और चारों ओर से घिरता आता है अँधियारा...रोगी जानता नहीं, मगर डॉक्टर नेहा जानती हैं कि ये बिजलियों के सतरंगी घेरे अँधेरे की निशानियाँ हैं। यही तो डॉक्टर की त्रासदी है।

अज्ञान कैसा सुखदायी पर्दा होता है। अज्ञान ही दिनचार्या का हिस्सा रहा होता तो यह भव्य स्वागत कक्ष, बैठने का प्रतिष्ठित स्थान नेहा के जीवन की अहमियत और व्यक्तित्व की हैसियत बाकायदा बना रहता।

आगरा जैसे शहर के नेत्रविशेषज्ञों में जानेमाने डा. आर. पी. शरण की पुत्रवधू डा. नेहा शरण...क्या जानती थी कि उन्हें कोई अज्ञात शक्ति क्यों उकसाती है? कि Nothing is more powerful than the idea, Who's time has come (उस विचार से ज्यादा ताकतवर कुछ नहीं है, जिसके घटित होने का समय आ गया हो) का संसार में क्या दखल है? सृष्टि के नैसर्गिक और मानवीय स्वभावगत नियमों की डोर से बँधा आदमी रात के अन्धकार में मुखड़ा छिपा भी ले, मगर दिन के

उजियारे में कहाँ जाए? अपनी ही आँखों से उठती चिनगारियाँ अपने कपाल को बख्श दें, यह भी तो नहीं होता...

अपनी ही आग में जल मरी डा. नेहा कि उस ताकतवर लम्हे ने उठकार पटक दी, जिसके घटित होने का समय आ गया था!

नहीं तो ऐसा होता? नेहा ने जैसा सुना है, चिकित्सक-पेशे में अद्‌भुत है!

आई सेंटर्स में एक शीर्ष नाम—शरण आई सेंटर, पच्चीस साल पहले शिशु रूप में था। डा. रामप्रकाश शरण की छोटी सी क्लीनिक। अपने बच्चे की परवरिश में खपते पिता की तरह डा. आर. पी. शरण ने रात-दिन एक किया था। जैसे अनोखा लावण्यमय बालक किलकारियाँ मारता हुआ घर-बाहर भागता फिरे, लोग शरण आई सेंटर के उज्ज्वल मुखड़े को विस्मय से देखते रह गये थे। आकर्षित ऐसे हुए कि परिजनों, सम्बन्धियों और मित्रों को भी लायें।

रोगियों की भीड़ ही किसी स्वास्थ्य केन्द्र का आभूषण होती है। डा. आर. पी. शरण की मेहनत और लगन ने ही क्लीनिक का रंग बदलकर इसे शरण आई सेंटर के रूप में ढाला था और सजाया था, अपनी फैलती साख से, अपूर्व निष्ठा और विश्वास से।

बरगद का जो पेड़ बाहर है, वही मरीजों का बसेरा हुआ। भीड़-भाड़ में कोई कहाँ जगह कर लेता है, डाक्टर का करिश्मा था। ज्योति पर्व का यह समायोजन अखण्ड हो जैसे। धूप-ताप, ठण्ड-बरसात से बचने के लिए शामियाना लगा रहता। बातों और गप्पों के समुद्र में डुबकी लगाते रोगी कब उपचार के पहाड़ पर चढ़ जाते और अपने जैसे अनेक ज्योतिहीन आँखों वालों को पुकार लेते।

आम राय थी—डा. आर. पी. शरण की उँगलियों में जादू है। हथेलियों में मंगल है। और माथे पर यश है।

तरक्की की निशानी थी—दौलत का दरिया उनके घर की ओर मुड़ जाना।

उपलब्धि थी—शरण आई सेंटर अत्याधुनिक यंत्रों से सुसज्जित और निदान में पारंगत कुशल डाक्टर्स का समूह होने वाला है। डा. शरण की चमकदार तकदीर!

गर्व घमण्ड और अभिमान से कोसों दूर रहने वाले डाक्टर शरण अक्सर अपनी बड़ाबड़ी पर हल्के से हँस देते। अपने बारे में कभी कुछ न बोलते। बस आँखों में आभा सी तिर आती, जिसमें कौंध उठती वह जगह, जहाँ बूढ़े बरगद तले लोगों की मुखाकृतियाँ उनके परिश्रम के प्रमाण के रूप में होतीं।

''किवाड़ें बन्द रखो सिस्टर!'' डॉक्टर नेहा ने नर्स को अनचाहे ही नहीं, अनजाने हुक्म दिया क्योंकि भूले से भी बरगद की जटाओं, शाखों और पत्तों को देखने का मन नहीं करता। कलेजा कचोट-कचोट उठता है सर्वनाश का समय है।

'भीड़ के सागर पर यह बालू का पुल, पापा...यहाँ बरगद कैसे बचेगा?'

डॉक्टर की निजी साख, निजी प्रतिष्ठा के हिमायती नहीं थे पापा शरण, वे

चिकित्सा विज्ञान के तत्त्व ज्ञाता और चिकित्सक के कर्तव्य-बोध से भरे हुए टिप्स पर सफलता लिए घूमते थे। जो भी युवा उनके सम्पर्क में आया, उसे बताने से न चूकते–

"यश-अपयश? किसी के हाथ में नहीं होता। मंगल-अमंगल घटित होना लोगों की भ्रान्ति है। जादू आँखों के छलावे के सिवा क्या है? सरकारी संस्थानों में हो या निजी प्रैक्टिस में, हर जगह डॉक्टर को 'ए बी सी' का मूल मंत्र लेकर जाना चाहिए।" अपने बेटे डा. अजय और नेहा को भी यह गुरुमंत्र दिया था–ए फॉर एबिलिटी, बी फॉर बिहेवियर और सी फॉर कॉम्पिटेंस, अर्थात अस्पताल या क्लीनिक में तुम्हारी मौजूदगी, व्यवहार में मृदुता और निदान में कुशलता ही सफलता की कुंजी है।

"बेटे, ये बातें हमें भी हमारे गुरु डा. मजूमदार ने बताई थीं।"

मजूमदार का नाम याद आते ही नेहा की निगाहें स्वागत कक्ष में लगी डा. मजूमदार की तस्वीर पर चिपक गईं कि प्रार्थना भरी याचना...'आपको तो भगवान की तरह मानते थे पापा। तस्वीर में बसे डा. मजूमदार का जिक्र किसी न किसी बात में जरूर होता। ऐसा करने से उनमें हिम्मत और आत्म विश्वास जागते थे, उनके चेहरे पर साफ झलकता। साथ ही वे अपनी वह शपथ याद करते, जो डॉक्टर होने के दीक्षान्त समारोह में ली थी–यह कला जिसने मुझे सिखाई है, उसे मैं अपने माता पिता के समान समझूँगा।'

माता-पिता भगवान का रूप...

रह-रहकर याद आता है डा. नेहा को...उसका जी कैसा हो आया था! भाव जरा घमण्डी, अक्ल भी शरारती, बहुत बाँधा कसा खुद को, नियंत्रण नहीं हो सका क्योंकि अपनी बेकदरी से आहत और अपनी योग्यता से पैदा हुई आश्वस्ति मुठभेड़ पर जुटी थी कि संयम टूट गया।

"विहेवियर कॉम्पिटेंस शिट!" कहकर बुरे से बुरा मुँह बनाया। दबी-दबी रहती है तो इसका मतलब यह नहीं कि वह डॉक्टर नहीं। सब को पता है कि नेहा क्या है?

डा. नेहा की पूर्णता में जो गहरी शून्यता पैदा की है, वह अनायास नहीं, तो वह भी उस शून्य पर पाँव रखकर निकल जाना जानती है। बूढ़े सर्जन कब के रिटायर हो गये। यहाँ तक कि निजी नर्सिंग होम चलाने वाले भी उन्हें मरीजों से हाथ नहीं लगाने देते। डा. शरण यहाँ पुराने चावल बने हुए हैं। देहली में होते तो तुम्हें कोई आँख छूने देता, सिवा किसी बूढ़े के।

नए यंत्रों-उपकरणों के सिर्फ नाम जानते हैं ये लोग, प्रयोग करने में इनके हाथ काँपते हैं।

"पापा, हर जगह अब तो युवा डॉक्टरों की माँग है, क्योंकि वे नई नजर के मालिक होते हैं," नेहा के पति डॉक्टर अजय ने अपने पिता से कहा तो डा. शरण

सकते में आए थे, बेटे की ओर देखने लगे।

डॉक्टर शरण इतना तो अनुभव से जानते ही थे कि जवान बच्चों के सामने बूढ़े का आवेग अच्छे परिणाम लाने वाला नहीं। कौशलपूर्वक अपने आपको सँभाल लिया और चेहरा ऐसा निर्विकार, कि लगा पापा शरण ने अजय की बात सुनी ही नहीं, जबकि नाक के पास हुई नामालूम सी हरकत ने यह जता ही दिया कि—अजय तुम तो निष्कपट निष्छल हो। दुस्साहस का भाव किसने दिया है, वे जान गये हैं। पिता के डरसे तुम डरे नहीं, यह बात अब छिपी नहीं।

डा. शरण का स्नेह और आश्वासन भरा संयत स्वर।

"अब हम जल्दी ही 'फेको' लेने वाले हैं। टाँके रहित ऑपरेशन का चलन कितनी तेजी से आ रहा है। वी शुड वॉक विद टेकनीक, रादर मॉडर्न टेकनीक।"

एक संभावना! नेहा समझ गई, उसे सुनाया जा रहा है।

आधुनिक से अत्याधुनिक होने की संभावना डा. नेहा के सिर से पाँव तक बिजली की गति से उतरती चली गई और उन हिस्सों को जड़ करती गई, जिनमें डा. आर. पी. शरण और पति डा. अजय शरण के चिकित्सा विज्ञान के अज्ञान को भीतर ही भीतर माफी देती रहती है। 'यह देहली का मेडिकल कॉलेज नहीं है,' सांत्वना का मन्त्र जप लेती थीं।

प्रश्न करती प्रत्यक्ष मूर्ति नेहा...

"फेको कौन करेगा पापा?"

"अजय। हम।" पापा ने उत्तर दिया।

डा. नेहा को अनचाहे ही हँसी आ गई। साड़ी के हरे पल्ले से होठ ढक लिए। मगर हँसी की छिपाने की व्यर्थ कोशिश...बाप बेटा दोनों जीरो हैं। टेकनीक आती नहीं। सीखना आसान है क्या?. अच्छे-अच्छों से स्टेप्स गड़बड़ा जाते हैं।

संगदिल नेहा, विश्वासघातक भी हो, जरूरी तो नहीं। मरीजों के साथ खिलवाड़ करना कहाँ तक उचित है?

लेकिन क्या कर सकती है यह डॉक्टर? दुविधा भरी वेला में उस बरगद के नीचे खड़े मरीजों को सावधान कर सकती है? नहीं, कोई बहू ऐसा नहीं कर सकती। पिता द्वारा लगाये और माया ममता से सींचे पाले बाग को उजाड़ने का अर्थ? सोच ले नेहा, तू ने यह बात सुनी ही नहीं।

सुनी है।

जरूर सुनी है। अचानक बहरी हो जाने से मामला अनसुना नहीं रह जाता।

सुन, आगे पापा शरण क्या कह रहे हैं?

"हँसकर काम नहीं चलने वाला। प्रायवेट प्रेक्टिस मजाक नहीं। 'फेको' ही नहीं 'एक्ज़ाइमर' का चलन दिनोंदिन बढ़ रहा है, उसके बारे में सोचना होगा।" डा. शरण नेहा से नहीं, बेटे अजय से मुखातिब थे।

क्या नेहा शरण आई सेंटर की तरक्की से उत्साहित नहीं होती? क्या उसे आधुनिक से अत्याधुनिक बनने की लगन नहीं? इस कम्प्यूटर युग की दौड़ में वह पीछे रह जाना श्रेयस्कर समझती है? यदि ऐसा ही है तो उसके लिए खड़े होने की जगह कहाँ है?

नहीं, पुरातन पंथी नहीं है नेहा। उन्नति का रूप यह, ऐश्वर्य और दबदबे वाली ससुराल में जगह बनानेवाली नेहा चिकित्सा की अत्याधुनिक पद्धतियों से क्यों गुरेज करेगी?

फिर भी...

डॉक्टर होने की सावधानियों, मरीजों पर निकले फायदेमन्द नतीजों की प्रति-बद्धता और चिकित्सा जगत् के सरोकारों से प्रभावित होकर बोल गई–

"चलन बढ़ रहा है एक्ज़ाइमर का। चश्मा लगाना किसे अच्छा लगता है? खासकर हमारे इंडिया में, जहाँ लड़की का अवगुण चश्मा लगाना मानकर उसके पूरे वजूद का तिरस्कार कर दिया जाये! अगर विवाह जैसा संस्कार जरूरी है, तो चश्मा हटाना भी उतना ही जरूरी है। एक्ज़ाइमर की जरूरत किसी भी कन्या के विवाह की जरूरत है। कैसी अच्छी बात!

"है न पापा?

"लेकिन रतोंधी का रोग, अधिकतर केसों में ग्लेयर (चौंध) और अनस्टेबिल विज़न (अस्थिर दृष्टि) जैसे साइड एफैक्ट्स का क्या होगा?

"पापा, इनसे कैसे निपटा जाये, पहले तो शोध का विषय यही है।" कहकर, समझाकर एक अतिअनुभवी नेत्र चिकित्सक और धन की बाढ़ के आगे दरवाजा खोलने वाले नेत्र चिकित्सा-केन्द्र के मालिक से सवाल कर रही थी नेहा! अदना सी औकात वाली कमीसन लड़की! न रिश्ते की लोकलाज, न बड़ों की मानप्रतिष्ठा। बरगद के पेड़ को देख रही थी, आँखों का भाव उम्र पाया ससुर समझ नहीं रहा, ऐसा कैसे हो सकता है?

"क्या समझाना चाहती हो नेहा? देख रही हो बरगद का पेड़? इसका फूल पत्ता टहनी लकड़ी किसी के काम के नहीं। पर छाँव? इसको काटकर क्या पायेगा आदमी? बात काटने की आदत है तुम्हें या इस सेंटर की छाँव नहीं सुहा रही?"

नेहा टुक-टुक देखती बच्ची नहीं, पहले ही अपने ज्ञान को गालियाँ देती रही है। आज भी क्या केवल छाँव के आश्रय पर जिन्दगी काटना जिन्दगी का लक्ष्य समझेगी? वह तो समझ चुकी है कि मन में बेचैनो का बसेरा है और लगता है कि विचलन की अवस्था कण्ठ के बीच से गुजरती है। बहुत रोकने पर भी आवाज नहीं रुकती। अचेतन की कैसी चेतनावस्था है कि बुजुर्ग ससुर उपदेश देते हैं। दुनियादारी समझाते हैं। वह अबोध की अबोध रह जाती है।

"रिसर्च करना हमारा काम नहीं" पापा शरण सकते में आ गये। सौम्य सज्जन

और प्रौढ़ गोरे चेहरे की निर्मोछिया चिकनी आभा दीप्त हुई कि अन्दरूनी गुस्से से लालामी छा गई, नेहा उनकी हालत देखकर संयमित होती हुई सुनने को लाचार हुई।

"संदेह अविश्वास छोड़ दो। यह इस पेशे की क्या, हर पेशे की जरूरत है—विश्वास रखना, आशा रखना और कर्तव्य करना। अमेरिकन स्टडी के बारे में सोचा है कभी? वे भ्रम नहीं पालते। वे ही सच्चे अर्थ में डॉक्टर हैं। अपने पेशे में सर्वांग रमे हुए। वे प्रौग्रेसिव लोग, दुनिया में धूम मचा दी है। हमारे सर मजूमदार वहीं ट्रेनिंग लेकर आए थे। कठिन परीक्षाओं से गुजरे थे।

"क्या समझ में आया?"

डा. आर. पी. शरण के कमरे में डा. अजय और डा. नेहा सामने वाली दो कुर्सियों पर बराबर-बराबर बैठे हुए, एक-दूसरे को देखने लगे, मानों पति-पत्नी को पापा के सामने एक ही जबाब देने की शर्त से गुजरना हो।

डा. अजय ने प्यारे भोले बच्चे की तरह नहीं, एक ज्ञानवान डॉक्टर की तरह हाथों की भंगिमा से अपनी बात समझाते हुए कहा, "हाँ पापा, यहाँ तो कोई भी डॉक्टर बन जाये। एक बार अपने आप को दूसरे देश में जाकर आजमायें, तब पता चलता है कि हम कितने पानी में हैं?" कहने के बाद अजय ने नेहा की ओर देखा।

डा. आर. पी. शरण के मुँह से यकायक निकल पड़ा, "गुड! वेरी गुड!"

नेहा जरा हड़बड़ाई। अजय अपने पिता के पाले में हैं। खुद का अकेला वोट...

न उत्तर देना ही अपनी असहमति जता देना समझा।

काट फाँस यों ही नहीं थी, जंग की धुरी अजय थे।

लम्बे कद के सुदर्शन अजय! गौरवर्ण दिपदिपाता चेहरा, जैसा कि खाते-पीते घरों के बेटों का होता है। ऐश-आराम से जो चिकनाई-लुनाई मिलती है, वेश-भूषा से जो व्यक्तित्व निखरता है, योग्यता की सनद हाथ में हो तो सोने में सुहागा जैसा सबकुछ अजय के पास है।

कोई भी लड़की उन पर सर्वस्व निछावर कर सकती है, नेहा ने किया तो क्या किया? उनकी बोलती हुई आँखों को देखकर जी जुड़ा जाता है। नेह-परस और प्रेमरस ऐसा कि छलके तो कोई सराबोर भीग जाये। घर गुलजार यों ही तो नहीं हो गया था। ससुराल की सांसारिक बकझक उसके पल्ले ज्यादा तो नहीं आई। नेहा का नसीब कि डाक्टर बहू की आड़ में पर्दे पल्ले और घड़ी-घड़ी पाँव पड़े रहने जैसे छोटी-छोटी, मगर कटखनी सजायें हटा दी गई थीं। चाहे तो वह उस आँगन में अजय के साथ आँखमिचौली खेल सकती है।

पति की नजरों में उसका स्वस्थ शरीर, 'स्वास्थ्य ही यौवन है' का उद्घोष करता सा, कम महत्त्व नहीं रखता। नेहा का मन पति के मन में दूध पानी की तरह

मिला तो था।

मगर जलते-उबलते दूध में हाथ दे देती है नेहा। अजय की शिक्षा है—अपने वरिष्ठों और गुरुजनों को मानकर चलें। पिता में दोनों रूप हैं।

अजय ने जो कुछ पिता के सामने कहा, पत्नी के निर्मल तेज के समक्ष वह अपराध सा लगने लगा हो जैसे। सिहरे-सिहरे से रहते कि नेहा उनकी प्यारभरी तस्वीर फाड़फूड़ न डाले।

नेहा यह कैसे कहे कि अजय अपराधबोध में मत रहो, मुझे हिंसा द्वेष छूता नहीं? काश ऐसी ऋषिविवेकमयी होती वह। क्या अजय को लेकर अजय के पिता से ईर्ष्या होती है? कैसी नीच बात...यह नीचता किसका पीछा छोड़ती है? उम्र पाये पके प्रौढ़ डा. आर. पी. शरण का भी तो पीछा नहीं छोड़ती ईर्ष्या, तभी तो वे बाघ जैसे गरजकर आतंक की परतें जमाते रहते हैं, कि बेटा बहू की बातों को उन परतों के नीचे दबाते जायें।

ससुर की बाघ घुड़कियों के आगे कब रोई वह? अजय के प्यार ने रुला डाला। उस प्यार ने, जो ऐन परीक्षाकाल में पत्नी से छिटककर सामने खड़ा हो गया।

पापा के संग सुर में सुर मिलाने की भरपाई थी?

या डा. आर. पी. शरण के बम्बई प्रवास का लाभ?

मनमानी!

अजय अपने मन की करना चाहते थे। पिता के पीछे की मालिकी पत्नी के नाम...

"आज सर्जरी तुम करोगी नेहा।"

यह आवाज कहाँ से आई? नेहा ने देखा, कन्धे को छूने के लिए लालायित पति अपनी करीने से कटी हुई छोटी-छोटी मूँछों में मुस्करा रहे हैं। नेहा ने आँखों में गहरी दृष्टि से झाँका और अविश्वास से कहा, "यह अनहोनी कैसे?"

"अनहोनी? नई बात है क्या?"

"असम्भव बात है। इम्पॉसिबल।"

"तुम बड़ी जल्दी निराश हो जाती हो। हम पहले भी कितने ही सफल ऑपरेशन नहीं कर चुके? कम ऑन।" उन्होंने नेहा का हाथ पकड़ लिया और आगे बढ़ चले कार की ओर।

आगे-आगे अजय और पीछे-पीछे नेहा, हाथ में हाथ दिये पूछती चली जा रही थी, "उन यादों का मतलब अजय?"

"पापा की बातों का बदला मुझसे न लिया करो," वे चलते हुए बुदबुदाये।

अजय, पढ़े-लिखे डॉक्टर, मनुष्य की शारीरिक और मानसिक बनावट को समझने वाले। प्रेमी पति इतना नहीं समझते कि उनके घर में पत्नी से कोई कुछ

कहे, वह उसे पति का ही कहा मानती है। कठोर और कँटीली बातें किसी कोने से आएँ उसका कलेजा खण्ड-खण्ड हो जाता है। ऐसा न होता तो औरतें जिसे केवल अपना समझती हैं, उस अग्नि साक्षी किये पति से शिकायत करने की सजा क्यों पातीं? नेहा के मन में आता, अजय से पूछे—मैं राजा की रानी, फिर मेरी पदवी नीची कौन कर देता है? चोट इसलिए भी ज्यादा लगती है कि राजा के मुँह से दिलासा के दो शब्द तक नहीं निकल पाते।

''अजय ही मेरी जिन्दगी के दुखमय नाटक के नायक...'' नेहा ने सोचा और अपनी हर अदा से, हर हरकत से, हर संकेत से पति को दोषी ठहराया। अब की बार भी खरखराते गले से बोली, ''ज्यादा शहादत न दिखाया करो। डोंट बी अ मार्टियर'' कहते हुए होठों में ऐंठन सी पड़ी, अजय ने देख लिया।

''नेहा!'' आहत कराहता सा स्वर।

पति की कातरता से नेहा और भी चिढ़ गई। चुप रह नहीं पाई सो मुँह से निकाल बैठी, ''तुम्हारे पापा पर मुझे तरस आता है। सच अ हेल्पलैस मैन!''

अजय सधे हुए गम्भीर पुरुष की तरह देखने लगे जैसे समझ रहे हों कि नेहा के प्राणों में कैसी हलचल है। चेहरा देखकर भाँप गये हों कि नेहा का शरीर भी आपे में नहीं।

''पापा की बात छोड़ो नेहा। मैं तो जानता हूँ कि तुम कितनी सधी हुई सर्जन हो।''

यही बात उसे जीने नहीं देती। अजय को नेहा क्या समझाये कि भीतर ही भीतर यह बात ही उसे मारे डालती है। डॉक्टर नेहा खत्म होती जा रही है अजय...आजिजी दिखाकर आज ही ढेर मत कर डालो। प्रेम की इतनी समझ! मगर प्रेम का साहस नहीं। साहस की कमी से प्रेम क्या, संसार भी खत्म हो जाये, अजय।

''अजय, अब से सर्जरी और पेशेंट्स की बातें नहीं करेंगे। ठीक है?''

''फिर क्या बातें करेंगे? किस की बातें? गॉसिप? तुम्हारा ऐसा स्वभाव तो नहीं...''

''कॉफी की बातें'' कहकर नेहा हँस पड़ी। फिर बोली, ''कोल्ड कॉफी बनाती हूँ।''

अजय कार की ओर बढ़ चले।

''लौटना कैसा? डार्लिंग चलो कॉन्फ्रेंस में हो आते हैं। कॉफी वहीं पियेंगे। ओ.के.।''

''नहीं नहीं। कॉन्फ्रेंस में बिलकुल नहीं।''

''चुप रहो नेहा। मैं तुम्हारी सुनने वाला नहीं। इतनी जिद भी क्या...?''

नेहा ने कहा—कॉन्फ्रेंस में जाकर मूड बदला जा सकता है, जीवन का ढर्रा नहीं।

शंकर नेत्रालय के डा. जोसेफ और एल. बी. प्रसाद हैदराबाद के डा. करुणाकरन के लेक्चर सुने। सर जोसेफ का पेपर तो साइक्लोस्टाइल करके बाँटा गया था। मेडिकल कॉलिज परिसर में डा. अजय और डा. नेहा कॉफी के मग लेकर खड़े हुए तो कुछ पूर्व परिचित डॉक्टर उनकी ओर मुड़ आये।

फ्लाइंग विश, अभिवादन में मुस्कराते चेहरे, पता नहीं क्यों नेहा उनसे कतराने की बात सोच बैठी। तैरना जानने वाला तैराक कलशाभर पानी में ही डूब मरे...व्यर्थता का बोध, भरे घड़े सा गले में बँध गया।

फिर भी हलो, हाय, हाउ आर यू जैसे औपचारिक तरीकों से गुजरे बिना छुटकारा कहाँ?

सबसे पहले जयपुर में पोस्टेड डा. अनुपमा चहचहाई, "वाउ! शरण आई सेंटर की चीफ सर्जन! फुरसत कैसे मिली डा. नेहा? सलाम, प्रणाम, गुड आफ्टरनून!"

डा. अरविन्द खोसला ने व्यंग किया, "एकैडमिक लोग, फालतू लोग! पगारिये।"

नेहा समझ रही थी, यह मखौल है। अजय बुदबुदाये, "साले जैलस! ईर्ष्या खाये जा रही है। नई कार होंडा सिटी देख ली है शायद।"

समूह में शामिल होने वाली प्रज्ञा पाण्डे बोली, "यार नेहा, सच बात तो यह है कि तू फँस गई। सब कुछ पैसा ही तो नहीं होता। तेरा दिल नहीं करता कि लोगों से मिले-जुले? अब की बार किसके साथ आई है? पहले एक बार आई थी, ससुर के संग पतंग की डोर सी बँधी रही। हम बुलाते ही रह गये।"

प्रज्ञा पास खड़ी होती तो उसकी बाँह में चुपके से च्यूँटी काटकर संकेत दे देती कि बराबर में पति खड़े हैं। लेकिन प्रज्ञा दूर खड़ी शताब्दी ट्रेन सी धड़धड़ खड़खड़, जो कहना चाह रही थी, कह रही थी।

अजय निःश्वास खींचकर रह गये।

"तू तो कितनी उत्साही हुआ करती थी यार! डा. आभा, वह तेरी गुरुआनी, उस्तानी ने कभी तुझे झाड़ा नहीं? उसके साथ तो तूने ऑल इण्डिया कॉन्फ्रेंस में पेपर पढ़ा था, ट्राफी जीती थी। झण्डे गाड़ दिये थे। अब भी पेपर लिखा है कोई? तब से तो कितनी नयी खोजें, कितनी नई दवायें! पेपर पर पेपर लिख रहे हैं लोग। सच्ची मैं तो पागल हुई जा रही हूँ, एब्सोल्यूटली मैड। मेरा पेपर सुनना और राय देना, हाँ।"

नेहा किसी से क्या कहे? ये सखियाँ, ये पुराने सहचर, उसके लिए दुख कर रहे हैं। और कर भी क्या सकते हैं? हाँ अपनी स्वतंत्र जिन्दगी का इजहार भी साथ-साथ...क्या डा. नेहा की जिन्दगी की विडम्बना का किस्सा इन तक पहुँच गया है?

अजय उसका हाथ पकड़कर बार-बार सामने से जाते हुए डा. रजनीश माथुर

को दिखा रहे थे। इधर अपने में डूबी नेहा सुधिबुधि खो बैठी है, उन्हें क्या मालूम? लकड़ी की औरत सी वह खड़ी रही।

डॉक्टरों के समूह में वार्तालाप की खूब बड़े पाट वाली नदी बह रही हो जैसे।

—रैटिना विक्ट्रक्टॉमी में डा. आर्या से बढ़कर कौन है आजकल?

—एक नहीं, कई हैं। डा. आर्या का एकछत्र राज्य खत्म हुआ। स्टैप्स आते हैं, सावधानियाँ नहीं बरतते, कब तक सिक्का जमाये रहेंगे?

—सच्ची बात है, कामयाबी मुश्किलों से गुजरकर मिलती है, यू कैन नॉट बी सक्सैसफुल विद आउट हार्ड वर्क।

—डा. अभिमन्यु मिश्रा तो कॉर्निया पर एक्सपेरीमेंट कर रहे हैं। डा. चक्रवर्ती से टक्कर है। एक शेर, दूसरा बबरशेर! घर-बार छोड़ दिया है। डिपार्टमेंट की माँद जिन्दाबाद।

—पहले आईबैंक्स की धाँधलियाँ तो काबू में करो। कॉर्निया ग्राफ्टिंग के लिए मरीज चार बार भर्ती होकर वापस चला जाता है। आँख, बैंक में आने के पहले ही बिक जाती है। पूअर पेशेंट्स; दो-दो तीन-तीन साल में नम्बर आता है, मगर उसके बाद भी...

—हर जगह भ्रष्टाचार है। यहाँ भी लागू है। डेढ़ हजार की आँख चार हजार में भी मिले, पर मिले तो सही। छोटे कर्मचारी छोटे पद पर हैं तब क्या चालाकियों में भी छोटे रहें? वे इसी देश के नागरिक हैं; समान अधिकार चाहते हैं।

डा. नेहा के लिए ये बातें नई नहीं।

यहाँ मन मारने नहीं आई थी। अजय का मुँह भी कैसा छोटा हो गया है। लोग तो एक-दूसरे को डाउन करके ही अपना हौसला बढ़ाते हैं। आज देवता की तरह सब कुछ शुभ चाहने की इच्छा से यहाँ आ खड़े हुए हैं, क्या इतना ही शुभ चाहते भी हैं?

वह अजय के साथ उस बोर्ड की ओर बढ़ चली, जिस पर पोस्टर्स लगे हुए थे। ये ही पोस्टर्स तो पेपर्स के रूप में ऑफ्थल्मालॉजी के सर्वश्रेष्ठ जर्नल में छपेंगे।

नेहा गर्दन ऊँची करके सिर उठा-उठाकर पोस्टर्स देखने लगी। तभी किसी ने पीछे से पीठ पर थपकी दी—

"प्रोजैक्टर रूम में आओ न। स्लाइड्स दिखाई जायेंगी। स्क्विंट (भैंगेपन) पर पेपर है। डा. प्रेम प्रकाश, चीफ आर. पी. सेंटर एम्स, न्यू, देहली, समझीं डा. नेहा शरण।"

"अरे! डा. विवेक!"

"याद है, डा. शोभना शर्मा के पास आती-जाती थीं तुम?"

"और तुम स्क्विंट यूनिट से डेढ़ साल में ही भाग खड़े हुए थे डा. विवेक! अब इतनी रुचि कैसे जागी?" वह खिलखिलाकर हँस पड़ी।

''याददाश्त की दाद देता हूँ। ह्वाट अवंडरफुल मैमोरी!''

नेहा अपनी हाजिरजवाबी पर मुग्ध हुई। डा. विवेक अपनी स्क्विंट-रुचि का कारण बताने लगे, ''कैटरैक्ट (मोतियाबिंद) तो सरकारी कैम्प्स और ऊँचे-ऊँचे नर्सिंगहोम्स ने कैप्चर कर रखे हैं। मरीज या तो फ्री कराना चाहता है, या पेइंग है तो कुछ भी पे कर सकता है। अपनी गिनती दोनों में ही नहीं आती। स्क्विंट ऑपरेशन लगभग कॉस्मैटिक क्योर है। भैंगी लड़कियाँ और भैंगे लड़के अच्छा पैसा देने में हिचकते नहीं। आफ्टरऑल चेहरे का सवाल है। डा. नेहा, रोग में रुचि तो पैसा जगाता है। लोगों की रुचि चमड़े के काम में हुई, कूड़े करकट में हुई, इसके पीछे क्या था? पैसा!'' कहकर डा. विवेक ठहाका लगाकर हँस पड़े। और आगे बढ़ गये।

प्रोजेक्टर रूम...स्लाइड्स! नेहा को पुराने खयालों ने घेर लिया। डा. आभा कितनी अच्छी स्लाइड्स बनाती थीं, एकदम डॉयलॉग करती हुई...। वह भी साथ-साथ दिन रात जुटी रहती। कैसी श्रद्धा भक्ति थी उन पर। माँ देर से घर आने पर रोज ही झींकतीं।

वह सिर झटकर माँ की बात काट देती।

माँ उसे और उसके प्रोफेशन को लानत देतीं, ''जब खाना और सोना ही नसीब नहीं है, तो ऐसी पढ़ाई का मतलब क्या है मुनियाँ? कहावत है न कि भंगी बनकर कमाओ तो राजा बनकर खाओ भी। तुम्हारे जिम्मे कमाना ही कमाना लिखा है।''

सह हँसकर माँ को लुभाने की कोशिश करती, ''मम्मी, अभी कमाना कहाँ, बस काम ही काम है। कसरत मेहनत मशक्कत!''

आभादी अपनी ओर से कहतीं, ''अपनी मम्मी से कहना, डाक्टर स्वीपर हो सकता है, राजा नहीं।''

''नेहा!'' अजय ने उसकी तन्द्रा तोड़ी।

''हाँ अजय हाँ।'' वह हड़बड़ाई सी देखने लगी।

''अपनी स्लाइड्स लाई तो नहीं होगी?''

''अपनी स्लाइड्स, क्यों? किसलिए?''

''यहाँ दिखातीं तुम। बोलने में तो माहिर हो ही।''

नेहा ने गहरा साँस लिया। नेहा को फीकी सी हँसी आई। नेहा इधर-उधर देखने लगी। अजय की बात का सामना करना उसके बस की बात नहीं। एक जगह रहते हुए वह और अजय इस मामले में आसमान के सितारे हैं। इनको पता नहीं मेडिसिन की दुनिया में चीजें सालों में नहीं, दिनों में पुरानी पड़ जाती हैं।

नेहा का अवसाद में डूबा चेहरा, आसपास से गुजरते डॉक्टर्स को देखकर मानों अजय सहम उठते हैं। 'कोई देखे तो क्या कहे' की चिन्ता में घिरे अजय की नजरों ने भरसक कोशिश से दरसाया, जैसे कह रहे हों—मैं तुम्हें किसी भी तरह खुश देखना चाहता हूँ, समझ रही हो न?

भोले बच्चे जैसा आरक्त चेहरा, नेहा अजय को देखकर एकदम सँभलने लगी। वह क्यों अधीर हो उठी? क्या कुछ बदलने वाला है? इस बिना मुँह के आदमी का कसूर भी क्या?

"अजय, चलो चलते हैं, घर। तुम इतने परेशान क्यों होने लगे? मैंने तो कुछ कहा नहीं, कभी कोई शिकायत...।"

वाह री वाक्पटुता! कोई शिकायत न करते हुए, कुछ ताना-उलाहना न देते हुए भी उसकी गोरी सुतवाँ नाक नथुनों से फड़क उठी। नाक की फड़कन कैसे रोके नेहा? कोई भी नहीं रोक सकता।

नेहा काबू पाना चाहती थी खुद पर, संयत रहने की कोशिशों में एक कोशिश यह भी कि पति की ओर प्रेम भरी निगाहों से देखे। यह मनाना भी हुआ और रिझाना भी। अजय का दिल दुखाकर क्या हासिल हो सकता है? यह जो उसका अपराधी-पुरुष है, उसकी हालत कौन सी अच्छी है? कहता नहीं, तब क्या उसके सीने पर बाप के घन की चोटें नहीं? ऊपर से जुल्म यह कि वह पत्नी के आमने-सामने खड़ा नहीं हो सकता। बेकसूर अजय पाणिग्रहण के दोषी...दोष पर न प्रतिवाद करें न प्रश्न। इस आदमी की आँखों से आँसू तो नहीं टपकता, दुख टपकता है।

घबराकर इधर-उधर देखा नेहा ने। आँखों के कोरों से लिपटे आँसू पोंछ डाले, जो यह सोचते हुए आ गये थे कि—पति बेचारे तो...ये मेरे होते तो लड़ने-झगड़ने का मतलब भी होता। खालिस अपने पापा के बेटे...शरण आई सेंटर के उत्तराधिकारी।

और गहरी-गहरी साँसें भरते हुए सोचा था—क्या अजय को मालूम है कि उत्तराधिकार दूसरे शब्दों में गुलाम ही होता है। 'जी हुजूरी' में कोताही माँ-बाप को भी विचलित कर देती है। मालूम होगा ही, तभी तो सचेत रहते हैं।

"मैं स्लाइड्स लाता हूँ, तुम प्रोजैक्टर रूम की ओर चलो।"

"अरे! क्या पागल हुए हो? ऐसे कहीं होता है? यहाँ पहले से सब कुछ तय रहता है। तुम सब कुछ जानकर भी अनाड़ियों जैसा काम..."

कौन सुनता है? अजय लपकते कदमों से नहीं, लगभग भागते हुए कार की ओर गये।

वाह रे अजय! नेहा देखती रह गई। औरतों के सामने आदमी लोग कितनी जल्दी फैसले लेते हैं। अवसर पा गये डा. अजय।

ये ही स्लाइड्स थीं, जो चण्डीगढ़ कॉन्फ्रेंस के लिए तैयार की थीं। लाख चाहा था, मगर जा नहीं पाई थी नेहा। अजय के पापा को देहली जाना था और बेटे को बाप के साथ अटैची की तरह...। सेंटर सूना छोड़ना या दूसरों के जिम्मे करना एक ही बात है, घर का कोई तो रहे। डा. नेहा घर की थी। अजय मुड़-मुड़कर देखते चले गये, नहीं कह पाये—मैं यहीं रहता हूँ पापा, नेहा चण्डीगढ़ जायेगी।

नेहा के पास उस दुख को कम करने का कोई उपाय नहीं था। अजय गये

तो टप-टप करती आँसू की कुछ बूँदें टपक पड़ीं। उस रात में सूने पलँग पर नींद नहीं आने वाली थी क्योंकि मन में गुस्सा भरा था। एलप्रेक्स की एक गोली पानी के साथ निगल ली। आवेग और आँसुओं से छुटकारा पा लिया। साथ ही पति से शिकायत का जंजाल भी छूटा।

अगर सामने आते हुए डा. अभिमन्यु मिश्रा न दिखते तो नेहा अवसन्न सी न जाने कब तक खड़ी रहती। दो-चार बूँद आँसू नहीं, सावन की धारा से सामना करना होता।

उनको देखते ही उसकी आशा उमड़ आई।

लगा कि प्रोफेसर को देखते ही अपनी सपनीली पनीली सी आँखें चमक उठी हैं।

"हैलो नेहा! पेपर पढ़ने आई हो? डा. शरण?"

"सर!" इससे ज्यादा वह कुछ न कह पाई। तरोताजा ओस नहाई दूब सी, आत्मविश्वास से लबालब दमकने लगी। पुरानी स्पर्श-गंध और शब्दों ने नई आस्था जगा दी।

अजय आ गये।

हाँफते हुए स्लाइड्स का पैकेट थमाने लगे।

नेहा कृतज्ञ हो आई।

डा. अभिमन्यु मिश्रा ने आँखों, होठों और पूरे चेहरे से मुस्कराते हुए कहा, "गुड! सच अ स्मार्ट हस्बेंड एण्ड सच अ वाइज वाइफ!"

नेहा बोली, "थैंक्स अजय। थैंक्स अलॉट।" पति को मुस्करायी हुई नजरों से ऐसे देखा, जैसे आँखें अजय को अपना दोस्त मान रही हैं।

अनसोची! अप्रत्याशित!

घड़ी भर पहले नेहा इस क्षण की कल्पना भी नहीं कर सकती थी, जो क्षण अजय ने उसके सामने पैदा कर दिखाया।

"नेहा, लौटते में डा. माथुर से कहता आया हूँ, आज के प्रोग्राम में तुम्हारा प्रेजेंटेशन शामिल कर लें। यू नो, ही इज रैडी (तुम जानती हो, वे तैयार हैं)।"

दो क्षण पहले रुलाई से रुँधा कण्ठ काबू में करना पहाड़ लाँघने जैसा हो रहा था, क्या पता था अजय की इस कौतुक-लीला पर वह खूब खुल कर हँसना चाहेगी—खुशी से लवरेज हँसी! बचपन होता तो ऐसा ही होता। गम्भीरता की मूर्ति नेहा मुस्कराकर रह गई।

"तुम खूब अच्छी तरह बोलना नेहा, बोलोगी न?" पत्नी के साथ बेझिझक और शासन रहित माहौल के एक-एक पल को खुशियों से भर देना चाहते थे अजय।

नेहा के मजबूर और कुण्ठित मन को संग का, साथ का, साहचर्य का और सखाभाव का उष्ण स्पर्श मिला तो आत्मबल जैसे दोगुना हो उठा।

"घबराहट लग सकती है, बोले बिना बहुत दिन हो गये। मेरी ओर देखना नेहा मेरी ओर! तुम बाजी मार ले जाओगी, मैं सच कह रहा हूँ।"

माँ जैसा लाड़ आया अजय पर। कहने का मन हुआ, इतने प्यारे न बनो। प्यारे लोग जल्दी ही छिन जाते हैं। माइ किस टू यू अजय, मेरा चुम्बन तुम्हारे लिए। मेरे प्राण फूलों से बने हैं अजय, बड़ी जल्दी मुरझा जाते हैं। अपना प्यार इस तरह खर्च मत करो, मुझे इस प्यार की बड़ी जरूरत है।

अजय ज्यों-ज्यों बड़ों की तरह बोलते गये, नेहा भीगती गई।

एक मन, एक प्राण...फिर कैसी झिझक, कैसा डर? हृदयतंत्री बज रही थी, नेहा पिछली स्मृतियों को समेटती हुई स्लाइड्स के आकार लेते चित्र दिखा रही थी। पुराना काम नये सिरे से कैसे खोला जाता है, इस विद्या में वह कुशल प्रवीण लोगों को प्रभावित करने में कामयाब हो गई।

नया द्वार खुला हो जैसे!

"वाह! कांग्स!" अजय ने फुर्ती से उठकर सबसे पहले पत्नी की हथेलियाँ अपने हाथों में ले लीं और सिर हिला-हिलाकर चूम लीं।

लोग कह रहे थे—रैटिनोपैथी का यह नया ऐंगल! क्या तरकीब सोची है!

डा. माथुर ने डा. नेहा को बधाई देते हुए कहा, "अब से इस तरह की नयी स्टडी, नयी खोज का एक नया पेपर तुम्हारा होगा, क्या मैं आशा करूँ?"

नेहा मुस्कराकर पति की ओर देखने लगी।

"ओ श्योर। श्योर सर। आय'म ग्रेटफुल टू यू।"

"एक-दो घण्टे में रिजल्ट आउट हो जाएगा। किसका पेपर किस पोजीशन पर रहा?" डा. माथुर ने उन दोनों को रुकने के लिए कहा था।

नेहा फुरसत के क्षणों में अजय के साथ टहलने लगी।

"पापा सुनेंगे तो!" अजय के चेहरे पर हर्ष, उल्लास और उत्साह का आलम था।

"तुम्हारी पत्नी तो अजीब है अजय, तुम्हारे पापा ही तो कहते हैं," नेहा ने याद दिलाया। और शरारत से हँस दी।

दाँत खोलकर हँसने की अदा और होठों की बाँकी छटा पर मुग्ध हो उठे अजय।

इधर-उधर घूमते हुए परिचित डाक्टर्स से मिलने का मन विशेष रूप से करने लगा। बधाई, शाबाशी किसको अच्छी नहीं लगती? पति-पत्नी आज खुशियों का खजाना लूट रहे थे। न जाने कब आए यह दिन, न जाने कब मिले यह खुशी? दोनों का आपसी विश्वास आँखों में बोल रहा था—यह दिन फिर आएगा। यह दिन आना चाहिए।

"देखें, रिजल्ट क्या कहता है?" अजय ने कहा।

"किर्रर किर्रर..." नेहा चौंकी।

अजय ने मोबाइल फोन ओ.के. करके कान पर लगा लिया।

"कौन? किसका है?"

"पापा" अजय ने बातों की व्यस्तता में से दो अक्षर बोलने का समय निकाला।

"नेहा!"

"हाँ।"

"घर चलो।"

"अभी? कैसे?"

"जल्दी पहुँचना है।"

"रिजल्ट नहीं देखोगो?"

"पापा आ गये हैं।"

दो

'मेरा मन ऐसा कुछ सह सकता था?'

विभीषिका के छायाचित्रों और धू-धू जलते वैभव की तस्वीर सामने घूमती है। डा. नेहा शरण का सिर घूम रहा है कि धरती पर ही चक्रवात सा आन्दोलन...

काश् चेतना न रहती।

दरवाजे के बाहर ताला तो लगा है न? बाहर निकल भागने का उपाय भी मुजरिम होने का लक्षण है। मौत सिंहवाहिनी नहीं, भैंसावाहिनी है, फिर भी इस देवी की ताकत कि डा. नेहा को इसी मृत्युगृह में कैद कर दिया। नेहा सिंहवाहिनी को पुजते देखती रही है। कैसे हैं लोग मृत्यु को नहीं पूजते। ताकत की देवी सिंहवाहिनी यहाँ कहाँ सहायक है? और सहायता की इस भयानक क्षण से ज्यादा किस समय जरूरत है?

जीवन को मौत याद रहे न रहे, मौत को जीवन याद रहता है। क्या-क्या सोचती हैं डा. नेहा, जो अभी तक कभी नहीं सोचा था।

शरण आई सेंटर के स्वागत कक्ष में कुर्सी पर बैठी डा. नेहा शरण यों तो आराम से हैं, लेकिन मन दुख और शोक के दलदल में धँसता चला जा रहा है। भीतर ही भीतर कोई बोल रहा है—'यह जिन्दगी...बस बहुत हो चुका।' स्थिरता इस कदर छिन्न-भिन्न है कि अपना ही वजूद कटे टुकड़ों में पड़ा दिखता है—कहीं मन, कहीं आँखें, कहीं कान, कहीं हाथ पाँव...। भीतर से प्रार्थना उठती है, लेकिन संकल्प जीवित है, यह विश्वास नहीं।

डा. नेहा बेआवाज रोना चाहती हैं, दिल हूक का खजाना हो गया है।

एक सपने को दफन करना है।

उस सपने को, जिसे सारी मुसीबतों, सारे विरोधों के बावजूद सँजोये रखा था और आकांक्षा की किरणों में सहेजकर देखा था। शपथ ली थी—यहाँ आने वाले दुखी मरीज ही मेरे सम्बन्धी हैं, वे ही मेरे मित्र!

अँधेरे पर प्रकाश की चादर फैला दी थी, यही तो विपरीत परिस्थितियों के दायरे में जीने का अभ्यस्त होते जाना था।

मालिकों की पदचाप पीछे-पीछे आती थी तो मैंने खुद से पूछा था—मेरे अधिकार में क्या है? मैं अनुज्ञा ढोने वाली दासी...सोचते ही सारा कुछ खण्ड-खण्ड होता हुआ दिखता।

'असम्भव कहकर निश्चिंत हो जाये आदमी, ऐसा आदमी कहाँ होता है? फिर जुड़ने के यत्न, फिर खड़े होने के उपक्रम, भले ही वे कण से भी छोटे और बूँद से भी क्षुद्र दिखें, मन में क्या क्या तो जुड़ता है—कण-कण से पर्वत और बूँद-बूँद से समुद्र...क्या मैं ही रेशे-रेशे कटकर टूट-टूटकर जुड़ती हुई सख्त मन होती जाती हूँ? टूटती हुई झनझना रही थी...अनेक दुखियारे दृष्टिहीनों के लिए रोशनी की किरणें कहाँ से लाऊँ? उन्हें दृष्टि ग्रहण करते देखती हूँ तो लगता है मेरे ही भीतर सूरज जागा हो!'

...व्याकुल मन नेहा सिर गड़ाकर मेज पर रखे कैप्शन्स को घूर रही थी—दृष्टि दान से बड़ा कोई दान नहीं।—दृष्टिहीनों के लिए रोशनी की एक किरण सबसे बड़ा खजाना है।—रोशनी पर सबका अधिकार है।—अन्धकार भरी दुनिया के बारे में सोचिए।

फोन की घण्टी बज रही है।

लगातार!

निरन्तर...नेहा झल्ला गई, "कोई इस फोन को उठाओ, रिसीव करने के बाद बैन कर दो। चोगा उतरकर रख देना।"

नर्स डर के मारे सिहर तो नहीं रही, डर का नाटक कर रही है, नेहा भी जानती है।

उसने सहमते हुए कहा, "आपका फोन।"

"मेरा? मेरे तो सभी कॉल्स होते हैं। तुम बात कर लो।"

"देहली से...आपका" कहकर उसने डा. नेहा को फोन पकड़ा दिया।

दूसरी ओर से आवाज आ रही है—

"हैलो, हैलो डा. नेहा इज देयर?"

"या...आय'म हियर। डा. नेहा स्पीकिंग।" (हाँ, मैं यहाँ हूँ। डा. नेहा बोल रही हूँ।)

"आय'म आभा। डा. आभा फ्रॉम डेल्ही। डा. नेहा, आय'म आभा..."

"आऽऽभा! ओऽऽ!" एक क्षण के लिए रुकी नेहा और दूसरे ही क्षण चिहुँक पड़ी, "आभा दी। ओ आभा दी!"

"या आय'म आभा दी। नेहा डार्लिंग, हाउ लकी आय'एम (हाँ मैं आभा दी। प्यारी नेहा, मैं कितनी भाग्यवान हूँ) तुम इतनी जल्दी हाथ आ गईं। सोच तो यह रही थी कि दिन-रात चलते रहने वाले ऑपरेशन थियेटर में विजी होगी तुम। मेरा मैसेज (संदेश) ही पहुँच जाये, यही बहुत।"

"ओह आभा दी! कैसी बातें कर रही हैं। आप से बढ़कर है ऑपरेशन थियेटर?"

"अच्छा अच्छा! स्वीटी, अब एक काम की बात सुनो।"

"बोलिए आभा दी।" कहने के साथ ही नेहा के आगे आभा जैसे सशरीर प्रकट हो गई हो। बॉब्ड बालों से घिरा साँवला माथा, तीखे नैन नक्श और लम्बोतरा चेहरा। अड़तीस वर्षीया डा. आभा द्विवेदी, जगमगाता सफेद ऐप्रिन उनकी नीली जींस को घुटनों तक ढक रहा है।

"नेहा सुन रही हो डियर? कम से कम तीन दिन का प्रोग्राम बनाना होगा। अपने फादर इन लॉ से कह दो, अर्जेण्ट काम से जाना है देहली और तुरन्त चली आओ।"

"आ जाऊँ? देहली आ जाऊँ? अभी, आज ही...?"

"आज ही नहीं, मगर बहुत जल्दी, जल्दी से जल्दी...वेरी सून।"

"क्या काम है आभा दी?"

"डा. नेहा शरण। डार्लिंग, डॉक्टर को डॉक्टर से क्या काम होता है? कैसा काम होता है?"

"फिर भी, प्लीज बताइये न आभा दी।"

"वही, फॉरेन बॉडी ऑपरेशन। कॉम्प्लीकेटेड केस है। याद है तुम्हें, जब तुमने 'लाल-गुलाब' की सर्जरी की थी। आधा सेंटीमीटर, लम्बा लोहे का टुकड़ा...याद है न? वही हालत समझ लो। यहाँ डॉक्टर्स ने हाथ खड़े कर दिये हैं।"

"और आप आभा दी, हाथ बढ़ा रही हैं!"

"यस। उम्मीद करती हूँ कि रेटिना (आँख का भीतरी पर्दा) बचा हुआ है।"

"आना कहाँ है? डिपार्टमेंट?"

"यार...तू पगला तो नहीं गई? नेहा, हड़बड़ाई सी क्यों बोल रही है? आर यू ओ. के.? डिपार्टमेंट कहाँ से आएगी? बताया तो था एक बार, अपना ही छोटा सा आई सेंटर है।"

"हाँ, हाँ! आभा दी, मैं आने की कोशिश करूँगी। आय विल ट्राय माय बेस्ट।"

"कोशिश? ह्वाट कोशिश? बहुत पीटूँगी, समझ लेना। ससुराल की अमीरी में नखरे सीख गई है।"

"न न न आभा दी।"

"डियर, सब कुछ भूल जाना, मगर नहीं भूलना कि हमारी दुनिया में मरीजों के दुख दर्द और उन दुख दर्दों से निजात पाने के उपायों से बढ़कर अहमियत किसी चीज की नहीं। यही तो हमारे सुख का सागर है। इससे अलग हम सोचते भी क्या हैं, एक्सैप्ट दिस ओशन ऑफ हैपीनैस!"

"हाँ, आभा दी, बिल्कुल। इससे ज्यादा और चाहिए भी क्या?"

फोन बन्द हो गया।

जिस खबर से डा. नेहा खुशी के मारे उछल पड़ती और ऑपरेशन की दुनिया में बिचरने लगती, वह खबर आज...पता नहीं क्यों, कुछ सोचने से पहले आँखों में नमी जुड़ने लगी।

सेंटर में कर्मचारियों और नर्सों के अलावा अन्य कई लोगों के होते हुए भी नेहा डा. आभा के चेहरे के सामने थी। शायद इसलिए ही रुलाई उमड़ने लगी। नेहा का वश चलता तो साड़ी का घूँघट काढ़ लेती, रोना बहुत जरूरी हो गया।

अपना दुख कि डा. आभा के प्रति भक्ति भाव...सिर झुकाये उनकी अनेक छवियों में समाहित नेहा का वजूद आँखों से आत्मा तक पिघल-पिघलकर बह उठा। उनके साथ बहुत पहले के वादे, बहुत पहले की शपथ खुद को याद दिलाकर सचेत किया। नेहा का जो अपराजिता रूप, कि प्रभावकारी व्यक्तित्व ढाला था, वह कितना बचा कितना छीजा, आभा दी बुलाकर देखना चाहती हैं?

नहीं नहीं! सब भ्रम है।

—यह मेरा हाथ पकड़कर कौन उठा रहा है मुझे? आवाज देकर कौन पुकारता है? क्या इसी क्षण की राह देख रही थी मैं?

नहीं नहीं। कहीं कोई नहीं!

—वह मेरी जिन्दगी की सार्थकता सिद्ध करने वाली हैं। इस जीवन का ढर्रा बदल देने वाली...अँधियारी सतह पर हठीली किरण सी आभा दी!

नेहा अनजाने अनचाहे कृतज्ञ हो आई।

—मेरा मन कैसा पागल है! क्या किया मैंने? क्या जा पाऊँगी यहाँ से?

झटके के साथ नजरें फोन पर पड़ीं। लम्बी पतली उँगलियों ने नम्बर मिलाने का उपक्रम किया, मगर फोन दोनों ओर से मौन...

नेहा की कातर दृष्टि...प्राण हाँफने लगे कि थोड़ी सी स्थिरता आई?

—आभा दी, तुम जैसे सोचती हो, वैसे ही सब सोचें तो आदमी की जिन्दगी यों मुहाल न हो जाये। कुछ ही क्षणों के लिए सही, तुम्हारी आवाज आई, चेहरा आकार ले गया। तुम्हें देखकर साँसों में संजीवनी भर गई।

डा. नेहा फोन का चोगा थामे किस दुनिया में चली गई?

उस संसार से बाहर, जिसमें सेवा की निपुणता दिखाकर, कुशलता दिखाकर डा. शरण के घर परिवार को प्रभावित करने के लिए जान झोंक रही थी। गृहस्थी के कामों से लेकर सेंटर के दिन भर के प्रोग्राम में पसीना पसीना होती रहती और रात को नहा-धोकर, सुन्दर नाइटगाउन में महकती हुई लहराते बाल खोलकर अजय के साथ सुखसेज कर रही होती।

खिले कमल सी डाक्टर पत्नी! कौन न मुग्ध होगा?

उस हाहाकार भरी दुनिया से बाहर चली गई, जो अब तक, इस क्षण तक

उसको रेशा-रेशा खत्म किये दे रही थी, क्योंकि उसका चिराग बुझने को है और नेहा को रोशनी का खजाना चाहिए। कोई झरोखा, कोई रौशनदान...क्या वह किरणों की तलाश के लिए ही जन्मी है?

यह लज्जा, यह अपमान और यह दुख...रोगी मर गया, वह मर जाना चाहती है। खिले कमल सी लड़की को इतना बड़ा सदमा...पति देखते रह जाते हैं। अजय टुकड़े-टुकड़े हो रहे हैं। बिजली की रोशनी को ही प्रकाश समझनेवाले को यह भी कहाँ मालूम है कि मिट्टी के छोटे से दीये के जलने पर अँधेरा टूट जाता है, इसलिए ही उस रोशनी के अभाव में वे खुद अन्धे हो रहे हैं। चकाचौंध आदमी कितना कुछ देख पाता है?

—किस-किस के लिए रोशनी बचाई जाये आभा दी...और किस-किस को बाँटी जाये...? मेरे सवाल को तुम जरूर हल करोगी।

डा. नेहा की तन्द्रा नर्स ने तोड़ी। सफेद फ्रॉक पहने हुए साँवली नर्स कह रही है, "फोन बिजी मिल रहा है डॉक्टर, आप फोन पकड़े बैठी हैं।"

"ओह!" कहकर नेहा ने फोन ठीक से रख दिया।

रात को सोते समय 'फॉरेनबॉडी सर्जरी' याद आती रही।

डा. नेहा जीवन के नाटक को वापस मुड़कर देख रही हैं। कौन-सा अंक है यह? धरती-आकाश मथकर बनाया गया एक मंच...डा. चक्रवर्ती उस मंच के सूत्रधार, जीवन के किन कोने अंतरों को प्रकाशित करते हैं कि नेहा को एक-एक पात्र, एक-एक भंगिमा दिखाई देने लगती है। ऑपरेशन टेबिल पर लेटा मरीज, मुँह पर मास्क लगाए डा. आभा, डा. आलोक और खुद डा. चक्रवर्ती सिर पर टोपी और मुँह पर मास्क में, तैनात। नेहा असिस्ट कराती थी उन दिनों। डा. चक्रवर्ती की आँखें संकेतों का कुतुबनुमा...रात आधी गुजर गई या पूरी किसको पता चलता था? ऑपरेशन थियेटर में तो चौबीस घण्टे दिन रहता है। कान खड़े करके, आँखों को खोलकर रात भर जागने का संकल्प लिये हुए उनकी सारी टीम, बिना जागे उपाय नहीं। लोग सोये रहें तो अन्धकार का साम्राज्य रहता है।—ऐसी अनेक बातों से नेहा अपनी मम्मी को बहलाया करती, जबकि वे सब कुछ समझने के बाद भी कहती—पर मुनिया मौहल्ले के लोग क्या-क्या कहेंगे? दूसरी बात यह कि तेरे पापा की तबियत भी ठीक नहीं। रात ऐसे गई, सबेरे फिर ड्यूटी! तू तो कहती थी आँख के विभाग में इमरजेंसी नाम को होती है। रात की ड्यूटी भी ज्यादा नहीं पड़ती।

माँ के शिकायतों भरे चिंताकुल प्रौढ़ चेहरे के साथ ही खड़ा है डा. चक्रवर्ती का चेहरा, जो आँखों ही आँखों में संवाद समझाता है, कहो—सीमा पर लड़ते सिपाही के लिए विवशता और तकलीफ जैसी अड़चनें कहीं नहीं होतीं। उसे तय करना होता

है—लड़ना है, या नहीं लड़ना है? उसे भूल जाना होता है कि जीतना है या हारना है। याद रखना होता है कि आँख पर हमला करते अँधेरे के खिलाफ वार करना ही करना है।

मम्मी इन संवादों से आक्रान्त सी...

मंच पर डा. आभा द्विवेदी अवतरित होती हैं। दायें बायें से नेहा को घेरती हैं। हमने तुमने सफलता हासिल की है, अब की बार भी कामयाब होंगे। डा. चक्रवर्ती का दिया हौसला हमारे साथ है। चली आओ, चली आओ!

डा. नेहा मंच से नीचे कूद गई और मुँह के बल गिरी हो जैसे।

'आभा दी, तुम्हें क्या पता कल क्या होने वाला है? हो सकता है कल कुछ लोग सेंटर में इनक्वायरी के लिए आएँ। मैं कल देहली चली जाऊँ और यहाँ अकेले अजय...सँभाल पाएँगे, मुझे शक है। तुम क्या जानो आभा दी कि इस इलाके में नेत्रचिकित्सा के इतिहास में यह विरल घटना है। डा. आर. पी. शरण, शरण आई सेंटर और बेहतरीन इलाज, इन तीन गुणों के मिलने से दुर्गुण का इतिहास बना है। कहते हैं कि यह खबर पाकर जो जहाँ खड़ा था, वहीं सन्न सा खड़ा रह गया। विश्वास करना इतना आसान नहीं था।'

'मैं रहूँ, तब क्या बात सध जायेगी?' डाक्टर नेहा ने खुद से सवाल किया और उत्तर निकालते पल भर भी नहीं लगाया—शरण परिवार की कुलवधू डा. नेहा ने फिर कौन सा करिश्मा दिखाया? लड़का तो उनका जो है, सो है।

मौत का करिश्मा। डा. आर. पी. शरण, छिपो मत, भागो मत। सँभालो अपना अस्पताल, जिसकी दीवारें सोने की और छत चाँदी की बनाना चाहते हो, मुझे अच्छा लगेगा, सँभालो खुद। अभी तो इसकी दरोदीवार से मौत का अँधेरा लिपटा पड़ा है। रोशनी कहीं गुम हो गई कि नोटों के नीचे घुट-घुट कर खत्म हो गई?

क्या-क्या सोच रही है नेहा? मंच पर खड़ी बिगड़ते नाटक को देखकर हताश हो गई है। अपना रोल भूल गई शायद...डॉक्टर की बुरी नजीर?

नहीं, डा. आभा द्विवेदी धीरे-धीरे खून में उतर रही हैं। उनका वजूद अपने वजूद में घुलने-मिलने की प्रक्रिया में पड़ी नेहा छटपटा रही है। जुबान पर कोई भाषा नहीं, आँखों में कोई कल्पना नहीं, समाज के सिरमौर डा. आर. पी. शरण के घर में रहते हुए डा. आभा भीतर ही भीतर आकार लेने लगीं। ईश्वर जाने नेहा इतनी तरल कब हो गई? उसने तो सदा ही डा. आभा की परछाईं से भी दूर भागने के यत्न रचे हैं।

सोचते-सोचते अपने कॉलिज के आई सेंटर में आ खड़ी हुई नेहा।

जुलाई महीने की तीखी तेज धूप में जल भरे बादलों का इन्तजार रहता था।

आई सेंटर के लम्बे बरामदे और खुले कमरे इन दिनों मरीजों से ऐसे ठसे नहीं रहते थे, जैसे कि सर्दी के मौसम में।

तभी डा. आलोक ने नेत्र विभाग को नाम दिया था–शीत वृद्ध विभाग। वे सदा हँसते हुए कहा करते–नेहा, तुमको 'गायनी' चूज करना था। उस विभाग में नये बच्चे पैदा होते हैं। रोगी भी जवान औरतें, जिनकी 'केयर' लोग करते ही हैं क्योंकि वे बच्चों की माँ होती हैं। अपने यहाँ तो बूढ़े आते हैं, वे भी अन्धे। जब तक औलाद के जी का जंजाल न बन जायें, उन्हें डाक्टर के पास कौन लाये? सच्ची, मैं लड़की होता तो गायनोकोलोजी में पोस्ट ग्रेजुएशन करता।

–अभी किसने मना किया है डा. आलोक, फिर से कम्पटीशन में बैठ जाओ। प्रायवेट प्रैक्टिस की, तो भी पौबारह। आई सर्जन की कंसल्टेशन-फीस के बराबर तो वहाँ फोर्थ क्लास कर्मचारी बख्शीश माँगता है–डा. आकाश कहते हुए हँस पड़े।

–सब नये-पुराने यानी बच्चे-बूढ़े का फर्क! हाय रे बुढ़ापे...डा. मनोज माथे पर हाथ रखकर रुआँसे हो आते।

हँसी ठट्ठा। मजाक मौज। नहीं; ये बातें कुछ ज्यादा पसंद नहीं थीं डा. आभा द्विवेदी को। वे जब कंसल्टेंट बनकर आईं तो सीनियर रेजीडेंट डा. आलोक ने बताया था–अनुशासन प्रिया आई हैं।

डा. आकाश ने अफसोस जताते हुए पूछा, "यार, दुखिया सी है, क्या बात है?"

"फ्रस्टेटिड वुमैन! एम्स में पोस्ट नहीं मिली, जानते हो?" मनोज ने असलियत खोली।

"नहीं मिली तो न सही। पोस्ट तो यही थी कंसल्टेंट की, यहाँ मिल गई।" आकाश ने दुखिया होने का कारण पर्याप्त नहीं माना।

"यहाँ की पोस्ट को ऑल इंडिया इंस्टिट्यूट ऑफ मेडिकल साइंसेज जैसी संस्था में रह आने वाला कुछ समझता है? एकदम घटिया मानता है इस मेडिकल कॉलेज को क्या, किसी भी मेडिकल कॉलेज को।" डा. आलोक असलियत जानते हैं।

"इसमें घटियापन की बात क्या है? सारे अपॉइंटमेंट्स यू.पी.एस.सी. से होते हैं। वहाँ बोर्ड में ऐरा गैरा तो नहीं बैठते।" आकाश को ताज्जुब है।

"बिल्डिंग। इमारत। नाम। इंस्ट्रूमेंट्स, अखबार और टी.वी. में चर्चे...क्या यह सब है इस कॉलिज के पास?" मनोज ने सवाल किया।

"इस बात का काम और पोस्ट से क्या ताल्लुक?" आकाश समझ नहीं पा रहा।

"ताल्लुक है, बेशक है। पूछ लो डा. आभा से, वह एम्स में झाड़ू लगाना ज्यादा पसंद करेंगी बजाय यहाँ के कंसल्टेंट बनने के।" मनोज ने डा. आभा की ओर से प्रतिनिधित्व कर डाला।

डा. आलोक ने घड़ी देखी और बोले, "मैडम का राउंड पर आने का समय होने वाला है। उससे पहले इतना समझ लो कि उनके सामने इस तरह की कोई हरकत न हो कि वह हमारे कॉलिज और हमारे विभाग को 'घटिया' समझें, नीची नजर से देखें। हम उन्हें एम्स से अच्छा माहौल देंगे। ओ. के.।"

"यस यस यस!" मिलीजुली आवाजें हँसी में डूबी थीं।

गम्भीरता लाते हुए डा. आलोक का स्वर सबके बीच फैल गया, "आकाश की बात में दम है। मैं पूछता हूँ कि घटिया हमारा कॉलिज है या ऑल इण्डिया इंस्टिट्यूट ऑफ मेडिकल साइंसेज? महा घटिया इंस्टीट्यूशन है साली। हर शाख पै उल्लू बैठा है अंजामे गुलिश्ताँ क्या होगा? हर विभाग में बाप बैठे हैं, बेटों के एलीजीबिल होने तक पोस्ट खाली हैं। साले हैड ऑफ द डिपार्टमेंट हैं या रूलिंग पार्टी के अध्यक्ष? इस बेचारी आभा ने कम जलालतें नहीं सहीं। सेंटर के चीफ ने मनमाना कहर ढाया है इस औरत पर जैसे वह चीफ न हो जहाँपनाह अकबर हो कि सलीम को राजगद्दी सौंपे बिना रिटायर होगा नहीं। सारे डिपार्टमेंटस में एडहोक अपाइंटमेंट्स हुए, नेत्र विभाग इकलौता अपने वारिस सलीम की राह देखता रहा। डा. आभा के चार साल बेकार गये। बाद में भी पोस्ट नहीं दी, क्योंकि आभा आगे चलकर पुत्र श्री पर भारी पड़ जायेंगी।

आकाश ने फिर सवाल किया, "बेकार क्यों, कोई नौकरी तो रही होगी।"

"यार, तू भी...नौकरी क्या थी, पूल ऑफिसर थी, जिसे सब पुकार सकते हैं। चीफ के रहते कोई पुकार तो नहीं सका, बेचारी उसी आलीजाह के लिए पेपर लिखती, स्लाइड्स बनाती, वह भी अपने खर्चे पर। संग-संग कॉन्फ्रेंस में जाती, वह भी अपने खर्चे पर।"

"अपने खर्चे पर? खाती क्या होगी?" आकाश माली हालत के बारे में सदा सोचता है।

"उसके पिता के ब्यौरे के लिए समय नहीं है, जो सुनना है जल्दी सुन लो। खुद ने एक केस नहीं किया, बस असिस्ट कराती रही। फिर आ गये चीफ साहब के साहबजादे, बस काम दोगुना हो गया। पेपर स्लाइड्स और असिस्ट कराना। इधर बाप की ऑपरेशन टेबिल, उधर बेटे की, बीच में डा. आभा द्विवेदी...दोनों हाथों से असिस्ट कराना सीख लिया। सोचो, बोथ आर्म्स आर बिजी इन इर्रीगेटिंग!, बोलो कितनों को यह हुनर आता है? सँभावना अच्छी है—डा. आभा एक हाथ से सर्जरी और अपने दूसरे हाथ से कॉर्निया पर पानी डाल सकती हैं। सच्च अ वंडरफुल सर्जन!"

"आ गई।" आकाश आवाज भींचकर चिल्लाया।

"गुड मार्निंग मैम" का धीमा, मगर समवेत सा स्वर उठा।

डा. आभा सिर हिलाकर दाँत खोलकर मुस्करा पड़ीं और राउंड में चलते-चलते बोलीं, "तुम लोग तो नर्सरी के बच्चों की तरह विश करते हो।"

आलोक हाजिर जवाब, ''मैम, आज पहला दिन है। नर्सरी राउंड ही समझिये। और फिर यहाँ एम्स जैसे मैनर्स तो हैं नहीं लोगों में।''

डा. आभा ने आलोक से ज्यादा, हाजिर जवाबी दिखाई, ''क्या कहना चाहते हो? मेडिकल इंस्टिट्यूट के डॉक्टर्स अपने बड़ों को विश नहीं करते, यह क्या मैं नहीं जानती? इन्हीं मैनर्स की बात कर रहे हो न? फिर भी वह इंस्टिट्यूट वर्ल्ड फेम की संस्था है।

''सॉरी मैम'' कहकर डा. आलोक ने क्षमा याचना की। और डा. आभा द्विवेदी की पीठ फिरते ही इशारों में आलोक ने कहा, ''देखा, कैसा बुखार है वहाँ का।''

बुखार कब उतरा? कैसे उतरा, पता ही नहीं चला।

डा. आभा में गुण बहुत हैं।

बेहद तेज है और भारी सहनशीलता भी। बिना कहे बात समझ लेना, उनकी विशेषता है।—इन बातों का विश्लेषण किसी ने नहीं किया।

फिर भी पटपरिवर्तन हो गया।

आकाश, मनोज, आलोक के साथ नेहा के गुट में डा. आभा कब रिलमिल गईं पता ही नहीं चला। आँखों के सामने उनकी बेहद आत्मीय तस्वीर नाचती। सुख-दुख बाँटने के दृश्य बनते।

'मैम' कहते-कहते नेहा कब 'आभा दी' पर उतर आई? छोटे-बड़े का दायरा कब खत्म हुआ? राउंड, ओ. पी. डी. और सर्जरी की जरूरतों ने जूनियर-सीनियर के भेद भुलवा दिये। जिस तरह हृदय विशेषज्ञ अन्तिम समय में धमनियों से जूझते हैं, मस्तिष्क के ज्ञाता शिराओं को बचाते हैं, उसी प्रकार आप्थल्मालॉजी के सारे डॉक्टर्स आप्टिक नर्व को बचाने में जी जान से जुटे रहते। कैसी है यह दुनिया...कोई लम्बी पड़ती साँसों को सम पर लाना चाहता है तो कोई जाती हुई चेतना को पकड़ना चाहता है और कोई रोशनी को बाँध लेने की जिद ठानता है। काल का अतिक्रमण करने वाले लोग, जूझते-जूझते लड़ाकू हो जाते हैं। मान-अपमान से परे, ऊँच-नीच से ऊपर उठकर लड़ने वाले डा. आलोक सिंह के कितने नजदीक आ गई थी नेहा, कि आप कहते-कहते तुम पर आ गई और तुम कहते-कहते कब 'तू' का संबोधन बन गया?

सीनियर रेजीडेंट डा. आलोक गाया करते—रफ्ता रफ्ता वो मेरी हस्ती का सामाँ हो गये। पहले जां, फिर जाने जां, फिर जाने जाना हो गये। रफ्ता रफ्ता...

नेहा हँसती उनकी बाँह पर च्यूँटी काटती और पूछती—जानेजाना का मतलब?

डा. आलोक उत्तर देते—डार्लिंग, स्वीट डार्लिंग! तभी तो मुझ से 'सर' नहीं कहती। अदब नहीं करती, हैं?

कौन नहीं जानता था, नेत्र विभाग के क्या, सारे ही डॉक्टर्स की भाषा क्या हो जाती है? मरीजों से बाबा और अम्मा का सम्बोधन, आपस में तू तड़ाक बोलते हुए काम की गहमागहमी। साथ खाना, साथ रहना, ड्यूटी रूम में साथ सो

जाना...औपचारिकताओं के लिए, भेदभाव के लिए वक्त ही कहाँ रहता था।

नेहा को तो अपने सारे साथियों की शक्लें एक सी लगतीं। चिकना चेहरा, कटी हुई काली मूँछें, आँखों पर चश्मा, कोई लम्बा कोई छोटे कद वाला। कद काठी भी एक सी लगभग। डॉक्टर होने के नाते आहार और व्यायाम का ध्यान रखने वाले।

"डॉक्टर लड़के, लड़कियों से कम नहीं होते" वह कहती और दिखाती, "देखो, आकाश मनोज और गौरव जब वक्त मिलता है, मौका देखकर घर फोन कर आते हैं। मम्मी की याद आती है बेचारों को।"

आकाश बताता, "हम कहाँ करते हैं फोन वोन। वह तो किसी गर्ल फ्रेण्ड को।"

"चलो जाओ, ज्यादा मर्द मत बनो। कहो कि मम्मी ही गर्लफ्रेंड है। बेचारी मम्मियाँ, ट्वेल्थ क्लास तक संग सोती, संग जागती हैं, उनकी याद न आए तो किसकी आए?"

"आलोक, तू आज के फोन का कोटा पूरा कर चुका? मतलब कि तीन बार।"

आलोक चिढ़ से गये, "क्यों आप लोगों को तकलीफ होती है?"

"बिलकुल नहीं। बस दुख लगता है कि डा. आलोक ड्यूटी पर नहीं, जंग के मोर्चे पर हैं। सुबह-दोपहर-शाम मम्मी-पापा को खबर देते रहते हैं कि वे जूझ रहे हैं और जिन्दा हैं। आगे भगवान मालिक।"

और फिर ठहाकोंवाली हँसी!

'कहाँ रह गये वे ठहाके? कहाँ गूँजती होगी हँसी? यहाँ तो घर साँय-साँय कर रहा है!' बीते दिनों की यादें कि दर्द याद कर लिए नेहा ने! टीसों के मारे आँखें छलक आयीं।

यह छितराई सी रात.. नींद बिखर गई। ड्यूटी नहीं, पेशेंट्स नहीं और नींद भी बिछुड़ गई। आशा सी चमकतीं अँधेरे पर्दे पर साथी सहपाठियों की उजली आकृतियाँ...

आभा दी का फोन! संकट की कुल्हाड़ी से फटाफटा उजाला...नेहा की पलक से पलक नहीं जुड़ी, सबेरा हो आया।

असहनीय दर्द उमड़ता है, फाँकों के बीच, यादों में भी घुल गया। कितने रंग बन गये कि दिखते हैं कभी ये रंग कभी वे रंग...इन रंगों में अजय...

नेहा सोये हुए अजय को देखती है। पहले भी अजय सो जाते थे, वह जागा करती थी। आज मगर सोना पहले जैसा नहीं है। यह तो लारपोज की गोली की नीम गफलत है।

नेहा लारपोज भी खा ले तब भी नींद नहीं आने वाली...पलकों के बीच आभा दी करकराती हैं। यहाँ जो कुछ हुआ, उसे छिपा लेना मुमकिन नहीं, मगर बताना भी तो आसान नहीं। आभा दी गलाकर रख देंगी नेहा को।

मन ही मन पराजय स्वीकार करती हुई मनुहारों पर उतर आती है—आभा दी, विजय तुम्हारी हुई। तुम्हारा कहा सच हुआ। तुम ज्ञान की भंडार सी...ज्ञान फल गया।

'काश मैं आभा दी जैसा ऋषि विवेक लेकर पैदा हुई होती!

मैं तो अभावों की मारी हुई अपने अंधेरों से बाहर की ओर झाँकी तो सामने अजय को चाँद की तरह झिलमिलाते हुए पाया। किरणों में नहाने की साध पाल ली आभा दी! हो सकता है कुँआरे मन की इच्छाओं ने नीर क्षीर करने की बुद्धि छीन ली हो, कमसिन लड़की के इर्द-गिर्द ऋद्धियाँ-सिद्धियाँ चक्कर काटने लगीं।

...और तुम परेशान! अजीब मंजर था।

मैं स्नेह और श्रद्धा को माड़े-मिलाये तुम्हारे सामने खड़ी थी।

"नेहा, शादी? इतनी जल्दी?" लम्बा एप्रिन पहने हुए डा. आभा ने पूछा तो सारा उत्साह कँपकँपी में बदल गया। अपनापन इतनी दहशत कहाँ छिपाये रहता है?

"इतना उतावलापन दिखाओगी, मैंने सोचा न था नेहा।"

तभी यकायक मन में बात फूटी थी—नहीं, शादी नहीं। माँ-बाप की इच्छा मैंने अपनो इच्छा कैसे मान ली? किसी लक्ष्य से, किसी मिशन से ब्याह बड़ा नहीं हो सकता। ऐसी भूल आखिर कैसे कर बैठी? काश इस समय मन में मची हलचल आभा दी देख लें।

"तुम जानती हो नेहा, जो लड़का अभी तुम्हें अपनी ओर आकर्षित कर रहा है, कल उसी झटके से अलग कर देगा, क्योंकि उसके अट्रेक्शन को खिंचाव को उसका कुटुम्ब सह नहीं पाएगा। और उस परिवार का बेटा अपने भूले हुए कर्तव्य याद कर करके घरवालों को सुखी बनाना अपना एक मात्र लक्ष्य बना लेगा। शादी के बाद लड़की माँ-बाप से अलग हो जाती है, मगर लड़का उसी अनुपात से पास आता जाता है। कैसा अचम्भा है! मगर यह अचम्भा बर्दाश्त करने लायक नहीं, मुश्किल तो यहीं आती है।" कहकर आभा दी और भी गहन सोच में पड़ गईं।

क्या कह रही हैं आभा दी! यह नया अनुभव क्यों सुना रही हैं?

"आभा दी, तुम्हारी बात का मतलब?" कैसे कहे. यह वाक्य?

अनकहे को समझ लेना ही तो आभा दी की खासियत है, अपनी बात को तर्क पर ले आयीं।

"लोग बेटा पैदा होते ही एक काल्पनिक बहू की तस्वीर रच लेते हैं। उसके आने के क्षण की तमन्ना में खुशियाँ सँजोते रहते हैं।...लेकिन जब वह दिन आता है तो दूसरा मोर्चा खोल देते हैं। 'बहू से लड़के को बचाओ' अभियान जोरों से चलने लगता है। ब्याह क्या होता है, सास ससुर के लिए बहू चुनौती बनकर आ जाती है। सारी जिन्दगी कड़वी कड़वी..." कहते हुए आभा दी का गला रुँध आया।

नेहा स्तब्ध रह गई।

आभा दी आगे बढ़ आईं और उसके कन्धों पर दोनों हथेलियाँ टिकाकर बोलीं, "नेहा डार्लिंग, लड़की बड़ी मामूली चीज होती है फिर भी लोग उससे इतना डरते हैं। क्यों डरते हैं?"

वे क्या कह रही हैं, नेहा ने सुना कि न सुना, मन में एक ही मंत्र का जाप करती रही—मैं शादी नहीं करूँगी, मैं शादी हरगिज नहीं करूँगी...जाप करते-करते रो पड़ी थी वह। रुलाई पर शर्म भी आई लेकिन आँसू थमे तब न? तब ही तो कहे—ब्याह करने की जरूरत क्या है आभा दी? डॉक्टर बनकर अपना खर्च नहीं कमा सकते हम ? कौन-सी पढ़ी-लिखी लड़की आजकल आत्मनिर्भर नहीं? हमारी माँएँ नहीं कर पायीं, दुखिया रहीं उनका दुख देखकर ही तो सन्तान को प्रायश्चित्त करना होगा। नहीं सोच पाई नेहा कि यदि कोई अपनी इच्छा से ब्याह करना चाहे तो? आभा दी का उत्तर होगा—कौन चाहेगा हथकड़ियाँ लगवाना? बेड़ियाँ पहनना...

भरी-भरी घर आई थी और अपना फैसला सुना दिया था।

...लेकिन

उम्र हठ पर उतर आई आभा दी कि कल्पना से बनाया राजा रानी का संसार छलने लगा? अपना फैसला सुनाने के बाद नेहा स्थिर नहीं रह पाई।

मैं सितारों की सैर पर निकल गई, तुमको पता तक न चला।

हनीमून से लौटी थी।

शहर में भव्य आयोजन था। डा. आर. पी. शरण ने अपने नाते-रिश्तेदार और सगे-सम्बन्धियों के अलावा शहर के नामी डॉक्टर, इंजीनीयर, अफसर, व्यापारी लोगों को निमंत्रित किया था।

क्या पार्टी थी, क्या आयोजन! नेहा नाम की लड़की हीरा-पन्ना और मूँगा जैसे रत्नों के जड़ाऊ सुनहरे जेवर पहनकर, बनारसी लहँगा-चुन्नी में सजी-सँवरी, उर्वशी बहू की तरह एक-एक डग धरती स्टेज पर उतरी थी।

लोग चकित से देख रहे थे। यह भी डा. आर. पी. शरण का करिश्मा...अपने करिश्मे पर ससुर गर्व से, गौरव से, पारिवारिक और जातीय अभिमान से माथा ऊँचा किये हुए अंग्रेजी म्यूजिक के हल्के स्वरों के बीच ऊँची आवाज में कह रहे थे—मीट डा. नेहा, माय डॉटर इन लॉ!

पापाजी का वह रवैया तब का ही नहीं, अब तक है। वे अपने बेटे अजय से पहले बहू नेहा का परिचय देकर सामने वाले व्यक्ति को चमत्कृत कर देने की कोशिश करते हैं, भले बहू को बड़े से बड़े विशेषणों के साथ जोड़ना पड़े।

सच में पापा जी का चेहरा नेहा रूपी मणि को पाकर हीरे-सा झिलमिला रहा था। उनका वही व्यक्तित्व तो बहू की वेशकीमती श्रद्धा का पूज्य बना। क्यों न बने, स्वागत समारोह की भव्यता को नेहा की कल्पना से आगे ले जाने वाला घर का आदरणीय बड़ा पुरुष!

सोने में सोहागा क्या होता है? कहावत के तौर पर सुनती रही है नेहा। उस दिन इस कहावत का मर्म भी आगे खुल गया, जब देखा कि डा. आर. पी. शरण ने शरण आई सेंटर के नये सर्जन के रूप में डा. नेहा शरण की बहाली की है। गेट के बाहर ट्यूब लाइट से जगमगाते बोर्ड पर डा. आर. पी. शरण, डा. अजय शरण के बाद डा. नेहा शरण बाकायदा झिलमिला रही थीं।

नेहा कहे—मैं पूरी की पूरी दिपदिपा उठी आभा दी।—तो कैसे कहे? आभा दी तो इस भव्यता सभ्यता और शिष्टता के दूसरे छोर पर खड़ी थीं।

कोई संवाद न हो सका आभा दी, क्योंकि नेहा नाम की लड़की ससुराल का वैभव देखकर अपनी नादानियों को याद करके शर्मिन्दा होती रही। माँ-बाप को परेशान करने की हद तक जिद ठाने रही थी कि ब्याह नहीं करना, नहीं करना...क्या पता था कि तकदीर होती है, जो तदवीर पर भारी पड़ती है।

आय एम प्राउड डॉटर इन लॉ। आय एम प्राउड डॉक्टर!

नाज की बात ही तो थी, अपना ऑपरेशन थियेटर होने की बात। डा. आलोक से लेकर डा. गौरव, डा. दीपक, डा. आकाश और डा. मनोज तक याद आए। ऑपरेशन थियेटर यानी ओ. टी. जैसे आई सर्जन की अहमियत ही थी, उन सब के अनुसार।

अजय से आँखें मिलीं तो अपनी आँखें बड़ी-बड़ी हो गईं। चाँद निकलने वाली जगह के आसपास आसमान में फैल जाने वाले उजाले पर गौर किया है कभी? वैभव में आनंद उसी तरह फैल गया। चाँदनी मन में जमा होती गई।

जीवन था कि जश्न का आलम था? सराउंडिंग्स ऑफ हैपीनैस! कानों में गुड, वेरी गुड की मनोरम घंटियाँ बजती रहीं। डाक्टर आर. पी. शरण के साथ ओ. टी में असिस्ट कराना भला कम बड़ी उपलब्धि थी? अपने कलीग तो उनके आसपास से निकल जाने के लिए तरसते। डा. नेहा कल्पना में अपने पुराने साथी सहपाठियों से बतियाती और रात को उसी तरह के सपने देखती।

नशा था कि उतरने वाला नहीं। माहौल था, शान्त और सोया हुआ सा। अजय थे प्यार भरे मंद-मंद छिड़े स्वर। मिलन ने संगीत का कैसा आलाप लिया कि परिवार के बीच नेहा नेहा के सुर बजें। कौन न मर-मिटता ऐसी स्वर्गिक छवि पर?

नेहा अपने घर को याद नहीं करना चाहती थी। आदमी कब क्या चाहता है, कहना बड़ा कठिन है। अपनी माँ को भूल सकती है बेटी? भूलने के लिए कोई कमी भी तो होनी चाहिए माँ के मन में। नेहा उसको किस बिनह पर भूल पा रही है, खुद जानती थी। अभावों का रेत सम्पन्न लरजती लहरें बहा ले गईं। क्या नेहा ऐसी साधारण लड़की थी, जो सहज बदल गई? इतने दिन के सँजोये लगाव जुड़ाव के तन्तु टूट गये? अपूर्व सृष्टि की मेहमान नेहा, इसी में रम जायेगी? उत्तर 'हाँ' में रहा। आशा कल्पना लालसा आकांक्षाओं से बनी प्रेम और सौहार्द की छवि नेहा ने

घर भर को रिझा लिया।

...मगर!

"आभा दीऽऽई..." पुकारती है नेहा और कहती है, "पथरीली चट्टानों के नीचे से छिपकली की तरह रेंगता हुआ असंतोष कहाँ से आया? तुमने आवाज तो नहीं दी थी आभा दी? मैंने किस तरह सिर झटक-झटककर अपने अंदेशे परे किये थे। अपनी साँसों की आवाज तक न आने दी। अपना होना तक न दिखने दिया। पुरानी नेहा को नई डा. नेहा शरण ढकती चली जा रही थी। ससुर को प्रणाम करके अपनी हठधर्मिता को क्षमा करती जा रही थी।"

नेहा को इसी बात का संतोष रहा कि अपने बड़ों के प्रति कोई दुर्व्यवहार नहीं किया।

फिर—

किस नेहा ने सिर उठाकर ताका? अपने अपमान की छाया में नजरें उठाईं और मान की भयंकर इच्छा जता दी।

कुछ कहने से पहले हाँफ गई थी। छाती के भीतर दिल धड़धड़ करता था। धीमे स्वर में, मगर दृढ़ता से बोली थी—

'सर्जरी पर ध्यान मत दो, कॉर्निया पर पानी डालो। कभी आप कहते हैं पापा, कभी डा. अजय। मैं यह सब करते-करते थक गई। मेरे भीतर बैठी डाक्टर चीर फाड़ की कल्पना से बाज कैसे आ सकती है, बताओ तो?'

क्या सच में ही वह बोली थी? नहीं, अपने आपको जब्त कर गई थी। यह अलग बात है कि दीर्घ निःश्वास सी अविरल धारा आँखों की राह फूट पड़ी। आँसुओं के साथ बह रही थी शब्दों की कड़ी...'तुम लोग आँख पर चीरा देते हो, मेरी उँगलियाँ कसमसाती हैं। तुम कैटरैक्ट (मोतियाबिन्द) निकालते हो, मैं नया लेंस डालने का रास्ता खोज लेती हूँ। टाँके लग जाते हैं, मेरे मुँह से निकलता है—थैंक गॉड...क्योंकि तुम लोग तो ऑपरेशन थियेटर से बाहर आ जाते हो।'

न कहने से कितना बेजार हो उठता है आदमी!

बात कंठ में दबकर बात नहीं रहती, हवा और तूफान हो जाती है। बवंडर सी उठेगी तो सारा अनाचार व्यवहार खूँटे से उतार ले जायेगी। अभिमान क्षुब्ध नेहा आपे में नहीं थी, आँधी सी उठी तो उठती चली गई।

मौके को चपेट लिया।

डा. आर. पी. शरण बाहर गये थे, अजय अपने थे, अपना लिया। वह जानती थी कि घर परिवार को स्वच्छ और सुन्दर रखने की जो क्षमता उसमें है, मकान को सँवारने की जो कला उसमें है, सेवा और सद्भावना का जो तत्त्व उसमें है, किसी

वस्तु के समुचित उपयोग जो अनुभव उसमें हैं, वह अजय को कभी भी किसी भी तरह बाँध सकता है। पुरुष की ताकत इन्हीं नुस्खों से बाँधी जाती है। उनका अभिमान मृदुता से ढका जाता है।

सचमुच पति उसके वश में था।

रात में देर तक जागरण करते रहने के कारण नींद में था। जब तक अजय उठें नहीं, तब तक नेहा नहा-धोकर तैयार हो गई। आदमकद शीशे के सामने खड़ी थी कि संवाद कर रही थी अपने आप से।—यह तुम्हारा आत्मविश्वास से भरा चेहरा, संवेदना से लबरेज आँखें। तुम लम्बी पूरी स्त्री की मोहक छवि!

—मैं एक अच्छे सर्जन की खासियतों से लैस हूँ। ऑपरेशन के आधुनिक स्टैप्स मेरी उँगलियों पर हैं। स्मरण शक्ति अचूक है।

फिर क्या कमी है कि डाक्टर आर. पी. शरण की आँखों में डा. नेहा का दर्जा अजय के मुकाबले दोयम है? क्यों?

'अजय!' उसने सोये हुए पति की ओर देखा।

'अजय तुमने बड़े बाप के घर जन्म लेकर हम जैसों का हुनर पछाड़ दिया!'

सोचकर सिर झटक दिया नेहा ने।

आगे बढ़ी और पंख खोल दिये—अब मैं उड़ान पर हूँ।

स्टिच (टाँके) एकदम नहीं, मुझे स्टिचलैस करना आता है।

नेहा ने ऑपरेशन थियेटर हथिया लिया। ओ. टी. में घुसते ही सबसे पहली बात दिमाग में आई—दिस इज माइ टाइम, माईओन। आओ अजय असिस्ट कराओ।

ग्लब्स पहने हुए हाथ नाइफ सिजर (चाकू कैंची) लेने के लिए तैयार हुए।

मनचीता करने लगी।

इस दिन के इन क्षणों में कब का जमा रहस्य धीरे-धीरे खुलने लगा। सर्जन के मन में चीरफाड़ का आनंद रंग लाने लगा। भय की भारी सत्ता उँगलियों से काटती-छाँटती अँधेरी सुरंग के पार होने लगी।

लेंस भीतर गया तो वह धीरे-धीरे हँसी। उमंग में दुविधा नहीं होती। उल्लास में संकोच नहीं होता। जो मिल रहा है, उसे लेना, पूरी तरह अपनाना डा. नेहा का हक है। अपना हक लेकर आदमी कैसा तृप्त होता है, कैसा संतुष्ट कि चारों ओर उजाला फैल जाता है

वह कटी खुली आँख को एक महीन जोड़ से मिला रही थी।

अजय अवाक् और प्रसन्न उसको देखते रहे।

उसने अपनी नजरों से दरसाया—वह आज ही नई-नई तो इस दुनिया में नहीं उतर रही। आज ही उपकरण हाथ में नहीं आए, कब से मरीजों के संसार में सर्जन बनकर प्रवेश किया है। इस जगत् के धरती-आसमान नापती रही है। यह दूसरी बात है कि यहाँ आकर यह विद्या धुँधली होने लगी। नेहा को अपने होने पर शक होने

लगा। पापा शरण की बनायी हुई गंगा में नाव खेना मुश्किल नहीं, असम्भव-सा है, क्योंकि उनके लिए अपना अहं और बेटा मरीज और रोग के निदान से बढ़कर हैं। या नेहा नाम की स्त्री का दर्जा कमतर है? जैसा कि होता आया है, वे पुत्रवधू से अपने सुखों, अपने हकों और अपने हुनरों के परित्याग की उम्मीद करते हैं, यही तो औरत का उचित गुण है। नहीं तो परिवार के लोग उन्मुक्त कैसे रहें? 'दे बांट देयर फ्रीडम बिहाफ ऑफ वुमेन।' आभा दी का यह वाक्य उसकी जुबान पर आता जाता है कि अपना वाक्य—दे सैटस्फाइ देयर ईगो बिहाफ ऑफ वुमैन।

'वे अपनी आजादी औरतों के जरिये चाहते हैं, वे अपना अहं औरतों के दम पर संतुष्ट करना चाहते हैं'—दो वाक्यों के दो किनारे बनाकर नेहा अपनी गंगा बहाना चाहती है। गंगा न बह पाये, एक नहर ही सही। उस नहर में डोंगी डाल देगी।

आज की चीफ आईसर्जन डा. नेहा आत्मविश्वास भरी चाल से ऑपरेशन थियेटर से बाहर निकली। कैसा अनोखा दिन! अन्धकार और प्रकाश का भेद उसने फतह कर लिया। और फतह कर ली डा. आर. पी. शरण की सत्ता।

अगर नेहा को मौका मिले तो उसकी सत्ता का चेहरा कैसा होगा?

मन ही मन साँचा तैयार करती रही—ऐसा, जैसा डा. चक्रवर्ती का। ऐसा, जैसा डा. आभा का। ऐसा, जैसा डा. आलोक का। यदि उसे मौका मिले तो कौन कह सकता है कि वह अपने गुरुजनों की प्रकृति न ले? वैसा ही होगा। वह कैसा विधान रचेगी, उसको पता है। यह अस्पताल मातृवंशी हो जाएगा! एक स्त्री के मनोवांछित वातावरण की सर्वांगीण व्यवस्था का रचाव।

क्या सोचती है नेहा?

आभा दी कहा करती थीं—'कमाल है, अपनी शारीरिक ताकत के बल पर पुरुष हर अधिकार छीन लेना चाहता है। दुनिया का कर्ताधर्ता बना हुआ है। देख रहे हैं कि थोड़े से मेल डाक्टर्स ने औरतों की, मरीजों की और छोटे लोगों की दर चींटी जैसी कर दी है। ऐसा अब नहीं होता रहेगा। सब की अपनी जगह होती है। मरीज हैं तो हम हैं। छोटे कर्मचारी हैं तो हम सफेदपोश हैं और इस जगत् में बुद्धि और ज्ञान की जगह है तो स्त्रियाँ अपना बेहतर परिचय देंगी।'

अपना छोटा-सा दल और आभा दी की आशा आकांक्षाएँ...लड़के मुँह फेरकर मुस्कराते। नेहा जैसी लड़कियाँ हाँ में सिर हिलातीं।

आज केवल सिर नहीं हिला रही नेहा, भीतर से पुकार उठ रही है और आभा दी को सुनाना चाहती है, दिखाना चाहती है—मेरा परिचय कैसा रहा आभा दी? जीवन में सुधार की सँभावना, दिखाई दी? अपने लिए लड़ने की क्षमता जुटाई? मेरा उत्साह बढ़ाओ आभा दी...नहीं तो आगे बढ़ना किस विधि हो पायेगा?

अस्पताल से घर लौटी नेहा।

मन में खुशी थी और तन में उत्सव! अजय के साथ किसी रेस्ट्राँ में कॉफी

पी जाए, पेस्ट्री खाई जाएँ साथ में पैटी भी हो जाएँ। बिल आज खुद अदा करेगी। उसे आज खड़े होने का बल मिला है कि सफल ऑपरेशन के बाद उमंगों में समाया खाता-पीता ठहाके लगाता अपना 'दल' याद आया?

दल बल कहाँ छोड़ आई थी नेहा? कि चीख पुकार कर अपना दाना जुटा लेने वाली चिड़िया की तरह आज वह 'ताकत' यहाँ उसके पीछे-पीछे आ पहुँची।

आ पहुँचे पापा आर. पी. शरण!

करिश्मा किया है नेहा ने।

"पेशेंट?" उन्होंने मरीज देखना चाहा।

नेहा अवाक् सी उनकी ओर ताकती रह गई।

"चला गया" अजय ने बताया।

"व्हाट!" वे मुँह खोले हुए से...

नेहा ने भूल की? डा. नेहा कहाँ चूक गई? ऐसा ढेर आत्मविश्वास कैसा कपूर की नाईं उड़ता है, कोई नेहा से पूछे। डर सा घिर आया। आँखों के आगे अँधेरा-सा...नितान्त असहायता के क्षण आने वाले हैं?

हाँ, आएँगे क्यों नहीं? मरीजों के बारे में इस तरह का फैसला लेने का काम पापा शरण का है। गलती वहाँ नहीं हुई कि उसने 'डे केयर' सर्जरी की? गलत वह क्षण था, जिसमें उसने फैसला लिया। पापा से, अजय से आगे निकलना चाहती थी डा. नेहा? क्षमता भी, हौसला भी और हुनर का खजाना भी, साथ ही स्त्रियोचित प्रिय मधुर व्यवहार भी। मरीजों के दिल में इन दो पुरुषों के लिए जगह कहाँ बचेगी?

अनधिकार चेष्टा! नेहा कितनी देर चुपचाप खड़ी रही, क्या बताए?

"पापा, डे केयर सर्जरी थी। नेहा कहती है, दो घण्टे से ज्यादा रोकने की जरूरत नहीं होती।"

"हम क्या जानते नहीं?" पापा की गुर्राई हुई आवाज ने बेटे के होठों पर ताला जड़ दिया। साथ ही शेर की तरह घूर कर देखा, नजर में पत्नी का पक्ष लेने वाले बेटे को सजा देने वाली भंगिमा थी।

पागल सी होने लगी डा. नेहा। पागल अब हो रही है, या तब हो रही थी जब ऑपरेशन करने के बाद यकायक डा. आर. पी. शरण की याद आई तो ससुर की साकार मूर्ति से अनुकम्पा भरी प्रशंसा की तमन्ना की थी।

कुछ सुपरलेटिव कमेंट्स! वंडरफुल वाह! और एक्सीलेंट वर्क कहकर लेजर फेको सर्जरी की उपमा देने वाले फतवों की उम्मीदें बाँधी थीं।

'मीट माय डॉटर इन लॉ डा. नेहा शरण स्पेशलिस्ट ऑफ नॉन स्टिचिंग सर्जरी (मिलो मेरी पुत्रवधू डा. नेहा शरण से जो टाँके रहित ऑपरेशन की विशेषज्ञ है)।"

पापा पूछते, कब कहाँ किससे सीखा?

नेहा कहती—अभिमन्यु को तो व्यूह में घुसना ही सिखाया था गुरु ने। मेरे प्रोफेसर डा. चक्रवर्ती इस मामले में बड़े चैतन्य, बड़े सजग हैं, पूरा व्यूह भेदन करने के बाद कैसे लौटा जाता है, सिखाकर ही मानते हैं। वे अन्य कलीगों जैसे नहीं कि सर्जरी वाले पेशेंट्स पर धावा बोलें। टिड्डी आदत वाले वरिष्ठों की विभाग में कमी नहीं थी लेकिन डा. चक्रवर्ती कुछ निराले थे। स्टूडेंट्स को केस देकर कहते—करो, मैं पास ही बैठा हूँ। अड़चन लगे तो पुकार लेना, कॉल मी एट एनी टाइम।

—हम सारी-सारी रात सर्जरी करते। हमारे प्रो. चक्रवर्ती सारी-सारी रात उपलब्ध रहते। अभ्यास उन्होंने दिया, विद्या उन्होंने दी, आयाम हमने दिया। हम उनके निष्ठावान विद्यार्थी—क्या-क्या नहीं कहना चाहती थी नेहा। अपने 'सर' के गुणगान करती थकती नहीं और समझा देती कि गुरु-शिष्य का नाता क्या होता है? मनुहार करती कि आप वरिष्ठ होने के नाते अपने उपयोगी, मरीजों के लिए हितकारी अनुभवों की दीक्षा उसे और अजय को दें।

...मगर अजय के होश फाख्ता थे।

नेहा की कल्पना पापा जी का चेहरा देखते ही बिखरने लगी। सारा सोचा समझा हुआ रेत हो गया। फिर भी काठ मारे संयम का निर्वाह करते हुए दोनों जमे...

"सुनो, इधर आओ" डा. आर. पी. शरण ने उसे उँगली के इशारे से उस तरह बुलाया, जैसे छोटे बच्चे को उसके कान ऐंठने के लिए बुलाते हैं। वह जाए या नहीं जाए? आज्ञा जरूरी तो नहीं। घृणा धिक्कार और ताने देने की मुद्रा चेहरे पर चिपकी हुई है।—नेहा ने सोचा और ज्यों का त्यों खड़ी रही, हाँ बुजुर्गवार की ओर सीधे नहीं देख रही थी। निगाहों का मरम था कि बहू होने का विश्वास? पापा शरण खुद आगे आए और बोले—

"यह तुम्हारी दिल्ली नहीं। सब, सब को जानते हैं।"

क्या होने वाला है?—नेहा ने सोचा—जानने वाले क्या कुछ कर डालेंगे?

उसे कुछ पता नहीं? वह इस शहर के बारे में क्या जानती है? अजय ने बताया था—हर शहर के अपने रंग ढंग होते हैं, अपना चलन होता है। अपनी संस्कृति होती है। आगरा हैव देयर ओन कल्चर, ओन वर्ल्ड ऑफ ऑप्थल्मालॉजी। दिस वर्ल्ड हैव देयर ओन एथिक्स (आगरा की अपनी अलग संस्कृति है। अपनी निजी नेत्र चिकित्सा की दुनिया है, जिसमें अपनी निजी नैतिकताएँ हैं)।

अज्ञान नेहा!

"पापा, आप घबरायें नहीं, मैंने ऐसे बहुत से ऑपरेशन किए हैं," उसके सूखे पत्ते से काँपते होठों से मुश्किल से शब्द निकले।

"एड व्हाट स्टिचलैस? व्हाट ब्लडी डे केयर? सिंपल...यू आर अ रैश एण्ड रिस्की सर्जन, अण्डरस्टैंड? कीप यौर सैल्व इन डिसीप्लिन (क्या होता है टाँके रहित?

क्या है डे केयर साला? तुम तेज और खतरनाक सर्जन हो। अपने आप को काबू में रखो)।"

उनका चेहरा खिंचा, फिर सिकुड़नों से भर गया। अन्त में सख्ती कायम रखते हुए कहा, "आयन्दा के लिए सोच-समझ लो।"

अजय और नेहा, दोनों यन्त्र की भाँति सिर हिला पाये।

—कैसी मजबूती थी उस बूढ़े के चेहरे पर! मेरा सारा आत्मविश्वास ढीला पड़ गया। हिम्मत हाँफती चिड़िया सी...। नेत्र चिकित्सा की दुनिया के लम्बी दौड़ के धावक डा. आर. पी. शरण अपने भीतर के कल्मष से उबर नहीं पाये हैं, यह सच अब उजागर हो गया।

जब-जब कठिन घड़ी घेरती है, नेहा को आभा याद आती हैं। आज भी उन्हें सामने लाकर पूछना चाहती है—तुम तो दुनिया को काफी देख चुकी हो आभा दी, क्या आदमी इस उम्र में भी निर्विकार नहीं होता? अर्थ पाकर अनर्थ पर उतारू क्यों हो जाता है? क्या मैं गलत सोच रही हूँ या कि मैं सही कर रही थी, खतावार की तरह गर्दन झुकाकर अपराध स्वीकार किया और नई ईजाद की हुई टैक्नीक्स के अभ्यास का अपमान कराया। डा. चक्रवर्ती को डा. आर.पी. शरण के सामने मुँह के बल गिरा दिया और इसी में अपनी सार्थकता मानी! क्या मैं अपने गुरुजनों की खतावार नहीं? तुम मुझे शायद ही क्षमा कर पाओ।

दोषी बिलकुल हूँ आभा दी, ऑफ कोर्स आय एम। नहीं तो डा. आर. पी. शरण, अजय के पापा के चेहरे पर मुझे छोटा कर देने का भाव उभर आता? मेरी शिकायत पर तुम क्या कहोगी, मुझे पता है। यही न कि दूसरे की संकीर्णता में हम अपना अपमान क्यों खोजते रहते हैं?

बस यही सोचकर चुप हूँ।

पापा जी सोच रहे हैं कि मेरा नॉर्मल हो जाना उनका करिश्मा है, क्योंकि वे किसी भी स्थिति पर काबू पाने का करिश्मा जानते हैं। उन्होंने आगे बढ़कर मेरे सिर पर हाथ रखा, बालों को सहलाया। बच्चे को बहलाने की मुद्रा अख्तियार करते हुए बोले, "माय स्वीट नेहा, यू आर एन इंटेलीजेंट गर्ल। गॉड ब्लैस यू (तुम बुद्धिमान लड़की हो, ईश्वर तुम्हारे रक्षक हों)।"

काश! नेहा छोटी बच्ची होती!

डा. नेहा इस वाक्य को उनका व्यंग समझे या दुलार?

वे आगे बोल रहे थे, "एक दिन तुम जबरदस्त तरक्की करोगी।"

नेहा क्या समझे? वे जो कुछ कह रहे हैं, आशीर्वचन हैं? प्रौढ़ आदमी की हर बात अनुभव में पकी हुई है। उसका हर जुमला उम्र की रेखाओं से गुजरता है, मानती है नेहा।

फिर भी—

पूछना चाहती है, तरक्की करने का अधिकार और अवसर मिलेगा कभी? पापा जी बताएँ कि वे अवसर छीन क्यों लेते हैं? हो सकता है, यह मेरी अल्पज्ञता हो। लेकिन कहीं लगता है कि वे डर जाते हैं। डर से ही तो आक्रोश पैदा होता है, आक्रोश क्रोध में ढल जाता है और क्रोध आतंक में...। बहू, बाप बेटे को अप्रसंगिक न कर दे और एक दिन इस अस्पताल की सत्ता पर काबिज हो जाए! ऐसी औरतें भयानक होती हैं। वह हमें ही डराने लगेगी...क्योंकि वह दोनों पुरुषों से अलग प्रजाति की है। मनुष्य है, मगर मनुष्य का मूल रूप नारी। अतः नारी का काम पुरुषों के काम में दखल देना नहीं बताया गया। डा. होने के नाते वह इस परिवार के लिए पदक जैसी है। शी इज अ मैडल। देखने दिखाने भर की चीज...नहीं नहीं, चीज बना दी है डा. आर. पी. शरण ने। यह भी उनका महत्त्वपूर्ण करिश्मा है।

—सोचूँ कुछ भी...मगर स्थिति खड़े होने लायक भी नहीं थी। लग रहा था भयंकर तूफान में उड़ी जा रही हूँ। प्रचंड हवा के थपेड़ों में कभी नजर पापा शरण के चेहरे से टकराती और कठोरता के आघात से चूर-चूर हो जाती तो कभी बिलकुल उलटकर आभा दी, तुम्हारी ओर चली जाती। कैसा विचित्र समय था...इधर वे चुनौती देते, उधर तुम अड़ जातीं। कभी नेहा यहाँ होती और कभी दिल्ली का मंजर उसे खींचता। दुविधा की रस्साकशी चल रही थी आभा दी।

दिन कैसे-कैसे बीता!

रात कितनी देर में आई। अपना निजी कमरा कैसे-कैसे पकड़ा। पाँव कितने तो थरथराये। मन कैसा हलकान था, आँखें कितनी अकेली, डा. नेहा भटकती फिर रही थी।

पलँग पर बैठी नेहा!

सामने अजय आकर खड़े हुए तो आँखों में आँसू उमड़ आएँ। हूक छाती फोड़कर बाहर आ गई। वह फफक-फफककर रो पड़ी।

अजय ने कन्धे थपथपाए। बाँहें बढ़ाकर पत्नी को सीने से लगा लिया तो नेहा और भी रोई।

'पति के साथ युगल छवि में जड़ी पत्नी...कहाँ जाए अजय? किससे कहे अपने मन की?' नेहा का दिल सिसकते हुए कह रहा था।

क्रुद्ध नागिन की फुफकार ऐसी ही होती है? आँखों में छटकती चिनगारियाँ राख होतीं, मगर पानी हो गईं, कितना-कितना टूटने लगी थी नेहा? अजय की गोद में गिर गई।

अजय के पास करुणा का खजाना है। दिलासाओं की टोकरी है। अफसोस भरी सांत्वनाएँ हैं। उनका यही धन, यह बल और यही आत्मविश्वास नेहा को जब

तब मिलता रहा है। आज भी संवेदना में कमी नहीं। समझाने की लय में कहते हैं—

"डे केयर सर्जरी अच्छी चीज है, समय बचाने वाला तरीका। मगर यह उन नर्सिंग होम्ज के लिए लाभकारी नहीं, जिनमें मरीजों के ठहरने के लिए कमरे बनाये गये हैं। और सुविधाओं की व्यवस्था की गई है। साधन मुफ्त में तो जुट नहीं जाते। बैंड, पंखे, एअर कंडीशनर, फ्रिज वगैरह देखती हो न तुम? इनकी मेंटेनेंस कैसे हो? आमदनी का आधा हिस्सा कमरों की बुकिंग से आता है। घोड़ा घास से यारी करे तो खाये क्या? मेडिसिन के विशेषज्ञ यदि मरीज़ भर्ती न करें तो भूखों मर जाएं। पापा की बात को सेंटर के हित में रखकर सोचो, जो हमारे भी हित में है।"

अजय का बर्फ सा ठण्डा स्पर्श! उनके ताकतवर बाहुबन्धन को तेजी से झटका दिया नेहा ने, और अपने शरीर से अलग कर दिया। आँसू पोंछ डाले और अचम्भा सा करती हुई बोली—

"तुम! तुम भी यही सोचते हो अजय? सच्ची बताना तुम्हारे ऐसे ही ख्याल हैं? मेरा भ्रम बना रहने दो डियर। समझते तो हो कि यह पीढ़ी तो अब विदा ले रही है। बुझता दीया भभककर जलता है। रोशनी भी करता है। हम तुम इनके अनुभवों से वही लें, जो रोशनी के पक्ष में हो, उसे और भी चमकदार और गहरा बनाएँ। अजय, अँधेरे अपने भी हों, तो भी क्या अच्छे लगते हैं? रास आते हैं? हमें सबसे पहले अँधेरे के खिलाफ सोचना होता है। है न?" नेहा विनीत हो आई धीरे-धीरे।

लेकिन अजय का चेहरा काला सा हो गया, होठ फीके...आँखों में व्यग्रता छा गई।

पल-पल बदलती भंगिमाएँ...अन्त में आकर भीतरी उथल-पुथल ज्यों बर्फ सी जम गई हो।

बर्फ को तोड़ने के उपक्रम में नेहा ने कहा, "तो मैंने बड़ा अपराध कर डाला। आय एम अ कल्प्रिट। से, यस। आय एम...!" और उपहास भरी आँखों से पति को देखा।

"नेहा!" अजय कराहे, "क्या कहती जाती हो! इतनी उत्तेजना ठीक नहीं। मैं मानता तो हूँ, तुम सही कहती हो, सही करती हो, लेकिन..." बोलते हुए उनकी मूँछों में फड़कन होती।

"मानते हो मेरी बात।...लेकिन अमल में लाते हो पापा की बात!"

अजय पुतले की तरह स्थिर आँखों नेहा को देखते रह गये, सोच रहे हों जैसे कि आज इस पत्नी ने क्या ठाना है? चेहरे की मुद्रा ऐसी हो गई जैसे हाथ जोड़ना चाहते हों, पाँव पकड़ना...

"अजय, कहूँ या न कहूँ? न कहूँगी तो छटपटाहट बढ़ेगी, कहूँगी तो गुस्ताखी होगी। तुम अपने पापा से मेरी यह बात अपनी जुबानी कहना कि मरीजों को ठगने

का यह तरीका खासा घिस-पिट गया है। ठगाई की दुनिया में कुछ नया ईजाद हुआ ही होगा, करें कोशिश अपनाने की। ही इज अ सर्जन ऑर अ बूचर?"

"प्लीज नेहा! ज्यादा फजीहत मत करो। एकदम ही सारा लिहाज उतार दिया। सच मैनर! मुझे तुमसे ऐसी उम्मीद नहीं थी। शेम नेहा, शेम टू बोथ ऑफ अस (ऐसा ढंग : शर्म नेहा, शर्म हम दोनों के लिए)।"

नेहा ने मिसमिसाकर, स्वर भींचकर अपने आपको संयमित किया और संकल्प लिया–अजय, अब स्त्रियों के स्वभाव वाले कुछ लक्षण मुझे त्यागने होंगे। जब तुम लोगों के क्षेत्र में दखल दे ही रही हूँ तो व्यवहार में भी ताकतवरी होनी ही चाहिए, वही मुझे तुम लोगों से आगे ले जा सकती है, जबकि अब तक के स्वभावगत गुणों ने मुझे बराबरी पर भी नहीं आने दिया। आभा दी ठीक कहती हैं–नेहा अपने देश की प्रधानमन्त्री इन्दिरा गाँधी, ब्रिटेन की मार्गरेट थ्रेचर, इजराइल की गोल्डा मायर राजनीति में अपना सिक्का जमाने में सफल रहीं और सिद्ध राजनीतिक पुरुषों पर भारी पड़ी तो अपनी क्षमता और पुरुषों जैसे व्यवहार के कारण। बौद्धिक क्षमता और साहसिक व्यवहार का संयोग किसी भी मिशन में अद्‌भुत नतीजे लाता है। यह सुनहरा मौका है, जो अब से पहले न था, अत्याधुनिक उपकरणों की सहायता से हमें आगे आना चाहिए।

नेहा क्या भूले क्या याद करे? आभा दी की दी हुई सीखों और डा. चक्रवर्ती के कराये अभ्यासों से गुजर यहाँ आसानी से होने वाला नहीं...इस बेबसी, इस मजबूरी और इस असहायता से लबरेज अपने उद्‌गार निकालने के लिए उसने एक चिट्‌ठी डा. गौरव को और एक डा. आलोक के लिए लिखी। आभा दी के लिए क्या लिखे, हिम्मत नहीं जुटती।

बाप-बेटे में आपसी सलाह हुई कि न हुई?

शायद हुई।

बहरहाल नेहा को बुलाकर दुलराया गया। पापा जी अपने पूरे वात्सल्य भाव से लबालब, कहने लगे, "मेरी बात का बुरा न मानना बेटी। दिल्ली के मुकाबले यह बड़ी छोटी जगह है। यहाँ के लोग इतने एडवांस कहाँ कि किसी नई तकनीक को फौरन अपना लें? यदि बस में सफर किया है तो देखा होगा, दसियों तरह का सुरमा बेचने वाले लोगों पर विश्वास जमा लेते हैं, जबकि ऑपरेशन के नाम से लोगों की रूह काँपती है। और इसमें शक नहीं कि सर्जरी ही आँख के ज्यादातर रोगों का अचूक निदान है। हमारे यहाँ के लोगों की मान्यता और मानसिकता चमत्कारों की विश्वसनीयता की कायल है। फोड़ा छुओ नहीं फूँक मार कर ठीक कर दो। किसी तरह तुक्का बैठ गया तो देशव्यापी धनवंतरी-साख के मालिक हो जाओगे। या फिर

रफ्ता-रफ्ता मवाद को सुखाओ, मरहम से, जड़ी-बूटियों से। नश्तर तकलीफदेह है।

"जिस मरीज को तुमने घण्टे भर में छुट्टी दे दी, उसको आर्थिक लाभ भी हुआ और उसका टाइम भी बचा, मगर वह इन लाभों को लाभ के तौर पर माने तब न? लगता है अभी हमारे देश में लोगों के पास काफी अज्ञान और फालतू वक्त है। वह शर्तिया यही कहेगा कि शरण आई सेंटर में मरीजों पर पूरा ध्यान नहीं दिया जाता। भीड़ पड़ी हुई है सो जल्दी से जल्दी भगाकर बेड खाली करा लिया जाता है। हमारी लापरवाही के खाते में बदनामी ही जुड़ेगी न?"

"नेहा बेटी" उन्होंने मनुहार के स्वर में पुकारा तो नेहा पिघल गई।

"हाँ पापा!"

"ऐसा करो तुम ओ. पी. डी. सँभालो और यहाँ का रखरखाव।"

वे ऐसी आत्मीयता के साथ मुस्कराये कि चेहरे की दमकती पारदर्शी त्वचा के भीतर से गुलाबीपन की प्यारी रंगत उभरने लगी। आँखों में भरोसे के डोरे थे, बँधने लगी नेहा।

"कहते हैं न कि औरतों से अच्छा स्वागतकर्ता कोई नहीं होता। क्योंकि स्त्री को वे गुण प्रकृति से उत्तराधिकार के रूप में मिलते हैं, जो दूसरों के जीवन के लिए हितकारी हैं। सेवाभाव, धीरज और सहनशीलता जैसे लक्षणों पर कौन न मर मिटे? हर कोई इन लक्षणों को आदर्शों के रूप में मानता है।

"नेहा, तुम सुन रही हो न? तुम्हारी देख-रेख में इस आई सेंटर की कितनी सुरक्षा रहेगी, यह तो मैं ही अनुमान लगा सकता हूँ। इसके विकास की दूर दृष्टि भी तुम्हारे पास है, मैं पूरी तरह समझ चुका हूँ। यहाँ की जरूरतों की परख, रोगियों के लिए माफिक और गैर-माफिक माहौल की परख, दर्दमंदों के लिए संवेदनशीलता की जरूरत, इलाज के लिए कारगर विधियों का लेखा-जोखा और ब्यौरे तुम्हारी हदों में होंगे। तुम फ्लोरेंस नाइटेंगल बनो। मदर टैरिसा जैसी ममतामयी!

"सँभालो। तुम्ही को सँभालना है। तुम्ही को रखरखाव के जरिए यह सारा कुछ बचाना है। मैं कितने दिन? तुम्हारे रहते सुख से विदा हो जाऊँगा, इस दुनिया से।"

मैं कितने दिन...वाले शब्द कैसे आशादायी थे। तरल-तरल आँखोंवाली नेहा भीतर से ठोस लोहा होती जा रही थी। सिंहासन कौन माँग रहा है, पाँव रखने भर की जगह चाहिए कि वह खड़ी हो सके। मरीज की ऑपरेशन टेबल की साइड में नहीं, उसके पहले सिरे पर।

हिदायतें और योजनाएँ!

कामकाज में ऐसी डूबी कि सिर तक पानी आ गया।

भीतर ही भीतर कुढ़ती रह, रोती रह, कौन सुननेवाला है? यंत्रचालित-सी स्वागतकक्ष में कुर्सी पर बैठ जाती और गुड़िया की तरह काम निपटाती रहती। फोन, रजिस्टर, बुकिंग और लेंसों के खर्च का हिसाब-किताब। बिजली वाले, फोन के लाइनमैन, प्लंबर और कारपेंटर्स को कॉल भेजने का जरूरी काम। जेनेरेटर के पानी तेल की चैकिंग।

ऑपरेशन का मौका कब हाथ लगे?

हाथ लगी डा. गौरव की चिट्ठी। नेहा ने अपना दुख लिख भेजा था गौरव ने अपना। यहाँ निजी सेंटर में उपेक्षा झेलनी पड़ रही है, वहाँ सरकारी अस्पताल का हाल बुरा है। काम काम काम...ओ. पी. डी. के दो सौ मरीज रोज निपटाने, नया आर्डर पास हुआ है। एक मरीज पर औसत समय कितना आया? दो-चार सैकेंड्स। पेपर स्लाइड्स अलग। उधर प्रेमिका हड़बड़ी मचा रही है कि जल्दी शादी कर नहीं तो उसे कोई शिशुपाल हरने वाला है।

अन्त में लिखा था—डा. चक्रवर्ती के दिये नुस्खे कैसे प्रयोग में आएँ—नेहा ने जोड़ा—कहाँ आजमाएँ?

वह चिट्ठी से नहीं, डा. चक्रवर्ती से मुखातिब है—सर, आप क्यों समझाते थे कि नई खोज की यात्रा नये-नये क्षेत्रों को देखने से नहीं होती, नई-नई आँखें देखने से सम्पन्न होती है कि विज्ञान नायाब चीज है मगर इसके जरिये दौलत भरे खजानों में या सत्ता के इलाकों में सेंध लगाने की सोचेंगे तो सर्वनाश कर डालेगी। इसलिए अभ्यास करो कि सोच सको—नई से नई तकनीक तुम रोग से लड़ने के लिए ही अपनाए हुए हो।

'सर, क्यों बताते थे कि नई विधियाँ नई सावधानियों की माँग करती हैं?'

नेहा के सामने अनुभवी गहरी आँखों वाले, दुबले-पतले चेहरे के, लम्बे इकहरे वदन, चश्मा चढ़ाये सर चक्रवर्ती...कहाँ थे? थे भी यहाँ?

'सर, आप जहाँ कहीं भी हों, आपकी नेहा के बटुए में वे सारी सीखें मौजूद हैं, लेकिन नेहा को उस मुँहबन्द बटुए की डोरी खींचने की मोहलत नहीं...सामने है कल्पनाओं और सपनों का दलदल। पास में है, अजय की सांत्वना, ताकतवर पुरुष की तरह सौगन्धों के स्वर...जैसे वे सारी खुदाई के मालिक हों।

'सर, डा. अजय इस बात से बेखबर नहीं कि सत्ता को कब्जे में रखने वाले डा. आर.पी. शरण जैसे बूढ़ों की जिन्दगी में शासन करना अहं मुद्दा बन गया है। उन वृद्धों का भी क्या दोष, अपनी क्षीण होती जा रही जवानी का अहसास भूत की तरह डराता है। डरके मारे मुट्ठियाँ कसती जाती हैं।

'कसावट की छूट बाँध को नियंत्रित करते हैं पापाजी, क्योंकि वे शासनकर्ता की तरह अपने शासन काल में शान्ति चाहते हैं। कुछ न देने से अराजकता फैलती है। कुछ दे देने से शासित बहल जाते हैं, इतने कि सिर नहीं उठाते डा. शरण ने

बहू का ओ.टी. में घुसना बैन नहीं किया, वे अपने बेटे को बाहर तैनात करके नेहा को अन्दर आने देते हैं बीच-बीच में दाद देते जाते हैं—गुड वेरी गुड असिस्टेंट! लड़कियाँ हर काम में माहिर हो जाती हैं।

'सर, सर्जन के लिए सर्जरी ऐसी क्यों जरूरी हो जाती है कि बहू और ससुर में गला काट स्पर्धा हो, कट थ्रोट कम्पटीशन! कि पति-पत्नी में ठन जाये कभी न खत्म होने वाली जंग?

काश! 'मैं सर्जन न बनी होती सर...जीवन कैसा शान्त सरोवर होता और मैं उस शान्त सरोवर में कुमुदिनी हो जाती जो चन्द्रमा को देखकर खिल जाया करती है।'

तीन

नेहा! सपना! और शपथ!

डा. अजय की पत्नी नेहा जानती है कि भारतीय नारी क्या होती है? उसकी माँ इस देश की स्त्री का जीता-जागता उदाहरण है। उसके लिए घर की व्यवस्था से बढ़कर यह बात रही है कि परिवार के अन्य सदस्यों के सुख में अपने आपको लिप्त कर दे। उसने पति, पुत्र और भाई की लम्बी उम्र की कामना में व्रत रखे हैं

नेहा ने आज माँ को सपने में देखा है। तुलसी का पूजन करती हुई माँ नेहा से कह रही है—ब्याह किया तो ब्याह के विधान निभाने होंगे। सुहागिन सती होती है।

सवेरे आँख खुली तो सपने में आई माँ, रोज की माँ से ज्यादा ऊँची, ज्यादा गम्भीर और ज्यादा बुद्धिमती लगी। बिलकुल सास के जैसी। सास की परछाईं पड़ गयी माँ पर, वरन् वह नियम धर्म को इस हद तक अपनाती नहीं। व्रत उपवास रख लेती है कि पापा को अपनी अवहेलना न लगे। कलह काँटा न हो।

नेहा ने भी एक व्रत आज लिया।

सास के मन्दिर में भगवान की विभिन्न तस्वीरों के सामने बैठकर, सिर पर पल्ला ढँक कर आँखें मूँद लीं और प्रार्थना की—

"भगवान, वर दो, शक्ति दो, सहिष्णुता दो और साथ ही विस्मृति दो...मैं अपना डॉक्टर होना भूल जाऊँ। जो काम दिया गया है करती रहूँ। मुझे कभी ऐसा सपना न आये जिसमें किसी मरीज से सामना हो।

"प्रभो, यह मेरे जीवन और गृहस्थ की सुखशान्ति का मूल मंत्र है।"

प्रार्थना के बाद उसने अपनी भारी-भरकम लाल माँग वाली सास के पाँव छुए। महान औरत को विस्मृति का वरदान मिला है, अपना मायका भी भूल चुकी है। पूछो तो कहती हैं—याद नहीं कुछ भी, छोड़े कितने दिन हो गए।

सचमुच! कोई चीज छूट जाती है तो भुला दी जाती है ? पता नहीं, यह नेहा नाम की लड़की अपनी सास की जैसी विशेषताओं से विभूषित कब होगी?

. . . मगर मुझे सपने आते।

लाल गुलाबों के सपने! सुर्ख चैरियों के सपने।

सपने में आँख थी, जो मेरे लिए समुद्र थी। मछुआरे की तरह नई मछली की तलाश में मुझे सागर खँगालना था। अभीष्ट खोजना था, क्योंकि याद था—सर चक्रवर्ती ने क्या कहा था? अन्वेषण से भरी नजर नई-नई उपलब्धियाँ हासिल कर लेती है।

मैं कहाँ थी?

अपने मेडिकल कॉलिज का नेत्र-विभाग।

ओ. पी. डी. विंग के जन समुद्र के सामने बने कमरे में कुर्सी-मेज के साथ। टॉर्च और आप्थल्मिक स्कोप लगातार उठा रही और धर रही थी। हालत यह कि रोगी स्त्री है या पुरुष, ज्ञात नहीं, बस आँख में आँख डालकर, मुँह के पास मुँह ले जाकर रोग को खोज लेना। अहसास बस इतना होता कि पायरिया भरे दाँतों से बदबू उठी या पान की पीक से खुशबू उड़ी। जी मिचलाता था पहले, अब कुछ नहीं होता। खुशबू का भी असर काम नहीं करता। नाक रोगियों की हर गन्ध की अभ्यस्त हो चुकी थी। जीभ बाबा अम्मा के सिवा रिश्ते भूल चुकी थी।

सामने स्टूल पर बैठा मरीज फौजी था, कहाँ देख पाई? अपनी रौ में बोली—बाबा आगे सरक आओ, और आगे।

आगे सरकने से पहले वह बोला—मैं बाबा नहीं हूँ डॉक्टर।

—ओ सॉरी।

वह वर्दी में था, उम्र तीस साल। कार्ड पर लिखी थी। साँवले रंग का कद्दावर जवान। क्षत्रियों जैसी तनी हुई मूँछें। अगर वह ओ. पी. डी. में बार-बार न आता तो चेहरा याद रहना मुश्किल था। शायद यह बात भी नहीं, उसे याद रखने के अन्य कारण थे। बार-बार क्या, बरसों चक्कर लगाने वाले भी कहाँ याद रह जाते हैं?

सीमा पर लड़ते समय आँख घायल हो गयी थी।

जंग खत्म हो गयी, आँख अभी भी मोर्चे पर है। क्या करे, बाहरी तत्त्वों की घुसपैठ ने रोशनी को तोड़ लिया। भीतरी कार्यकलाप में भारी बाधा है।

"हाँ तो लोहे का टुकड़ा आँख में धँसकर तबाही मचा रहा है।" मैंने कहा तो वह हँसकर बोला, "कुछ बाकी बचा है, या सब स्वाहा..."

"रैटिना, समझते हो? पिछला पर्दा डैमेज (क्षतिग्रस्त) हो गया है, मगर आँख स्ट्रगल (संघर्ष) कर रही है।" मैंने लगभग युद्ध की भाषा का प्रयोग किया। डा. आभा की सीख—रोगी से इस तरह बात करो कि वह तुम से सहज हो जाये। रोग के लक्षण खुल कर कह सके।

मगर वह डॉक्टर से बातें करने का अभ्यस्त था, क्योंकि कई अस्पतालों की खाक छानकर यहाँ तक पहुँचा था। बहुत से पर्चे साथ थे, लगभग एक पुलिंदा।

इतने पर्चों में से निदान के रूप में कहीं भी सर्जरी की सलाह नहीं थी।

"ऑपरेशन के बारे में सोचते हो?"

"नहीं। डॉक्टर कहते हैं, ऑपरेशन हुआ तो आँख बैठ जाएगी।"

वह चला गया।

डा. आभा से जिक्र किया तो उन्होंने बड़ा दुख मनाया। विशेष रूप के केस अगर हाथ से निकल जायें तो विशेष पछतावा होता है। आभा दी के साथ सारे यूनिट ने अफसोस किया।

डा. चक्रवर्ती तो उसका पता पाकर उसकी खोज में जाने के लिए तैयार हो गए।

डा. आलोक हँसे और बोले, "हाथ आ जाये तो लाभ ही लाभ है। ठीक हो गया तो पेपर लिख जाएगा। कुछ गड़बड़ हुई तो केसहिस्ट्री बन जाएगी। रिसर्च और कैसे आगे बढ़ती है? ऐसे केस ही सहायक हैं।"

संयोग से वह फिर ओ. पी. डी. में आ गया।

मैंने डा. आकाश को दौड़ाकर डा. आभा को बुला लिया।

डा. आभा ने आश्वासन दिया, "जवान भाई, अगर तुम सर्जरी कराने के लिए तैयार हो जाओ तो यह समझ लो कि हम जी जान लगा देंगे।"

वह हँसा और मजाकिया लहजे में बोला, "जी जान लगाकर, प्राण तो बच सकते हैं, आँख नहीं। उसमें तो रो-रोशनी डालनी होगी।"

"ठीक है, हमारे पास जी जान का नाम रोशनी ही है। तुम घबराओ मत। हम भी घबराएँगे नहीं।" आभा दी एप्रिन की जेब में हाथ डालकर खड़ी होती हैं तो आत्म विश्वास जीत लेती हैं, जैसे रोग को ही जेब में डाल लिया हो उन्होंने।

"एक महीने बाद" जवान ने कहा।

"ओ. के. बैस्ट ऑफ लक।" आभा दी आश्वस्त हुईं।

डिपार्टमेंट में हलचल मच गयी। असिस्टेंट प्रोफेसर से लेकर एसोशियेट और प्रोफेसर रैटिना (पिछला पर्दा) की चिन्ता में पड़ गए।

—गलती कर रही है डा. आभा द्विवेदी

—सर्जरी का डिसीज़न ही गलत है।

—ऊपर से एक महीने का समय, रैटिना नहीं बच सकता

—कील का टुकड़ा, आधा सेंटीमीटर लम्बा...च् च् च्।

"दिस इज माई ओन डिसीजन प्रोफेसर चोपड़ा। आप क्या समझते नहीं कि डॉक्टर और मरीज के बीच निर्णय का क्या महत्त्व है?"

एक महीने बाद—

मैं, डा. आभा द्विवेदी के साथ ऑपरेशन थियेटर की ओर बढ़ रही हूँ। आभा दी ने लम्बा एप्रिन उतार दिया। स्क्रब रूम में गाउन मास्क और टोपी पहन ली। उसी तरह मैंने। हरे कपड़ों में हम दोनों।

डा. आभा के इशारे पर मैं ओ. टी. की विशेष वाश बेसिन में दस मिनट तक हाथ धोती हूँ। कई बार डिटॉल साबुन लगाती हूँ। वाश्ऽअप मैं आगे बढ़ती हूँ। डा. आभा हाथ धोकर ग्लब्ज पहनती है और मैं भी।

नर्स भी हमारी तरह हरे कपड़ों में, ऑटोक्लेव किए हुए इंस्ट्रूमेंट्स खोलती है।

सारे कार्य-कलापों के दरमियान मेरी नजर का केन्द्र मरीज की आँख का एक्सरे है, जिसमें केन्द्र बिन्दु है लोहे के टुकड़े की लोकेशन।

ऑपरेशन टेबल पर लम्बाई में लेटे फौजी के सिर के पीछे स्टूल पर मैं बैठती हूँ। सिस्टर के पास खड़े डा. आकाश असिस्ट कराने के लिए तैयार खड़े हैं। डायलेटेड आँख खुली हुई है।

डा. आभा संकेत देती हैं। निर्देशन के दौरान उनकी आवाज में अधिकार स्नेह और शासन के मिले-जुले स्वर हैं। मैं गम्भीर और शान्त। ऑपरेशन हो या युद्ध, चंचलता भारी पड़ती है। ध्यान की साधना इस समय की जरूरत है। मैं राग द्वेष, भेदभाव, सुख-दुख से परे ईश्वर से प्रार्थना करती हूँ। प्रार्थना में मरीज के मंगल की याचना है।

डा. आभा का दूसरा संकेत, मैं रोगी आँख पर चीरा देकर उसमें फिर तीन छेद बनाती हूँ। पहले छेद से पानी जाने की व्यवस्था की गयी। दूसरे छेद के जरिये एण्डोल्यूमानेटर आँख के आखिरी छोर तक पहुँचाया गया तो आँख चंद्रमा की भाँति जगमगा उठी। जगमगाहट का करिश्मा पिछली ओर से है।

मेरा मन खिल उठा। नजर झिलमिला गयी।

रोशनी भरे नक्षत्र की यात्रा पर हूँ, जिससे अब तक दूर का सम्बन्ध था। उसी में प्रवेश लेकर इस चक्राकार मण्डल को भेद सकूँगी। सुनहरी रोशनी को छेदने का मन नहीं करता, क्योंकि लुभा रही है। मैं तीसरे छेद की ओर बढ़ने वाली हूँ। आगे चलने के लिए डा. आभा का निर्देश जरूरी है। मैं सैनिक वह सेनापति, आँख को रौंदती हुई कील की ओर किस रास्ते जाना होगा? कभी-कभी दुश्मन का कुछ नहीं बिगड़ता, अपनी क्षति हो जाती है।

डा. आभा शान्त और निश्चल! मुझे अपने निर्णय पर छोड़कर खड़ी हुई...

मेरा सिर घूम गया!

यह अथाह सागर! मैं हाथ-पाँव चलाने वाली मामूली तैराक, अपनी जिन्दगी की तरह ही प्यारी, फौजी की आँख बचा लेनी है।

डा. आभा का सिर नहीं, आँखें हिलती हैं। मैं इशारा समझती हूँ, वह पूछ रही हैं—क्या तुम्हें वे सारे स्टैप्स याद नहीं, जिनके सहारे शत्रु रोग की जड़ तक पहुँचा जाता है?

मैं चैतन्य हो जाती हूँ।

शल्य अनुष्ठान आगे बढ़ता है। मेरे मन में चेतना आन्दोलन छेड़ देती है।

इतना सब करने और शान्तपूर्वक सहने का अभ्यास अभी तक था नहीं। डा. आभा की आँखों में उठता आता तेज देखते ही जड़ता पिघल उठती है। मेरे शरीर में एक खास तरह का ताप बढ़ता आता है।

डा. आकाश से वह यंत्र माँगा, जिसमें चुम्बक लगा है। मैगनेट मेरी ताकत में बढ़ोत्तरी करेगा। मैं उसे तीसरे छेद में डाल देती हूँ। कोई भूल नहीं, कोई प्रमाद नहीं, मैं सजग सचेत चौकन्नी, निर्द्वन्द्व और मुक्त भाव से उपकरण को आँख के शत्रु लोहे के टुकड़े तक पहुँचाना चाहती हूँ।

असम्भव में सम्भव की कामना! आत्मविश्वास ही मेरे पास ऐसा बल है, जिससे करिश्मे का आविर्भाव होगा। प्रकाश मण्डल बच पायेगा।

गॉड! पूरा का पूरा रैटिना हिल रहा है! अगर मेरा इंस्ट्रूमेंट जरा सा भी हिला, अगर लेश मात्र के लिए भी आँख का लेंस छू गया तो तुरन्त मोतियाबिन्द बन जाएगा। जीती-जागती पुतली पर कठिन खोल...। मैं क्या कर रही हूँ? एक रोग को काटने के लिए दूसरे रोग को न्यौता! डेंजरस इनवीटेशन! निदान की कामना लिए चलने वाली डॉक्टर अपराधिनी की तरह ठिठक जाना चाहती है। किसी को रोशनी नहीं दे सकते तो अन्धा बनाने का क्या अधिकार? नेत्र चिकित्सा धोखा देने लगी। यकायक अनेक चिन्ताओं ने धावा बोला।

माथे पर पसीना छलछला आया। दिल की धड़कन बढ़ गयी। सारा शरीर कँपकँपी की गिरफ्त में आने वाला है। डा. आभा की ओर देखकर हौसले की गुहार करती हूँ। संकेत पाते ही मैं आग के गोले की तरह दहकती आँख के समन्दर में जान की बाजी लगा देने वाले मछुमारे की तरह उतर जाती हूँ।

लोहे का टुकड़ा...दुश्मन की तरह अपनी लम्बाई दिखाकर डरा रहा है। मैं हिम्मत हारने के लिए आगे नहीं बढ़ी थी, पकड़ लेती हूँ। आशा पूरे जोश में है, मगर तभी वह चिकनी मछली की तरह फिसल जाता है।

शह और मात! डाल डाल पात पात का खेल...

खून के धब्बे इधर-उधर फैलने लगे। मैं घबराने लगी, जगमगाती आँख पर खून सवार है। जितनी दहशत से घबराई थी, उतने ही साहस से अपने हाथों को ललकारती हूँ। और मैं लगातार दुश्मन का पीछा कर रही हूँ। कील से पराजय स्वीकार करना, मेरे लिए अपनी गति, अपनी प्रकृति का खात्मा कर डालना होगा।

ग्लब्ज़ पहने हुई उँगलियाँ उस टुकड़े को खींचने में इस तरह ताकत झोंकती हैं, जैसे पहाड़ सरका रही हों।

उपकरण अपनी जगह बनाये, फिर हमला करे—आभा दी इशारा देती हैं।

ओ आभा दी! विचित्र संयम घिर आता है, कैसी महाशक्ति खड़ी है!

हाँ, अब वह बिन्दु आ गया, जहाँ यन्त्र में लगा नन्हा सा मैगनेट छोटी सी

मछली की तरह लोहे के टुकड़े को आकर्षित करेगा। चुम्बक और धातु का कठोर बन्धन! इस बन्धन ने मेरी आशा फिर जगा दी।

"सावधान, लेशमात्र भी कम्पन नहीं" इतना सोचना भी लक्ष्य से हिल जाना है।

मैगनेट—मेरा साथी, मेरा सहायक, मेरे आदेश पर आगे बढ़ने वाला भरोसे मन्द भाई, कील की छाती दबाता हुआ...और उसे मरे मगरमच्छ की तरह खींचता हुआ...

वापस लौट रहा है। पीछे आ रहा है वह टुकड़ा...

गहरी साँस के साथ कार्य सम्पन्न हुआ।

मैं अपने हथियार को चूम लेने की हद तक प्यार से देखती हूँ।

आभा दी कहती हैं—हमारा एम आँख की रक्षा है।

डा. आकाश बहुत उत्तेजित! उत्तेजना में खुशी का बड़ा अंश है। उल्लास छलक रहा है।

"वी हैव वन!" डा. आकाश की नजरों में जीत की चमक है। मैं उसकी आँखों में अपनी आँखें मिला देती हूँ। इससे ज्यादा खुशी की मोहलत नहीं।

मुझे टाँके लगाने हैं। धड़कन दम नहीं ले रही।

आभा दी पीठ थपथपाने की जगह अपनी हथेली थपथपाती हैं। बार-बार सपने का भ्रम होता है। हकीकत पर विश्वास नहीं बँधता। अपने किये पर भरोसा नहीं होता। क्या ऐसे काम अपने नहीं होते? गलतियाँ एकदम अपनी लगती हैं। सदा से भूलचूक का संग रहा है।

टाँके लगाते समय मानों इस हर्ष गूँज वाले संसार से खुद को बिलकुल ही काट लिया। साधना और योग की जरूरत बार-बार पड़ती है।

ओ. टी. से बाहर निकलते ही लगा कि विजय हासिल करके हमारी टोली आगे बढ़ रही है।

...मगर बीस-पच्चीस कदम चलते ही वही हाल होने लगा, जैसा परीक्षा-भवन से निकलने के बाद होता था। गलतियाँ मन में हाहाकार मचाने लगीं।

गलतियों की बड़ी-बड़ी आशंकाएँ...महीनों से आँख में रहती आई धातु का पूरा हिस्सा निकला भी या नहीं? मेरा मन फिर से उस लोहे के टुकड़े को देखना चाह रहा था। लेकिन पीछे लौटूँ कैसे? आभा दी बराबरी में कदम ताल मिलाती हुई चल रही हैं। अब देखकर होगा क्या? दोबारा ऑपरेशन करने की कम से कम अभी तो सँभावना नहीं बनती। पीछे हैम्ब्रेज तो नहीं हो गया था? शायद नहीं...मगर अब कुछ याद भी नहीं। देखा था ध्यान से?

परीक्षा-भवन में अपनी लिखी हुई कापी देते समय लगता था सर्वस्व चला जा रहा है, इसे एक बार उलट-पलट कर और देख लें। वही हालत, बिलकुल वही हालत! चेहरे पर घबराहट न दिखे, इस कोशिश में और भी घबराने लगी।

आभा दी ने भाँप लिया क्या? मेरे कन्धे को छुआ और कहा—डोंट वरी। रैटिना इज फाइन।

कैसे कहती कि डा. आभा आपकी विश्वास से लबालब आवाज सचमुच आत्मविश्वास की मिसाल है, कहीं घबराहट का थोड़ा-सा भी धुआँ नहीं, मगर मैं रैटिना को छोड़, हैम्ब्रेज या लोहे को कम्प्लीट निकलने के बारे में श्योर नहीं। क्या आप श्योर हैं?

शायद नहीं। आत्मविश्वास तो आपने अनुभव, अभ्यास और रिफ्लैक्शन्स के सहारे कमाया है, जो चेहरे पर दमकता है, मगर जरूरी तो नहीं कि यह चिन्ताओं को खत्म कर दे। यदि आपका मन चिन्ता के कब्जे में न होता तो बार-बार 'डोंट वरी, डोंट वरी' न कहतीं। आपका समझाते चलना, दिलासा देना भी मुझे डरा रहा है।

"आभा दी, सब ठीक था न?" मैंने दुश्चिंता फिर फैला दी।

"सिली गर्ल!" कहकर आभा दी ने कैंटीन की ओर मोड़ लिया।

"कम। चलो कैंटीन में चाय पीते हैं। बिना ब्रेकफास्ट के भी तेरा हाल बुरा है।"

अक्सर सर्जरी से निपटकर हम लोग कैंटीन चले जाते थे। शायद कुछ देर के लिए भ्रमों-आशंकाओं और भयों के साथ हॉस्पिटल के माहौल से अलग हो जाने की एक कल्पना रहती हो।...मगर होता रहा है उलटा ही अपनी दुविधाओं के डिस्कर्सन में यह भी भूल जाते कि हम कहाँ बैठे हैं। क्या आर्डर दिया, क्या खा रहे हैं, चाय कितनी बार पी ली...

आज हल्के स्वर में गीत बज रहा था वहाँ।

'याराँ दिलदाराँ मेरा दिल करता/याराँ दिलदाराँ मेरा दिल करता

ऐसा कुछ कर जायें, यादों में बस जायें/सदियों जहान में हो चरचा हमारा.../दिल करता...'

धुआँधार डिस्कसन के बीच गीत की कड़ियों को मैं पकड़ना चाहती बार-बार कोशिश करती...

'अपना भी नाम आए कल की बहारों में, कल की बहारों में

मरे चाहे जियें रहें अगली कतारों में, अगली कतारों में

सदियों जहान में हो चरचा हमारा/दिल करता, मेरा दिल करता, याराँ दिलदाराँ...'

हाल ऐसा ही रहा कि डा. आकाश, जो आर्डर देने वाला होता, आज बैरे की ओर देखने की फुरसत न पा रहा था। आलोक ध्यान से ऐसे सुन रहे थे, जैसे कोई ऋषि हों। मनोज और गौरव ने अभी-अभी सीट ली। 'फॉरेन बाडी सर्जरी' मामूली बात नहीं, हमारी टोली यही सिद्ध करने पर तुली थी। लगभग अपने मुँह मियाँ मिट्ठू

बनने की हालत!

मैं कुनकुनाई, ''आभा दी...रैटिना वाज ओ. के.?''

''नेहा! तुम अब मुझसे इस बारे में कुछ भी नहीं बोलोगी, आय काण्ट हियर इवन अ सिंगल वर्ड अबाउट दिस मैटर, ओ. के!''

किसी ने खाने की चीजों का आर्डर नहीं दिया था। सर्जरी के बारे में एक भी दुश्चिन्ता न सुनने वाली आभा दी ने भी बैरे की ओर नहीं देखा। बैरा भी किस की परवाह करने वाला था और क्यों करने वाला होता, जितने डॉक्टर्स आते सबके मैनू मालूम रहते। अतः वही सब ले आया, जो लाता रहा था। आलोक की पसंद के पकौड़े, आकाश के लिए दो बिस्किट, मनोज के लिए दूध वाली चाय, आभा दी और गौरव के लिए क्रमशः काली गोरी कॉफी और दो-दो टोस्ट। साथ में सॉस से सने मुँह वाली सॉस की बोतल रख गया—ठक्।

बस बोतल की आवाज पर ध्यान ठिठका था, बातें बंद हुई थीं, वरन् किसने कितना खाया, क्या खाया, कोई ध्यान नहीं...

मैं थी कि ऑपरेशन करने के समय का सारा आत्मविश्वास ज्यों चाय के साथ पी गयी, अब उसका लेश मात्र भी नहीं बचा था। अपना किया...सारा का सारा गलत। सब गड़बड़झाला!

''आभा दी, चलिए। पेशेंट देख आयें।''

''क्यों? क्यों भई?''

''रैटिना बचने वाला नहीं आभा दी।'' मन में ज़ो कुछ हूक की तरह उठ रहा था, आभा दी के सामने रो दिया।

उन्होंने क्रोध से देखा, मगर चल पड़ीं। पेशेंट वार्ड में शिफ्ट हो चुका था। हम वार्ड में थे, उसके पास।

''लुक। ह्वाट वाज सीन, थ्रो ब्रेंडेज।'' (देखो आँख पर बँधी पट्टी में से क्या दिखने वाला है?)

कुछ नहीं दिखा, माना। फौजी का हाथ अपने हाथ में लेलिया। उसका स्पर्श ही आँख को छूना जैसा था। वह भी अपनी डॉक्टर से हाथ नहीं मिला रहा था, किसी आत्मीय अपनी प्रिय को छू रहा था। मेरी सारी देह सिहर उठी। मगर कोई भी भावुकता, कैसी भी कमजोरी चेहरे पर लाना, डॉक्टर के लिए अपराध जैसा है, पाप जैसा...मैं जानती थी। इसलिए ही साथ खड़ी वरिष्ठ डाक्टर से नहीं पूछा—आभा दी क्या आप करुणा प्रेम हमदर्दी से परे हैं? मनुष्य की हर अवस्था से परे, क्या मेरे मन की आशंकाओं की तरह आपके मन में भी शंकाओं की साँपिन नहीं लहरा रही?

''डा. नेहा, डोंट डिस्टर्व अवर सोल्जर, कम'' (नेहा, हमारे सिपाही को डिस्टर्व मत करो) कहकर आभा दी, मेरा हाथ पकड़कर आगे बढ़ चली।

दिन दूसरा था, आँखों में दृश्य वही पहला!

नहा-धोकर तरोताजा थी, एकदम सुबह की ताजगी की तरह।

डा. आभा से ओ. पी. डी. में सामना हुआ।

"गुड मॉर्निंग मैम!" औपचारिकता भरा अभिवादन न जाने क्यों मुँह से निकला।

"क्यों, रात भर सोई नहीं?" विश करने के बजाय आभा दी ने न जाने चेहरे पर किस बासी पन को पकड़ लिया?

"सोई थी, आभा दी। अच्छी नींद आई।" कहते हुए मैं सामने न देखकर दूसरी ओर देखने लगी।

"सारी रात फौजी की आँख के संग काटी, कहो न।" आभा दी कहकर हँसने लगीं।

मुझे भी हँसी आ गयी और अपनी असलियत बता दी, "आभा दी, लारपोज की गोली खाकर सोई थी, फिर भी नींद बेचैनी से भरी रही। झपकी आती, फिर आँख खुल जाती। नींद भी आई तो साथ ही टूटता-लड़खड़ाता सा सपना आया।"

"सपना क्या था डियर? आँख और कील की जंग या तुम्हारे काँपते हुए हाथों से कोई अनर्थ?" आभा दी व्यंग्य की धार पर हैं मैं जान गयी।

"मैं क्या करूँ जब आँख ही नजर आये। कील की विध्वंस लीला दिखाई दे। सच्ची बात बताऊँ आभा दी, मन में तेज आँधी सी चलती है, जलजला ऐसा कि रात में उठकर दो-तीन बार चिल्लाई। शायद आवाज नहीं निकली, क्योंकि जागने पर लगा था—गले में रेत भर गया है। उठकर पानी पिया, तब थोड़ी सी शान्ति मिली।"

मेरी बात सुनकर आभा दी क्षणभर ठिठकी हुई निगाह से मुझे देखती रहीं। फिर बोलीं, "तुम कुछ ज्यादा ही तमाशा नहीं मचा रहीं? यू आर डॉक्टर ऑर अ मदारी? डुगडुगी पीटना जरूरी है? तुम्हारे साथ ही नहीं, हर सिंपेथिटिक (हमदर्द) डॉक्टर के साथ ऐसा होता है। मैं क्या, डा. चक्रवर्ती, जो हजारों सर्जरीज से गुजर चुके हैं, घबराते हैं, चिन्ता करते हैं, हो सकता है रात में सोते भी न हों।...मगर सब कुछ दिखाना भी होता है क्या? लोग समझते हैं डॉक्टर्स को चीरफाड़ की आदत पड़ जाती है। किसी भी मनुष्य को चीरफाड़ की आदत नहीं पड़ सकती। हाँ, जब वह जरूरी हो जाती है, तो करनी पड़ती है। अपने भीतर की उथल-पुथल को लेकर डॉक्टर ही हाय-हाय करने लगे तो मरीज का क्या हाल होगा? कॉन्फिडेंस इज युअर पावर, कीप इट अप।"

मैं डा. आभा के पीछे-पीछे चलकर आगे आ गयी।

अब हम वहाँ थे, जहाँ आप्थल्मिक चेयर है। मैं पास ही खड़ी हो गयी।

चेयर के सामने डा. आभा स्टूल लेकर बैठ गयीं। नर्स फौजी की बाँह थामकर हमारी ओर बढ़ती चली आ रही है।

मैं रोगी को एकदम देखने की हिम्मत जुटा गयी-जैसे सब कुछ ठीक ही होगा।

कैसा अजब मंजर था आत्मविश्वास भी सच था, लड़खड़ाहट भी सच थी, शायद इसलिए कि नतीजा अभी पेशेंट की आँख में बँधा हुआ था।

धैर्य, धीरज, सब्र! इस तरह के शब्दों को जपती हुई अब मैं ईश्वर कही जाने वाली महाशक्ति के सामने अपने आप को समर्पित करने लगी। ईश्वर ही क्यों, उसकी छोटी-छोटी ताकतों को भी याद किया—सभी देवी-देवता मेरी सहायता करें। मम्मी के सत्यनारायण स्वामी और वैष्णों देवी कोई चमत्कार दिखाएँ माँ...मेरी भक्ति-वर्षा शक्ति की दो बूँदों की याचक है।

नर्स! पट्टी खोलने पर जुटी हुई...कितने घेरे पार कर लिए?

आभा दी...मेरा आत्मनियंत्रण दगा दे रहा है। कनपटियाँ गर्म होने लगी। धड़कन बार-बार गले के बीच मिस होती है।

मैं डा. नेहा, इम्तहान का नतीजा सुनने वाले बच्चे के अलावा कुछ नहीं। सारी गलतियों, कितनी ही असावधानियों की आशंकित गठरी लादे हुए...मेरे कन्धे टूटने लगे और गर्दन में दर्द है।

डा. आभा द्विवेदी रैटिना चैक कर रही हैं।

मैं साँस रोकर उनका चेहरा देखने के लिए उतावली...और वे फौजी की आँख से अपनी आँख सटाये समुद्र में अपने डाले लंगरों को थाह रही हैं।

अचानक आकाशवाणी हुई, "थैंक गॉड। सलामत है..."

एक पल में ही मेरी मनोदशा बदल गयी। हताशा ने आश्चर्य और उल्लास का रूप बदला। जी भरकर वे साँसें लीं, जो अटकी हुई थीं।

डा. आभा स्टूल से उठ खड़ी हुईं और बोलीं, "आओ नेहा, विजन लो।"

मुझे जैसे होश आया हो अचानक। अरे! अपनी सफलता ने ऐसा गद्‌गद किया कि गफलत में आ गयी। मुझे विज़न लेनी है, यह भी भूल गयी, वरन् कभी आभा दी को अपने मुँह से यह वाक्य बोलना नहीं पड़ता। सब कुछ यंत्र बद्ध तरीके से खुद-ब-खुद होता जाता है, मानों कम्प्यूटर से बड़े कम्प्यूटर हम हों।

डा. आभा के स्वर में थोड़ी झल्लाहट मिली हुई थी, मैं समझ गयी, क्यों? आगे उन्होंने स्पष्ट निर्देश दिया, "नो डाउट यू आर आ कॉम्पिटेंट सर्जन, यट यू शुड बी केयरफुल।" (इसमें शक नहीं कि तुम सक्षम सर्जन हो, तो भी तुम को सावधान रहना चाहिए)

"सॉरी डा. आभा, सॉरी।" कहकर मैं विज़न लेने लगी।

डा. आभा की गम्भीरता ने मेरी आवाज हल्की कर दी।

उन्होंने पूछा "विज़न?"

"विज़न –6/6!"

अज्ञात आनन्द हिलोरें लेता है, मगर भीतर ही भीतर।

डा. आभा ने अपना उल्लास, अपना उत्साह जैसे बिखेर दिया हो और प्लास्टिक की प्लेट में कील के रूप में फौजी के सामने रख दिया हो!

"लुक! अपने दुश्मन की लाश देख लो सोल्जर।"

जवान दाँत खोलकर हँसा। फिर लोहे के टुकड़े को ऐसे देखा जैसे उसने खुद ही विरोधी पक्ष के कद्दावर सैनिक कमांडर को मार गिराया हो।

जय विजय का तुष्ट भाव!

जोश! माय गॉड...फौजी ने लपककर मेरे हाथ थाम लिए। बेतहाशा उँगलियों को चूमने लगा। प्यार की आवाज कमरे में भर गयी!

अतिरेक अटपटा लग रहा था। शर्मशार सी खड़ी रही, क्योंकि अपने हाथ को उसके उल्लास भरे जुड़ाव से छुड़ा नहीं पा रही थी।

"ओ, सोल्जर!" आभा दी ने स्थिति का रुख पलटा तो मैंने चैन की साँस ली।

"युअर आई इज ब्रेव, लाइक यू!" (तुम्हारी आँख तुम्हारी तरह ही बहादुर है, सैनिक।)

मैं और डा. आभा द्विवेदी!

फॉरेन बॉडी ऑपरेशन! आनन्द और सफलता का गोपन रहस्य!!

एक सप्ताह बाद!

पोस्ट ऑप पेशेंट्स (ऑपरेशन के बाद वाले मरीजों) के बीच लाल गुलाबों का बड़ा सा गुच्छा दिखा! फूलों के रंग ने मेरा ध्यान बरबस खींच लिया! दर्द के रंगों में फूलों के रंग ने राहत सी दी। मुझे ही नहीं, पास बैठे मरीजों को भी, सबका ध्यान फूल खींच रहे थे। मुझे अब राहत ही नहीं, सुख हुआ क्योंकि मेरे मरीजों की दृष्टि का अर्थ खुल रहा था।

कौन है, जो फूल? दरियागंज, चाँदनी चौक, आसिफअली रोड की भीड़ से घिरा दिल्ली का यह अस्पताल ऑल इण्डिया मेडिकल इंस्टीट्यूट ऑफ मेडिकल साइंसेज या इन्द्रप्रस्थ अपोलो नहीं कि लोग फूलों के गुलदस्तों से धनाढ्य मरीजों और वी. वी. आई. पी. मंत्रियों अफसरों को ग्रीट करें, शुभकामना दें। यहाँ तो मजदूरों के कपड़ों से पसीने की गन्ध और दिहाड़ी कामगारों के हाथ में पुराने प्लास्टिक की थैलियों के मेल से जो व्यग्र लाइन बनती है, उससे कोई गुलदस्ता कैसे मेल खा सकता है? यहाँ डॉक्टर का जीवन सफलता की रेशमी मखमली रंगारंग कहानी नहीं है।

दो क्षण...कहाँ खो गयी डॉक्टर? मेज पर कार्ड्स का चट्टा चिन गया।

और सामने आ गया फौजी!

सुर्ख गुलाबों के गुलदस्ते के साथ दूसरा हाथ माथे पर रखकर दूसरे पाँव को

आगे बढ़ाते हुए निखालिस फौजी सल्यूट!

"ओ!" मैं अपनी गरिमा के खिलाफ विनम्रता के साथ उठ खड़ी हुई। दूसरे ही पल अन्य मरीजों के सामने शर्मिन्दा सी हुई। पछताई, फूलों के रंग ने मुझे दूसरे मरीजों के साथ पक्षपात पर उतार दिया! सॉरी।

वह स्टूल पर बैठा था, मैं आँख की जाँच कर रही थी।

अचानक शोर उठा। मैंने अनसुना कर दिया। अक्सर ही मरीजों का संयम टूट जाता है। ऐसा ही लड़ाई दंगा? नंबर से पहले नंबर लेने की कोशिश पर मार छेड़? जो भी हो अपने आप झगड़ा निपटा भी लेंगे। सभी का रास्ता यहीं से गुजरना है।

शोर और बढ़ा।

नर्सें चिल्लाने लगीं। वार्ड ब्वॉय दौड़े।

टेक्नीशियन मेरे पास भागता आया, मरीजों की लाइन टूट गयी।

"डा. आकाश को वे लोग पीट रहे हैं डा. नेहा।"

"ऐंऽऽ...!" मैं उठकर खड़ी हो गयी

ऊँची आवाजें, गाली-गलौज के स्वर और चीख-पुकार ने दंगे का रूप ले लिया।

मैं बाहर निकलकर आकाश के केबिन की ओर भागी। मुझसे आगे आगे फौजी भाग रहा था। हम दोनों वहाँ पहुँचे तो तरह-तरह की बातों का एक ही अर्थ था और अर्थ से अनर्थ होता देखा—आकाश की नाक से, उसके होठों से खून आ रहा है। ऐप्रिन धब्बों से भर गया।

—बात क्या है? क्या बात थी?

—कुछ नहीं। केस मैडीको लीगल था, मगर मरीज के साथी चाह रहे थे डा. आकाश इसे जनरल केस की तरह लें।

—कैसे ले सकते थे? बन्दूक की गोली लगी थी आँख के पास। डा. आकाश ने कितना समझाया, वे नहीं माने। बहस बढ़ती गयी। आपसी गुस्सा चढ़ता गया।

—नहीं नहीं, बात कुछ न होती, एक आदमी उनमें शराब में धुत्त था।

—वह, देखो वह। गालियाँ बक रहा है।

सब लोग सन्न से थे। शराब के नशे में डूबे आदमी का फटा-फटा स्वर उठ रहा था—डॉक्टर लोग, साले हरामी। रिश्वत खाना चाहते हैं। इन्हें घूस दें सो दरोगा को न दे देंगे, जिन्हें देने की हमें आदत पड़ी हुई है।

टूटे हुए वाक्यों को जोड़कर जो कुछ बना दुखद था। मैं शर्मशार सी...कैसे कहूँ कि फौजदारी करने वाले लोग हर जगह फौजदारी करने पर उतर आते हैं। डा. आकाश घूसखोर नहीं हो सकते। ऐसा कुछ कहती तो कितनों से कहती? कौन मानता? घूस देना, घूस खाना, जनता के हाथ में ऐसा हथियार है, जिसे चारों ओर घुमाया जा सकता है, अपने पक्ष में किसी ओर भी फेंका जा सकता है।

डॉक्टर्स ने काम छोड़ दिया। ओ.पी.डी. बन्द।

अपने हाथ में यही अस्त्र रहता है। स्ट्राइक होगी। रेजीडेन्ट्स हड़ताल पर चले गए।

फौजी फूल लाया था, अफसोस लेकर विदा हुआ। धन्यवाद कहने का मौका ही न मिला।

बहरहाल!

वह सैनिक जब भी आता, लाल गुलाबों के गुच्छे लाता। ओ. पी. डी. किसी की हो, आलोक, गौरव और आकाश मुझे बुला लेते और कहते—तुम्हारा लाल गुलाब!

मैं डा. आकाश की ओर अनचाहे ही देखने लगती फूलों में उसका खून उतर आता। उस दिन वाली घटना भुलाये न भूलती। अपमान का घूट पीना अपना ही खून करना है।

डा. आकाश कहते—कहाँ खो गयीं? छोड़ो उस बात को। तुमने पढ़ा या सुना नहीं—लैट्स लुक बियोंड द गन्स, लैट्स स्मैल द रोजेज (हम बन्दूकों के पार देखें, गुलाब महक रहे हैं)

—आकाश! तुम्हारा नाम आकाश ऐसे ही नहीं...

और आकाश चैरियों की कहानी सुनाने बैठ गया था।

—डा. नेहा भटनागर, आपके पास ही फूल नहीं आते, हमारे पास भी चैरियाँ आती हैं।

—सुना दे सुना दे यार कि हम भी किसी से कम नहीं। तुम्हारे पास फौजी है तो हमारे पास अम्मा है, जो फौजी की अम्मा भी हो सकती है—डा. आलोक ने उत्साह बढ़ाया।

—नहीं, हो सकती है का अर्थ हो गयी नहीं हो सकता। वह तो अकेली अन्धी अम्मा थी।

—यार, यहाँ कितनी अकेली अन्धी अम्माएँ होती हैं, वही क्यों थी?—गौरव ने सवाल किया।

—वह इसलिए खास अकेली थी कि उसका बेटा उसे ऑपरेशन के लिए दाखिल कर गया और रहने-सहने के अलावा लेंस के लिए रुपये का इन्तजाम करने घर चला गया।

—आया नहीं? जैसे कि बेटे अक्सर आते नहीं?—गौरव ने अपने अनुभव के अनुसार कहा।

—हाँ, बूढ़ी अम्मा अस्पताली खैरात के हवाले रहीं।

—खैरात कितने दिन?

—हाँ, बिस्तर छिना, खाना बन्द हुआ। आसरे के लिए धरती थी, पेट में भूख के सिवा कुछ न था।

—ऐसी एम्मा को कौन बर्दाश्त करेगा भला?—गौरव ने कमेंट किया।—अस्पताल भी नहीं।

—हाँ, घर से बहिष्कृत आदमी, बाहर तिरस्कृत होता ही है। धीरे-धीरे अम्मा को तिरस्कार की आदत पड़ गयी। आँखें तो अन्धी थीं ही, कान भी बहरे हो गए। बाट जोहते-जोहते आँखों का मोतियाबिन्द पथराने लगा। तब तक हमने सैकड़ो ऑपरेशन कर डाले।—कहकर आकाश थम गया। उसकी आँखों में घटाएँ सी उमड़ीं।

आगे बोला—वह अस्पताल की चारदीवारी से सटकर बैठी रहती। रोगियों के साथ आये लोग अपने खाने में से खाना, कपड़े में से कपड़ा बाँट देते।

—हाँ, यह सच्ची बात है, यहाँ रोगियों का आपसी कुनबा बनता है। मदद और हमदर्दी का बेहतरीन उदाहरण कोई यहाँ देखे। वसुधैव कुटुम्बकम्!

डा. आकाश ने कहा—अम्मा बेचारी को क्या सर्जरी की जरूरत नहीं? जिनके अपने हों, रोशनी पर उन्हीं का हक है?

किसी डाक्टर ने कमेंट किया—बेचारे आकाश को सर्जरी नहीं मिलती शायद। बुढ़िया को पकड़ रहा है। डायलॉग मारकर क्या जताना चाहता है आखिर? इसके लिए लेंस के पैसे कौन देगा? और वह इसकी अम्मा कब से हो गयी?

दूसरा डाक्टर बोला—इसकी गलती नहीं, इसको 'अम्मा' कहने की बुरी आदत पड़ गयी है। पच्चीस साल की लड़की से भी अम्मा कहता है। आये दिन झगड़ा रहता है। एक औरत ने तो इसकी बाँह पकड़ ली थी और आँखों में आँखें डालकर पूछा—क्यों रे डाक्टर, तेरी अम्मा मेरी ही उमर की है? तू क्या कान से पैदा हुआ था? आँख का अन्धा।

गौरव ने आकाश के ये किस्से बीच में जोड़े तो वह बोला—ओ. पी. डी. तो अच्छा-खासा सरकस है, और हम जोखिम उठाने वाले कलाकार। चलो छोड़ो, बात आगे बढ़ने दो।

डा. मनोज ने पूछा था—इस बुढ़िया की कन्सेंट कौन देगा?

—अम्मा अडल्ट है, खुद देगी।

—मगर अन्धी भी है।

—यार, तुम लोग टालने वाली बात कर रहे हो। मैं दे दूँगा कन्सेंट।

—टें बोल गयी तो जेल भी जाना फिर।

—जिसे लोग कूड़ा-कचरा समझकर फेंक गए हैं, उसके लिए थाना कचेहरी करेंगे? इंपॉसिबल।

—ठीक है ठीक है, तुझे तो मैडीको लीगल से निपटने की आदत है।

चंदा किया गया।

लेंस दमकता-चमकता आ गया। पहली सर्जरीज के बचे-खुचे सामान को काम में लिया। ऑपरेशन कर डाला।

अगले दिन पट्टी खुली थी–नर्स बोली–अम्मा दिखता है?

अम्मा बोली–हाँ।

अम्मा की आँख में रोशनी ही नहीं आई, हाथ-पाँवों में ताकत सी आ गयी। उजाले भरे संसार को देखती, उसमें चलती-फिरती अम्मा का बुढ़ापा भी घट गया। अन्धी अम्मा कितनी बूढ़ी लगती थी!

तीन-चार दिन बाद बोली–अब घर जाऊँगी।

–कौन से घर?–आकाश ने पूछा था।

–अपने घर। उस बेटे से बहुत से हिसाब करने हैं, जो मुझे छोड़कर...

अम्मा ने झिझकते हुए एक छोटा-सा भरा-भरा लिफाफा मेज पर रख दिया और कहने लगीं–बेटा, सब बाँटकर खा लेना! दो-दो चार-चार ही सही...

दो सौ या दो सौ पचास ग्राम चैरियाँ रही होंगी, सुर्ख रंग आँखों में घुल गया।

आकाश!

आलोक!!

नेहा याद करती है।

अब आकाश कहाँ? अब आलोक कहाँ? आभादी...तुम्हारा फोन, मैं पूछ भी नहीं सकी कि आकाश किस हाल में है? मिला था कभी?

दूर देश जाने वाले आलोक को विदा किया था तुमने? कैसा लगा था आभा दी उनको...कोई चिट्ठी आती है? अपने घर दिन में तीन फोन करने वाले आलोक को लाल गुलाब और सुर्ख चैरियाँ याद होंगी?

प्रवासी आलोक के माँ-बाप मिले थे आभा दी! तुम उन बूढ़ी सूरतों वाले थके झुके वृद्धों को देख पायी थीं? प्लीज आभा दी बिछोह में डूबे आंटी-अंकल के पास हो आना और मुझे फोन करना...मैं समझूँगी, हम साथ-साथ हैं।

कैसा छल हुआ!

मेधावी, प्रतिभा के धनी, लगन के पागल एक कमिटिड डॉक्टर को विदेश ने हड़प लिया। क्या पता और कौन-कौन चला गया?

रात के अँधियारे में अपने पलँग पर जागी हुई नेहा कभी डा. आभा का धन्यवाद करती है तो कभी डा. चक्रवर्ती को दोषी ठहराती है–सर चक्रवर्ती ने कैसा संसार दिखाया कि उसने ही हमें निगल लिया। नहीं तो डा. आर. पी. शरण की सल्तनत में मैं अकेली...खाली हाथ, उनके बनाये खतरनाक सरोवर में खाली नाव के मछुआरे सी...

आभा दी, फटे मस्तूलों सी सनदों को तेज हवा में फड़फड़ाते देखती रह जाती हूँ मैं? मेरा दिल काँपता है, उँगलियाँ थरथराती हैं।

जागते-जागते रात का तीसरा पहर आ गया।

नेहा के साथ लेटा तीन साल का बेटा टिम्मी कुनमुनाया। आभा दी बच्चे से जुड़कर याद आईं। आसमान से गाज गिरी हो जैसे, डा. आभा उसी तरह तड़की थीं। प्रलयंकर आँधी-सी आभा दी...गो कि नेहा उनके सामने खड़ी रही।

''तुमने थीसिस कंप्लीट करने के लिए छः महीने का समय माँगा है?'' दृढ़ होठों से कठोर स्वर!

चुप्पी स्वीकृति के अर्थ में थी।

''इंपॉसिबल।'' उनके तने हुए चेहरे पर निर्णय अखण्ड था।

''क्यों'' कहने का साहस नेहा नाम की लड़की में तो नहीं ही था। था कुछ तो वह यह था कि साँस लेना भूल जाये।

''इंपॉसिबिल'' कहकर आभा दी भी निश्चिन्त कहाँ हुई थीं।

''यू फूल! पगली लड़की, अपनी हर जरूरी और गैर-जरूरी बात के लिए कैरियर से ही कम्प्रोमाइज करती है। यही एक सस्ती चीज है, उठाकर ताक पर रख दो।''

अब उनका चेहरा देखने की हिम्मत भी नहीं रही, पलक मारते भर देखने की गुस्ताखी कि कैमरे में लेंस की तरह छवि को छुआ! तस्वीर खिंच गयी। दहलाने के लिए काफी थी।

''बोलो चुप क्यों हो? कुछ तुमने भी तो सोचा होगा, से युअर ब्रिलिऐंट आइडिया।''

आँखें मूँद ले नेहा, तब क्या आभा दी लोप हो जायेंगी? उनको न देखना सूरज के अस्तित्व को अस्वीकार करने जैसा है। बचा नहीं जा सकता।

''आभा दी, पापा की बात...''

''किस पापा की बात? तेरे की, या अजय के पापा की?''

''दोनों की। मेरे पापा तो अजय के पापा की बात पर हाँ करते हैं।''

''क्या कहते हैं, गुरुजन?''

''यही कि एक साल की ही तो बात पड़ेगी। बच्चा हो जाने दो, निश्चिंत हो जाओगी, नहीं तो डॉक्टर प्लानिंग करते-करते ही बूढ़ी हो जाती हैं, निस्संतान रह जाती हैं, या बुढ़ापे में औलाद...''

''करैक्ट! पते की बात कहते हैं दोनों पुरुष।''

नेहा आभा दी के बारे में सोचकर अचकचा गयी। सारी बात कहने की क्या जरूरत थी? आभी दी अपने ऊपर तो नहीं ले गयीं। वे उम्रदार भी और निस्संतान भी...हे ईश्वर!

डा. आभा किसी बात को व्यक्तिगत बनाने से बचती हैं। नेहा की बात से असहमति जताते हुए बोलीं, ''हमें अपना ढुलमुलपन बूढ़ों के सिर डालकर अपराध-बोध से बचने का रास्ता मिल जाता है, माना लेकिन यह रास्ता क्या हमें आने वाले

समय को जवाबदेही से भी बचा लेगा?"

नेहा को डा. आभा की बात शत प्रतिशत सही लगी। खून सूखने लगा, आगे क्या होगा? एम. एस. बीच में ही रह जाएगी? एम. बी. बी. एस. के बाद जो विवाह के चलते गृहस्थ में खप गयीं उनको नेहा किस निगाह से देखती है? यही करना था तो एक सीट को व्यर्थ क्यों किया? कितने लगनशील प्रतिबद्ध छात्र एक सीट के कारण रह जाते हैं। चिकित्सा जगत् कोई खाला का घर नहीं। लम्बी दौड़ का तकाजा करता है।

सुनकर वह घर आ गयी थी। चेहरे पर ऐसा आश्वासन भी था, जो डा. आभा की शिक्षा के अनुरूप था।

लेकिन...माता-पिता के मुँह ससुराल की विरुदावली के लिए बढ़ने वाली वंशावली ने बाँध लिया। अगर वह दिन नेहा आभा दी के साये में कॉलिज या वार्ड में ही बिता देती तो फैसले का चेहरा कुछ और होता।

घर के माहौल का आत्मीय प्रभाव अस्पताल में भागती-दौड़ती आभा दी पर भारी पड़ने लगा।

बड़े जतन से गुँथे भाव विचारों की गुँजलकें खुलीं तो आभा दी का दोष महादोष सीधा तन गया! आभा दी अपना गृहस्थ तोड़ आईं, अब अपनी टीम तोड़ना नहीं चाहतीं। नेहा जैसा असिस्टेंट उन्हें कहाँ मिलेगा? मिलेगा तो खोजने में बहुमूल्य समय खर्च होगा।

सर चक्रवर्ती ने कहा है—डा. आभा, तुम्हारी और नेहा की टीम क्या कुछ नहीं कर सकती? नेहा को याद है फॉरेन बॉडी सर्जरी के बाद जब फॉलोअप की बारी आई तो सर ने बड़ी आशा के साथ कहा था, पेपर तैयार करो। देखते हैं कि अब की बार कॉन्फ्रेंस में यह पेपर बैस्ट पेपर होता है कि नहीं?

नेहा का और आभा का माथा चूम लिया था उन्होंने। गर्म जोशी भरी कसावट और चुम्बन के गीलेपन का अहसास आज तक है उसे। दोनों विमुग्ध सी खड़ी रहीं, वे आशीर्वाद दे रहे थे—गॉड ब्लैस बोथ ऑफ यू।

वह पेपर, वह कान्फ्रेंस और वह साल नेहा के भाग्य विधाता बन जाएँगे, कहाँ जानती थी वह। भाग्य की इतनी जय जयकार होगी, यह भी कहाँ पता था? कीचड़ में ही कोई मायादास कृतार्थ करने चला आया।

'रंगाचारी अवार्ड' की वह शाम!

जूरी में थे मेडिकल इंस्टीट्यूट (आ. पी. सेंटर) के डा. प्रेम प्रकाश, हैदराबाद (एल. बी. प्रसाद) के डा. कृष्ण राव और आगरा के डा. आर. पी. शरण (चीफ शरण आई सेंटर)।

पेपर पढ़ते हुए शलवार में नेहा की टाँगें काँप रही थीं।

स्लाइड्स दिखाते समय वह बीच-बीच में हकला जाती। वह अवार्ड के योग्य

नहीं, मन ही मन मान गयी थी। सिहरते मन काँपते तन उसने अवार्ड पाया।

जैसे यकायक भिखारी को कोई सोने के सिक्के भरा झोला दे दे, तो उसे विश्वास होगा कि उसे सोना दिया जा रहा है? या उसकी औकात सोना सहेजने लायक आँकी गयी है?

विश्वास और अविश्वास में झूलते हुए उसने रंगाचारी अवार्ड प्राप्त किया था। सपने की सी छाया में चलकर घर आई थी।

घर मिले थे डा. आर. पी. शरण। उधड़े टूटे सोफे पर बैठे हुए। मामूली धारीदार पर्दे के बावजूद प्रकट रूप में दिख रहे थे।

सुदामा के घर कृष्ण!

कृष्ण कह रहे थे—हे भटनागर जी ब्याह ठीक करते-करते बहुतेरी लड़कियाँ देखी हैं; लेकिन आपकी लड़की मुझे पसंद आ गयी। मेरे बेटे का जो सरल स्वभाव है, विनयशील है, सादगी है, उसके कारण किसी तेज-तर्रार लड़की का मन रखकर चलना शायद उसके बस का न हो पाये। हमारा बड़ा परिवार नहीं। पति-पत्नी और अकेला बेटा। अपने मुँह से क्या कहूँ, तुम्हारी होनहार बेटी इज्जत से रहेगी क्योंकि अजय को कोई बुरी लत नहीं, उसकी बुरी सोहबत नहीं।

नेहा ने सोचा—हमारे पापा ने अपने जीवन में चमत्कार होता कभी देखा नहीं था, इस समय उन्हें अपना क्वार्टर सोने के महल में बदला हुआ दिखाई देने लगा, क्योंकि दौलत का मालिक सामने बैठा था। इकलौती लड़की, इकलौता लड़का, अपना पराया, तेरा-मेरा करने की गुंजाइश नहीं। वह घर, यह घर एकमएक।

आभा दी...

तुमने क्या सुना! रंगाचारी अवार्ड की खुशी धुआँ हो गयी, क्योंकि तुम तो आग का गोला बन गयी थीं। बाप रे! क्या चेहरा क्या आँखें...सारा कुछ तपा हुआ!

मंगल में अमंगल का घटित होना...मेरी गलती क्या है? बार-बार सोचती। यह भाग्य दुर्भाग्य क्योंकर है, समझ नहीं पाती। एल.डी.सी. (लोअर डिवीजन क्लर्क) की नादान अज्ञान बेटी ने सांसारिक अनुभवों में क्या पाया? स्कूल से घर, घर से स्कूल! बहुत से बहुत अच्छे-अच्छे कपड़े और जूतों की लालसा।

मैं विश करती, तुम उत्तर न देतीं।

मैं पास आती, तुम रास्ते से मोड़ लेतीं।

तुम्हारे सामने से गुजरना जैसे कोई सजा हो। चलते-चलते ऐसी रुलाई फूटती कि विभाग के कोनों अन्तरों में छिपती फिरती। कोई चुपाने वाला न होता। मेरा रोना नाहक रोना भी तो नहीं था। तुम्हें देखते ही आवेग प्रबल हो उठता। जाना उन दिनों कि बहिष्कार से बड़ा कोई दण्ड नहीं।

एक विभाग, एक यूनिट, कब तक ऐसे चलता?

हार कर मैंने एक दिन अपने आप को तुम्हारे सामने खुला छोड़ दिया। सिर

झुकाकर खड़ी हो गयी, अर्थ तुम समझ गयीं—हाजिर हूँ, काट लो सिर।

"मैं तुम्हें क्यों सजा देने लगी नेहा, सजा तो तुम्हारे पिता दे ही रहे हैं।"

सिसक-सिसककर रोना ही अपनी सफाई में कुछ कह देने का रूप था। मैं क्या समझाती तुम्हें आभा दी? समझाती, तब क्या तुम समझ भी जातीं? कहना यही था कि अभावों भरी गृहस्थी सदा ऐसे ही सपने देखा करती है। वे केवल सपने ही होते हैं। कमजोर आदमी शेरों के सपने देखे तो ताज्जुब क्यों? गरीब सदा अमीर होने के सपने देखता है। जहाँ तक आदमी की कल्पना नहीं जाती, वहाँ तक सपने जाते हैं।

उच्च पद और पद के अनुसार सुविधाएँ पाने वाले पिता की बेटी तुम आभा दी क्या जानो कि एक छोटे से वन रूम क्वार्टर का महत्त्व क्या होता है? इस क्वार्टर से पहले हम एक ड्राइवर के क्वार्टर में एक कमरा किराये पर लिए थे। उसी कमरे में रसोई से लेकर गुसलखाने तक का काम होता। किराया अदा करने के बाद वहाँ किस-किस शर्त से गुजरना पड़ता, कहते शर्म आती है। बड़े शहरों में छोटे कर्मचारियों की यही दशा है, पापा कहते थे। क्वार्टर मिला तो नियामत मिली।

वही क्वार्टर अब डा. आर. पी. शरण की भव्य कोठी से मिलने के इन्तजार में है। कहाँ पापा को नींद नहीं आती थी, अब वे सोने की जल्दी में रहते। मैं समझ सकती हूँ उनकी भावना, आप लोग नहीं। क्योंकि मैं भी तो वर्षा और हरियाली के सपने देखती रही हूँ। उन बागों और पार्कों के सपने, बचपन में जहाँ जाने के लिए रोया करती थी और पापा बस के पैसे खर्च करना नहीं चाहते थे। आभा दी...वे बाग और पार्क मेरी आँखों में फैल गए। होश सँभाला तो सहेलियों के रंगीन और रेशनी कपड़े मेरे शरीर पर सरकने लगे। एक मंजर ऐसा भी आया कि थकान, पसीने और माँ-बाप की दुनिया से कोसों दूर मैं...

मैं कहना चाहती थी—मुझे माफ कर दो आभा दी।

और तुमने कहा—"बड़े बाप का बेटा बड़ी रकम की थैली लेकर डॉक्टर बनने गया, क्योंकि बाप के आई सेंटर का वारिस जो बनना है। नेहा, वारिस और सर्जन में बहुत फर्क होता है। डाक्टर की डिग्री चिपका लेना ही काफी नहीं होता।" कहते हुए तुम्हारे होठ सर्जरी के चाकू की धार से पतले और कठोर हो गए थे।

मैं डॉक्टर अनसमझ तो नहीं थी। चौंक पड़ी।

"डोनेशन!"

"और क्या?"

आभा दी, मुझे कोई भी तमन्ना रही हो, बुद्धू वर की कल्पना कभी नहीं की। इस सँभावना की बात सपने में भी नहीं आई। माँ-बाप भी इस कल्पना तक नहीं पहुँचे होंगे। वे अमीरों की साधन सम्पन्नता को ही प्रतिमा और योग्यता भी मान बैठते हैं। 'जीवन में अमूल्य सम्पदा पा गए' वे तो इसी लेखे-जोखे में लगे होंगे,

क्योंकि सदा अमीरों का लोहा ही मानते आये हैं, कभी बराबरी नहीं कर सके। उनके लिए डा. आर. पी. शरण के यहाँ से आया रिश्ता साक्षात् ईश्वर का आशीर्वाद है।

आभा दी से क्या कहा, क्या कह सकती थी?

हाँ, माँ-बाप पर गुस्सा आया। ऐसी भी क्या दुनियादारी? ऐसा भी क्या हिसाब-किताब? एक मामूली लड़की के ब्याह के लिए बड़े तामझाम की क्या जरूरत? इतना जीवन अभावों में काटा, अब किसको महिमा दिखाने चले हैं? कैसे मान लिया कि धन माया में नेहा का सुख भी छिपा है? सादगी पसंद, विनयशील, अच्छी सोहबत वाला लड़का पढ़ाई में कैसे कसीदे काढ़ता है, यह नहीं पूछा?

नेहा के मन के विभिन्न कोनों से एक-एक बात, एक-एक वाक्य आया, दिमाग में स्तूप बनकर जमा हो गया। आगे वह खुद को कहाँ तक जब्त करे? बात क्या गलत है? डोनेशन देने वाले, जो प्रतिभा पर बलात्कार जैसा अत्याचार करते हैं, उनके घर जाकर, उनके बेटे को वरण करके शर्मनाक जिन्दगी ढोएगी नेहा?

कल ही तो 'रंगाचारी अवार्ड' की खुशी के सागर में उतरा रही थी। आगे पेपर लिखते रहने का संकल्प किया था, अचानक पट परिवर्तन होने लगा! डा. चक्रवर्ती की बात बिसर कैसे रही है?

हलचल-सी मच उठी।

"नहीं मम्मी, मैं यह शादी नहीं करूँगी।"

लगभग नई सिंथैटिक बैगनी रंग की साड़ी पहने हुए मम्मी की मझोली काया ठिठकी। गेहुआँ रंग के प्रौढ़ चेहरे पर कुमकुम बिन्दी और अविश्वास साथ-साथ चमक रहे थे। गोल ठोड़ी पर हाथ धरे खड़ी माँ रीडिंग टेबल के सामने कुर्सी पर बैठी नेहा को एकटक देखती रही।

नेहा ने माथे को दोनों हाथों से पकड़ा और टेबल पर सिर झुका लिया।

शायद पापा कमरे की ओर आए और लौट गए।

गहरे क्षण थे, निर्णय माँ पर फेंक देने का अफसोस भी था। क्या ऐसे रूखे गले से बोलने की आदत है उसे? वह भी मम्मी से! प्रकट में तो कुछ नहीं कहा, भीतर ही भीतर माफी सी मागती रही—माँ मैं क्या करूँ? मेरी मजबूरी को तुम नहीं समझोगी, क्योंकि तुम्हारे लिए यह बात कोई मजबूरी जैसी बात नहीं है।

"क्या कहा नेहा? क्या कह रही थी बेटा?"

नेहा जब कह रही थी, तब कह रही थी, अब तो कुछ भी नहीं कह रही। हाँ, यह बात जरूर है कि नहीं कह रही, तब भी वह बात अनकही नहीं है, बल्कि एक फैसला है, जो अनकहा भी हो, पर होता तो है ही।

"यह ब्याह नहीं करेगी तो कैसा ब्याह करेगी?"

नेहा का आवेग और बढ़ा, माँ ने बात सुन ली, समझ ली, फिर दोबारा क्यों कहलवाना चाहती थी? अभियुक्त की दर पर रखकर क्या उगलवा रही थी?

"कैसा ब्याह भी नहीं।" नेहा ने आँसुओं से सना चेहरा उठाया तो माँ चकित सी रह गयी।

"सुख की बात में दुख ढूँढ़ लिया तूने? बता तो कौन-सा दुख?"

"डा. शरण के बेटे के डम होने का दुख!" नेहा जो कहना चाहती थी, कह गयी। उसका विपन्न-सा स्वर कमरे में बिखर गया।

डम, ऽऽ! ये शब्द माँ ने नेहा के मुँह से ही सुने हैं, मतलब भी जानती हैं। अपने होने वाले पति के लिए उच्च शिक्षा प्राप्त लड़की की यही भाषा है? कुछ इस तरह के भावों से घिरे चेहरे की मालकिन माँ बेटी को विस्मय विस्फारित आँखों से देखने लगी।

"वह बुद्धू कैसे हो गया? कौन कहता है कि मालदार, अमीर लोगों के लड़के पसीना बहाऊ मेहनत करते हैं? मेहनत में ही मगज मारना होता तो हम जैसों के घर पैदा होता। यह तेरी तकदीर कि तूने मेहनत की और उसके योग्य हुई। देखा भी है? फोटू देख ले, तस्वीर में छपे रामचन्द्र जी जैसी सूरत कि देखते ही रहो।"

नेहा का मौन ही उनकी बातों की नामंजूरी थी।

पापा कमरे के बाहर बरामदे में अदृश्य श्रोता बने खड़े रहे होंगे, तभी तो मौका देखकर पत्नी की बात को वजनी बनाने की खातिर भीतर चले आये, शायद यह भी जानते हैं कि उनकी बात एक पुरुष की बात है, जो घर का कर्ता-धर्ता है, भारी पड़ेगी ही।

आकर दूसरी कुर्सी पर बैठ गए। नेहा को उनकी काली चैकवाली शर्ट और काली पैंट की झाईं पड़ी। खड़े खिचड़ी बालों पर कनखियाँ चली गयीं। पतला लम्बा चेहरा और बढ़ी हुई सी दाढ़ी की छवि वाले पापा बोले, "हमारी नेहा नादान है। क्या उसकी डिग्री में लिखा होगा कि यह लड़का डोनेशन देकर दाखिल हुआ है?"

पहले तो नेहा को इसी बात पर क्रोध आया कि माँ-बाप दोनों को आपत्तिजनक बात मालूम है, गुस्सा बढ़ा इस पर कि उसकी वकालत भी कर रहे हैं।

"डिग्री में नहीं लिखा, उस मेडिकल कॉलिज के नाम के साथ चिपकी है डोनेशन की रकम साढ़े सात लाख।" वह एक साँस में बोल गयी।

क्यों बोल गयी? दो क्षण बाद ही पछताई। आज क्या होने वाला है? जो कभी नहीं हुआ वह घटित होता जाता है। माँ-बाप से जुबान चलाना...मम्मी इस बात पर कितना नाज करती हैं कि उनकी नेहा माँ-बाप का भरपूर अदब करती है।

पापा बात साफ करना चाहते हैं, बुरा मानकर बैठना नहीं गवारा, बोले, "ठीक है, कॉलिज के साथ पैसेवाली बात जुड़ी सही, लेकिन उसकी सनद देखेगा कौन? उसे नौकरी के लिए यहाँ-वहाँ तो भटकना नहीं सो एप्लीकेशन देता फिरे। नेहा, इतना जान ले कि अमीरों से जवाब-तलब करने का दमखम सरकारी कानूनों में भी नहीं।"

मम्मी ने समझाया, पापा ने दलीलें दीं।

...मगर नेहा का कुतर्की मन या कि तुम आभा दी...उसकी गर्दन से चिपटी हुई...इतनी आसानी से झुकने वाली नहीं नेहा! जब-जब माता-पिता की बात मानते हुए, उनकी दशा समझते हुए समझौता करने का संतोष मिलता, तभी, उसी क्षण भीतर ही भीतर कहीं प्रच्छन्न रूप से गर्व का, अभिमान का कि स्वाभिमान या आत्म सम्मान का भाव जागता और कष्ट भरे दिनों की पुरानी तस्वीर सामने ला-लाकर, उसे फाड़ते चले जाने का मन करता। लगता कि यही अनिर्वचनीय सुख है। मैं, नेहा भटनागर सोचती–यह आश्चर्य नहीं, न ही कोई चमत्कारिक अजूबा, यह तो साक्षात काव्यात्मक न्याय यानी कि पोयटिक जस्टिस है। निश्चित रूप से अपनी कठोर तपस्या का मन चाहा फल है।

...लेकिन तुम कहाँ छोड़ देतीं आभा दी कि दूसरे ही क्षण नेहा अपने सोचे हुए को बच्चों के खेल की तरह मिटा डालती। पछताती कि वह कहाँ जा रही है? वीर रस का यह पार्ट अदा करना है तो माँ-बाप के सामने ही...जो दुनिया के सबसे कमजोर प्राणी हैं, जिनका चेहरा बेटी की जुर्रत पर तमतमाया तक नहीं। रोता भी नहीं, लाचार हो जाता है।

व्याकुल भाव से माँ की ओर देखने लगी। तो सीने में गमगम मच उठी। 'जो सत्य है, साहस के साथ वही कहो' का पहाड़ा भूलकर मन ही मन जपने लगी–मुझे माफ कर देना मम्मी।

आभा दी! तुम आकाशवाणी सी . . .

मेरी योग्यता मुझे समझा रही थीं और नेहा भटनागर के मुकाबले अजय शरण को अयोग्य ठहराने पर तुल गयी थीं। मैं लगातार वही आवाज सुन रही थी–माना कि उसके व्यवहार में विनय और सौजन्य की कमी नहीं, चरित्र की शुद्धता में खरा है, शिष्ट समाज के मैनर्स ढंग जानता है, वह हैंडसम लड़का लाखों में एक है, मगर सोचो–कि वह गधे की तरह बाप के रुपयों की बोरी पीठ पर लादकर बेंगलौर गया ही होगा। और डॉक्टरी की उपाधि माथे पर चिपकाकर बीसियों बोरी नोट कमाने के मकसद से वापस लौटा होगा। लोगों की आँखें भी फोड़ेगा, अन्धों से धन भी लूटेगा साधन-सुविधा-सम्पन्न नेत्र विशेषज्ञ जो ठहरा। ही इज एन आई स्पेशलिस्ट!

बहुत था।

बहुत काफी। आभा दी, तुम्हारी शिष्या नेहा के तन-मन में बराबर तुम्हारे विचारों की डोज का इंजैक्शन लगता, अपना असर जल्द से जल्द दिखाने लगता।

डोज कुछ ज्यादा असर दिखा गयी। मम्मी की बेटी नेहा, फाइल्स बैग और कुछ किताबें लेकर घर में घुसी। अपने कमरे में पहुँची भी नहीं, सारा सामान बरामदे में पटक दिया और दीवार से सिर टेककर रो उठी।

"नेहा!" मम्मी ने पुकारा तो दौड़कर माँ के पावों में गिरी और उनके घुटनों पर सिर रखकर जार-जार रो दी।

माँ पीठ थपथपाकर तसल्ली दे रही थी और नेहा सिर हिला-हिलाकर रोते हुए कह रही थी—प्लीज, प्लीज मम्मी...यह रिश्ता नहीं। यह नहीं...

माँ कैसी विदग्ध थी, मगर दहकता कलेजा छिपा लिया और बेटी को बच्ची मानकर समझाया, "अभी तू कुछ समझेगी नहीं नेहा। लड़कपन ऐसा ही होता है। अल्हड़ उमर ऊँच-नीच, नफा-नुकसान का जोड़-घटाव क्या जाने? तेरा मन अभी ठहरा नहीं, खेल के बाद पढ़ाई की उम्र आ गयी। पढ़ाई पूरी की तो तू क्या कहती है कि कैरियर आ गया। कुछ न कुछ आता ही जाता है, ठहरकर सोचे-समझे कहाँ से?"

निरुत्तर थी आपकी नेहा। नेहा अर्थात् मैं।

और तुम फिर अप्रसन्न आभा दी, तुम्हारी कल्पना-छवि मेरी आँखों के आगे रही, मगर माँ थीं कि चाय बना लाईं। पीढ़ी पर बैठकर मेरे बालों में तेल मलने लगीं।

सारे प्रसंग पर माँ के लाड़ का पर्दा पड़ गया। मेरी आँखों में थोड़ी भी हलचल न हुई, उल्टे सारा अस्तित्व सिकुड़ता जा रहा था, लगने लगा कि माँ की गोद में समा जाऊँ।

क्या मैंने तुम्हारे अभिमान क्षुब्ध चेहरे को अनदेखा कर डाला था? ऐसी हिमाकत कैसे कर गयी? नजर के सामने तुम्हारी अवमानना...फिर मैं कहाँ रहना चाहती थी? तुम्हारे बिना मेरा शरीर तो है, वजूद नहीं।

बेवजूद लड़की सारे दिन सोती रही। नादान बच्ची—माँ-बाप की आज्ञाकारिणी बेटी...

आभा दी...नेहा पागल, नेहा गाफिल!

एक गोली लारपोज खाकर सो रही कि नींद खुले ही नहीं। पतित्व, प्रभुत्व और पौरुष के बरक्स तुम्हारी अन्तरभेदी दृष्टि! बीच में मैं कहाँ? तंद्रिल रहना कैसा भला था कि तुमको आदर सहित अपने मन से विदा कर दिया।

सही-गलत का भेद, स्तर में विद्या बुद्धि की नापतोल और भीतर विराट समुद्र का जो आलोड़न चलता आ रहा था, वह बाहर फैलाया नहीं, न आगे कभी मम्मी पापा पर टूट पड़ी, सहज रूप में, सामान्य तरीके से लड़कियों जैसी लड़की बनने की चेष्टा करती रही।

एक दिन विधि विधान के खुले द्वार से प्रवेश लेते हुए सपने में मेरी आँखें प्रेम से लबरेज हो गयीं। हिन्दी महीनों के नाम इंग्लिश मंथ्स की अपेक्षा रोमांटिक हैं। फागुन से वैशाख तक कितने दिन हुए? इसका जोड़ कौन लगाये, किन्तु आपकी नेहा के जीवन में वैशाख का अंत वसंत का रसमय मधुमय माधव मास था।

प्रतीक्षातुर अजय का दर्शन उस रूप में हुआ, जिस रूप में रति को कामदेव

का दर्शन हुआ होगा, राधा को कृष्ण मिले होंगे और दमयंती को नल।

डा. आर. पी. शरण की अव्यक्त पुकार अलग से आई—आओ नेहा, अजय के साथ जीवन की गाँठ जोड़कर नयी जिन्दगी शुरू करो। तुम्हारा सुनहरा भविष्य तुम्हारे इन्तजार में है। मैं तुम दोनों का विश्वास पात्र, सहायक, परामर्शदाता, बुजुर्गों जैसा बुजुर्ग।

मैंने सुनहरे तार जोड़ लिए, सपने बुनना शुरू किया।

सोने की जाली में आभा दी की आँखें!

आँखें बरजती हैं।

नेहा डर जाती है, डरकर उधर देखती नहीं। उस गली कौन जाता है, जहाँ डराने वाली दो आँखें हों। मगर आभा दी तुम पीछा नहीं छोड़तीं, कानों की राह धँस जाती हो मेरी आत्मा में—नेहा सोचती है—मैं जो कुछ सुन रही हूँ, उसे आभा दी कह रही हैं? न, नहीं तो। फिर? कभी कहा था—नेहा, मैंने एक जगह पढ़ा था, शायद महादेवी वर्मा की पुस्तक में, यू नो शी इज अ ग्रेट पोइटैस ऑफ अवर वुमैनहुड, शी राइट्स। तुम जानती हो वह हमारे स्त्रीत्व की महान कवयित्री है, लिखती है—न स्त्री को अपने जीवन का कोई लक्ष्य साधने का अधिकार है, न समाज द्वारा निर्धारित विधान के विरुद्ध कुछ कहने का। वातावरण भी धीरे-धीरे उसे ऐसे ही मूक आज्ञा पालन के लिए प्रस्तुत करता रहता है।

आभा दी...इतनी कठिन परीक्षा न लो। ये लाइनें तुमने इंग्लिश में सुनाई थीं, मुझे किस घड़ी याद आ गयीं। तुम गर्म लोहे पर हथौड़ा चलाने में माहिर हो।

अब मैं वह सब कैसे कहूँ, कैसे बताऊँ, जो मैं सोच रही थी—ये हमारे पेरेंट्स, पूर्वज, नयी पीढ़ी के आश्रय, रक्षक और चिकित्सा के क्षेत्र में भी अनुभवों के भण्डार के स्वामी क्या हमारे किसी काम के नहीं! सोचो आभा दी, इन्होंने एक लम्बी उम्र खपाकर हमारे लिए विरासत छोड़ी है, वह अनमोल है, वी शुड रेस्पेक्ट अवर हैरीटेज।

इतना सब मैं तब कह पाती, जब तुम सामने होतीं? निमिष भर में ही तुम अपनी भवों के जरिए आतंक की वर्षा कर डालतीं।

तुम्हारा डर क्या काफी न था? न मिलीं न बातें कीं, न हुक्म दिया न राय जताई फिर भी तुम्हारे तेज ने सूरज की तरह उजाला किया कि मेरी नींद टूट गयी।

अजय और अजय के पिता तिरोहित होते सितारे से, फीके पड़ते चन्द्रमा से...और तुम्हारा अजस्र स्वर—नेहा, शताब्दियों पर शताब्दियाँ बीती चली जा रही हैं, समय की लहरों में परिवर्तन पर परिवर्तन बहते आ रहे हैं, लेकिन, समाज केवल स्त्री को, जिसे उसने दासता के अतिरिक्त और कुछ देना नहीं सीखा, प्रलय की उथल-पुथल में भी शिला के समान स्थिर देखना चाहता है। ऐसी स्थिरता मृत्यु का

शृंगार हो सकती है, जीवन का नहीं—बकौल, बकलम ग्रेट पोइटैस महादेवी वर्मा।

तुमने कहा आभा दी, या कवयित्री महादेवी वर्मा ने? व्यवहार में तो मुझे लाना है, सिर्फ मुझे तुम समझ सकती हो कि कथनी और करनी में कितना और क्या अन्तर होता है? कलम की धार और तलवार की धार का...

आभा दी डा. आर. पी. शरण लुभा रहे थे, मगर प्रभावित नहीं कर पा रहे। ताज्जुब तो इस बात का है कि तुम उनके सामने बच्चे जैसी थीं—कम उम्र, कम अनुभव, फिर शायद महादेवी वर्मा की ही विवेचन शक्ति रही होगी कि तुम्हारी जुबानी सुनकर मैं तुम्हारे तेज के वशीभूत हुई और जाग पड़ी। फैसला बदल दिया—

"मम्मी मैं सोने के महल में कैद होने नहीं जा सकूँगी," मैंने प्रार्थना की।

मम्मी अपनी बेटी के पल-पल में बदलते निर्णयों से, भीतर चलती जद्दोजहद से आज़िज आ चुकी थीं, या विश्वास खोने लगी थीं, झुँझला गयीं और बोलीं, "यह तुझे फिर कुछ हुआ?" मैंने डरते-डरते देखा, माँ की गुस्से भरी आँखों में हलचल मच उठी है।

"सोच लिया है अब तो।" कहदिया कि इस पार या उस पार कर दिया।

"नेहा, खिलबाड़ मत कर। तुझसे मैं ऐसी उम्मीद नहीं रखती बेटा...।"

तुम्हारा भूत चढ़ा था मेरे ऊपर या महादेवी वर्मा सवार हो गयीं, असर ऐसा था कि मैं खुद से बेज़ार थी। बस बोल दिया, "मत करो मुझसे कोई आशा। मैं सब समझती हूँ। वे चालाक लोग हैं। अपने चंगुल में लेना चाहते हैं। नहीं तो उनके बेटे के लिए एक मामूली घर की लड़की, वह भी दूसरे शहर की...मरवाने या बहकाने की अनेकतरकीबें हैं। मैं तरकीबों में नहीं फसूँगी। मम्मी, वे पैसे की चमक दिखाकर मुझे और मेरे माता-पिता को हिप्नोटाइज करना चाहते हैं।"

"उन्हें क्या फायदा तुझे ब्याह कर? तू क्या संग सोने की सिल्ली लेजायेगी?"

"तब क्या उन्हें पागल कुत्ते ने काटा है, जो तुम्हारे दरवाजे भागे चले आये?"

"तो बताती क्यों नहीं, क्यों भागे चले आये? तुझ में सुर्खाब के पर लगे हैं?"

"यह बात तुम नहीं जानतीं, मैं भी नहीं जानती, सिर्फ वे ही जानते हैं।"

मैं सचमुच ही अपने आपको अपने माँ-बाप की अति साधारण हालत को खुद से जोड़कर इस सम्बन्ध पर लात मारना चाहती थी या कि मम्मी पापा को भी उनकी औकात बता देना चाह रही थी? लालच करने वाले पेरेंट्स मेरे हितैषी कैसे हुए?

मम्मी मेरी बात को अभी भी नादान लड़की की बात मान रही थीं, बस समझाना ही उनका जीवन पर्यन्त कर्त्तव्य रहेगा, जीवन की इति यही है। बोलने लगीं—

"तू क्या कह रही है, यह समझती है? पढ़-लिखकर यही सीखा है? अपने बड़ों पर भरोसे के बदले शक संदेह करो, तुझे पेट काटकर पढ़ाया और यह बदला पाया। नेहा...सोचा था कि कभी अच्छे दिन...पर तू आजकल के बच्चों से अलग कैसे हो जायेगी? माँ-बाप के गले में रस्सा डालो और मनमाने तौर पर खींचो।"

कहकर माँ रुआँसी हो गईं।

इसे कहते हैं इमोशनल ब्लैक मेलिंग! आजकल माँ-बाप इस युक्ति को काफी प्रयोग में ला रहे हैं। कॉलिज में साथी सहपाठी कहते थे। मैं झूठ मानती थी।

"मम्मी, तुम माँ हो, माँ बनती हो, अपनी बेटी के बारे में बस यही सोच पाईं कि लो और सोने के खूँटे से बाँध दो। तुम से अच्छी तो आभा दी कि सही गलत को भेद..."

"क्या कहा? आभाऽऽ!" मम्मी पूरा दम लगाकर चीखीं। फिर उनके ऊपर नीचे के दाँत आपस में भिड़ गये। मुँह की मुद्रा टेढ़ी थी। उनकी आँखें ज्यों 'आभा' को निगलने के लिए झपटी हों। मम्मी को नेहा भी आभा ही लग रही थी।

यह क्या किया मैंने? मैं पछताई।

एक ही तो पक्षधर है, उसे भी दलदल की ओर खींच लिया! वह फँस गयी तो कौन आयेगा मुझे बचाने? आभा दी का नाम जहर में लिपटा हुआ नाम है इस घर में। मम्मी के लिए आभा दी औरत के नाम पर कलंक हैं। अगर प्रोफेशन वाली बात न होती तो आभा नाम की स्त्री की छाया तक अपनी नेहा पर न पड़ने देतीं मम्मी।

ऐसा कौन सा विषदंत है डा. आभा द्विवेदी के दाँतों के बीच, जिससे नेहा की माँ को डर लगता है?

'स्त्री के नाम पर स्त्री-कलंक क्या होता है मम्मी?' मैं पूछना चाहती थी।

नेहा ने शिक्षा और डॉक्टरी विद्या के गुण सूत्र हृदयंगम करके भी यह नहीं जाना कि स्त्री के नाम पर स्त्री-कलंक किसे कहते हैं?—माँ आश्चर्य करतीं।

शायद जानना नहीं चाहा।

बचपन से ही तो स्त्री कलंक के बारे में माँ मौसी समझाती रही हैं। ध्यान क्यों नहीं दिया? चित्त क्यों नहीं दिया?

दिया, महत्त्व नहीं दिया।

चार

आभा दी के बारे में इतनी बातें क्यों की?

घर में कोई खलबली उठती है तो उसके मूल में आभा दी का होना माना जाता है।

नेहा जैसे दुधमुँही बच्ची हो। आभा उसे संस्कार दे रही है।

संस्कार नहीं, कुसंस्कार!

मम्मी नेहा को सुनाकर आभा दी को गालियाँ देती हैं, जो नेहा को गहरे तक साल जाती हैं। जहर की नुकीली अनी वाले भालों का मोदाम हो रहा है मम्मी का मुँह कि विषैले तीरों का तरकश! अचूक संधान करने वाली माँ है नेहा के पास।

न, वह मम्मी के आसपास नहीं जाना चाहती। अपनी तरह ही आभा दी को बचा लेना चाहती है, जिनकी चर्चा कर-करके उसने उन्हें अपने घर का अघोषित सदस्य-सा बना लिया है। एक-एक ब्यौरे में उनका चरित्र माँ ने पढ़ लिया है या अपने हिसाब से गढ़ लिया है? हाँ, गढ़ लिया–

संयुक्त सचिव रहे पिता की बेटी!

अफसरी नखरों वाली परवरिश में नकचढ़ हो जाना स्वाभाविक है।

आला अफसर की पत्नी का फैशनपरस्त होना लाज़िमी है। अतः क्लब, ब्यूटी पार्लर, रमी के अड्डों में मशगूल अत्याधुनिक माँ के पास बेटी को संस्कार देने का समय कब रहता है? माँ की अपनी दुनिया, बेटी का अपना संसार।

समय न दे पाने के कारण ही नहीं, पैसे की कमी न होने के कारण समय की भरपाई बच्चे की ऊल-जलूल माँगें पूरी करके धनाढ्य माँ अपने कर्तव्य की इति समझ लेती है।

स्कूलों के नाम पर कॉन्वेंट और पब्लिक स्कूल अमीरों के लिए खोले गए शिक्षा केन्द्र उनकी अपनी बपौती है क्योंकि फीस की दरें इतनी ऊँची की गयी है कि एक औसत परिवार का उतने पैसे में पालन-पोषण हो जाये। इन लोगों को 'गुजर बसर' जैसे शब्द मालूम भी नहीं होंगे। तीस तारीख और पहली तारीख का भेद वे क्या जानें?

सुविधा-साधन रहते हुए नियमों-कायदों की याद किसे रहती है? और किसलिए रहे? सबकुछ, कि जिसे स्वर्ग कहते हैं, वही पाँवों तले हाजिर है तो यही आलीशान जीवन है, यही जीवन का धर्म है। कर्मों के चलते कोई जद्दोज़हद नहीं। खुली जुबान, खुले विचारों के मालिक सबका ध्यान खींचने के अधिकारी हैं।

मम्मी की बड़ी खट्टी धारणाएँ।

कड़वे अनुभव हैं। अनुभवों की दुनिया में रोजमर्रा के कार्य ही जानलेवा हैं। तंग अँगूठी-सा महीने भर का बजट उँगली काटता ही रहता है। कुछ शान्ति तब मिलती है, कुछ संतोष तब मिलता है, जब चार औरतें बैठकर आपस में समृद्ध समाज की औरतों की परिचर्चा कर लेती हैं, या पति के आने पर कलह मचा लेती हैं, या बच्चों को पीट लेती हैं, या अपनी रसोई में प्याज-लहसुन की मसालेदार मटर पनीर की सब्जी बना लेती हैं।

नेहा इन सब मामलों से दूर छिटक रही है।

वह इस दायरे के बाहर कदम रखना चाहती है।

छिटके, मगर शादी करके।

बाहर कदम रखे, मगर ससुराल में।

मम्मी को गुरेज नहीं। जिसे समाज में इज्जत कहा जाता है, उसे ओढ़कर देहरी से विदा हो।

'ओ मॉम! माय डियर मॉम, आय हैव बॉट सम पिज़ा एण्ड बर्गर! (ओ माँ, मेरी प्यारी माँ, मैं थोड़े पिज़ा और बर्गर लाई हूँ) नो कुकिंग, आज की छुट्टी!' नेहा को वह दिन याद है, किस तरह माँ देखती हैं! धीरे-धीरे उनकी आँखें तपने लगती हैं। चेहरा रुआँसा हो उठता है।

'तो तू अपनी गुरुआनी की दीक्षा में बरबाद हो गयी! मुनिया उनके घर का फिजूल खर्च अपने घर में मत घुसा, ये आदतें तेरी जिन्दगी में सेंध लगा देंगी।' जैसे ऐंठी हुई जुबान से अकड़े हुए शब्द निकले हों। नजरों से लगातार अफसोस झर रहा हो—कितने पैसे खर्च कर आई!

मम्मी को खुश होना चाहिए, वे रूठने लगती हैं। दुनिया में बाहर क्या पक रहा है, जानना नहीं चाहतीं।

'जानना चाहती भी होंगी तो शायद उजागर नहीं कर पातीं' ऐसा आभा दी कहती हैं। 'उनको अपने लिए कचोट भी होगी कि वे अपनी बेटी की तरह इतनी सी भी आजाद क्यों नहीं हो पायीं?' आभा दी कहाँ तक अपनी रेंज रखती हैं! नेहा आश्चर्य में थी।

'नेहा, आय एम श्योर (नेहा मैं विश्वास करती हूँ) शादी के विरोध में तुम जो कुछ बोलोगी, तुम्हारी मम्मी समझेंगी, तुम्हारे मुँह से डा. आभा बोल रही है।'

बिलकुल! ऑफ कोर्स़!

'आभाऽऽ!' मम्मी ने यह नाम चबा डालने की हद पर जाकर छोड़ा था।

अर्थपूर्ण खतरनाक नजरों से देखा था नेहा को, जैसे आभा के खिलाफ अभी बहुत कुछ ऐसा है, जो प्रलय मचा देने वाला है। उनकी बेटी की जिन्दगी पर कहर ढाने वाला है।

'मामूली लोगों के पास दौलत से कई गुना बड़ी इज्जत होती है' मम्मी की सबसे बड़ी मान्यता है। इस मान्यता का सेहरा पापा के सिर है, क्योंकि घर के पुरुष के सिर पर इज्जत की पगड़ी ताज की तरह जगमगाती है, जिसे वह बाहर विचरता आदमी सबको दिखा सकता है।

आभा दी के पिता इज्जत की दुनिया में अभागे पिता हैं।

'बाप को मुँह दिखाने के काबिल छोड़ा है तेरी आभा दी ने? लटकाये फिरें दौलत की थैलियाँ। चेहरे की कालिख नहीं पुँछने वाली।'

मम्मी को थैलियों और कालिख की कहानी कहाँ से पता चल गयी? और यह कौन-'सा किस्सा है? माँ इस गहराई तक कैसे उतर गयीं? वे तो उस अफसरी बँगले के आसपास तक नहीं जा सकती थीं, जिसमें बकौल उनके वे 'नकचढ़ लोग' रहते थे। मम्मी सब्जी मण्डी के सिवा हर जगह पापा के साथ जाती हैं। परचून की दुकान और कपड़ा खरीदने वाली जगह अकेले जाने में उन्हें घबराहट होती है। घर का सारा प्रबन्ध कर सकती हैं, रुपये-पैसे को सँभालते हुए उनका सिर घूमने लगता है। कहती हैं—आदत नहीं है इस जंजाल की और न ये औरतों के काम हैं। नेहा भी जो कुछ कमाकर लाती है, वे पापा की हथेली पर रखवा देने में संतोष पाती है। कैसी अर्चना होती है तब मम्मी की आँखों में!

ऐसी मम्मी किसी की खोजबीन कहाँ से करेंगी? नेहा को इस सवाल ने परेशान किया है।

हल हुआ तो नेहा स्तब्ध रह गयी।

माँ अपने घर-संसार के लिए ही भोली हैं, दूसरों की किवाड़ों में उनकी आँखें छेद कर देती हैं। खासकर लड़कियों—औरतों के चालचलन को लेकर उनकी नजर नेजा हो जाती है और कान कूप। नेहा को दुखद रहस्य पता लगा तो दिल में तीखा दर्द उठा।

उसकी दूर की मौसी, जिनके पति कभी ब्रजेश चन्द्र द्विवेदी संयुक्त सचिव के ऑफिस में उनके पी. ए. रहे हैं, घर के आसपास ही बसी होंगी किसको पता था?

पता चल गया जब आभा दी एक दिन कार चलाकर उस मोहल्ले में आ गयीं, जिसमें कतारबद्ध क्वार्टरों के बीच नेहा का रहवास था।

बाहर नय्यलॉन के बान वाली चारपाई पर खरबूज के बीज छीलती मौसी की नजरों से बचकर एक चूहा भी नहीं निकल सकता, यह तो डा. आभा की लाल

मारुति थी।

बस! नेहा इधर कार में बैठकर गयी। संयुक्त सचिव के पी. ए. की पत्नी और नेहा की मम्मी अब दूर की बहनें नहीं, सगी-सहोदरा-सी घुलमिलकर बातें करने लगीं। बातों में नेहा के भविष्य की चिन्ताओं का अंश और डा. आभा की कलंक-कथाओं का वजन एक तिहाई दो तिहाई बढ़ता-घटता रहा।

लौटने के बाद मम्मी के तेवर, कहने की कड़ुवाहट और व्यंग्य की धार से बतरस और बतविष का अनुमान लग जाता।

माँ उनींदी रातों में नेहा के बाल सहलाने उसके पलँग पर आ जातीं। बिजली चले जाने पर पंखा झलतीं कि कटे पर नमक छिड़कती जातीं—

'उसकी महतारी ने लड़की को लड़की होने के लक्षण नहीं सिखाए। नहीं बताया कि अमीर की बेटी जब किसी की बहू बनती है तो भी पति के मुकाबले नीची गिनी जाती है। अगला भले पैसे की हैसियत में छोटा हो, रिश्ते से तो छोटा नहीं। पुराने लोग बड़े व्यवहारी होते थे, बेटी के लिए बड़ा घर और बेटे के लिए छोटा घर देखकर ब्याह-शादी तय करते थे। औरत दबेगी नहीं तो निभेगी कैसे?'

'मम्मीऽऽ' कहकर वह उठ पड़ना चाहती है। कटे पर नमक की जलन ने प्राण तड़पा डाले! माँ के पाँव पकड़कर कहे—अपना दुलार वापस ले लो, यह रग-रग छीलने लगा, बातों का काफी नमक अभी तुम्हारे पास होगा क्योंकि मौसी से मुलाकात दिनचर्या में शामिल हो गयी है। मैं तुम्हारे पाँव पड़ती हूँ माँ...मेरी मरती हुई इच्छाओं को इतना न कुचलो कि मरने में असह्य तकलीफ हो।

मम्मी को क्या पता नेहा की क्या हालत है? शान्त और निस्तब्ध वातावरण में उनके आप्त वचन जैसे महिमापूर्ण शब्द घूम रहे हैं। और नेहा के भीतर सवालों के शूल उठ रहे हैं—

—शादी की बात से पहले ये बातें कहाँ थीं?

—इन बातों के लिए तुमने भी मुझे कितना प्रशिक्षित किया है?

—तुम, पापा के शासन से जब तंग हुईं, छोटी बच्ची की तरह बिलखकर रोयीं। क्या यही बहू के संस्कारों की शिक्षा थी? तुम्हारा रोना भी तो पापा के पक्ष में नहीं जाता था। और न इस घर के मंगल में सहायक लगता था। तुम पापा के मुकाबले दरिद्र अर्थात छोटे घर की बेटी थीं, मगर आँसू तो इस पति के घर के खिलाफ ही बहाती थीं। जो अब नीति लग रही है, वही अनीति तो नाना कर गए थे तुम्हारे अनुसार। आज जिस मंत्र को खोज लाई हो, वही तो तुम्हारे संग भी बँधा है। क्या तुम खुश हो?

'नेहा, बेटी की तरह पाल दी, पर औरत की तरह रहना होगा।'

क्या?

चौंकी, मगर समझ गयी। अब मम्मी से कोई सवाल नहीं पूछने वाली। क्या

समझा रही है माँ? यही माँ मुझे औरत के दुखों से मुक्त करने वाली थी?

माँ के कायदे-नियम और स्त्रीधर्म की नियमावली लगातार चलने दी उसने।

क्या सुने? क्या समझे?

इन बातों से अब तक तो दूर-दूर का सम्बन्ध न था। दूसरे के घर रिश्ता जोड़ने के पक्ष में खड़ी मम्मी ने बेटी के लिए मुँडेर की चिड़िया का विधान बताया और खूँटे की गाय में बदल जाने की गति! क्या कहा मम्मी ने? नेहा ने अनचाहे भी चौकन्ने होकर सुना कान खड़े कर लिए।

'माँ तुम अपनी बेटी से अपनी ही गति का बदला तो नहीं ले रहीं? अब तक मैंने आभा दी की बातें तुम्हारे बारे में गले नहीं उतारी थीं। मेरी तड़पन और दर्द की उठती लहरों के पैनेपन को तुम महसूस नहीं कर रहीं, तो क्या उनमें रस ले रही हो?'

नहीं! माँ ऐसा नहीं कर सकती!

आभा दी, कहीं तुम्हारा ही जीवन वृत्त तो मुझे काँटों में नहीं घसीट रहा?

बहुत मुमकिन है।

विवाह की बातों में जुड़े तुम्हारे विवाह के खण्डित चित्र...हालात इस हद पर आ पहुँची कि माँ ही बेटी की दुश्मन हो चली। विवाह संस्कार बेटी की जिन्दगी का सबसे महत्त्वपूर्ण संस्कार है, क्योंकि यह भले ही औरत की आजीविका में सहायक न हो, उसे सृष्टि रचने की सामाजिक भूमिका में उतारता है, नहीं तो स्त्री का धरती पर क्या काम?

आभा दी की डॉक्टर छवि, आत्मनिर्भरता की मूर्ति सामने खड़े होकर खरा सवाल करती है, "तब हमारी शिक्षा का मतलब?"

"संकट के समय अपने पाँवों खड़े हो जाना।" मम्मी का कहा वाक्य।

"विवाह क्या संकट से कम है, औरत के लिए?"

"कैसा संकट आभा दी?"

"जिसके लिए तुम स्ट्रगल पर उतरी हो, जद्दोजहद मचा रही हो। आर. पी. शरण का बेटा तो पिता से नहीं भिड़ रहा? उसका जीवन आराम से चल रहा होगा, क्योंकि वह और उसका पिता दोनों जानते हैं, पराई लड़की गरीब घर से आयेगी, अमीरी का रौब खाएगी, जैसे अमीर घर से आती है, ससुराल की गरीबी में ढलना होता है, क्योंकि धान के पौधे की तरह रुपकर पति के घर में ही पनपना है, नहीं पनपपाई तो मर जाओ, किसी की बला से...ये बातें मेरी माँ ने भी समझाई थीं।" आभा दी अन्तर्धान नहीं होतीं, नेहा ही आँखें फेर लेती है।

कहाँ आभा कहाँ नेहा?

कहीं कोई नहीं...नेहा अँधेरे में आँखें फाड़-फाड़कर देखती है। सोचती है—मेरे मन में तुम्हारी भक्ति है आभा दी जो तुम्हारा रूप धरकर प्रभावित करती है।

मेरे विवाह की पत्री, तुम्हारे विवाह का कच्चा चिट्ठा! वह चिट्ठा मेरे आगे खुला और तुम्हारे असरदार व्यक्त्वि पर नमक-मिर्च फेंककर खासे दिलचस्प तरीके से खोला गया। बिना दिलचस्प हुए वह कितनों को रुचता?

जानती तो थी कि तुम्हारे पापा हमारी मौसी से अपना दुखड़ा कहने न आए होंगे, मगर यह भी तो समझती थी कि बिगड़ती स्थिति के तमाशगीर कहाँ नहीं होते?

पी. ए. की पत्नी, पति के बॉस से सहानुभूति तो रख ही सकती है। स्तर की ऊँचाई-नीचाई नजदीक नहीं आने देती, लेकिन अदृश्य ताने-बाने खींचने से तो कोई रोक नहीं सकता। यह अनुभव गत बात है आभा दी कि बचपन से ही आदमी आसमान के सितारों से बातें करता आया है। चन्द्रमा को 'चन्दामामा' मानता आया है। चमकदार लोग आकर्षित करते हैं। पापा भी जब कभी अपने अफसर की बातें बताते तो लगता वह बड़ा आदमी आसपास ही है। कभी-कभी तो सारे वजूद के साथ अपनी अदा में उसका आकार सामने आ जाता।

ऐसी ही अनदेखी हमदर्दी के जरिए मौसी ने तुम्हारे पापा से रिश्ता बना लिया होगा। नजदीक से देखने पर चन्द्रमा में कलंक दिखता है, वैज्ञानिकों ने चन्द्रलोक को पत्थर कंकड़ लोक कहा है, विश्वास करो या न करो, क्या फर्क पड़ता है? चमक भी सच है कलंक भी सच है, जिसका जिससे वास्ता बने।

मौसी ने दर्द भरी आवाज में दर्दभरी दास्तान कही थी, जैसे वे तुम्हारे पापा के दिल में गड़े तीरों की गहराई से उमड़ती टीसों को टटोल आई हों। जाहिर है वे बाण तुम्हारे ही मारे हुए...

—वह ऊँचे समाज में रहने वाला बड़ी इज्जत का आदमी और यह कुलच्छिन लड़की! परमेश्वर, ऐसी औलाद किसी को न देना—उन्होंने अपने कानों की लवें पकड़ीं।

मौसी का मोटी खाल और लटकती ठोड़ी वाला चेहरा, जिसका रंग गोरेपन से लाल की ओर बढ़ रहा था। कितना गुस्सा था मौसी को समाज की तुम जैसी बेटियों पर।

—रो रोकर कहता है...अफसर आदमी इनसे (पति से) कोने में ले जाकर अपनी व्यथा रोता है। सक्सेना, बेटी को पढ़ाना-लिखाना ही गजब ढा गया। उसी ने रास्ते में, मुश्किलें पैदा कर दीं, वरन् जिन्दगी में कोई दुख न था। गम का कोई बहाना घर में न था।

एक बेटा आई.आई.टी. से इंजीनियरिंग पूरी कर रहा था, अभा डाक्टर बन गयी थी।

नेहा, मौसी कुछ आगे कहें, उससे पहले वहाँ से उठ जाती है।

गहरा साँस भारती है नेहा और आभा दी को पुकारती है—कहाँ हो तुम? मेरे पास आ जाओ

—आभा दी मैं घबरा रही हूँ जरूर, मगर इतना भी जान रही हूँ कि मौसी मेरी मम्मी को अतिरिक्त सावधानी बरतने के लिए ये बातें सुना रही हैं।

"डाक्टरी पढ़ ली तो क्या अफलातून हो गयी? सोने से लड़के को लात मारकर आई है कुलच्छिन। बहना, पढ़ाई-लिखाई है कि घमण्ड की सनदें हैं, जिसके बल पर माँ-बाप को भी औंधा कर देंगी ये लड़कियाँ?"

मेरे भीतर की नेहा चीखना चाहती है आभा दी...

—मौसी बन्द करो अपनी बकवास। आभा दी के जीवन की कथा मेरे भीतर धुँधली नहीं पड़ी। मुझे तुम्हारे नजरिये से सुननी नहीं, अपने व्यू से देखनी है।

कुछ दिन पहले की ही तो बात है!

डा. चक्रवर्ती दो दिन की छुट्टी पर थे। बड़ा-सा प्रोफेसर का रूम और बड़ी सी शीशे लगी मेज। डा. चक्रवर्ती की कुर्सी पर आभा दी और ठीक सामने वाली कुर्सी पर मैं।

सदा आमने-सामने वाला संयोग बिठाती हैं आभा दी। दायें-बायें देखने में उन्हें असुविधा होती है। चेहरा देखना जरूरी समझती हैं, चेहरा भीतरी दुनिया का आईना होता है, पढ़ने में माहिर आभा दी!

शादी की बात चली। शादी की बातें हुई थीं।

...पापा की धारणा गलत निकली नेहा। वे समझते थे, आभा पढ़-लिखकर योग्य बन जाए फिर अपनी जैसी हैसियत के लोगों के यहाँ आराम से ब्याह देंगे। दहेज, लेन-देन की बातें शर्तें तो उन लोगों में होती हैं, जहाँ कहीं-न-कहीं पैसे का अभाव होता है। बड़े स्तर के बड़े लोग, साधन-सुविधा-सम्पन्नों के लिए यह बात तो नहीं कही जा सकती कि वे दौलत के प्रेमी नहीं होते, यह मान लिया जाता है कि वे गुंजाइशों सामर्थ्यों को समझ लेते हैं और विश्वसनीय मान लेते हैं, भरोसेदार हो जाते हैं। ऐसा न होता वे ऊँचे समाज और शिष्ट वातावरण के क्रमशः सदस्य और लोग हुए ही कैसे? वे धीर-गम्भीर सधी चाल के अभ्यासी अपने कौशल और बुद्धि के बल पर ही तो इस मुकाम तक आए हैं।

पापा मानते थे, हमारे हल्के में बेटी के हक में जाते धन को दहेज नहीं कहा जाता।

पापा यह भी जानते थे कि उनकी बेटी आभा का रुख इन दिनों वही है जो अपने कैरियर को ऊँचा ले जाने वाली लगनशील लड़कियों का होता है।

आभा दी ने बताया था—

आभा डरती हुई सी बोली, "पापा, अभी से!...बड़ा बन्धन हो जाएगा।"

"कब तक रुकूँ अब? पहले इंटरर्नशिप, फिर हाउस जॉब, उसके बाद एम. एस. में दाखिला, और बाद में एम. एस. तक रुकने का इसरार! अब तो एम. एस. खत्म होने को है। जूनियर रेजीडेंसी के बाद कहेगी, अब सीनियर रेजीडेंसी!

"इस लाइन मे पढ़ाई का अन्त नही आभा।

"विवाह का अपना समय होता है, बेटी। उम्र होती है, लड़की की भी, माँ-बाप की भी। समय रहते यह शुभ कार्य निपट जाए।

पापा के आगे और कुछ कहना चाहती थी, आभा, शायद यही कि उसके हिसाब से अभी समय नहीं है, लेकिन उसे पहले पापा की दार्शनिक छवि उसके आगे प्रकट हुई

"बिटिया, अब यह कहकर मुझे रोकना नहीं कि समय नहीं है। तू समझ ले यह बात कि समय के अनुसार आचरण करना ही जीवन का सच और भविष्य का सुखहै। यही तो काल को पार करता हुआ आगे तक जाताहै, पीढ़ियों के साथ बढ़ता है। मैं तेरे सुखद भविष्य की कामना करता हूँ आभा।

"रुका रहूँ तो असमय का सच सामने आयेगा। तू देखेगी, वह वैसा प्रोग्रेसिव और असरदार नहीं होगा, इसलिए व्यर्थ-सा लगेगा।"

पापा के सामने पलँग पर पाँव लटकाकर बैठी आभा अपने साँवले हाथ की हथेली पर खिंची लाइनों में न जाने क्या देखने लगी? शायद कोई रेखा हो, जो इस जंजाल से निकलने के लिए बनी हो। क्या हर लड़की के हाथ में विवाह की रेखा जरूर होती है?

रेखा नहीं, कारण मिल गया, "पापा, मेरी ड्यूटी, आप जानते हो न?" कहकर आभा ने ऐसे देखा जैसे जमाने के दूसरे पिताओं की तरह वे बेटी के कैरियर की जरूरत महसूस नहीं कर रहे। अपनी बात तर्क सहित समझा दी, समझ रहे हैं। दर्शन शास्त्र विषय लेकर बी. ए. किया, सिविल सर्विस के कम्पटीशन में चुन लिए गए। प्रशासनिक पद सँभालने वाला अफसर डॉक्टर्स की 'ड्यूटी' समझ पाएगा, आभा को शक था।

वह पापा से एक मत नहीं थी।

सुशिक्षित पिता ने डॉक्टर बेटी को उसकी बात मानकर उस वक्त पर्याप्त गरिमा दी। उसे लगा उसकी चाह, उसकी इच्छा की व्याख्या पिता साधारण तौर पर नहीं करते, उसे 'विशेष' के रूप में देखते हैं। उनके बोध की दुनिया निश्चित ही नये सरोकारों से जुड़ी है।

कुछ दिन बाद जब भाई का आई. आई. टी. का कोर्स पूरा हो गया, उसने मैनेजमेंट का कोर्स कर लिया। उसके लिए विवाह वाले आने लगे।

उसका विवाह आभा के लिए सवाल बन गया।

बहन बड़ी है। छोटे भाई की शादी पहले कैसे हो?

आभा के लिए संकट खड़ा हुआ। नहीं, पूरे परिवार के लिए संकटकाल आ गया। मान लो लड़का अमेरिका जाने लगा, जैसा कि आजकल के इंजीनियर्स का रवैया है, रवैया है कि उन्हें अपने देश में चैन ही नहीं पड़ता, तो फिर क्या होगा?

पापा-मम्मी आधुनिक की जगह खूब आधुनिक हैं, लेकिन यहाँ तक नहीं कि लड़का विदेश जाये और विदेशी लड़की से ब्याह भी कर ले, जैसा कि आजकल के लड़कों का ट्रेंड है। बाहर जाकर वे ग्रीन कार्ड की दौड़ में शामिल हो जाते हैं। मम्मी-पापा जीवन में बड़े व्यवहारिक है। एकदम प्रैक्टीकल, मगर इतने प्रैक्टीकल भी नहीं कि बेटे को विदेश में बस जाने दें। आभा अच्छी तरह जानती है।

कँटीली आशंकाएँ, कल की सँभावनाएँ थीं।

सारी सँभावनाओं के घेरे में घूम-फिरकर आभा ही आ जाती, आभा नहीं, उसका विवाह। वह परिवार की सीढ़ी के पहले डण्डे पर खड़ी है, आगे बढ़ेगी तो भाई पीछे-पीछे आएगा। इस सीढ़ी को नहीं तोड़ सकते आभा के पापा। क्रम भंग होने से जीवन का क्रम भंग हो जाएगा। सुचारु रूप से चलने वाले परिवार की चाल लड़खड़ा जाएगी। लड़खड़ाने वाले अक्सर गिर जाते हैं। ऐसा जोखिम कौन उठाए? अब तक क्या इसी के लिए माथापच्ची की थी?

आभा अब इस निष्कर्ष पर पहुँची कि बहाने तो सिर्फ बहाने होते हैं, आड़ ओट के लिए, अपने आपको बचाने के लिए। पापा अपने आप को बचाकर अपनी इच्छा जिसे वे सामाजिक से ज्यादा व्यक्तिगत जरूरत बता रहे हैं, आभा की व्यक्तिगत जरूरत के बहाने ब्याह का समायोजन हर हाल में करेंगे।

मम्मी रात में क्या कह रही थीं?

"उस वक्त मामला टल गया, तो क्या हुआ हासिल? एक बार लड़की की शादी की चर्चा चल उठे और फिर वह धीमी पड़ जाये, लोग ही तरह-तरह के खोट लड़की में निकालने लगते हैं!"

आभा ने समझ लिया, विवाह का कीड़ा माँ-बाप के मन में एक बार रेंगने लगा तो वह तब तक खत्म नहीं होता, जब तक कि लड़की घर से न निकल जाए।

पापा ने अब समझाने का दूसरा तरीका अख्तियार किया, "तेरा सहयोगी होगा वह। तेरे प्रोफेशन से जुड़ा हुआ। तेरी प्रॉयॉरिटीज (प्राथमिकताएँ) नहीं समझेगा भला? वह तो हर कदम पर तेरी मदद करेगा। जहाँ मुश्किल आएगी, वहाँ तू उसे अपने साथ खड़ा पाएगी।"

वह तमककर बोली, "क्या गारंटी है पापा?"

"गारंटी!" वे हँसे। उनकी खिचड़ी मूँछें मुस्कायीं। अपनी भोली बेटी को लाड़ से देखते हुए कहने लगे, "मेरे ऊपर भरोसा नहीं है बेटी? अपनी पढ़ी-लिखी, खुले विचारों की पीढ़ी पर विश्वास करो। यह आजादी के बाद की नहीं, उसके विकास के बाद की पीढ़ी है। तकनीक युग में जन्म लेने वाली वेरी प्रैक्टीकल। दकियानूसी सोच, रूढ़ियाँ, कुरीतियाँ अब कहाँ? ऐसा होता तो आज क्या हर चौथे घर की लड़की डॉक्टर, इंजीनियर, कम्प्यूटर मास्टर, पायलेट और पुलिस की इंस्पेक्टर जनरल होतीं? ये सब कुँआरी ही तो नहीं।"

आभा सिर झुकाये सुन रही थी।

"तुम लोग एक-दूसरे को बाँधने के लिए नहीं, आपसी आजादी देने के लिए हो। पराधीनता तुम्हारे दायरों में कहाँ आती है? आजीवन अकेले फक्कड़, रहकर समाज से कटे रहना ही तो स्वतंत्रता नहीं, फ्रीडम मींस फ्रीडम विद आउट एनी फिअर।"

आभा पापा से हार गयी। आभा परिवार से पराजित हुई, यह बात पूरी तरह सच नहीं उतरती उसके जीवन पर।

डा. आभा ने डा. चक्रवर्ती का शिष्यत्व ही नहीं, लगभग अभिभावकत्व भी पाया है। सर चक्रवर्ती ऑल इंडिया मेडिकल इंस्टिट्यूट में थे उस जमाने, क्या-क्या सोचते? सोचकर सार निकालते—मैंने अपने यहाँ वरिष्ठ डॉक्टर्स के दो ही रूप देखे हैं, ज्यादातर तो वे हैं, जो अपनी औलाद को आगे ले जाने के लिए दूसरों को पीछे की ओर धक्का देने से नहीं चूकते। विरले ऐसे भी हैं जो अपने विद्यार्थियों में अपनी औलाद का रूप देखते हैं।

"आप कौन-सी कैटेगरी में आते हैं सर?" आभा छेड़ती।

वे हँसकर रह जाते।

डा. गीता चक्रवर्ती गाइनोकॉलोजी की असिस्टेंट प्रोफेसर उनकी पत्नी थीं और रूपा दीपा उनकी बेटियाँ!

क्या डा. आभा ने डा. चक्रवर्ती के दर्शन को अपना जीवन दर्शन माना था? क्या आभा की समझ में यह आ गया था कि पति-पत्नी एक-दूसरे के विरोधी ही नहीं होते, सहयोगी भी हो सकते हैं।

आभा अपना घर-संसार बसाएगी, अपनी तरह। अपनी कल्पना को आकार देने के मंसूबे किए ही थे डा. आभा ने।

कोई मजबूरी नहीं थी। अड़ जाती तो कौन रोक सकता था? पापा ने समझाया था तो आभा ने लगन से पढ़ना शुरू किया था। मम्मी होमवर्क कराती थीं, आभा का मन किताब-कापियों में रम गया था। पापा ने कहा था—आभा बहुत अच्छी डाक्टर बनेगी क्योंकि इसमें धैर्य और सेवा भावना के साथ प्रतिभा है। आभा डॉक्टर बनी। पापा ने विवाह को अपनी परिभाषा देकर आजादी को चुनौती दी है। नये युग के नये विहान की यात्री आभा अपने जमाने के नवयुवकों पर भरोसा करने की बात सोचती है।

'नहीं, विवाह मेरे लिए नहीं' कहना छोड़ दिया उसने।

सच मानो तो परिवार के एक-एक सदस्य को खुशी देने वाली वह खुशी से भरी-भरी ड्यूटी पर जाती। विनम्र से विनम्र हो रही थी। मामूली-सा बदलाव ही सही, सर चक्रवर्ती की आँखों से छिपा न था।

"क्या बात है? आजकल काफी प्रसन्न रहती हो?"

"सर शादी होने जा रही है।"

"वेरी गुड! वण्डरफुल!"

"वण्डरफुल! सर ह्वाय?" (आश्चर्यजनक, सर क्यों?)

"इसलिए कि मुझे अंदेशा था कि यह लड़की कुँआरी न रह जाए!"

आगे कुछ भी नहीं पूछना चाहा आभा ने। कोई डिस्कसन नहीं करना चाहा। जो स्थिति थी, उसे बनाये रखना चाहती थी क्योंकि उसे भी कोई 'अन्देशा' था।

पराधीनता नहीं, स्वतंत्रता की दुनिया में जा रही है वह। कैसे?

पापा ने कहा था, "आभा, तेरी इच्छा, तेरा चलन दृष्टान्त है बेटी। मैं चाहता हूँ तेरे यहाँ भी एक बेटी हो, जो तेरे जैसी हो। तेरी लगन, तेरी ईमानदारी और तेरी अनुशासनप्रियता को लेकर आगे बढ़े। हमारे समाज के पिताओं की धारणाएँ बदलें। लोग बेटी के जन्म का स्वागत करें, उसके जीवन की रक्षा करें। तू उदास नहीं होना कभी, उत्साहित होकर आगे बढ़ती रहना। पुरुष को बंधनों का स्वामी मानकर मत ठुकरा, उसे बंधन खोल देने का मौका दे। सहयात्री के रूप में स्वीकार कर।"

पापा भी इसी चाह में उठे थे।

वे ऊँचे घर की इच्छा नहीं कर रहे थे न नीचे घर में बेटी ब्याहने का कोई नियम मानने वाले थे। सहज सा रिश्ता बने, बस। बराबरी के लोग हों तो और अच्छा।

अपनी हैसियत के लोग, आभा को ऐडजस्ट करने में असुविधा न होगी, यह सोचकर अपने कलीग्स, दूसरे पेशों से सम्बन्धित अफसरों, व्यापारियों से भी गुरेज नहीं था। लड़के की योग्यता में पिता का उन्नीस-बीस होना फर्क नहीं डालता।

लेकिन...

पहले ही कदम पर ठोकर लगी। घर वर पसंद कर लिया था। परिवार में बातें होने लगीं। तैयारियाँ क्या होंगी, राय-सलाह चलने लगी।

चोर कदमों से कौन आया? आया और कह गया—ही, ही ड्रिंक्स लाइक फिश, स्मोक्स लाइक चिमनी (वह मछली की तरह पीता रहता है, चिमनी की तरह धुआँ उगलता है)।

आभा के सामने क्या तो चित्र बना था! एकदम से हँस पड़ी थी, वही हँसी बाद में दुख होती गयी। बात बनकर बिगड़ जाना...अफसोस का विषय तो है ही।

दूसरा डॉक्टर नहीं था। इंजीनियर था। आई. आई. टी. का। बाहर जाने वाले विचार से कोसों दूर। अपने देश को सर्वोत्तम जगह मानने वाले। अच्छा-बुरा कहाँ नहीं होता—कहने वाले। देश की उपमा माँ से दी थी—अपनी माँ अभावों में हो तो उसे छोड़ देना चाहिए?

पापा और आभा दोनों प्रभावित हुए बिना नहीं रह सके।

पता लगते-लगते असल बात पता चली—इंजीनियर साहब किसी नौकरी के तलबगार नहीं। क्रिकेट मैच हो या संसदीय चुनाव या कि किसी फिल्म के चलने

की अवधि की बात हो, सदाबहार सट्टा खेलते। 'ईजी मनी मेकिंग' का आधुनिक व्यसन लगा था।

पापा ने आभा की ओर बिना देखे ही रिश्ता रद्द कर डाला।

मेहनत और भागदौड़ हो रही थी। विवेक से नीर क्षीर करते हुए पापा वर तलाश कर रहे थे।

एक और पसंद आ गए।

चिकने चेहरे और कद्दावर शरीर का मालिक थे वे। मंत्री जी के निजी सचिव के सुपुत्र। हों तो हुआ करें, पापा तहकीकात बिना आगे बढ़ने वाले नहीं। कुँवर साहब के बारे में जो खुफिया खबर मिली, उसके अनुसार वे फेरा के मामले में गठबन्धित थे। विदेशी कार और लड़कियाँ उनके जीवन का लक्ष्य थीं। तरक्की अच्छी कर ली थी। माता-पिता को खुश करना भी तरक्की है सो ब्याह हो जाए तो क्या हर्ज है? विवाह ऐसा मान्यता प्राप्त पर्दा है जो 'ऐब' कही जाने वाली कई बातों को ढँक लेता हैं। तीसरे साहब के इस खयाल में लेश मात्र गलती नहीं थी।

...यह आभा के योग्य नहीं।–पापा पीछे हट गए।

पापा ने यह सपने में भी नहीं सोचा था कि अपने अभिजात वर्ग में कोई कीचड़ का दलदल भी निकलेगा और उन्हें उसमें या तो धँसना पड़ेगा, जाहिर है फँसना भी पड़ेगा, या फिर सामना न कर पाने वाले भीरु पुरुष की तरह पलायन करना पड़ेगा। आभा कहना चाहती थी–नगर विलासियों ने मेहनत और पुरुषार्थ के बारे में सोचना कब का छोड़ दिया पापा। ब्यूरोक्रैसी इस बात को नहीं जान पाए तो उसे डॉक्टर्स से पूछना चाहिए। अपोलो, एस्कॉर्ट और एम्स के प्रायवेट वार्ड्स ऐसे विलास प्रेमी रोगियों से ही भरे रहते हैं कि किसी जरूरतमन्द रोगी का नम्बर सालों में आता है, कौन सा रोग सालों की मोहलत देगा पापा...?

पापा नाना गलियों में भटकते रहे।

आभा ने कहा, "पापा छोड़ो भी, इस किस्से को। लीव मी अलोन। मुझे अकेली छोड़ दो।"

'लीव मी अलोन' की ध्वनि रह-रहकर निकलती रही। जब कि पापा अपने समाज में योग्य वर खोजने की चुनौती पाकर रुकने का नाम न लेते थे।

नतीजा कुल मिलाकर यह रहा कि शिष्ट सभ्य और ऊँचे माने जाने वाले समाज के सजे महलों, इंटीरियर डेकोरेशन के तहत सँवारी गयी कोठियों और बीघों फैले लॉन्स के बीच बनी सरकारी बँगलियों की अन्तःकथाओं के कीचड़ में सने लिथड़े लोगों से पापा को नफरत हो गयी। 'सारी उम्र अज्ञान में बीती'–पापा ने सोचा और कहने लगे–मेरी दुनिया कुर्सी फाइल अर्दली और मुसाहिबों तक ही रही! यहाँ संसार दूसरा ही है।

पापा का फैसला अन्तिम फैसला!

"आभा, देश में यही एक वर्ग तो नहीं। आजादी के पहले का जमाना होता तो शिक्षा का हकदार भी यही वर्ग रहता, इसलिए सभ्यता भी इसी की विरासत होती। अब तो छोटे-छोटे घरों के बेटे बड़ी से बड़ी शिक्षा पा रहे हैं।" कहकर पलभर थमे पापा।

"सुन, तेरे साथ कोई योग्य लड़का रहा हो। तुझे पसंद हो। जाति वाति मेरी प्रायॉरिटी नहीं। संकोच मत करना, मन हो वही बोल देना चाहिए।"

आभा को हँसी आ गयी। इच्छा थी कि अभी फिलहाल ब्याह नहीं, तो क्या सुनी पापा ने? बेटी के मन में भी वही चाह रहे हैं, जो खुद के मन में है।

"पापा, मैंने इस नजर से किसी को कभी देखा नहीं।"

"सच्ची बता बेटी।"

"आप को शक क्यों है पापा?" कहते हुए अपनी जीभ अन्दर ही अन्दर काट ली। डा. आलोक...माना कि उम्र में, सीनियॉरिटी में कम था, लेकिन साथ-साथ रहने की तमन्ना तो जागी थी। कई महीने रातों में उसकी छवि साथ-साथ सोई। दिन को वह खुद साथ-साथ रहता। उसका जूनियर रेजीडेंट डा. आलोक एक दिन एम्स से सीनियर रेजीडेंसी करने दूसरे मेडिकल कॉलिज चला गया।

आभा सीनियर थी सीनियर रही। गरिमा ने साथी खो दिया! वरिष्ठता होठ सीए रही! अपनी भूल पर सिर धुनना नहीं सीखा आभा ने। यह भी जिन्दगी का खेल है। कभी कोई अच्छा लग जाता है तो जरूरी तो नहीं कि वह अपना भी बन जाए। अपना होने के लिए भी अपना बनाना आवश्यक नहीं। वह आत्मीय न होता, चाहत के हक में न होता तो आज याद क्यों आता? यादों के दरीचों में सब अपने ही तो होते हैं। पापा से कैसे कहे कि उसने किसी को नहीं चाहा? कौन-सी लड़की होगी, जिसमें किसी के लिए चाहत न जागी हो?

बहरहाल...कोई होता भी, आज से पहले आभा उसका नाम लेकर बताती और जिद करती तो शर्तिया यह होने वाला होता कि पापा एकदम तैयार न होते। अक्सर ऐसी बेबाकी माँ-बाप को अपना अपमान और उपेक्षा ही लगती है। विवाह माने स्वयंवर नहीं। स्वयंवर लव मैरिज की कोटि में आता है। प्रेम विवाह!

अब इस बात में संदेह नहीं कि पापा लोक कल्याण की बात सोचकर विवाह-संस्था का महत्त्व मान रहे हैं। उनकी बेटी इस कल्याण-कार्य में किस तरह अपना योगदान दे सकती है, यही सोच रहे हैं फिर इसे आभा कड़ुवा, विष जैसा क्यों माने? यह अनिष्टकारी कैसे हुआ? यह स्थिति न तो भयंकर है और न दुखद। कई लोगों का जीवन आगे बढ़ेगा।

दिसम्बर महीने की बात है।

अखिल भारतीय आयुर्विज्ञान संस्थान के भीतरी दृश्यपटल पर एक दृश्य घटित हुआ। परीक्षा में उत्तीर्ण होने वाले लड़कों के नाम की सूची लग गयी।

आभा को घना आश्चर्य हुआ। अपने रिजल्ट के बारे में दसियों बार बताना पड़ता—पापा रिजल्ट आ गया है। आप किसी को भेजकर दिखवा लें। मुझे रिजल्ट देखने से लगता है, शेर देखने जा रही हूँ जो किसी भी समय झपटकर खा सकता है। या अँधेरे में साँपों के रास्ते निकलूँगी, कोई न कोई डस ही लेगा।

—पापा मेरे डर को नजरअन्दाज करते थे, या खुद देख लेगी, सोच लेते थे।

आज पापा से किसने कहा था कि प्रतियोगिता परिणाम की सूची लगी है?

लड़की के लिए वर खोजना पिता के लिए दिलचस्प काम है, या उसके पौरुष-पुरुषार्थ की परीक्षा, जिसमें पुरुष अतिरिक्त सावधानी बरतता है।

पापा कब पहुँच गए?

आभा वहीं काम करती थी, मिले तक नहीं और डा. मुकुल का नाम गाँठ में बाँधकर उड़ गए। किसी ने कहा था आभा से—तुम्हारे पापा दिखे थे, किसका रिजल्ट देख रहे थे?—आभा भागी गयी थी, मगर वहाँ पापा न थे।

फर्स्ट पोजीशन वाले लड़कों के नामों पर किस डाक्टर का ध्यान न जाए? आभा ने डा. मुकुल—एम. सी. एच., डा. शशिरंजन—डी.एम. केर्डियोलॉजी जैसे नामों पर गौर किया था।

आभा घर लौटी।

पापा मीठे झरने में नहा रहे थे। मम्मी सहज स्रोत में बहती मिलीं।

फोन पर बात हो गयी। बरेली का रहने वाला है, कोई बात नहीं। बरेली में थोड़े ही रहना है। मेडिकल इंस्टीट्यूट बरेली में कहाँ?

घर में ढेरों ढेर गुलाल उड़ा हो जैसे।

आज शाम को ही आ रहा है। मम्मी घर की सजावट को अपने हाथ का टच देने लगीं।

ब—रे—ली! आभा मुस्कराई। बरेली का लड़का तो इस रखरखाव से ही प्रभावित हो जाएगा, सजावट की जरूरत क्या है?

यह गुलदान, वह ऐंटीक पीस, यह कुशन, वह कालीन!

झाड़-फानूसों की सफाई में नौकर जीना लगाकर ऊपर टँग गए। उधर माली ताजे फूलों के गुलदस्ते सजा लाया। रजनीगन्धा और ग्लैडुलाई ने ड्राइंग रूम गमका दिया।

पापा कुछ गम्भीर से होकर बोले, "आभा, तेरी मम्मी बड़ी जल्दबाज हैं। अभी लड़के के माता-पिता से मिले नहीं, ये बच्चे खिलाने लगीं।"

आभा साँस रोके जैसे सारा कुछ विचित्र होते हुए देख रही हो—

सरकारी सी-II टाइप क्वार्टर वैभवमय बँगला बनता जा रहा है! मम्मी क्या,

पापा कोई कम हैं? अफसरी का माहात्म्य धनाढ्य होने के भ्रम में दिखाए जा रहे हैं। क्या उनकी बेटी में कोई कमी है? मुकुल आकाश से उतरा देवता है?

इन सब बातों से क्या बनने वाला है? आभा जैसी लड़की के माता-पिता उसके विवाह को लेकर इतने चिंतित और उत्तेजित हैं कि अपने सहज रहन-सहन से कटे जा रहे हैं तो साधारण शिक्षा प्राप्त लड़की या अनपढ़ बेटी के माँ-बाप कहाँ-कहाँ से न गुजर जाते होंगे?

पापा क्या समझ रहे हैं मुकुल के बारे में? योग्यता के बजाय उसकी माली हालत का अनुमान लगा रहे हैं, तभी तो यह तामझाम किया है कि अमीर पैसे वाले बाप का बेटा होगा तो आभा के घर को अपने लगभग समकक्ष समझेगा, और अगर आर्थिक मामला कमजोर निकला तो इस घर के द्वार पर बिछ जाएगा। पापा को कैसे समझाए आभा, सोचने में पैसा-ही-पैसा और देते लेते वही पैसा दहेज! दिखावट ने कुरीतियाँ पैदा कर दीं कि यह भी एक मनोविज्ञान है!

खैर! आने दो, आ रहा है तो।

शाम हो गयी।

साँवले रंग के लम्बे से युवक ने घर में प्रवेश किया।

मम्मी के साथ नौकर-नौकरानियों के बीच हलचल-सी मच गयी। फिर वही, यह ला, वह दे। फुल प्लेट भर-भर कर मिठाई नमकीन। कटे हुए फलों का बुर्ज। मुकुल न आया हो जैसे कोई मथुरा का पण्डा आया हो, खाया जाएगा जितना खाएगा, बाकी बाँधकर ले जाएगा।

आभा को हँसी आये जा रही थी।

मम्मी ने बढ़िया सिल्क साड़ी पहनी थी। उनके बाब्ड बाल सैट थे। उनका मेकअप ताजा था। विदेशी सेंट का मारा कमरा गमगम्रा रहा था। पापा ने भी मम्मी के अनुरूप सूट और लकदक रंगारंग टाई वाला रवैया अपनाया।

एक आभा थी, साफ मगर रोजमर्रा में इस्तेमाल किए जाने वाला शलवार सूट पहन रही थी।

उसके दिखने-दिखाने का यह पहला मौका था। मम्मी ने बनारसी साड़ी से लेकर पटोला और उड़िया वेवर्स द्वारा बनाई गयी बारीक काम वाले बॉर्डर पल्लू की कई साड़ियाँ उसके सामने बिछा दीं साथ ही उनके फायदे गिनाये—छोटा बॉर्डर है, महीन बूटियों वाली प्लेन साड़ी में लम्बी लगेगी तू। यह बनारसी, मुलायम सिल्क एकदम वदन के साथ चिपक जाने वाला, स्लिम दिखेगी। अच्छा पटोला पहन ले, तेरे एस्थैटिक सेंस का कायल हो जाएगा वह।

"मम्मी!" आभा झुँझला गयी।

मम्मी ने चिढ़ी हुई लड़की को विचित्र निगाहों से घूरा।

"तुम मुझसे उसे मिलवाने की बात कर रही थीं न? अब तो लगता है कि

'मिस इंडिया' के कम्पटीशन में उतारने जा रही हो। वह शादी के लिए अपने योग्य लड़की देखने आ रहा है या विश्वसुन्दरी का चुनाव करने? लम्बी, स्लिम, एस्थैटिक सेंसवाली...हाउ सिली थिंग्स!"

डा. मुकुल में दिखावट वाली कोई बात नहीं थी।

वह आभा से बड़े सहज भाव से मिला। पहला वाक्य था—हलो डा. आभा!

—सो, हाउ आर यू डा. मुकुल?—आभा ने मुस्कराकर कहा।

—फाइन।—कहकर वह अपने स्वच्छ सफेद दाँतों को खोलकर मुस्काया।

मम्मी-पापा साथ थे, बातों में शामिल हुए। बातों में दोनों परिवारों की तत्कालीन स्थितियाँ उजागर हुईं, जैसे आभा दो भाई-बहन हैं। मुकुल पाँच भाई बहन। बरेली में आजीविका का जरिया उनका एक जनरल स्टोर है।

पापा ने जो जो पूछा, मुकुल ने साफ तौर पर बताया और इस बात पर जोर दिया कि बरेली जाकर पापा उसके माँ-बाप से मिल लें (देख लें) यदि सब ठीक लगे तो बात आगे हो। 'बॉल इन युअर कोर्ट' जैसा भाव था मुकुल के चेहरे पर।

आभा को इस औपचारिकता के दौरान डा. आलोक का अपने जीवन से जाना बहुत खला। दोनों का विवाह इतने सादा तरीके से हो जाता कि यहाँ का मच्छर भी न जान पाता। कोर्ट मैरिज हो जाती। बहुत से बहुत पापा एक रिसैप्शन दे देते। डॉक्टर्स को शादी के लिए इतना समय कहाँ होता है कि परम्परा और रीतिरिवाजों के चक्कर में पड़े रहें।

हाथ कंगन को आरसी क्या, आभा की कॉल थी अस्पताल से।

डा. मुकुल, आय एम गोइंग। डोंट माइंड। (डा. मुकुल, मैं जा रही हूँ, बुरा मत मानना)।

डा. मुकुल हँसे।

उनकी हँसी में छिपा था—मैं बुरा क्यों मानूँगा, मैं क्या डॉक्टर नहीं?

बात तय हो गयी।

पापा के मुकाबले मुकुल के पापा मामूली आदमी थे और वे मान भी रहे थे कि मामूली हैं। मगर उनको गर्व था कि आभा को उसके पिता ने साधन सुविधा देकर पढ़ाया है तो उन्होंने अपने मुकुल को खून पसीना खर्च करके डॉक्टर बनाया है। वे ज्यादा बड़े राजा हैं, अपनी मेहनत मशक्कत के मालिक। पापा के हिसाब से उन्होंने अपनी कहानी बरेली में उगे पेड़ों पर बैठे तोता मैनाओं तक को रटा दी है। वहाँ डा. मुकुल के पिता को कौन नहीं जानता? जिसका बेटा दिल्ली के आयुर्विज्ञान संस्थान में, जो एशिया की सबसे बड़ी चिकित्सा संस्था है, में एम. सी. एच. कर रहा हो, उस पिता का दर्जा देवता का जैसा हो गया है।

डा. मुकुल के पिता का चहरा बेटे की रोशनी में झिलमिलाता है और उस वर्ग को चुनौती देता है, जो अब तक उन्हें नीची नजर से देखता था।

ऐसे कर्मठ पुरुष के विलक्षण बेटे को पापा ने आबदार मोती की तरह सँभाला तो मुकुल के पापा ने अपनी मेहनत का हासिल यह माना कि उनके बेटे को एक आला और अच्छी हैसियत वाला अफसर, दामाद के रूप में माँग रहा है।

क्या आलम था!

एक ओर परिवार की शान और खुशफहमी तो दूसरी ओर विलक्षणता भरे कैरियर के मालिक डा. मुकुल का आकर्षण। क्या हुआ जो थोड़ा साँवला है? क्या हुआ जो दुबला और कमजोर सा है? उसकी प्रतिभा ने उसके रूप रंग को दमका दिया है।

एक चित्र, मुकुल का चित्र! इस तस्वीर के अलावा दूसरी कोई तस्वीर न आभा के कमरे में न आभा के मन में। डा. आलोक कब के धकेल दिये डा. मुकुल ने। अनकहा अद्भुत सा सम्बन्ध खुद-ब-खुद पनपने लगा। जिस कोने आभा झाँके, उसी कोने से आनन्द बढ़ता चला आये! कौन कहता है कि अरेंज्ड मैरिज में पति से प्यार नहीं होता? आभा के मन में किनारे तोड़ता हुआ प्यार का नद उमड़कर बह चला। कहाँ छिपा था अब तक यह प्यार? मुकुल की राह देख रहा था?

शायद! इस राह जो भी आता, आभा का प्यार इसी बहुतायत से पाता। प्यार का खजाना तो अपने मन की जागीर है, लड़की जिसे चाहे शामिल कर ले अपनी निजी जागीर में। आभा को ऐसा ही लगा। ऐसा ही होता है प्यार का रवइया...दिस इज द वे ऑफ लव।

सगाई बरेली में चढ़नी थी।

मुकुल के रिश्तेदारों को पापा की समृद्धि पर विश्वास तो था, मगर वे अविश्वास करने में थोड़ा-सा चैन पा रहे थे।

''क्यों?'' मम्मी ने पापा से पूछा।

''अरे भाई, रिश्तेदार तो सबसे ज्यादा जलते हैं सो यहाँ-वहाँ चिनगारी फेंककर कोई छेद कर देना चाहते हैं कि सूराख में से कोई गलती देख लें, कोई कमी नजर आ जाए तो मन की जलन कम हो जाए। नहीं तो अपना किराया खर्च करके आदमी यहाँ वहाँ पता लगाने के लिए दौड़ा फिरे? मेडिकल इंस्टीट्यूट में आभा के चरित्र का पता लगाने पहुँचा था कोई। तुम्हारी आभा को पता है या नहीं? 'सच्ची लड़की है खरी' सुनते ही मुकुल के अत्यन्त घनिष्ठ होते हुए उसके सामने समर्पण कर दिया। मुकुल ही बता रहा था। अफसोस भी कर रहा था, मजबूरी भी जता रहा था कि बरेली दिल्ली नहीं, जहाँ लोग अपना काम करते हैं, दूसरों के छेदों में नहीं झाँकते।''

मम्मी अवसन्न सी रह गयी। उन्होंने आभा से कहा, "बेटा, इन दिनों थोड़ी लड़कों फड़कों से बचकर...बड़ा नाजुक समय है, सेंस्टिव मामला है।"

वह हँस पड़ी। हँसी में आँखें बोलीं—मम्मी भी छोटे बच्चों की तरह नादान...

यह वह कद्दावर समय था, जब मुकुल के पिता की छाती चौड़ी थी। बरेली में उनका परिवार प्रमुखता ही नहीं, बड़ी प्रतिष्ठा पाने लगा। कितनों के साथ होता है ऐसा सौभाग्य?

धनवानों की बराबरी पाने के लिए तो आदमी डाका डालने से नहीं चूकता, क्योंकि वह किसी भी तरह अपनी ताकत दिखाना चाहता है। ताकत, जिसके सामने दौलतमन्द उछलना बन्द कर दें, यह मुकुल के पिता की आकांक्षा ही नहीं पापा की भी दबी-दबी इच्छा थी, नहीं तो एक अफसर अपने आप को समृद्धि के मालिक के रूप में क्यों पेश करता? पद-पदवी, सरकारी कुर्सी किसी सेठ की तिजोरी की मोहताज क्यों होती है? योग्यता के साथ दौलत का मेल न दिखाया जाये तो योग्यता अधूरी क्यों मानी जाती है?—आभा के मन में अटपटे से सवाल...मुकुल के पापा के पसीने की ताकत और पापा की पदवी की ताकत दौलत के मुहाने पर आकर मिलीं!

ऋद्धि सिद्धि चक्कर काटने लगीं। दोनों घरों में मंगलचार। अटपटे प्रश्न, ऑकवर्ड क्वश्चन्स मंगल गीतों में दब गये, शुभघड़ी ने ढँक लिए।

आभा को यह 'शो ऑफ', भाता नहीं, पापा जानते थे, शायद इसलिए ही सगाई की धूमधाम बरेली में हुई या कि महानगर के अफसर का आभिजात और आधुनिक 'प्रदर्शन' बरेली में ज्यादा चमकने वाला है, पापा के मन में यह आशा भी जागी थी। कहते हैं कि लोग आसपास के इलाकों से देखने आये!

आभा के अनुसार पापा अपनी दरियादिली और दौलतमंदी दिखाकर मुकुल के पिता की माली हालत और भी उजागर नहीं कर रहे थे क्या? जब कि वे अपने रिश्तेदारों के सामने मुकुल की फाइनेंशियल स्टेंडिंग की कमजोरी को भरसक छिपाना चाहते थे। जो भी हो पापा के मन में बेटी का पिता होने की हीन भावना जरूर थी, कहीं न कहीं बेटे के पिता के ऊँचे रुतवे और अपने बीच पड़ी दरार को ढँकने का असफल प्रयत्न था यह भी? शायद। आभा ने कटी-कटी बातें कीं तो तर्क देकर पापा ने कहा, "छोटे शहर में मामूली चीज भी बड़ी लगती है। वहाँ हम मुकुल को बड़ी हस्ती की तरह स्थापित करने गये थे।"

आभा को भी सगाई में बुलाया गया था।

मम्मी ने अत्याधुनिक चेहरे पर शिकन लाते हुए पुरानी मुद्रा अख्तियार कर ली, "कुँआरे मण्डप लड़की ससुराल नहीं जाती।"

"लड़की ससुराल के घर में नहीं, शहर के सुविधा सम्पन्न होटल में जाएगी।" पापा ने तर्क दिया।

आभा गई थी। एक बड़ा रिवाज टूटा, किसी ने ध्यान नहीं दिया। हाँ लोगों को बस कुछ इस तरह कहते पाया गया—बड़े लोगों की बड़ी दुनिया, उनकी अलग ताकत सामर्थ्य। फिर यह समझ लो कि ऊँचे अफसर की डाक्टर बेटी अभी यहाँ के रिवाजों में बहू के नाम पर है भी कहाँ?

कोई दूसरा बोला—रीति-रिवाज लचकाने का नायाब तरीका। हारे को हरिनाम। शानदार शो सम्पन्न हुआ।

ब्याह हुआ। दिल्ली की डा. आभा बरेली शहर की बहू हुई।

गृहस्थ के बृहद सागर में जीवन की नाव खोल दी। नाव लहरों पर चक्कर काटती रही।

लहरें मनभावन थीं। नाव भी मजबूत थी। प्रयोजन भी सार्थक थे। नित रोज एक आश्चर्यलोक आँखों के आगे खुलता। नाव बहती बहती निश्छल स्वच्छ धारा में पहुँच गयी। मुकुल और आभा एक प्राण दो शरीर...आलिंगन चुम्बन के रास्ते होते हुए नाव खुद-ब-खुद चल रही थी। डांड़ चलाना भूल जाओ तो भी लहरें अपने ऊपर उसे तैराये लिये चल रही थीं। आभा ने इस गोपन रहस्य को कब जाना था? मन के नाजुक और कोमल रेशों से बुना मखमली संसार शरीर पर सरसराया तो अब तक देखी दुनिया ने नये रूप का दर्शन कराया। छोटे से कमरे में स्त्री और पुरुष का संसार निजी और अलौकिक सा...इसी को सृष्टि का उत्कृष्टतम रूप कहते होंगे। खाँ खाँ करती चूने की गन्ध वाली दीवार पर सितारे भरी नजरों का पर्दा है! कैसी भूल-भुलैया है यहाँ?

नाव ने अचानक थपेड़ा खाया!

इधर इस चूने की दीवार वाले कमरे से निकलकर मधु से मधुर यामिनी अर्थात् हनीमून मनाने जाने की जिद पर चढ़े मुकुल और उधर आभा का इंटरव्यू।

मोहाविष्ट आभा क्या कहे? हाँ या ना?

आपसी विश्वास छिन्न-भिन्न हो गया तो बचेगा क्या? इसी ने तो आकर्षण को प्रेम में बदलने की भूमिका अदा की है। मिलन के धागे को चटकाकर तोड़ डालना, प्रेम का नाश करना ही तो हुआ। कैसे कहे मगर कि इंटरव्यू भी उसके जीवन की अनिवार्यताओं में शामिल है।

पति ने तैयारियाँ कर लीं। वह दुविधा में खोई सी बैठी रही।

"मुकुल, इंटरव्यू!" सहमते हुए ही सही, आवाज थी, निकल गयी।

"छोड़ो यार। इंटरव्यू तो हमारी लाइफ खत्म होने तक लगे रहेंगे।" मधु पिये

मतवाले भौरे से मुकुल।

"मगर..." वह चुप न रह पायी।

"देखो आभा" वे हँसे मन मोहिनी हँसी का जाल फेंका हो जैसे और रस भीगे स्वर में आदेश का लहजा घोलकर बोले, "मेरी बात मानो बेबी। चलो, पहाड़ियाँ बर्फ और देवदार के पेड़ हमें बुलाते हैं। सुरमई उज़ाला आभा को पुकारता है। चंपई अँधेरा मुकुल की राह देख रहा है। माई कविता इज ओ.के.?" मुकुल आनन्द पर्वत पर चढ़ते हुए...

"एक्सीलेंट" आभा के उथल-पुथल भरे मन के खिलाफ शब्द होठों से निकल आया।

मेरा दोष समझते हो, अपनी गलती नहीं मान रहे मुकुल, तुम अन्याय कर रहे हो, आभा के भीतर बैठी स्त्री ने चीत्कार सा किया।

"बी चियर फुल (प्रसन्न हो जाओ) और वही गलती मत करो, जो मैंने की थी। एम. सी. एच. के दाखिले तक घूमने-फिरने के नाम पर कहीं गया ही नहीं।

"तुम्हारा ऐसा इंटरव्यू फिर होगा। तुम्हारी प्रतिभा से टक्कर लेना किसके बस की बात है? बी कॉन्फिडेंट, कम ऑन। पहले तय करो कि इस समय तुम्हार प्रायॉरिटी (प्राथमिकता) क्या है? ये समय ये लम्हे दोबारा लौटेंगे हमारी जिन्दगी में? बताओ।"

आभा क्या तय करे? जिन्दगी किन्हीं विशेष लम्हों की मोहताज नहीं, लम्हे ही जिन्दगी के आश्रित होते हैं—आभा के मन में मुकुल के मत के खिलाफ बात कैसे आई? क्यों लग रहा है कि मुकुल के जिन होठों से अब तक फूल झरते थे, अजगर की सी फूत्कार उठ रही है उन होठों के बीच से। अपार श्रद्धा और विश्वास की मजबूती से निर्मित होता भवन फूत्कार की सों सों से डगमगाने लगा। 'आभा की अपनी इच्छा ही सर्वोपरि है, कह नहीं सकी, मगर उस इच्छा को मार भी तो नहीं सकी। फैसला उसी इच्छा का नतीजा था—

"हम हिलस्टेशन फिर कभी चलें तो कैसा रहे मुकुल?"

मुकुल आभा का चेहरा देख रहे थे—क्या लिखा था उस चेहरे पर? नजरों में कैसा अड़ियलपन था कि डा. मुकुल की आँखों में धीरे-धीरे ही उतरी, मगर लाचारी सी उतर आई। क्या अपनी बात कहने का कोई सूत्र नहीं बचा? शायद आभा के सही फैसले के आगे उन्होंने घुटने टेक दिए या बड़े अफसर की बेटी का दंबदबा लगा कि पति की भूमिका में पूरे नहीं उतर पाए। हो सकता है पति पर एक डॉक्टर हावी रहा हो। समझदार और खुले विचारों के युवक ने आभा के निर्णय पर अपनी रजामन्दी की मोहर लगा दी। हँसकर कहा, "हम हिलस्टेशन जाने तक मन में मधु घोले रहेंगे कि कभी भी मधु यामिनी मना ले। वी आर हनीमून कपल फॉर एवर। ओ के? (हम सदा ही हनीमून वाले जोड़े के रूप में रहेंगे)।"

"थैंक्स। थैंक्स मुकुल। यू आर सो लवली...(धन्यवाद, धन्यवाद मुकुल तुम

इतने प्यारे हो)।'' आभा ने मुकुल को बाँहों में भरकर माथे पर चूम लिया।

आभा की जिद बाजी मार गयी।

आभा ने पत्नी होकर पत्नीत्व का निर्वाह नहीं किया।—मुकुल का मत था शायद, सोच रहे थे—विवाह का अर्थ है पति-पत्नी होना। आभा ने विवाह को गरिमा नहीं दी।

उत्सव था, बंजर हो गया और मुकुल का चेहरा छोटा हो गया।

समय से असंगत विचार, उनकी पत्नी नादान बेसमझ की तरह पेश आई...धीरे-धीरे ही सही आभा के खिलाफ साँप गुँजलक खोलने लगे, जो कि मुकुल के मन में अब तक बँधे सिकुड़े रूढ़िगत विचारों की तरह कहीं दबे थे।

''क्या विवाह की यही सार्थकता है?'' जाती हुई आभा से कहे बिना रह नहीं सके थे।

आभा ने सिर झुका लिया। क्या सार्थक क्या असार्थक? जीवन साथी ने मन को चीरा सा लगा दिया। साथी, सखा, सहयोगी...इसी मुकुल को कहा था पापा ने?

'मैं अपना काम कल पर कभी नहीं टालती' आभा ने अपनी जीवनचर्या याद की।

सास सामने आ गयीं। पतली-दुबली सफेद सिरवाली नाटे कद की गोरी सास, शॉल से सिर ढँके हुए। जाती हुई आभा ने पाँव छुये। तो उन्होंने आशीर्वाद की जगह कहा, ''देवता पुजने थे अभी । भैरों जी का मन्दिर रह गया। गाँव के पितर बिना पुजे...''

पास खड़े ससुर समझदार थे, बोले, ''छोड़ो पूजा पूजन। हमने भी तो न्योंते निमन्त्रण रद्द किए हैं। जमना प्रसाद सेठ आज ही तो बुला रहे थे। परसों बर्तन वाले भवानी शंकर के यहाँ जाना था, क्या किया जाये, मजबूरी है! नहीं तो दस दिन पूरे बुक थे यहाँ।''

''दस दिन!'' आभा ने मन ही मन आश्चर्य किया। हमारे सर तो दस मिनट नहीं देते। दस घण्टे की छुट्टी कभी मिलती नहीं। शादी हुई चार दिन न जाने किसकी ड्यूटी लगाई होगी?

उल्कापात किया आभा ने। नाते-रिश्तेदार जो विवाह समारोह में सितारों से जगमगा रहे थे, बुझने लगे। जो चहचहा रहे थे, चुप पड़ गये। मुस्कराने वालों ने होठ ऐंठकर बातें कीं।

वे उकसा नहीं रहे थे, मुकुल के पापा को समझा रहे थे—

—वह जा रही है तो जाने क्यों दे रहे हो?

—आज से बहू पर तुम्हारा अनुशासन लागू होना था।

—सास-ससुर की अवहेलना और ससुराल का विधान तोड़कर जाने वाली आखिर वह औरत ही तो है। यह पाँच हाथ का जवान लड़का बुद्धू सा देख रहा

है! पढ़-लिखकर नामर्द हो गया?

—इस गड़बड़ गृहस्थी का 'कल' कैसा होगा?

आभा चली आई।

पीछे जो हुआ सुना—मुकुल के पापा बेटे को तरस की निगाह से देखने लगे। रुपये पैसे का सुख, इस अपमान के लिए?

माँ की आँखों में गुस्से की आग लहक रही थी—देव पितरों को अँगूठा दिखाकर गयी है। चूल्हे में जाये ऐसी डाक्टरी। सब कुनबे पर देवताओं का कोप पड़ेगा। असगुन खाली नहीं जाते।

गुस्से और अपमान की गर्म हवा लू की तरह दिल्ली तक आई।

नहीं तो पापा ने अपनी निर्बुद्धि और अव्यावहारिक बालिका के लिए क्षमा पहले माँगी थी, बाद में सूचित किया था, आभा को पोस्ट मिल गयी है।

मुकुल जो अब भी मधु में मदमाते ठहरे हुए थे, एकदम उठ खड़े हुए। अपनी छुट्टियाँ कैंसिल करा दीं और टिकिट लौटा दिए।

मुकुल ने हँसकर ही आभा से कहा था, "मुझे पता था क्या खबर आएगी? यही कि ड्यूटी सख्त हैं, कल से ही ज्वाइन करना है।"

अब की बार वे ठहाका लगाकर हँसे और बोले, "टू डे'ज मॉडर्न वाइफ सूट्स ऑनली मैट्रोपॉलिटन सिटीज, नॉट लाइक बरेली शाहजहाँपुर कस्बा (आज की पत्नियाँ केवल महानगरों के काबिल हैं। बरेली शाहजहाँपुर जैसे छोटे कस्बों को सूट नहीं करतीं।"

आभा ने अपराधिनी की तरह पति की ओर देखा जैसे अव्यक्त रूप से क्षमा माँग रही हो आँखों में सजा की याचना सी, अब दोष तो हो ही गया।

"डोंट वरी आभा। बी चियर फुल। यार तुम को नई पोस्ट मिली है।" कहने वाले मुकुल की आवाज बीच में दब सी क्यों गयी? क्या उनका चेहरा चीख-चीखकर यह नहीं कह रहा था कि आभा तुमने मुझे मेरी औकात इतनी जल्दी दिखा दी!

आभा के मन में तरह-तरह की आशंकाएँ, भाँति-भाँति के भ्रम...विवाह हुआ कि भय पल्ले में बाँध लिया? दो भागों में बँट गयी।

एक आश्चर्य और भी—मैं इतने मरीजों को सँभाल सकती हूँ, एक पति को खुश नहीं रख सकती! उठते-बैठते उनका प्रलाप जैसे वे पत्नी की कैद में हों और आभा नाम की डाक्टर उन पर रोज-रोज नये जुल्म ढाती हो।

अपनी सफाई में क्या कहे वह? किस गलती की सफाई देनी होगी, यह भी तो पता नहीं। क्या उसका अस्पताल आना ही गलती है? आभा के कानों में डा. मुकुल के शब्द खलबलाते हैं—

"आभा, मैं तुम्हारी ड्यूटीज समझता हूँ, लेकिन डॉक्टर होने के नाते यह भी जानता हूँ कि आप्थल्मालॉजी में इमरजेन्सी का मतलब क्या होता है। ये इमरजैंसिज

कार्डियो और न्यूरो (हृदय और मस्तिष्क) विभागों की जैसी आपातकालीन ड्यूटीज की माँग नहीं करतीं। तुम इन्हें इतना सीरियसली क्यों लेती हो? अपने साथियों को देखा होगा तुमने। फिर तुम एक लेडी, जिसकी जरूरत उसके घर को भी उतनी ही होती है, जितनी अस्पताल को। बुरा न मानना, अब तुम एक शादी-शुदा औरत हो। मैरिड वुमैन।''

'ये मुकुल के शब्द, उनके अपने विचार नहीं हो सकते' आभा ने सिर झटक दिया था। वे शादी के तुरन्त बाद ही इस स्तर पर नहीं उतर सकते। प्यार से लबालब मुकुल मेरे तन मन के साथी...

मगर उन वाक्यों में से छनछन कर कुछ शब्द कानों में गर्म सीसे से घुस जाते–यू आर मैरिड वुमैन। घर को तुम्हारी जरूरत है।

हॉस्टिल में रहते मुकुल अगर पत्नी के साथ रहकर हॉस्टिल के कमरे को घर में तब्दील करना चाहते हैं तो इसमें गलत क्या है? उनके दोस्त कहते होंगे, अकेले रहना था तो बैचलर रहना क्या बुरा था, बल्कि अच्छा। स्वछन्द मन, बेकाबू तन।

पिछले वाक्य पर गम्भीर आभा अनजाने ही मुस्करा पड़ी।

ना मालूम सी मुस्कराहट अन्तर की किस परत से उमड़ी थी कि रस बरसाती आई।

आभा ने मुकुल के लिए पत्र लिखने की बात सोची। मुस्कराहट के रस से और नजर की कलम से, जिसकी नोक पर मुकुल का नाम चढ़ा रहता है।

चिट्ठी का सार था–

पहली बार भी मेरा अपराध नहीं था। जानबूझकर ऐसा करना कौन चाहता है? रस छलकाने वाले रस भंग क्यों करेंगे? हममें से किसने सोचा था ऐसा? नहीं, अब भी क्या बिगड़ा है? न जवानी गयी न उमंगे मरीं, फिर साथ तो उम्र भर का है। हर रोज मद से भरा होगा, हर दिन परीक्षा काल सा...तुम्हारे सामने मैं और मेरे सामने तुम प्रतिदिन नये-नये रूपों में अनदेखे दृश्यों में खुलेंगे। वे रूप, वे दृश्य लुभाएँगे भी, सताएँगे भी। इसी तरह सुख-दुख, गम-खुशी से गुजरते हुए भविष्य के निमित्त होते जाएँगे।

आने वाले समय का होनहार डाक्टर, संवेदनशील मनुष्य अगर मुकुल के रूप में उदास दिखता है तो मैं क्या समझूँ? तुम क्या वर्तमान का मूल गँवा बैठे?

मुकुल! कम ऑन। वी विल डिस्कवर अवर हैपीनैस डे बाय डे। खोज ही मनुष्य का जीवन है, तुम्ही तो कहते हो डार्लिंग। माय वाउचफुल किस टू यू (मेरा वचनबद्ध चुम्बन तुम्हें)।

मुकुल ने पत्र को सब कुछ माना।

पिंजरे की मैना सी आभा पिंजरे में फड़फड़ाये, मुकुल यह कब चाहते थे? शिक्षित भद्र पति से वह जो उम्मीद करती थी, वही होने लगा था।

जैसे मुकुल का उसके घर ठहरने आ जाना, भले स्थायी अस्थायी तौर से रुकने का निश्चय क्या होगा, आभा को पता न था, लेकिन कहीं तक डा. मुकुल ने उसकी निकटता चाही तो सही।

जैसे मुकुल का इस घर के सदस्यों में रम जाना, चुहल और मजाक न सही, हँसी भरे माहौल का पैदा कर देना।

जैसे औपचारिकताओं का लबादा हटा देना। अपनी इच्छा से खाने-पीने और पहनने-ओढ़ने की माँग करना।

छोटी छोटी बातों में जीवन का बड़ा-सा अर्थ खुलने लगा। पति-पत्नी के बीच मनो-मालिन्य मिटने में कितने दिन लगते हैं? कितनी देर लगती है? बच्चों जैसा सम्बन्ध पल में अब्बा, पल में कुट्टी। एक-दूसरे को चिढ़ाने छकाने का खेल। फिर मनाने की तत्परता। कोई दूसरा पास आ जाए तो झट से कन्धे से कन्धा भिड़ाकर बाँह जोटी हो जाना! कभी गोलगप्पे से खट्टे अनुभव तो कभी गुलाब जामुन-मधुर मीठे वाद-विवाद! शादी के बाद अजीब संसार खुला था आभा के जीवन में। गैस भरे गुब्बारे से इस संसार की डोरी उसकी मुट्ठी में भिंची रहती। किसी नश्तर की सुई न चुभ जाए, वह मुट्ठी ऊपर उठाए रहती। त्वचा और साँस की ऑक्सीजन का बचाए रहना कितना जरूरी होता है, आभा क्या जानती नहीं?

...लेकिन!

अप्रत्याशित अवसन्न से क्षण ने आवोहवा को जड़ कर डाला।

शादी की चकाचौंध में कई मनमानियाँ हुईं। मुकुल का घर पैनी नजरों के दायरे में आ गया। बेटा-बहू जा रहे हैं यह बात सबने नोट की।

मुकुल अब कहाँ रहने लगे हैं, यह भी मालूम हो गया। माँ होशियार थीं। बेटे से कुछ नहीं पूछा। बरेली की अनुभवी औरत, जिन्दगी के थपेड़े खाये चेहरे वाली आदरणीया वृद्धा ने अपने बेटे को 'मूलमन्त्र' के रूप में सीख दी—मुकुल, ससुराल में जाकर मत रहने लगना। बेटा, सास-ससुर परबत होते हैं, बेटी पर अपनी छाया फैलाने वाले...तू एक गिलास पानी माँगने में भी सौ-बार सोचेगा। तेरी बहू तेरा टूटा बटन भी टाँकेगी तो घर में हलचल मच जाएगी। दोनों अकेले रहोगे, एक-दूसरे की कही सुनी समझोगे। दुख-सुख बाँटोगे। अपने रंग-ढंग में ढालना है बहू को, समझा?

आभा सुन रही है, यह डर सास को बिलकुल न था। आभा सामने आ गयी तो टूटे दाँतों में हँस पड़ीं और बोलीं—उस भोले भण्डारी को समझा रही थी। कहीं ससुराल की कढ़इया ही चाटता रहे। ब्याह हुए पीछे बेटी-जँवाई बोझ लगने लगते हैं। कोई कितने दिन मेहमानी करेगा?

मुकुल की माँ स्त्री थीं, आभा ने उनकी बातें सुन लीं, लेकिन पुरुष पुरुषों

के बीच क्या मश्वरा हुआ, कौन से फैसले हुए, आभा के स्त्री समाज का वह मुद्दा नहीं था।

और अब?

जब भेद खुला!

आभा आसमान से गिरी हो जैसे। मुकुल क्या कह रहे हैं?

"आभा, चलो यहाँ से।"

"क्यों, क्या हो गया? अम्मा का कहना मान रहे हो, जानती हूँ, मगर तुम यह भी तो जानते हो कि यह ससुरालों जैसी ससुराल नहीं और न मेरे मम्मी-पापा पर्वत जैसे माँ-बाप। तुमको कभी कुछ चुभा? नहीं न? जैसे वे अपने बेटे को रखते हैं, वैसे ही तुम्हें। विशाल ने कुछ कहा क्या?"

"नहीं, विशाल से कोई शिकायत नहीं। तुम्हारे मम्मी-पापा बड़े सज्जन है, लेकिन मेरी भी तो कोई अहमियत है। खुद्दारी है। हम कुछ भी 'अदरवाइज' न लें, लेकिन हमारे यहाँ के लोग तो मखौल उड़ाते ही हैं।"

"तुम्हारे यहाँ के लोग! मखौल! किस बात का मखौल?"

"यही कि रामनारायण ने लड़का बेच दिया। दिल्ली वाला खरीद ले गया। बेचारे माँ-बाप...अकेले छोड़ दिये। मेहनत का फल ऐसा!"

"मुकुल! छोटे दो भाई तो वहीं हैं। वे अकेले क्यों हुए?"

"वे किस लायक हैं? मान लो कभी वे बुलाने हों तो तुम्हारे यहाँ बुलाऊँ? दे विल नॉट फील कम्फरटेबिल। अण्डरस्टैंड माय प्रोबलम। (वे सहजता महसूस नहीं करेंगे, मेरी समस्या समझो)"

"ठीक है, हॉस्टल का कमरा तो अभी है ही। वहाँ आ सकते हैं।"

"मैं यहाँ रहूँ, तुम यहाँ रहो और वे हॉस्टल में, वाह! क्या सुविधाजनक रास्ता निकाला है। तुमको वहीं चलना होगा। कुछ दिन के लिए दोस्त का कमरा भी ले लूँगा। वे मेरे साथ नहीं, तुम्हारे साथ रहना चाहते हैं। तुम बहू हो उनकी। हो या नहीं?"

आभा इतनी बेबकूफ नहीं, जितनी मुकुल समझ रहे थे। वह जानती है कि लीला कैसी है। इस समय मुकुल के सामने निश्चित ही माता-पिता और सास-ससुर का मुद्दा नहीं है, कहीं गहरे अमीरी और गरीबी के भेद की फाँस खुभी है। जब से विवाह हुआ है, बेटा अपने पिता से ज्यादा ही नजदीकी महसूस करने लगा है। कारण कि आभा के मुकाबले उसे अपनी जड़ों की सामर्थ्य कमतर लगती है। बिलकुल उसी तरह जैसे मरियल टट्टू की पीठ पर सवारी करता हुआ हाँफता सिपाही किसी राज्य के दुर्गद्वार पर जा खड़ा हो, और अपने टट्टू को कहाँ खड़ा करे, जगह न पा रहा हो।

'मुकुल तुम अपनी कमजोरी के लिए आभा को अपराधिनी क्यों बनाते जाते

हो? ऐसा करना खासा सकून देता है, तभी तो सैडेस्टिक प्लैजर पाने के लिए कह डाला—मैं ससुराल में नहीं रहूँगा! वेरी फनी!' तिर्यक सी मुस्कान थी आभा के होठों पर।

और यह उसके बाद की बात है—

सास-ससुर आभा के माता-पिता के घर रहने के लिए तैयार न थे, आभा उनके साथ हॉस्टल में कैसे रहे? कमरा किसी का उधार ले लिया जाए मगर ब्वॉयज हॉस्टल का कॉमन बाथरूम...नहीं नहीं उससे नहीं रहा जाएगा।

गिड़गिड़ा उठी थी, "प्लीज मुकुल न मुझे दुख दो, न अपने माँ-बाप को। यहाँ आराम से रहेंगे। मैं उनकी देखभाल करूँगी प्रॉमिस।

आभा के प्रॉमिस में उसके माता-पिता के साधन-सुविधाओं का अंश ज्यादा लगा मुकुल को। माता-पिता को नहीं आने दिया।

आभा के साथ खुद ही उनसे बरेली मिलने गये थे मुकुल।

अबकी बार आभा का प्रॉमिस नहीं, मुकल बीड़ा उठाकर आए थे कि अपना रहवास हॉस्टल को ही बनाएँगे।

लौटते में बरेली स्टेशन पर कहा था, "हम मामूली लोग हैं, मगर खुद्दारी से जीते हैं। अभावों का हमें डर नहीं लगता क्योंकि इतने भाव नहीं मिले कि दिमाग़ खराब हो जाए। लौटकर हॉस्टल चलना होगा।"

"ह्वाट?"

"हॉस्टल।"

धीरे से दायें-बायें सिर हिलाया आभा ने। गहरा निःश्वास...और फिर हिम्मत जुटाकर बोली, "कब तक गरीबी की यादों से चिपके रहना चाहते हो? पॉवार्टी इज नॉट अवर एम (गरीबी हमारा लक्ष्य नहीं है) वी प्रॉग्रेसिव पीपुल (हम तरक्की पसंद लोग)। मुकुल जब हमें सुविधा मयस्सर हो जाती हैं तो असुविधाओं की यादें बड़ा सुख देती हैं, इस बात से मैं पूरी तरह सहमत हूँ, लेकिन क्या ये बेकार का भ्रम जाल नहीं है?"

"जालों में मुझे मत उलझाओ। तुम क्या चीज हो, राजा जनक की बेटी थीं सीता, राम के साथ जंगल में गयीं, मैं तो हॉस्टल की बात कर रहा हूँ, जहाँ जंगल नहीं, लोग रहते हैं, अच्छे से अच्छे घर के डॉक्टर।"

"यू कैन डू ह्वाट एवर यू थिंक, बट आय एम नॉट युअर सीता, अण्डरस्टैंड। (तुम जो सोचते हो, कर सकते हो, लेकिन मैं तुम्हारी सीता नहीं, समझे)।" कहते-कहते वह हँस पड़ी। बड़ी खोखली हँसी थी।

बात ने मुकुल की छाती में बर्मा की तरह छेद कर डाला और हँसी ने मजबूत कील ठोंक दी उस छेद में। मुकुल तड़प उठे थे। लम्बी और गहरी उसाँसों में धँसते चले गये।

रही-सही कसर आभा ने यह कहकर पूरी कर दी, "मुकुल तुम जैसे लोगों को पढ़े-लिखे ढोंगी का नाम देना चाहिए। मेरे माँ-बाप के घर को ससुराल का नाम देकर छोटा कर रहे हो, जब कि मैंने तुम्हारे घर जाकर उसे ऊँचा दर्जा दिया। तुम्हारे माता-पिता को पूज्य माना। इस सीताई आदर्श को मैं निभा नहीं पाऊँगी, क्योंकि यह इकतरफा है।"

स्टेशन की बेंच पर बैठकर रोना सार्वजनिक था। खिसियानपट में आँखें डबडबाती रहीं। मुकुल को क्या हो गया है? बेसिर-पैर की बातें, व्यर्थ का अहंकार। यह मेरे-तेरे का भेद-भाव। रूढ़ियों पुरानी मान्यताओं के दिए शूल बबूल, अपने मन से निकालते नहीं। कैसे समझाया जाये कि हम एक ही संसार की मनुष्य जाति के दो रूप हैं। कौन अमीर कौन गरीब, क्या मुकुल अपनी प्रतिभा और मेहनत के धनी नहीं? रुपया पैसा क्या है उनके सामने? ऐसे बेटे के माता-पिता निर्धन नहीं, अमीरों के अमीर हैं। उन्होंने ही तो बेटे को ऐसी लगन दी और सद्भावना के रास्ते पर उतारा।

आभा ने क्या-क्या सोचा, क्या-क्या भुला दिया?

मूल बात यह रही कि उसके व्यवहार में आदर की, सम्मान की और आत्मीयता की बाढ़ सी आ गयी। गुणवंती बहू बनकर मौके तलाशने लगी कि कब बरेली पहुँचा जाए। सास-ससुर की महिमा गाना उसका कर्तव्य है। सभ्यता भव्यता की समाजिक रुचि का ध्वंस करती हुई रेल में बस में सफर दर सफर चलता रहा।

कोई समझे या न समझे मुकुल तो समझेंगे। किसी ने कैसा व्यवहार किया, किसने क्या व्यंग किया, किसने शाबाशी दी, किसने आशीषें दीं, कोई ध्यान नहीं। रोबो की तरह पाँव छूना, सिर ढँकना, अक्सर कमरे में घुस जाना, धरती पर बैठना...

रात-दिन का सा चक्र, वैसी ही अँधेरों-उजालों की यात्रा करती हुई आभा...विवाह की शर्तो पर खरी उतरने की कोशिश में लगी रही।

लगा कि सब अपने हो गये। वह उनकी हो गयी। असतर्कता और असावधानी के अवसर क्यों आने दिए, आभा के महत्त्वपूर्ण दिन उन्हीं में खो गए। बिखरे हुए को समेटती-बटोरती मुकुल की बहू अपने इतिवृत्त के सूत्र पा गयी थी। घर नहीं है, मगर वर छूटने की आशंका से दोनों घरों को मुक्त कर दिया।

डा. चक्रवर्ती!

गृहस्थ के जानी दुश्मन!!

डा. आभा!

गृहस्थ के रास्तों से गुजरती हुई भ्रमित हिरनी सी...

"डा. आभा, प्लीज लिसन माय वर्ड्स (मेरी बात सुनो आभा) स्टॉप दिस आना-जाना।

"मरीजों के प्रति ऐसी लापरवाही! मैं हमेशा कहता हूँ, लड़कियाँ यहीं मात

खा जाती हैं। आभा। तुमने देखा होगा एम. बी. बी. एस. में गर्ल्स की संख्या लड़कों से ज्यादा होती है। बाद में पोस्ट ग्रेज्युएशन में तुम्हारे साथ कितनी क्लासमेट्स (सहपाठिनें) आयीं? रो-धोकर जिन्होंने एम. डी. एम. एस. कर भी ली तो फिर सीनियर रेजीडेंसी में फकत दो या तीन! मैं पूछता हूँ कहाँ जाती हैं लड़कियाँ? ऐसी कौन मजबूरी होती है कि योग्य लड़कियों का जत्था का जत्था गायब हो जाता है? अब नहीं पूछूँगा, क्योंकि मैं जान गया हूँ, वे लड़कियाँ तुम्हारी जैसी होती होंगी।''

''सर, वह गृहस्थ! फैमिली की प्रायॉरिटीज़ (परिवार की प्राथमिकतायें)।''

''ह्वाट प्रायॉरिटीज़? यही कि हर हफ्ते सास-ससुर की देहलीज पर सिर टेको? यही कि उनके दिल बहलाने के लिए चरण स्पर्श करने जाओ? वह तुम्हारी जैसी लड़कियों का 'घर एक मन्दिर है'। भक्ति प्रमाद की अवस्था होती है, ड्यूटीज भूल जाना कोई बड़ी बात नहीं।''

''सर, वह मुकुल...''

''क्या मुकुल? वह जानता नहीं, मरीजों के प्रति डॉक्टर का क्या फर्ज होता है? अगर नहीं समझ पाया है तो मैं उसे डॉक्टर मानने को तैयार नहीं, ब्लडी हस्बेंड!''

आभा जैसे सोते से जागी हो।

उन्हीं पाँवों वार्ड में भागी। केजुअलिटी गयी।

घर लौटी तो मुकुल को डा. चक्रवर्ती की गालियाँ बचाकर उनके सारे वाक्य सुना डाले और इस तरह देखा, जैसे पूछ रही हो—प्राणनाथ, अब नौकरी करूँ या नहीं करूँ।

मुकुल के भीतर का डाक्टर दुखी हुआ, वे अफसोस में डूब गये, बोले, ''उफ् यह मैरिज! लोग समझते क्यों नहीं, हमें नाच नचा रहे हैं।''

मुकुल का नाम अब मुकुल नहीं, 'मालदार ससुर का दामाद' हो गया था बरेली में। और उनके माता-पिता के नाम के आगे श्रीमान या श्रीमती नहीं 'बेचारे, बेचारी' के विशेषण जुड़ गये थे।

'बेचारी' बीमार हो गयी।

बेटे के दर्शन को तरसने लगी क्योंकि दवा उसका उपचार नहीं कर सकी।

मुकुल माँ की ऐसी अवस्था सुनकर छटपटाने लगे।

सुनते हैं कि बेचारी माँ ने अपने निर्बल प्राणों से मुकुल को भले पुकारा था, मगर जुबान से लोगों को डाँटा यह कहकर—बेटा-बहू डाक्टर हैं। अपना काम छोड़कर रोज हमारे ही पास बैठे रहें? आते जाते तो हैं, कितना आयें?

माँ आखिर माँ होती है। मगर माँ की बात पर लोगों को विश्वास नहीं होता, क्योंकि वह औलाद को लेकर हमेशा बचाव पक्ष में खड़ी रहती है।

साथ की बुढ़िया भी किसी की माँ ही थी, बोली, "आग पर राख डालने से आग बुझती नहीं मुकुल की अम्मा, हाँ दबी जरूर रहती है। मुझसे क्या छिपेगा?"

आभा कभी चौंकती, कभी देखती।

मुकुल कभी चुप रहते, कभी कड़वे हो उठते।

आभा के पापा ने क्या किया? इतना पैसा दे दिया कि बरेली में मुकुल के पिता बड़ी सी दुकान के मालिक हो गये। मुकुल और आभा के वेतन का आधा हिस्सा आने लगा, खाने-पहनने में बदलाव आ गया, क्या सच में यही सब इन लोगों के जी का जंजाल हो गया? रोटी-कपड़ा जुटाने की चिन्ता से मुक्त हुए, नाज नखरे सीख लिए और दिल्ली में रहते बेटा-बहू की जिन्दगी खोदने के लिए रख ली।"

आभा का मन कराह उठा–पापा, क्यों किया तुमने ऐसा?

–ऐसा किया है तो फिर ऐसा ही करते जाओ। यही तो विवाह की शर्त है कि बेटी जब तक जिन्दा रहे, जिंस तब तक चलती रहे। पापा...तुम शर्त निभाते जाओ, नहीं तो आभा यहाँ कैसे निभेगी?

सर्दियों में मिठाइयाँ और गर्मियों में फलों की टोकरियाँ। मौसम के साथ मिजाज भी सधा रहे यह जरूरी था। बदलती ऋतु के साथ कपड़े। सर्दी-गर्मी का अनुपात भी सधा रहे। मुकुल के घर रुपयों का वृक्ष लगा दिया पापा ने, वही वृक्ष विष-फल देने लगा।

बेटा-बहू त्यौहार और छुट्टियाँ बरेली में ही मनाते।

आभा का दिल जलता–हमारा खाकर हमारी ही तलब! जल्दी से जल्दी हाजिरी...सचमुच ही मुकुल के पिता ने दिखा दिया कि आभा का बाप पैसे पद की सम्पन्नता पाए हुए हैं तो वे भी उस बेटे के बाप हैं, जिसकी गाँठ में आभा बँधी है। एक पिता दाम से दबाए, दूसरा हक की मार मारे। बूढ़ों की दुनिया में आभा और मुकुल का हंस-युग्म लहूलुहान घायल हो रहा है।

–अबकी बार तू चला जा मुकुल, बहू को छोड़ जा।–बेचारे पिता बोले।

–क्यों?

–पहली करबा चौथ है। शादी की साल गिरह भी यहीं मन जाएगी।, तू फिर आ जाना।–बेचारी माँ ने कहा।

आभा मुकुल का मुँह देखे, मुकुल आभा का।

अन्त में दोनों ने माता-पिता का शामिल चेहरा देखा।

–ऐसे क्या देखता है भाई?–पिता ने कहा।

–क्या देख रही है बहू?–माता बोली।

–जाना है तो जाओ–सम्मलित स्वर...

आभा ने डा. चक्रवर्ती के नाम पत्र लिखा और प्रार्थना की—अब की बार अवकाश दे दें, आगे ऐसा नहीं होगा, प्रॉमिस। जानती हूँ कि हमारे यूनिट में डाक्टर्स की कमी है। डा. अनुपमा प्रेगनेंसी लीव पर गयी हुई हैं और डा. मुरली के पाँव में फ्रैक्चर है। मैं स्वस्थ तो हूँ लेकिन ऐसे लोगों के बीच हूँ, जो रिश्तों को लेकर बीमार से रहते हैं, साथ ही बहू के काम को नहीं, बस बहू को समझते हैं। मेरे विचार से इन बेचारों के दिमाग में यह बात भी है कि औरतों की ड्यूटी में रियायत रहती है क्योंकि वे बच्चे जनती हैं, बच्चे पालती हैं। साथ ही उन्हें नौकरी के वायदों से कहीं ज्यादा ससुराल के कायदे निभाने होते हैं। स्कूल में भी लड़कियों से कड़ाई इसलिए ही नहीं बरती जाती कि वे ध्यान लगाकर पढ़ें या न पढ़ें, क्या फर्क पड़ता है? नौकरी करना उनके लिए जरूरी नहीं। जीवन-यापन के लिए पति पर आश्रित रह सकती हैं।—सास बार-बार यही तर्क देती हैं। आशा है आप इस तर्क को खारिज करते हुए मुझ पर एक हफ्ते छुट्टी की कृपा करेंगे। हो सकता है यह गुस्ताखी आखिरी हो...माई लास्ट मिस्टेक। प्लीज सर, फॉरगिव, एण्ड फॉरगेट।

ससुर गृह में शान्ति स्थापित रखती हुई आभा एक हफ्ता काटने वाली थी।

आगे के पाँसे पड़े। ननद का ब्याह तुरपचाल हुआ।

"बहू नहीं रुकेगी तो इंतजाम कौन करेगा घर भीतर का? सास बीमार चल रही है।"

आभा अपने आप को जब्त नहीं कर सकी।

"अब की बार आपका बेटा रुकेगा, उन्हें सब इन्तजाम आता है।"

बड़ी ननद ने समझाया, "तुम भइया का काम नहीं समझतीं।" आभा अपने आपे में नहीं। उसे गुस्सा आता है तो बहुत आता है। अब तो कब-कब का रोका हुआ गुस्सा जमा है। अपने आपको समझाया—इतना गुस्सा ठीक नहीं। अब तक के करे पर पानी फिर जाएगा। वह गुस्सा नहीं हुई, फफक पड़ी। फूट-फूट कर रो रही थी आभा—मैं, मैं किसी का काम नहीं समझती। किसी का इशारा नहीं समझती। जब आती हूँ, कोई न कोई गलती कर जाती हूँ। मम्मी ने क्या किया, चूल्हा-चौका न सिखाकर एम. बी. बी. एस. कराया। क्या किया माँ ने...गृह प्रबन्ध न पढ़ाकर ऑपरेशन थियेटर में घुसा दिया। ऐसा ही करना था तो ब्याह क्यों किया? दिल्ली छोड़ यह बरेली...बरेली में भी यह घर! जहाँ वह मुकुल के मुकाबले कहीं नहीं...।

मम्मी! अब मेरा किया धरा बरेली वालों के हवाले...वे मेरी मर्म वेदना क्या जानें...समझें कि यह मुकुल की बहू आँखों को ज्योति देने का संकल्प लिए है। मैं तो मम्मी उजाले को मुट्ठी में दबाए चोर की तरह यहाँ बैठी तिलमिला रही हूँ! मुझे कौन निकालेगा यहाँ से...

मुकुल आकर चलने की तैयारी में थे।

मुकुल के सामने थोड़ी ताकत पा लेती है आभा, या कि एक डाक्टर को गर्दन

से पकड़ लेती है कि तू तो मेरी मजबूरी जानता है, फिर अनजान सा क्यों...?

"मैं भी जाऊँगी। मुझे जाना होगा। मेरे पेशेंट्स..." कहते हुए उसने साड़ी उतारकर शलवार कमीज पहन ली।

सास-ननद की आँखें चौड़ी हो गयीं।

ससुर बैठक में बन्द हो गए।

मुकुल हक्का-बक्का।

ये तीन तस्वीरें तीन तरह की मगर आभा की एक ही रट! एक ही धुन...जो सारे घर में बजने लगी।

"आभा, प्लीज! डा. चक्रवर्ती से मैं रिक्वेस्ट कर लूँगा। प्लीज मेरे लिए..." मुकुल के ऐसे भाव जैसे आभा के पाँव पकड़ लेंगे और पंजों पर तब तक माथा रगड़ते रहेंगे जब तक कि आभा मान न जाए।

"ह्वाट नॉनसेंस!" आभा ने मुकुल को झटका दिया।

मुकुल की नाक फूल गयी। नथुने फड़कने लगे। वे चुप थे जैसे मुह में कड़ुवा द्रव भरा हो। होठों की हालत बिगड़ रही थी।

"मैं चल रही हूँ।"

"हाँ चलो। इन्हें मैं समझा लूँगा।"

"समझाने के लिए ये बच्चे नहीं, बूढ़े हैं।"

"बूढ़ों की जिद बच्चों की सी होती है, कुछ समझती भी हो? क्या सेवा की है तुमने? मेरी माँ उसी में चारों धाम का सुख पा रही है। क्या पाँव दबाए हैं तुमने इनके?"

"सब बेकार की बातें हैं मुकुल। जड़ में तुम्हीं हो, बहू तुम्हारे घर के लिए चुनौती बन गयी है, इसे झुकाकर रहोगे, अब यही तुम्हारा मकसद है, मेन एम।"

"हाँ, बिलकुल। बड़े बाप की बेटी हेकड़ी दिखाएगी और हम सहते जायेंगे? कितनी मिन्नतें कितनी विनती...महारानी के कान पर जूँ तक नहीं रेंगी।" मुकुल जो कुछ सपने में भी नहीं सोचते थे, गुस्से में वह कुछ भी कह गए हैं, आभा समझ रही थी।

"मुकुल तुम! मेरी बात समझोगे कभी? बड़े बाप की बेटी होना गुनाह है? मैं क्या करूँ तुम्हारे हिस्से छोटा बाप आया! प्लीज अण्डरस्टैंड माय प्लाइट (मेरी मुश्किल समझो) आभा का स्वर ऊँचा नहीं उठा।

"हाँ, यह क्यों नहीं कहतीं कि मेरे माँ-बाप का सम्मान करना तुम्हें भारी पड़ता है।"

"मुकुल, अपनी बात तुम कहो जैसे अपनी मुश्किल मैं कह रही हूँ पिता के पीछे छिपकर तीर चलाने से फायदा नहीं होगा। तुम अपने लोगों से बेज़ार हो, पत्नी को दबोचने लगे! मुकुल...ऐसी उम्मीद हरगिज नहीं थी। नंबर वन का टैलेंट लेकर

तुम घटियापन की बातें सोचते हों। छिः!"

आभा का विश्वास क्षीण होता जाता था। धीरज बाँधने से भी नहीं बँध रहा था।

मुकुल उठ गए।

'पापा!' उसकी आवाज कमरे के धुँधलके में गूँजी।

'पापाऽऽ...!' मैं अकेली रह गयी, पापाऽऽ! तुम कहते थे—वह तेरा सहयोगी होगा...।

सास-ससुर को दण्डवत प्रणाम करके आभा बरेली से दिल्ली आ गयी।

मुकुल और सामान साथ थे।

नई दिल्ली रेलवे स्टेशन की सीढ़ियाँ उतरकर टैक्सी स्टैंड तक साथ-साथ, और सामान लादे कुली आगे-आगे।

टैक्सी करते समय मुकुल ने कहा था—यह तुम्हें मोतीबाग पहुँचा देगी। मैं थ्री व्हीलर से अपने हॉस्टल पहुँचूँगा, ओ. के!

आभा देखती रह गयी। क्या कह रहे हैं मुकुल? ओ. के. और नॉट ओ. के. , वह अकेली घर नहीं जाएगी। पापा क्या कहेंगे? मम्मी पूछेंगी तो वह क्या बताएगी?

"यह तुम क्या कह रहे हो मुकुल? घर चलो, फिर अपने हॉस्पिटल चले जाना।" कहते हुए उसका ऊपर वाला होठ पत्ते की तरह काँप गया।

मुकुल के चेहरे पर नामालूम-सा हास्य है। गुस्सा नहीं, क्षोभ नहीं, रूठी हुई मुद्रा नहीं....इतना ठण्डापन...आभा को बड़ा डर लगने लगा।

डरती रहे आभा, उसका पुरुष, पुरुष की तरह रहेगा। नाक की सीध में देखकर ड्राइवर से कहा, "इन्हें मोती बाग, हयात होटल से आगे। समझ गये।"

आभा लगभग गिड़गिड़ाने पर आ गयी, "मुकुल रास्ता मेडिकल इंस्टीट्यूट से भी जाता है। तुम इसी में बैठ लो। मैं आगे चली जाऊँगी।"

"मेरी चिन्ता न करो। अपना वजन में किसी पर नहीं डालना चाहता।" कहकर उन्होंने ड्राइवर को इशारा दिया—"गो।" और थ्रीव्हीलर की कतार की ओर अपना भारी बैग उठाकर मुड़ गए।

डबडबाती आँखें आभा टैक्सी ड्राइवर से छिपा रही थी।

कुछ दूर चलने के बाद आँसुओं के बीच से देखा उनका थ्री व्हीलर भी टैक्सी के साथ मोड़ ले रहा है। खिड़की में चेहरा अड़ा दिया था आभा ने। मुकुल ने उस ओर देखा ही नहीं। क्या आवाज दे वह?

आवाज कहाँ तक जाएगी? टैक्सियों, बसों और थ्री व्हीलरों का शोर कुछ सुनने देगा? सुन भी लिया तो क्या उतर आएँगे मुकुल।

बड़े से चौराहे पर आकर रास्ते फट गए।

मुकुल के थ्री व्हीलर की तस्वीर ओझल हो गयी, जबकि हर स्कूटर देखकर उसको लगता, इसमें मुकुल ही बैठे हैं। वह झाँकती, पछताती।

टैक्सी घर के आगे हैज के पास रुकी। आभा ने पर्स खोला। मीटर देखकर रुपये गिनने लगी।

टैक्सी ड्राइवर उसकी अटैची और एक बड़ा बैग उतारकर नीचे रख चुका था।

किराया पकड़ते हुए बोले, "बीजी वे कौन थे?"

आभा जवाब के बदले फूट-फूट कर रो पड़ी।

एक दिन!

रोती-कलपती हुई बेटी को पापा मुकुल के पास हॉस्टल रूम में लाए थे।

मुकुल अब की बार हँसकर नहीं मिले बहुत सुस्त थे।

आभा रोये जा रही थी। उसका रोना देखकर पापा अधीर हो उठे।

मुकुल ने पापा से पूछा, "क्यों रो रही है आभा?"

"क्या पता?" पापा ने मुँह से ज्यादा हाथों के इशारे से दुखपूर्ण मुद्रा में कहा।

मुकुल गहरे स्वर में बोले थे, "रोती क्यों हो? जो चाहती हो, वही तो हो रहा है।"

आभा और भी रोई। जितना रो सकती थी...जुबान तो कब की जड़ हो चुकी। आँखों की राह ही सारा दुख बहता है।

कमरे में पड़ी कुर्सी पर पापा बैठे थे। वह पलँग पर थी और मुकुल मेज पर पाँव लटकाकर टिके हुए थे।

पापा ने बात स्पष्ट करनी चाही, "बताओ क्या हुआ बेटा? जितना इसने बताया है, वह तो यह समझ लो कि यह तुम्हारे माता-पिता को दुख नहीं देना चाहती। मुश्किल यही है कि इसने ऐसा माहौल कभी देखा नहीं, बँधकर कभी रही नहीं। यह इसकी भूल समझ लो या हमारी गलती!" कहकर पापा ने याचक की तरह मुकुल की ओर देखा।

"क्या बताऊँ पापा जी! यदि यह कहूँ कि यह तो आपको पहले सोचना था तो यही बात मुझ पर भी तो लागू होती है।" मुकुल अपना पक्ष बचा नहीं रहे थे।

आभा रोये हुए स्वर में बोली क्योंकि बोले बिना अब रह नहीं सकी। तीन-चार दिन से वह कुछ बोली ही नहीं। बोले तो तब, जब उसकी रुलाई थमे। मन हल्का हो।

"मुकुल, पहले किसी ने कुछ नहीं सोचा, मान लिया, लेकिन अब तो तुम को सोचना था। स्थिति तुमको सँभालनी चाहिए थी, पर तुम तो बहाने गढ़ लेते हो।

साफ बच निकलते हो।''

''क्या करूँ? माँ-बाप की गर्दन उड़ा दूँ? स्थिति सँभालना यही होगा न?''

''कायर! दब्बू...तुम मेरी ही गर्दन उड़ा सकते हो इस दुनिया में। बहुएँ ही मरती देखी हैं तुम जैसों के यहाँ। अपना किया तुम्ही भरोगे, हाँ।''

''क्या किया है? क्या भरूँगा? भरोगी तो तुम, माँ-बाप के यहाँ पड़ी हो।''

''माँ-बाप का घर मेरा नहीं? फिर बताओं कि बरेली में तुम्हारा घर क्यों हैं? लड़के ही अपने माँ-बाप के राजा बेटा होते हैं? लड़कियों को क्या इसलिए पाला पढ़ाया जाता है कि दूसरों के घर फेंक दें और फिर खबर न लें।...''

''आभा!'' पापा ने शान्त करने के अभिप्राय से कहा, ''कीप क्वाइट।''

आभा चुप हो गयी।

पापा समझाने लगे, ''बेटी, इतना गुस्सा करना अच्छा नहीं। तुम हमारी बेटी हो। तुम्हें फेंका कहाँ है? बात समझने की कोशिश करो आभा। यह बहस का मामला नहीं, समाज के अटूट कानून हैं। तुम क्या समझती हो मुकुल अपने पिता से जुबान लड़ाएँगे? न जुबान लड़ा सकते हैं और न बेरहमी से नाता तोड़कर आ सकते हैं।''

''मैं कब कह रही हूँ कि नाता तोड़ आएँ? ये लोग ही ऐसी बातें कहते हैं।''

''छोड़ उनकी बात। मुकुल की मजबूरी सुन। इन पर तो माँ-बाप की ही नहीं पूर्वज पितरों तक की जिम्मेदारी है। विशाल अमेरिका चला गया, वहाँ बस भी जाए तब भी हमारा श्राद्ध-संस्कार वही करेगा। उसके कर्तव्यों को तेरी जिम्मेदारी से नहीं तोल सकते।

''फिर बेटी, मुकुल के मामले में तो यह मानकर चलना है कि वह जगह दिल्ली नहीं, बरेली है। दिल्ली में ऊपर-नीचे की मंजिलों में रहने वाले एक-दूसरे को नजरंदाज करके निकल जाते हैं, लेकिन बरेली जैसे छोटे शहरों में आपसी गम और खुशियाँ, संकट और जश्न, दर्द और गीत मिल-बाँटकर भारी-हल्के किए जाते हैं। वहाँ के लोग अपने परिवारों में दखल देने का हक एक-दूसरे को दिए रहते हैं, तभी न यह सब सम्भव होता है।

''आभा, प्रायवेसी किसको अच्छी नहीं लगती? लेकिन वह बड़ी जल्दी अकेलेपन में बदल जाती है।'' अन्तिम वाक्य कहकर पापा ने मुँह लटकाए हुए बैठे मुकुल की ओर देखा इस आशा से कि देखें अपने पक्ष में जाते पापा के उपदेशों से मुकुल का मन बदला या नहीं?

पापा की आशा फलवती हुई। उन्होंने पापा का सहारा पाकर ही कहा था, ''आप ही समझा सकते हैं इसको। यह मेरे परेंट्स के खिलाफ ही नहीं, मेरे खिलाफ भी हो गयी है। हर जगह तो मन चाही दुनिया नहीं मिलती।''

आभा जैसे तैयार बैठी थी, मौका पाते ही झपट पड़ी, ''तोऽऽ तुम अनचाही दुनिया से तालमेल क्यों नहीं बिठा पा रहे?''

"अच्छा!" मुकुल के होठों में ऐंठन पड़ी, "अपने पापा से पूछ लो, तालमल औरतें बिठाया करती हैं या मर्द? ये न बता पायें तो अपनी माँ से पूछना।"

आभा के गुस्से की आग में मुकुल ने ज्यों घी छोड़ दिया हो।

"माय फुट, तालमेल शिट!" आभा ने जमीन एड़ी मारकर धमक दी।

दो नदों का संगम टूट गया हो जैसे। मुकुल शायद प्राणपण से चाहकर भी अपना क्रोध नहीं रोक पाए। सारे नियन्त्रण छूट गए। सारा शरीर थर्रा गया।

फिर क्या था, जो नहीं होना चाहिए था, वही हुआ।

जो होना चाहिए था, वह कहीं नहीं...

मुकुल ने लपककर आभा की गर्दन कस ली, "फिर से कहना तो? क्या कह रही थी, कह।"

बेटी दामाद के बीच यह दृश्य!

पिता अन्धे हो गये। कुछ सूझे नहीं। मुकुल की हुंकार ने कमरा गुँजा दिया और थप्पड़ों की टंकार से कानों के पर्दे उधड़ने लगे।

पापा ने बिना देखे ही कमरे का दरवाजा बन्द कर लिया। तमाशा जान ले लेगा।

मुकुल थे कि रह-रहकर आभा पर आक्रमण करते। योग्य डाक्टर और प्रतिभाशाली नवयुवक में से बरेली का संस्कार पाया हुआ नौजवान निकल पड़ा, जिसे अपने पक्ष में निश्चित ही यह सिखाया गया था कि औरतों को कैसे काबू में किया जाता है? मुकुल अपने कुल की राज्यलक्ष्मी का नाम ले-लेकर साली, हरामजादी और हरामखोर जैसी गालियाँ उच्चारने में तनिक भी नहीं झिझके। मुट्ठियाँ अब भी बँधी थीं।

आभा का सिर झन्ना रहा था, उसके गाल तर्रा उठे थे। अब वह एकदम चुप थी—स्तब्ध, अवसन्न। सन्नाटा छा गया।

पापा हतबुद्धि से, अप्रत्याशित और इकतरफा मारपीट देखते रह गए। आँखों में भीतर ही भीतर खण्ड खण्ड हो जाने का भाव...चेहरे पर लाचारी बोलने लगी—बेटी, मेरी ओर न देख। मेरे पास कोई हक नहीं। मेरे पक्ष में समाज का एक भी नियम नहीं, इसलिए हस्तक्षेप करने की हिम्मत नहीं...। केवल आशा थी कि संकट दूर हो जाएगा, लेकिन यह स्थिति काबू के बाहर है। अब मेरा-तेरा सहारा बस भगवान है, भाग्य है।

अपमान का ऐसा समारोह!

आभा अपने विवाह के क्षणों को याद करने लगी। ऐसे मौके पर वह उत्सव ...हाँ, वह अग्नि उत्सव! ईश्वर को साक्षी मानकर सात फेरे लिए थे। वे वचन...जो एक-दूसरे के सुख-दुख में साथ निभाने के लिए मेरे थे, याद आए। उस शपथ ग्रहण समारोह में यह दृश्य भी कहीं छिपा जरूर था। कहाँ था?

मुकुल पापा के सामने सिर झुकाकर खड़े हो गये। भारी स्वर में बोले, "सॉरी सर!"

वह उठी और कमरे के बाहर निकल आई।

वह दिन और आज का दिन...न वही गयी, न मुकुल लेने आए!

बिछिया और पायल बरेली में पहनी थीं आभा ने, अहं के बन्धन के आगे उनका बन्धन बड़ा कमजोर निकला। जिसे वह स्वाभिमान कहती रही, उसमें अहंकार का अंश ज्यादा था, नहीं तो अपने दुखों पर कम, माँ-बाप को हथियार बनाकर ज्यादा लड़ते?

अहंकार न होता तो पछतावा भी न होता। आभा ने पश्चात्ताप को हर बार पीछे धकेल कर कहा—आई शुड नॉट रिमेम्बर सच सिली थिंग्स (मुझे ऐसी बेवकूफी की बातें याद नहीं करनी चाहिए) लेकिन अंग्रेजी के इस वाक्य ने कोई भी तो मदद नहीं की।

हालत यहाँ तक आ जाती कि सोचती, वापस चली जाए, खुद ही पहुँच जाए।

'...मगर मुकुल का अहंकार न टूटा तो?' फिर से अपना ईगो जाग पड़ता। ईगो, अहं, अहंकार...आभा के वजूद पर छाए हुए शब्द...कि दोहरा तनाव...अपना भी, मुकुल का भी। पुरुष से घृणा सी होने लगी। आदि शक्ति स्त्री है, इसकी जननी, इसकी माता, इसकी पालनहार...यह एक कायर कमजोर डरपोक कीड़ा...आभा का दिमाग बजबजा जाता।

वह करवट लेती, आगे पलँग पर सूना तकिया...मुकुल की छवि पीछा नहीं छोड़ती। उनसे जुड़े अदृश्य रेशे खिंचते, वह दुखद आश्चर्य में डूब जाती। सब कुछ टूटने के बाद कितना कुछ बच जाता है कि सँभाले नहीं सँभालता। वे सम्बन्ध, वे प्यार के तन्तु जुड़ते ही क्यों हैं, जिन्हें टूटना होता है। लकड़ी लोहा आदमी से अच्छा, टूटता है तो टूटता है, जुड़ता है तो जुड़ता है। उखड़कर अटका हुआ नहीं रह जाता...आदमी ही सबसे ज्यादा दुर्भाग्य ढोने वाला जीव है, नाखून भी अधटूटा रह जाए तो कितना दुख पाता है।

मुकुल क्या यही, ऐसा ही सोचते होंगे?

नहीं, पुरुष मन स्त्री के मन से अलग बनावट का होता है। अपने आप सम्बन्ध काट लिया तो खोज खबर तक नहीं, कोई दूसरा प्रगाढ़ता बढ़ाता, मुकुल से आभा नाम की स्त्री को दूर ले जाने लगता तो वे उसका खून कर देते, अपनी स्त्री वापस लेकर मानते। कैसा विरोधाभास है, कैसा अन्तर्विरोध...पिता के कारण त्याग सकते हैं, प्रतिद्वन्द्वी के कारण नहीं। पिता सम्बन्ध हैं, प्रतिद्वन्द्वी पुरुष। पुरुष पुरुष को चुनौती देता है, सम्बन्ध को नहीं। ऐसा न होता तो वह समाज का कर्ता धर्ता कैसे बनता?

आभा पगली हो चली।

...और हतप्रभ रह गयी तब, जब मुकुल उन्हीं रास्तों से आने लगे, जिन रास्तों पर आभा आती-जाती थी।

रहगुजर एक थी तो रास्ता अलग क्यों हुआ? आभा सोचती–

तुम आते दिखाई देते हो, मन हुमकता है। शरीर में काँटे उठ आते हैं। आँखें बेचैन होती हैं, गले में एक-एक धड़कन मिस होने लगती है, फिर पाँव पत्थर क्यों हो जाते हैं?

तुम्हारे साथ भी ऐसा ही होता है क्या?

आते-जाते देखते-चलते रिश्ता छीजता ही गया, समय बेरहम होता गया, आभा उस लम्हे को ढूँढ़ती रह गयी जिसमें झीने घूँघट में ढँकी आँखों को मुकुल ने अपनी नजरों में समो लिया था। एक पग आभा नहीं चली, दो कदम मुकुल आगे नहीं बढ़े, मगर निगाहों का संगम मन में उतरता हुआ देह में फैलता चला गया! वही प्रवाह खून में कब तक रहा, कब तक रहेगा, कौन कह सकता है? इसके आगे की बात क्या होगी, कल्पना करते भी डर लगने लगा।

कई बार मन होता है चिट्ठी लिखे। मन में जो क्षोभ था, जो दुख था वह नितान्त अधैर्य और बेचैनी में बदल गया। स्वाभिमान जहर लगता, उसी को चादर की तरह अपने वजूद से खोल फेंका और एक कागज का टुकड़ा लेकर बैठ गयी तो बैठी रही कब तक...जितना कुछ उमड़ता था, आँसुओं की राह बह जाता और कागज पर नीली काली रेखाएँ शब्द और वाक्यों की पंक्तियाँ नहीं, सफेद स्वच्छ बूँदें गिरतीं, जो कागज को इस लायक न छोड़तीं कि उस पर कुछ लिखा जाए।

दिन महीने बीतने लगे, उन महीनों के कई रोज 'कलम-कागज' का समायोजन चला, मगर कागज कोरा ही रह जाता। बस वही कुछ आँसुओं के धब्बे, जो किसी को दिखें नहीं।

'कागज-कलम नहीं सँभाले जाते' वह मन ही मन कहती। बीमार-सी उठती और 'टेप' ऑन कर देती। एक ही गाना कब तक सुनेगी वह? उस गाने की भी केवल दो पंक्तियाँ–

जहाँ से तुम मोड़ मुड़ गये थे, वो मोड़ अब तक यों ही पड़े हैं
हम अपने पाँवों में जाने कितने भँवर लपेटे वहीं खड़े हैं...

रिपीट!

फोन पर हाथ जाता, काँपने लगता। धड़कन भयानक रूप से बढ़ जाती। मुकुल से एकदम छिटक आई थी, लेकिन वह चेहरा, वह शरीर, वह वजूद सोते-जागते, हरदम आठों याम साथ चिपका रहता। अजीब अवस्था है यह भी, जिसको छोड़ा, जिसने छोड़ा, उसी के साथ रहो, सोओ, जागो, और उसी के ख्यालों का पछतावा करो।

ऐसे कब तक...

ड्यूटी पर जाती, नहाना भूल जाती। बाल लम्बे रखती थी, जटाएँ हो गए।

मम्मी ही चिल्लाईं—कटा क्यों नहीं देती!

'कटा क्यों नहीं देती' कहते हुए मम्मी का गला रुँधा नहीं, उनका स्वर भारी नहीं और न कोई थरथराहट थी उस आवाज में...वह बेहद क्रूर और चिड़चिड़ाती हुई माँ के मुँह से निकली झल्लाहट थी।

मम्मी भी क्या करतीं? दिल्ली का शिष्ट सभ्य ब्यूरोक्रेट समाज अपनी सोबरनैस और ग्रेस को झाड़ फटकार कर कानाफूसी के दिलचस्प तरीकों पर उतर आया। क्लब किटी ब्यूटी पार्लर से लेकर छोटी-मोटी सामाजिक संस्थाओं, जिनमें मम्मी का आना-जाना रहा, वहाँ की सखियाँ, साथी मम्मी से कुछ नहीं पूछते, फिर भी सारे ब्यौरे इशारों से बहानों से एक-दूसरे को बता देते हैं। अव्यक्त चर्चा मम्मी से छिपी नहीं रहती। वह जानती हैं कि मारपीट से परित्याग तक की कहानी कानों-कानों वहाँ तक पहुँची है, जहाँ तक आभा के पापा को भी कोई नहीं जानता पर आभा को कौन नहीं जानता, जो इस समाज के दलदल पर डूबने का तमाशा बन गयी है।

मम्मी अपनी व्यथा पापा के सिवा किससे कहें?

पापा गुस्से में न आएँ तो क्या करें? अपने सिर के बाल नोचता वी. आई. पी. अफसर अपनी ही ताकत को ललकारता—मैं उसे जिन्दा नहीं छोड़ूँगा, जिसने मेरी बेटी...मेरे पास ऐसे भी लोग हैं जो उसकी लाश तक का पता न लगने दें।

मम्मी पापा को चुप करतीं और मिसमिसाकर कहतीं—क्या कह रहे हो, कोई सुन लेगा। आजकल सब के कान इस घर की दीवारों से चिपके हैं। कहना है तो इस हर्रापा से कहो कि सीधे चली जाए उसके पास। उसे मरवाकर इससे छुटकारा नहीं पा जाओगे। यही तो है फजीहत की मूर्ति भवानी रणचण्डी। हम ऐसा करते तो कितने दिन तुम्हारे यहाँ रह पाते?

दुख के मारे मरने लगी थी आभा। 'इस अवस्था में आकर कोई भी लड़की आराम से आत्महत्या कर सकती है' सोचती हुई अपनी जिन्दगी खत्म करने के तरीके छाँटने लगती। हाथ की नस काटकर जैसे सुजाता कुट्टी मरी थी। तिलभर पोटेशियम साइनाइट खाकर जैसे आरती गोपेश ने जान दी थी । या पंखे से लटककर...?

सोचते-सोचते पगली सी हो उठी। धरती पर चटाई पर बैठी है, यह भी होश नहीं, सिर घुटनों में दिए हुए...क्या-क्या विचारती थी आभा?—

हम, दो डॉक्टर, दो होनहार माने जाने वाले युवा, इस देश के उत्थान के भावी प्रतिनिधि अपनी मेहनत से लगन से प्रतिबद्धता से समाज की निचली सतह से ऊपर उठते आते थे, मगर अचानक यकायक इस तबाही के कगार पर कैसे आ पहुँचे? मंसूबे ऊँचे थे, उत्साह कम न था, साहस भी छीजा न था, फिर...? मुकुल, पापा जैसे लोगों के गुर्गों के हाथों लाश होने की हद पर और डा. आभा मम्मी के 'स्वीट होम' की फजीहत...कौन लाया हमें यहाँ तक? अपने आप तो हम निश्चित ही नहीं आये इस रास्ते...मौत के रास्ते अपने आप कौन जाना चाहेगा? वह, जो मौत से

लड़ने निकला हो।

आभा को न जाने क्यों इन दिनों एक कहावत परेशान करती है। जिसमें मौत का जिक्र है। मौत का जिक्र अजब तरीके से है कि—माँ डायन होगी तो अपने बच्चों को ही न खा जाएगी। मगर इस मातृभूमि में किस अदृश्य डायन का फेरा पड़ता रहता है जो अपने बच्चों को खाकर उनकी हड्डियाँ तक चबा जाती है? उत्तर नहीं मिलता। कोई जबाब नहीं दे पाता।

तब उत्तर पाने के लिए आभा ने तमाम किताबें छान डालीं। घर की लायब्रेरी, जो दूसरों को प्रभावित करने के लिए कि इस वी. आई. पी. घर को लोग बौद्धिक और आध्यात्मिक फैशन से लैस मानें, पापा ने किताबों का अच्छा-खासा कोष बनाया है।

'थैंक्स पापा!' आभा मन ही मन कहती है। इस संकट की घड़ी में ही सही, इन किताबों को खँगालने का मौका मिला। अनेक भ्रांतियाँ, तमाम आशंकाएँ, तरह तरह के संदेह मन में जालों की तरह उलझे थे। अज्ञान का मकड़ा रेशे उलझाता ही जाता था। इन किताबों में, किताबों में आये आख्यानों में और तरह-तरह की मीमांसाओं में डूबी रहने वाली आभा आखिर क्या खोज पाई? क्या मिला कि चिकित्साविज्ञान में नेत्र चिकित्सा के जनरल्स, डा. पेमैन की टेक्स्टबुक, न्यूज लैटर्स पढ़ना छोड़कर मनु स्मृति, महाभारत, पुराण और योग वाशिष्ठ में सिर खपाया। स्मृतियाँ श्रुतियाँ पढ़ीं। ऋषियों-मुनियों के वेदवाक्य और इतिहास के स्वर्णिम अध्याय! क्या हो गया था उसको? उत्तर जान पाई?

गीता बड़ी गोल मोल किताब है, आभा ने पाया। उससे सबसे ज्यादा प्रभावित हुई वह। अपने आपको जस्टीफाइ करने के अनन्यतम तरीकों से वाकफियत हुई। वहाँ मरने वाले और मारने वाले, दोनों के पक्ष में दलीलें हैं। न कातिल का दोष न कत्ल होने वाले के लिए शोक! वह सोचती—विज्ञान और कला साहित्य का भेद, जमीन-आसमान का अन्तर है। हम क्यों बचाते हैं रोगी को? क्यों लड़ते हैं हत्यारों से? ये मकसद लड़खड़ाने लगते हैं आदिग्रन्थों को पढ़कर...इतिहास में वे लोग जो आभा जैसे डॉक्टर्स के मरीज होते हैं, केवल प्रजा हैं, जिसका न तो शौर्य है न खजाना, इस धरती पर जन्म लेकर भी यह धरती उसकी अपनी नहीं। वहाँ सब राजाओं का है। शासकों को सारी सत्ताएँ मिली हुई हैं। आभा उन पुस्तकों को पढ़कर घबरा गयी थी, जिनमें इस तरह के ब्यौरे हैं। तभी मन में यह बात कौंधी थी कि जरूर पापा ने भी ये किताबें पढ़ी हैं, ये किताबें शोभा के लिए नहीं, दिखावट के लिए नहीं, जिनके घरों में रखी हैं, वे उनमें पूरी आस्था रखते हैं।

विवाह की जद्दोजहद से थकी हुई आभा नेत्र चिकित्सा की मुस्तैद ड्यूटी में यों भी शिथिल हो गयी थी। ऊपर से ये किताबें...हाथ-पाँव ठण्डे होने लगे।

आभा सोचती—मेडिकल साइंसेज घर-घर में घुस गईं। जन-जन ने अपनाया,

इसमें शक नहीं कि वे लोकहित में सहायक की भूमिका बखूबी अदा कर रही हैं। ऐसी विज्ञान का इतिहास कौन लिखेगा? यहाँ तो ऋषि-मुनियों के भाष्य हैं, या चंगेज खाँओं के पराक्रम, अणुबम-वेत्ताओं का महत्त्व है। जन-जन का इतिहास रचने वाले कहाँ हैं? गौरवशाली देश की गर्वीली परम्परा...आभा के सीने में दर्द की लहर उठ रही थी—आश्चर्य क्यों अगर डा. मुकुल का खात्मा हो, आभा नजरों से गिराकर मरने को विवश कर दी जाए।

सवाल! मन उठ रहा शूल...इज दिस कल्चर, वी कॉल एंशिएंट होली एण्ड ग्रेट? दिस टेक्स द मैन टू द हाइट्स, एण्ड किल्स हिम। दिस पुशेज द वुमैन इन टू द डार्क एनोनीमिटी (यह संस्कृति है, जिसे हम कहते हैं, प्राचीन पवित्र और महान? यह पुरुष को ऊँचाइयाँ देकर मार डालती है और स्त्री को अँधेरी अज्ञात निचाइयों में धकेल देती है)।

'आओ मुकुल हम साथ-साथ खत्म हो जाएँ। जश्न का रुतवा पैदा करें। सच पुराने समय से चली आ रही पवित्र सती परम्परा हमारे मरने से जीवित हो उठेगी। मुकुल मैं थू थू के धब्बों से भर गयी हूँ। प्लीज साथ जीने के लिए नहीं, मरने के लिए आ जाओ। मैंने तुम्हें प्यार किया है। मुठभेड़ कोई करे, खत्म हम ही होंगे। समय ऐसा ही रहा है, ऐसा ही रहेगा। कौन कहता है कि समय घाव भर देता है, एक साल बीतने लगा यहाँ तो 'काल' सम्बन्ध को कवलित ही करता गया, करता ही जा रहा है। आँचल की गाँठ अब भी ज्यों की त्यों है। तुम्हारा पीताम्बर और मेरी ओढ़नी अब तक ज्यों की त्यों है, आओ इसे जलाने के लिए ही ओढ़ लें!'

"लड़की की दशा अच्छी नहीं" मम्मी ने कहा।

"एक दुख के सिवा क्या दुख है?" पापा बोले।

"दुख हो या न हो, पागलपन चढ़ गया है उसे। ड्यूटी भूल जाती है।" मम्मी ने चिन्ता की।

आभा को हँसी आ गयी। मम्मी-पापा की चिन्ता करने वाली आभा का क्या हाल हुआ! विशाल अपनी पत्नी के साथ अमेरिका गया था तो एअर पोर्ट पर उसने विशाल से कहा था—जा भइया लड़की की तरह विदा हो जा। मुझे छोड़े जा रहा है न यहाँ लड़के की तरह। डोंट वरी, आय, म हीयर। आय, म ऑलवेज विद माय पेरेंट्स (चिन्ता मत करना मैं यहाँ हूँ। मैं हमेशा अपने माता-पिता के साथ हूँ)

कहने से, सोचने से, क्या होने वाला था? 'सदा मम्मी पापा का साथ देना' ही तो गजब ढा गया। ससुर के वाक्य ब्रह्मा के शब्द थे—शादी ब्याह के बाद लड़की के लिए माता-पिता का घर पड़ोसियों के घर के समान है।

तब कितना बुरा लगा था, आज हालत यह है कि आभा जैसी परित्यक्ता पड़ोसी के घर रह भी जाए, माँ-बाप के घर रहना मुहाल है। नहीं, माँ-बाप का भी जीना मुहाल है। बेटी गुस्से में बक-झक कर जाती है, वे लोग सहते हैं। आँखें बाँह से

ढँके लेटी रहती है, वे देखते रहते हैं। शोक का ग्रहण लग गया है इस घर को। आभा ने सोचा—मैं हॉस्टल में रहूँ तो कैसा रहे?

हॉस्टल...यह शब्द उसके जीवन में बड़ा भारी है। फिर कहाँ जाए? सभ्यों और अत्याधुनिकों की यह बस्ती...सामने बँगले में रहने वाले जी. सी. चन्द्रा ने पापा से पूछा था—डा. आभा युअर डॉटर—आगे कुछ कहें, पापा ने बात को मोड़ दिया—हैज काटने वाले आएँ तो जरा गौर करिए। मालियों ने लापरवाही की हद कर रखी है।

साथियों पड़ोसियों से पापा डरने लगे हैं, क्योंकि ऑफिस में पीठ पर कोड़ा सा पड़ा था—यार इसकी लड़की अपना आदमी छोड़कर भाग आई। किसी से चक्कर चला रखा होगा। घर नहीं सँभालता, हमें घुड़कता है साला।

पापा मम्मी को बताकर आँखों के कोये पोंछने लगे थे।

आभा छिपकर, सामने आकर, दायें-बायें रहकर सारा कुछ सुन लेती है। ड्यूटी पर चली जाए तो भी उसके पीछे ऐसा कुछ नहीं घटता जो उसे छिपा रह जाए, क्योंकि घर में निरन्तर एक ही राग बजता रहता है, वह है—जंजीरों की झनन-झनन, जिसमें मम्मी-पापा और आभा तीनों बँधे हैं। अपने-अपने दायरों में हिलते-डुलते रहें, राग का आलाप वही रहता है। एक अपरिवर्तनीय स्थिति!

'मुकुल का घर ही मेरा घर है' आभा ने सोचा, 'मुझे वही लौटना होगा, वही मेरी नियति है। वही बन्धन मुक्ति।'

विनती, प्रार्थना, रिक्वेस्ट...फोन पर बात नहीं बनती। आमने-सामने पड़ते जान निकलती है, अभिमान दरकता है।

फिर वही पत्र! आय विल राइट अ लैटर। स्टेट अवे आय विल राइट। मुकुल आई एम कमिंग, कमिंग आय एम...(मैं पत्र लिखूँगी। साफ-साफ लिख दूँगी कि मैं आ रही हूँ।) नोबउी स्टॉप मी (मुझे कोई नहीं रोक सकता) आई विल स्टे विद यू विद यू विद यू...(मैं रहूँगी तुम्हारे साथ तुम्हारे साथ तुम्हारे साथ)!

क्या सोचा क्या सुन लिया?

'रघुकुल रीति सदा चलि आई...प्राण जाहिं पर वचन न जाईऽऽ...राम, श्री राम...'

पापा का स्वर! पापा की पूजाघर में प्रार्थना!

'किसी के आगे झुकने से अच्छा है मर जाना।' यही पढ़ा, यही सुना, यही सीखा।

मुकुल 'किसी' जैसी श्रेणी में नहीं आते। नहीं तो उनके आगे झुक जाने की बात मन में आते ही जी हल्का क्यों हो जाता? वह अपनी दुर्बलता प्रकट कर रही है, यह बोध तक नहीं। आत्मसम्मान छोटा नहीं हो रहा, स्वाभिमान बढ़ने लगा है।

'पापा प्लीज, कुछ दिन रामायण पढ़ना बन्द कर दो...' आभा के अन्तर्मन से पुकार उठी। तभी इस परिवार को चैन मिलेगा। तभी तुम्हारी आबरू बचेगी। शान्ति

हो जाएगी, सब प्रसन्न होंगे। मेरे बड़े, मेरे सुहृद जन! मेरे अपराधों की सजा भुगतने वाले, दुख सहन करने वाले...सच पापा, मैं बहुत दिनों बाद इस घर में हँसी-खुशी देखूँगी। अपने उस दुर्भाग्य को काट फेंकूँगी जिसने मुझ से लिपटकर इस घर में अँधियारा फैला दिया है। पापा, मेरी आँखों में सवेरे की पौ सी फटने वाली है, क्योंकि कालिमा में घुप्प हुए चेहरों का वत्सल भाव जाग्रत होने लगा है।

पापा, आई विल राइट अ लैटर। मैं पत्र लिखूँगी पापा।

मुकुल के लिए चिट्ठी!

अपने हृदय के उद्‌गारों से सारी मलिनता धो-पोंछ दूँगी।

आज, अभी।

नहीं, दिन में।

रात में।

आँखों के आगे स्वच्छ सफेद कागज और हाथ में नीली स्याही में सुनहरी महीन लकीरों से झिलमिलाता कलम।

आभा को मुकुल की अच्छाइयाँ घेरती चली गयीं। और माँ के सामने उसका सिर उठता गया—माँ तुम्हारी बेटी न तो निर्दयी है और न अनरीजनेबिल। संवेदना शून्य आभा कब थी? कभी अनचाहा अनसोचा घट जाता है और आदमी देखता रह जाता है माँ! तुमने जैसी गृहस्थी निभाई, जरूरी तो नहीं कि ऐसी ही सरल गृहस्थी मुझे मिलती!

आभा अब ऐसे बिन्दु पर थी, जहाँ उसके ध्वस्त प्रेम में जान पड़ने लगी थी। जिस प्रणय का कंकाल मात्र रह गया था, उस में मुकुल प्राण भर रहे थे। उसे जीवित और अमर करने की चेष्टा में आभा मुकुल के हाथों में हाथ देकर बामशक्कत लगी थी। नहीं, वही मुकुल की वन्दना कर रही थी—

मैं, तुम्हारी छाया के तले खड़ी होकर उस स्त्री का तेज धारण करूँगी, जिस की तुम्हें आकांक्षा रही। अब तक जो गुजरा, उसको यह मान लेना, सबकी दीक्षा एक सी तो होती है, मगर हर लड़की उसे भिन्न मन भिन्न तरीके से लेती है। ऐसा न होता तो हर गृहस्थ के सुख-दुख एक से होते।

तुम, अपनी मानसिक अवस्था का अहसास कराओ न कराओ मगर तुम्हारा उजड़ा चेहरा और जोगियों जैसा चलन देखकर कलेजा मुँह को आता है। जो आजादी चाही थी, जिस मुक्ति की कामना की थी, वही मन का रोग हो चली।

आई विल श्योरली राइट मुकुल। मैं जरूर लिख भेजूँगी, तुम समझने में पारंगत हो।

अडिग संकल्प ध्वजा-सा तना था।

दो परिवारों का शुभ और कल्याणकारी महूरत आने वाला था। वह लाचार नहीं, सगे-सम्बन्धियों और मिलने वालों की हल्की टुच्ची बातों को निराधार करने

वाली थी। भविष्य के सौम्य सार्थक चित्र पर ज्यों कूँची चलने को उद्यत हुई।

कागज पर कलम चलने लगी!

नहीं, हाथ थरथराये। रेखाओं ने दिशायें बदलीं।

फिर भी लिखा 'डियर मुकुल!'

क्या से क्या हो गया?

क्यों हो गया?

कैसे लिख दिया?

मुकुल, आई वांट डायवोर्स। आई वांट डायवोर्स। आई वांट डायवोर्स...मैं तलाक चाहती हूँ। तलाक चाहती हूँ। तलाक चाहती हूँ...क्योंकि कोई कितना ही प्यारा क्यों न हो, अगर धोखा देता है तो...कोई कितना ही अपना क्यों न हो, अगर यंत्रणा देता है तो...मुकुल, किसी को हक नहीं कि दूसरे को ऐसा सदमा दे कि उसका संतुलन बिगड़ने लगे! उस आघात का कारण क्या था? मैंने तुम्हारी बातों पर ऐतराज किया या तुमको उस घटिया तरीके से अपनी बहादुरी दिखाने की प्रबल इच्छा हुई? शायद कोई अगला पिछला बदला था!

जो भी था, मैं उस मारपीट वाले काण्ड को भूल नहीं पाती, जो मेरे पिता की आँखों के आगे घटकर ज्यादा से ज्यादा बड़े अपमान में बदल गया था।

तुम कह सकते हो, हमारे मुल्क में पति अपनी पत्नी को पीट देता है तो नया क्या है? मानती हूँ, तमाम स्त्रियाँ मार खाते-खाते जीवन यापन करती रहती हैं, मगर मुकुल न तो तुम उन पतियों जैसे जाहिल थे, न मैं ही उन पत्नियों जैसी लाचार...मैं तुम्हारे उस खूँखार पौरुष पुरुषार्थ को नहीं झेल पाई। सॉरी डा. मुकुल! वेरी सॉरी।

—आभा द्विवेदी

पुनश्च : यह पेपर फाइल करने से पहले की सूचना।

त्याग देगी कभी? सोचा था।

आजीवन इस असभ्य अत्याचारी के साथ कैसे रहेगी? अपने आप से पूछा था।

अच्छा हुआ सन्तान नहीं। नहीं तो उसका मुँह देखकर कैसे त्यागती? अगर त्यागती तो वह तस्वीर कैसी होती?

'सही-गलत का हिसाब लगाते हुए अपने आपको जस्टीफाइ करने से पहले इस खत को लैटर-बॉक्स में डाला जाए।'

आभा आगे बढ़ी। अपने हाथों से लैटर पोस्ट किया।

आगे कुछ नहीं सोचना है। संसार के सामने सिर उठाकर खड़े होना ही अब जिन्दगी को जीतना है। जीत पाएगी, उसे पता नहीं। इस रास्ते का अन्धकार कब

तिरोहित होगा, यह भी क्या कह सकती है? जगमगाती पृष्ठभूमि पर कीचड़ पोतकर खड़ी है, कोई दागदार कहे तो उसका दोष क्या? अपनी ओर से सोचा हुआ तो सारा कुछ निर्दोष है। निर्दोष, बेदाग और उज्ज्वल जीवन की परिभाषाएँ एक सी नहीं होतीं। उन परिभाषाओं से परिवेश लिपटा रहता है, उस परिवेश पर आदमी को खड़ा करके ही तो विचार करना होता है, कोई न करे तो यह उसका दोष।

पति की अनुगामिनी बनना ही तो जीवन का ध्येय नहीं। सहगामिनी होती तो बात कुछ और होती। जिन्दगी को 'मिशन' माना था आभा ने। मिशन, जो किसी कॉज के लिये होता है, महज व्यक्ति के लिए नहीं।

बड़ी से बड़ी बात सोचकर अपने फैसले पर अटल रही।

मुकुल के मनुहार इसरार याद आए, मगर विश्वास था कि पकड़ में न आता। पुरुष कब बदल जाए?

और जब बात खुली!

पापा, पापा न रहे। हत बुद्धि से आभा के पिता...

और नितरोज सजने सँवरने वाली तितली-सी मम्मी मरी चमगादड़ के समान पलँग पर ओंधी पड़ी थीं। उठी तो कपाल फटा। विलाप में एक ही पद-यह क्या कर डाला आभाऽऽ...

पापा बोले, "पेपर फाइल कब किये?"

"जो हो गया, जब हो गया।" वह धीमे से बोली।

पापा के पास कहने के लिये फिर क्या बचा था? सुई एक ही वाक्य पर अटकती रही—यह क्या किया बेटी...

आभा को पिता पर दया आ गयी, मगर रहम की गुँजाइश नहीं थी। इसके सिवा कहती भी क्या कि टूटे नाखून को जड़ से काट देने के सिवा चारा भी क्या होता है? दर्द सहते रहना आदमी की प्रकृति में नहीं।

लेकिन हाँ, आभा को अपने पिता पर ताज्जुब जरूर था। ये पापा तो मुकुल की जान लेने पर उतारू थे! आज इतने रहमदिल...। उनकी बेटी ने तो मुकुल की जिन्दगी को बंधन मुक्त किया है। मूल भ्रांति और अपराध की क्षमा याचना इस मुक्ति में बाकायदा शामिल है। संसार बहुत बड़ा है। पापा से क्या कहे आभा? और क्या कहे मम्मी से? यही कि—

'विदा दो मेरे माता-पिता...आभा के जीवन में भूचाल का सुन्दर समय आ गया है। अब पृथ्वी के साथ जीवन का चक्र घूमेगा। अपने हिस्से का सुघड़ दुख सहना होगा, या सुख बीनते-बीनते शेष...ब्याह के बाद इस घर से मेरा दाना-पानी उठा था या नहीं।' आज...उठता है।"

कुछ कपड़ों के साथ छोटी-सी अटैची और ऑप्थल्मिक स्कोप (आँखों जाँचने का यंत्र) के सिवा पास में अगर कुछ था तो वह था लम्बा रास्ता, जिसके पार रास्ता ही नजर आता। आगे बढ़ती, रास्ता और भी बढ़ जाता।

पीछे मुड़कर देखना नहीं चाहा। लेकिन देखना न देखना अपने वश में होता है क्या? अगर ऐसा ही होता तो अवांछितों की ओर कौन देखता? आभा आगे चलती गयी मगर बूढ़े सास-सुसर की कुछ बचकानी उम्मीदें, माँ-बाप के कुछ मुरझायें मंसूबे और मुकुल की आस निरास आँखें चाहे जब सामने आ जातीं। ऐसा क्यों होता है, इस रहस्य को वह समझ नहीं पाती।

पाँच

डा. आभा द्विवेदी की कहानी नेहा के मन में है।

माँ बार-बार चिल्लाकर कहती हैं, "नेहा बिगड़ी हुई गाय को मालिक कसाई के हवाले कर देता है, आभा के बाप की कूवत है कि पैने सींगों वाली छुट्टल बछिया पोसी। माँ की हिम्मत है कि लोगों की बोली सह रही है।"

नेहा की समझ में आ गया कि मम्मी उस स्थिति से डर रही हैं जिसमें बेटी के बदले माँ सजा भोगती है। माँ सजाओं से बेजार हैं। सजायाफ्ता जीवन की एक पूरी पारी खेल चुकी हैं। दण्ड विधान का जायका भूली नहीं हैं। इसीलिए लज्जा मर्यादा और रस्म रिवाजों में बेटी को पारंगत करना चाहती हैं। नेहा आश्चर्य करती है कि मम्मी खुद उनमें फँसी छटपटाती रही हैं। आदमी छटपटाता क्यों है? बन्धन तोड़ने के लिए ही न? क्या उन्होंने दामाद की मूर्ति पति से अलग करके गढ़ी है? सोचती हैं, उसकी उपासना वन्दना सार्थक ही होगी?

नेहा मन ही मन विचारती—आभा दी से माँ का चिढ़ते जाना ही क्या मुझे उनके और भी नजदीक लाता जाता है? उनका विवाह नहीं फला तो क्या उनका वजूद भी बेकार हुआ? उनकी हर बात गलत ही मानी जाएगी? उनका सच भी झूठ इसलिए है कि उन्होंने गृहस्थ नहीं निभाया? गृहस्थ न करने वाली स्त्री, पति को न पूजने वाली स्त्री का आकलन पापिष्ठाओं में होता है, मान लिया, मगर उनकी बुद्धि को कौन-सा विशेषण दिया है? उनकी प्रतिभा को क्या कहा जाए? नेहा माँ को समझा नहीं सकेगी कि पुरुषों को प्रतिभा से ज्ञान से और हौसले से प्रतिष्ठा मिलती है मगर ये ही गुण औरत के अवगुण माने जाते हैं तो क्यों? पूछो तो माँ किसी से पूछो। बेटियों की माँओं को यह सवाल जरूर सुलझाना होगा, तभी वे ऐसे सवालों से लड़कियों को पीढ़ी दर पीढ़ी लादना छोड़ेंगी।

'सुन्दर गृहस्थी चलाने वाली लड़की ही सुपात्र होती है' अब यह परिभाषा बदलनी चाहिए क्योंकि यह चलने वाली नहीं।

निरर्थक आत्मपीड़न में घुल रही है नेहा।

मम्मी ने समझाया—तेरी शादी वरदान सिद्ध होगी नेहा।

'सच है यह बात?' नेहा हर कोण से देखना चाहती है। वह डा. आभा द्विवेदी की स्थिति में नहीं। अपने माता-पिता के निमित्त उनके लिए राहत की बात सोचकर देखे तो कितना सुखद आश्चर्य है कि डा. शरण ने उसका हाथ खुद माँगा है। मम्मी ठीक ही तो कहती हैं कि अजय जैसे हीरा लड़के के लिए लखपतियों की उर्वशी रम्भा जैसी बेटियों की कमी नहीं। एक से एक पढ़ी-लिखी मिल जाएँगी। तू किस खेत की मूली है?

'हाँ, मैं किस खेत की मूली हूँ?' माँ क्या यह हमारी निर्धनता का दबाव नहीं? लखपतियों की बेटियाँ रम्भा उर्वशी और मैं मूली? आभा दी सुनें तो एक फटकार में माँ को भी ठीक कर देंगी—अपनी बेटी को नीचे गिराने वाली माँ, माँ नहीं हो सकती।

मम्मी ने अनकहे ही क्या सुन लिया? रसोई में गैस पर रोटी सेंकती हुई बोलीं—

"उस आभा को अपनी शुभचिन्तक मानकर चल रही है तू, यह नहीं समझती कि सबसे ज्यादा तो इस रिश्ते से वही कुढ़ी होगी। कौन चाहाता है कि किसी का नसीब चमके। खुद को क्या मिला था बिसांइतखाने वाला।"

पाप खाना खाते में कहने लगे, "भरी थाली को लात मारने वाले शेखचिल्ली होते हैं। ऐसे मौके कितनों को मिलते हैं? लड़की मालकिन होने जा रही है और माथ कूट रही है!"

नेहा बैठी-बैठी सुन ही नहीं रही थी, कुछ सोच भी रही थी। माँ-बाप बड़े हैं, अनुभवी हैं, आभा दी की बिना किसी कारण के निन्दा करें, ऐसा कैसे हो सकता है? फिर वह कारण आखिर कौन सा है? क्या पूछे कि उस रहस्य को भी बता दो जो बहुत कोशिश करने पर भी नेहा की समझ में नहीं आता।

नेहा मम्मी के पास आ गयी किचिन में। पिता को रोटी परोसने लगी। तभी मम्मी ने आभा दी की बात फिर चला दी, "हम तो यह पूछते हैं कि इस आभा के क्या बैल मारे हैं डाक्टर अजय शरण ने। यह क्यों खिंच गयी उनसे, इसे क्या दुश्मनी है भाई?"

पापा ने उत्तर दिया, "खिंचाव की बात तो वही जाने। हो सकता है उनके अच्छे कारोबार से चिढ़ हो। वैसे नौकरी पेशा वाले डाक्टर सदा प्रायवेट प्रैक्टिसनर से खुन्नस मानते हैं। हमने कई बार देखा है।"

नेहा को ऐन मौके पर आभा की बात याद आ गयी। हाँ बात-बात में कहती तो हैं, "प्रायवेट प्रैक्टिसनर का बेटा रुपया भरकर एम. बी. बी. एस. तो कर आया, पोस्ट ग्रेजुएशन कर ले तब जानूँ। अब की बार बेटा जी गले में एक कोंटल रुपयों की बोरी लटकाए खड़े रहें, नम्बर नहीं आने वाला।"

डा. आभा अपने जीवन को लेकर चिड़चिड़ी हो गयी है कि पूरी दुनिया से चिढ़ गयी हैं? डिपार्टमेंट में कंसल्टेंट क्या बन आईं, यहाँ की कर्ताधर्ता समझ रही

हैं खुद को, और गजब यह कि कोई भी तो अच्छा नहीं लगता। क्या सभी बुरे हैं? खुद के ही मन में खलबली मची रहती है। फिर भी नेहा जैसे लोग यही मानते रहते हैं कि त्रुटि आभा में नहीं, त्रुटि उनमें खुद में है। वे पोस्ट पदवी में बड़ी हैं, इसलिए देवी जैसी हैं। सारे जूनियर्स की धारणा यही है कि डा. आभा अनुशासित और अपने विषय की मास्टर हैं। सच में ही उनके बारे में कोई दूसरा विचार करने की हिम्मत नहीं होती।

लेकिन आज नेहा का मन उनकी समालोचना पर उतरा है। अनदेखे अजय से ऐसा लगाव बढ़ा है! डा. आभा की कही बातें अखरती हैं। कैसे कहे कि होने वाले पति के बारे में इतना अच्छा-अच्छा सुना है कि तुम्हारी की हुई निन्दा बेमानी लगती है आभा दी।

'अब वह जैसा है सो है। हमारे घर में उसके असाधारण व्यक्तित्व की धूम है। आपको बुरा नहीं मानना चाहिए क्योंकि वह आपका कुछ नहीं बिगाड़ रहा।'

नेहा आभा की अनुपस्थिति में ही जैसे उनके मुँह लग रही थी—मेरे माँ-बाप के खिलाफ भी मत बोलना आभा दी, ऐसा करके तुम मुझे अपने फर्ज से डिगाओगी। सच बात तो यह है कि तुम्हारी तरह घर से भाग जाने, सॉरी! चले जाने की कूबत मुझमें नहीं है।

नेहा ने आभा के खिलाफ कुछ बातें जुटाकर खुद को शान्त किया।

उन दिनों डा. पी. आर. शरण विभाग में आए थे। सारे प्रोफेसर्स ने मिलकर उनको लंच दिया था। उनकी नफीस पसंद और भोजन व्यवस्था का गुणगान अक्सर डिपार्टमेंट में होता रहता है। वे अपने यहाँ वार्षिक कॉन्फ्रेंस करने का प्रस्ताव भी यहाँ के स्टाफ को दे चुके हैं। ज्यादातर लोग आगे-पीछे रहते हैं।

उस 'लंच' के मौके पर न मालूम क्या चर्चा हुई कि बात ईथर की गन्ध सी उड़ी। लोग अपने कमरों में बैठ-बैठकर डा. आर. पी. शरण के चुस्त कार्य-कलापों को आश्चर्य से, ईर्ष्या से, दृष्टान्त से घोट पीस रहे थे। खबर थी कि डा. शरण का बेटा चण्डीगढ़ पोस्ट ग्रेजुएशन करने चला गया। भई वाह! सत्यानाश! चमचा है...जैसे शब्द उछलने लगे।

नेहा को उसकी साथिनें देखतीं, जैसे वह उनसे अलग होती जा रही है।

बातें उछल रही थीं—पहली बात, चण्डीगढ़ का नेत्र विभाग शिवाजरीगल, रायल सलूट और ब्लैक लेबिल से धुत् कर दिया। दूसरी बात, रेमंड्स के थान और डिस्क प्लेयर्स की लाइन लगा दी। तीसरी बात डा. नेहा का भाग्य बली है कितने लम्बे हाथों वाले ससुर के यहाँ जाएँगी।

बाप रे! नेहा डर गयी—मुझे भागना ही होगा, क्योंकि बदनसीबी मुझे पिछिया

रही है।

भागे कहाँ? कहाँ भागे नेहा?

मुल्ला की दौड़ मस्जिद तक! नहीं, आभा दी के पास नहीं, दरवाजे पर धक्का खाना जैसा हो जाएगा। कहेंगी–हो जा खुश। तेरे जीवन का लक्ष्य यही है, युअर एम इज लाइक दिस।

घर! माँ के पास। मम्मी को बताएगी सारी बात। आजकल उनसे एक विशेष आत्मीय मेल का अनुभव करती है नेहा।

सामने बरामदे में रीडिंग टेबल के सामने पड़ी कुर्सी पर पापा का दीप्त चेहरा! कि नेहा भी चकाचौंध हो जाए। अपने पापा को कौन खुश नहीं देखना चाहता? दो पल के लिए विभाग की कौंचने वाली बातें भूल गयी और पापा के पास जाकर ऐसे खड़ी हो गयी मानों कह रही हो–तुम्हें इस तरह दिपदिपाते, मुस्कराते देखना ही मेरे जीवन का ध्येय है।

"नेहा! आ गयी!"

वह बोलना चाहकर भी नहीं बोल पाई। खुद भी मुस्कराना चाहती थी।

"देख ले तू ही। अजय एम. एस. करेंगे। तेरी आभा तो कहती थी कि लड़का फिसड्डी..." पिता ने जो कुछ कहा, उसने कहने दिया।

पिता के उल्लास में उसने अपना उत्साह मिला दिया। विभाग की बातें अफवाहें हैं, सोचकर मन समझाया और जैसी जिन्दगी आने वाली थी, उसका साथ देने की सोच ली।

मगर आभा दी?

नेहा ने डिपार्टमेंट जाकर अनुभव किया–मैंने सिर उठाकर तो देखा है, मगर आभा दी की ओर ताक नहीं पा रही! मेरा हलक सूखने लगा है, बोलने की कोशिश नहीं बन पा रही। भरी-भरी जिन्दगी पाने के लिए खाली-खाली क्यों हुई जा रही हूँ। अगर आभा दी पूछें कि वह लड़का, जिसके पोस्ट ग्रेजुएशन के लिए शराब की क्रेटें गयी हैं, वह तुझे पसन्द है? उसी से ब्याह करेगी? तो झूठ कैसे बोला जाएगा? कहाँ गयी वह सत्यनिष्ठा की पुजारिन नेहा? क्या अपराध कर रही हूँ कि सिर नीचा हुआ जा रहा है?

क्या मैं जानती नहीं कि आभा दी की बातें सच हैं? लेकिन करूँ क्या, आगे माँ-बाप के लिए मुसीबत होती जाऊँगी।

इन दिनों आभा दी का साथ न रहे तो कैसा रहे? इन दिनों आभा दी का दर्शन न हो तो मन शान्त रहे। इन दिनों आभा दी के साथ ड्यूटी न लगे तो चैन मिले। इन दिनों हर काम से छुट्टी ले ली जाये?

छुट्टी ले लीं!

शादी की तैयारियाँ, और मन हिंडोले पर चढ़ गया।

कभी ऊपर, कभी नीचे! दुविधाएँ बहुत थीं, खुद से खुद की जद्दोजहद कम न थी। मगर एक लम्हा था, जिसका निमिष भर लेकर खुद को धार में छोड़ दिया।

सुविधाएँ भी खूब खोज निकालीं–अब कैरियर की चिन्ता क्या? अब ट्रांसफर का भी झमेला नहीं। किसी का रौब किसी की चापलूसी का झंझट गया।

आभा दी का इस शादी में क्या काम?–तब सोचा था।

मगर आज नेहा दुख में डूबी कहती है–तुम विवाह में नहीं आई थीं आभा दी...अजय के पापा ने हमें दिल्ली से आगरा बुला लिया था। इस बात का हमारे पापा को बहुत बुरा लगा था। माना कि वे धनवान थे, लड़के वाले थे, मगर लड़की वाले के भी कुछ हक होते हैं भले वह कम पैसेवाला हो। हमारे पापा ने खोखली आवाज में अजीब सा हँसकर कहा था–डा. शरण हमें लेकर अपनी सोसाइटी में शर्मिन्दा होने से बचना चाहते हैं। नहीं तो रिवाज के अनुसार हमारे घर बारात लेकर आते।

हमारे मौसा जी ने पापा को समझाया था–भाई साहब रिवाज किसी मतलब से ही सधे रहते हैं और किसी मतलब से ही टूट जाते हैं। आदमी के पास किस बात का तर्क नहीं है, बताओ तो। चलो, तुम भी दस तरह के खर्चा पानी और इन्तजाम की मारा मारी से बचे।

–भाई साहब, लोग केंचुए को कुचल-कुचल कर उसे मरा मान लेते हैं, लेकिन आपने देखा होगा कि वह फिर से बड़े और बेवकूफ लोगों का इन्तजार करने लगता है–हमारे पापा ने हाथ के इशारे से दिखाया–जीवित और लहराकर सरकता हुआ...

पापा विलाप कर रहे थे, लोग सोचते होंगे कि बेटी पराई हो गयी, वही गम रो रहा है।...मगर मैं जानती थी, पापा को ठेस लगी है, इसीलिए वे ऐसे अहंकारी हो गए, बड़ा दुख हुआ था मुझे। शायद पापा डा. शरण के घर अपनी बेटी ब्याहने के कारण अपनी ताकत बढ़ी हुई मान बैठे थे। दोनों ओर से गुँथे ताने बाने...मैं परेशान! शिथिल भाव से आगे की बात सोचती तो अतिरिक्त चौकन्नी हो जाती।

यहीं तक मुझे होश है।

कहते हैं कि फेरों के समय पर रेशमी घाघरे में लगी टँकी जरी पाँव में उलझ जाने के कारण मैं गिर गयी थी। पसलियों में चोट आई थी। सोने का इंजैक्शन और दर्द की गोलियाँ देकर सुला दी गयी। माँ बराबर पास बैठी रही होंगी। वे ही बेहाश होने की बात बता रही थीं।

मैं धीरे धीरे होश में आ गयी थी और देखा, बराबर में सीट पर अजय बैठे हैं। कार आगे बढ़ रही है। फूलों से सजी कार जैसे पुष्पक विमान!

ससुराल की भव्य कोठी!

मम्मी अजय की मम्मी से कह रही थीं, अपने घर नेहा को तारों की छाँव उतारना। कोठी पर रंग बिरंगे बल्बों के अनगिनत सितारे टँके थे—नीले लाल पीले हरे बैंगनी! शोभा बहुत देखी थी मगर अपनी शादी की शोभा सारे संसार से अलग ही शोभा होती है, ऐसा ही अहसास हो रहा था और लग रहा था। यह क्षण कभी खत्म न हो। एक लड़की को इतना भी महत्त्व मिल सकता है? एक लड़की के लिए इतनी सजावट हो सकती है? एक लड़की के लिए इतने लोग जाग सकते हैं? एक लड़की के लिए इतना खर्च हो सकता है?

सचमुच यह लड़की का दिन है। उसके वजूद का दिन, उसकी शख्सियत का दिन।

नेहा आज तू ही तू है!

अजय, जो पति थे पर मित्र की तरह सहिष्णु। आभा दी की याद आई। कहा करती थीं—लव एट फर्स्ट साइट!—सच्ची में अजय के सुन्दर रूप और आकर्षक छवि पर मर मिटना लाजिमी था। इससे क्या कोई नुकसान हुआ?

अजय के साथ यह महल सा घर, संगमरमरी फर्श, फर्नीचर की भव्यता और कालीन पर्दों की शालीनता का त्याग करके आखिर क्या पा लेने की इच्छा थी? आकर्षण ही तो स्त्री-पुरुष को आपस में बाँधता है। फिर आपसी लगाव आगे बढ़ने की प्रेरणा देता है।

मैं आगे और आगे बढ़ रही हूँ। आभा दी गुस्सा हों तो हों। उन्हें कौन समझाए कि डॉक्टर होकर वैराग्य लेना जरूरी नहीं। उस ज्ञान, ज्ञान जनति वैराग्य के जरिए भी तो हम यश और धन की ही कामना करते हैं।

अजय के घर में अजय की माँ!

उनको ही देखकर मैंने अपने आप में परिवर्तन करना चाहा। धनी और सम्पन्न पुरुषों के पीछे ऐसी ही स्त्रियों का हाथ होता होगा। ये न तो पति के फैसलों, कामों और अनुशासन में दखल देतीं न किसी बात के उल्लंघन का सपना देखतीं। ये सौम्य शिष्ट और सफेद रूई सी गोरी गुदगुदी हैं, तभी बड़े घर की लगती हैं। यहाँ आमने-सामने वाद-विवाद होता ही नहीं। हमारे घर में यह बड़ी तुच्छता है। मम्मी पापा से दबती हैं, तब क्या लड़ती नहीं?

सास के जगमग करते रूप में देवत्व की झलकियाँ! नेहा कई बार उनके चेहरे के सम्बन्ध में प्रशंसा कर चुकी थी। सुन्दर प्रतिमा-सा होना अच्छा ही होना है। रूप और भी मीठा हो उठता है। आभा दी इस रूप को क्या कहतीं? सफेद मोम की बनी औरत, पति के रौब-दाब से पिघलने वाली, औरत नहीं सचमुच औरत का पुतला है। नेहा ने सास को आभा दी की तरह देखना नहीं चाहा, सारे सौन्दर्य को बिगाड़कर रख देना है। उसकी दुनिया बदल रही है, आभादी से एकदम विपरीत संसार में प्रवेश

करने वाली नेहा उनके जैसा सोचना छोड़ ही दे, बस।

नेहा का जो रूप हुआ—गले में चमचमाता हीरों का नेकलेस, माँग में पचास ग्राम सिन्दूर। सोने की चार-चार चूड़ियों के बीच काँच की रंगीन चूड़ियाँ। पाँवों में जड़ाऊ सुनहरी बिच्छिया पहनने के बाद मंगलसूत्र की याद आ गयी जो फेरों के वक्त ससुर ने पहनाया था, अजय ने उसे अपने हाथ से स्पर्श किया था, एक पल को भी उतारना नहीं था, नेहा से गफलत हो गयी! तुरन्त अपनी गलती सँभाली।

आज नेहा उसी साज शृंगार को लेकर परेशान...आभा दी, सुहाग का यह सम्पूर्ण विधान मैंने अनुष्ठान-सा पूरा किया था तो मैं इस अभिजात संस्कृति के प्रति नतमस्तक हो उठी थी। कीमती रेशम की नाजुक साड़ियों ने स्नान के बाद पूजा-पाठ के लिए उकसाया। उनमें सेंट की गन्ध ही नहीं अगरबत्ती का धूम भी सज जाता था। पाठ और आरती करती तो नेहा से ज्यादा साड़ी का रूप बढ़ता, भगवान को समर्पित स्त्री की हर वस्तु देव लीला का हिस्सा, दिनचर्या कैसी पवित्र और मनमोहक हो गयी। गृहस्थी की सुख-समृद्धि के अलावा प्रसाद बाँटने का पुण्य, बाहर खड़े नौकरों को देखकर प्रसाद देते हुए लगता इस घर की लक्ष्मी जन कल्याण में लगी है।

ड्यूटी अपने ही अस्पताल में कौन लगाता? डा. नेहा ने बहू के रूप में व्रत उपवास किया है, सारे अस्पताल को खबर रहती। पति और पुत्र की मंगल कामना करने वाली नारी ने अजय के लिए भूखे पेट सिर झुकाकर देवताओं से बार-बार वरदान माँगा, मुझे प्रभो कुछ देना न देना, अजय अपने प्रॉफेशन में सफल हों। डाक्टरों की दुनिया फतह करें। आभा दी, माहात्म्य का महा सत्य मेरे ऊपर बुरी तरह हावी होने लगा क्योंकि मैं अपने घर के नरक से निकलकर इस स्वर्ग में आई थी।

सवेरे नाश्ता करती, अपनी मम्मी की याद आ जाती। उनके बनाए डालडा के पराँठों का साँसों को करुआहट से भरता धुआँ, तवे से उठती वनस्पति तेल की भाप यहाँ के असली घी में बने उपमा और मक्खन की नफासत में लिपटे टोस्ट के आगे जी बिगाड़ देती। नेहा मम्मी की यादों से ऐसे निकलती जैसे गन्दे पिंजड़े से कोई मैना छूटकर भागे। मम्मी में सलीके की कमी नहीं, शायद साधनों की कमी है, इसलिए ही उनकी धोती और हाथ हल्दी-लहसुन से दागदार और बदबूदार रहते हैं।

अजय की माँ के हाथ चिकने और जवान हैं। उनके सामने नेहा के हाथ भी खुरदरे हैं। मम्मी की मेहरबानी जब न तब बर्तन मँजवाती रहतीं। अपने कपड़ों के साथ पापा के कपड़े भी अक्सर नेहा धोती। जितनी मदद बन जाए उतनी करने की कोशिश क्यों करती थी नेहा? वे यहाँ की तरह महाराजिन अलग, धोबिन अलग, कहारिन अलग नहीं कर सकती थीं तो बर्तन माँजने के लिए तो किसी को लगा ही सकती थीं। लेकिन मम्मी पैसे की कटौती सदा उन कामों में ही करतीं, जो औरताना काम होते। घर के सामने हैज के चार पेड़ खड़े थे, पापा तो उनकी छटाई नहीं करते

थे। हर बार माली को दस-बीस रुपये देकर कराते। मम्मी अपने आप को ज्यादा होशियार समझती हैं, अजय की मम्मी से ज्यादा चतुर नहीं। माना कि अजय की माँ अपने पति को देखकर सदा मुस्कराती रहती हैं, शराब पीकर उनके लड़खड़ाने पर भी मुस्कराती हैं और नौकरों को डपटते हुए पति का भी मुस्कराकर स्वागत करती हैं, लेकिन अपने लिए अलग रसोईदारिन, जो पाक छूत को पूरी तरह निभाये, अलग सेविका, जो उनकी मालिश से लेकर कपड़ों की देखभाल, पूजा के सामान का रखरखाव करे, की सुविधा अपने लिए बाकायदा ले रखी है। वे इतनी भली और भोली नहीं कि कोई भी निचोड़ ले। एक पैसे का भी हेरफेर न सह सकने वाले डाक्टर शरण पत्नी के लिए दरियादिली से खर्च करते हैं। क्या चिकनी और चमकदार अति गोरी त्वचा का इतना महत्त्व है? या इस परत के नीचे भी परत है, जिसमें कोई रहस्य छिपा है? पता नहीं!

हमारे पापा के घर जैसे घरों का कायदा इतना फूहड़ और दमघोंटू क्यों है? सारे अभावों की गठरी मम्मी को ही ढोनी हैं। अनकही घोषणा को मम्मी अपने कन्धों पर लिये चलती हैं। नेहा यहाँ इस बात को याद तक करने से घबरा जाती है कि जब तक क्वार्टर नहीं मिला था, उनका रहन-सहन कैसा था? ड्राइवर के क्वार्टर को शेयर करते हुए पापा किराया भी उतना देते थे, जितना उस सरकारी घर का पूरा किराया न कटता होगा। शर्त बड़ी कठिन जुड़ी थी। लैट्रीन का कमोड हम लोगों को ही धोना होगा, क्योंकि क्वार्टर का मालिक ब्राह्मण था। स्वीपर को घर में घुसने न देता था।

'छिः मैं भी क्या...' वह अपने आपको टोकती। बेमौके इस तरह की बातें सोचने से अनचाही खटास का शिकार होना पड़ता है। मूड बिगड़ेगा तो मुँह बिगड़ेगा, यहाँ किसी ने पूछ लिया कि सुस्त उदास और अनमनी क्यों हो तो वह क्या कहेगी?

नेहा ने अपने आपको मम्मी के घर में जमी जड़ों से पूरी ताकत से खींचना चाहा—मैं क्या जानती नहीं कि पैसा आदमी को बल ही नहीं देता, मनमाना रवैया भी मुहैया कराता है, जिसके जरिए मनचाहे और मूर्खतापूर्ण फैसले लिये जा सकते हैं। ड्राइवर हमारे मुकाबले साधन सम्पन्न था, सम्पन्नता तरह-तरह की मातहती करा सकती है।

आभा दी, फिर बताओ अपनी सम्पन्न ससुराल के प्रति मेरा आकर्षण क्यों न बढ़ता? मातहती किसे अच्छी लगती है? आकर्षण ही आदरभाव पैदा करता है। मम्मी की जगह पर बरबस ही सास खड़ी हो गयीं। गरिमा और सुन्दरता के खजाने की मालकिन, तपस्विनी की सी जिन्दगी बिताती हुई, अपने परिवार के कल्याण में भजन गाती हुई! कैसा चमत्कार किया कि मैंने उनके दर्शन करके ऊल-जलूल सोचना छोड़ दिया।

तुम्हें तो सिरे से भुला दिया आभा दी। वह दिन आखिरी दिन था, मेरे और

तुम्हारे अदृश्य मिलन का जिस दिन मम्मी के यहाँ से वह अटैची आई थी, जिसमें विवाह के समय दिए गये गिफ्ट पैक्स भरे हुए थे। साल भर वह अटैची वहीं पड़ी रही, किसे याद थी उसकी? बेटी की चीजें माँ कैसे रखे? बस इसलिए वह यहाँ तक आ गयी।

तुम्हारे हाथ का नन्हा सा लिफाफा भी उस अटैची की पॉकेट से निकला। क्या दिया है तुमने? मेरी उत्कंठा बढ़ी। बड़ी आशा, बड़ी आकांक्षा और बड़ी लालसा जोड़कर खोला था उसे, क्योंकि उस दिन तुम मुझे नये सिरे से याद आ गयी थीं।

एक लिफाफा फकत!

न कोई उपहार न रुपए!!

क्या खाली लिफाफा भूल में दे दिया आभा दी ने? काम की लगन में बहुत कुछ भूल जाती हैं। या जलन में कुछ न दिया, जैसा कि मम्मी कहती हैं?

लिफाफा खाली नहीं था, उसके भीतर कगज का छोटा सा टुकड़ा था।

कागज पर कुछ लिखा भी था, बस एक लाइन! आभा दी बाजीगरों की तरह करतब दिखाया करती हैं। पढ़ा—डोंट कीप युअर नॉलिज विद मनी (अपनी विद्या को पैसे के साथ मत रखना)।

वह कागज था? सपेलुआ था। मैंने घबराकर परे फेंक दिया। वह अब तक मेरे सीने पर लहरा रहा था। डर के मारे मेरी घिघ्घी बँध गयी।

अच्छा हुआ कोई आस-पास न था। मेरी भयभीत हालत देखता तो क्या कहता। एबनॉर्मल समझता मुझे आभा दी, असामान्य औरत। माँ ने तुमसे कि तुम्हारी छाया से मुझे कितना बचाया था। माँ को क्या पता होगा कि उन्होंने ही अटैची की पिटारी में बन्द नागिन को नेहा की ससुराल भेज दिया है!

मैं, आभा दी मैं भी तुम्हारी भयावनी फुफकार को कीलकर रहूँगी क्योंकि अब मैं नेहा भटनागर नहीं, डा. नेहा शरण हूँ। मेरे इस भव्य महल में तुम्हारा गुजर कहाँ?

छः

अजय!

"गड़बड़ी कहाँ हुई?" वे इस बात को सुन रहे हैं?

सुनकर समझ रहे हैं और रीझने की अदा से पत्नी को देख रहे हैं। वे नेहा के मनोहर मुख के अभिलाषी, देवता की सी अपलक दृष्टि अख्तियार करने लगे।

और नेहा घबरा रही है। जैसे ही पता चला सीने पर चोट पड़ी और आह के साथ एक वाक्य निकला—अब मेरे कैरियर का क्या होगा?

जब से यह कन्फर्म हुआ कि प्रेगनेंसी (गर्भ) है, जी मिचलाता रहता है और कान की लवें गर्म रहती हैं। एक अजय हैं जो गर्भवती पत्नी के प्रति अतिरिक्त सावधान हैं।

'स्त्री के जीवन में यह कोई अनोखी घटना तो नहीं।' अजय के चेहरे पर यह भाव साफ जाहिर है। और वे लक्ष्य कर रहे हैं कि पत्नी व्यर्थ का बबेला मचाने के लिए आतुर है।

"अजय...तुम! अचम्भा होता है, डॉक्टर होकर भी असावधानी...सच मैंने तुम से ऐसी उम्मीद सपने में भी नहीं की थी।"

अजय हँसे और आँखों में शरारत भरकर बोले, "तो यह उम्मीद फिर किससे की थी?"

"अजय! बात को मजाक मत बनाओ।"

"मजाक तो तुम बना रही हो। कैरियर प्रॉफेशन मिशन जैसे शब्द कहने में बहुत अच्छे लगते हैं, पर ये शब्द आदमी की जिन्दगी के कई पहलुओं को खा जाते हैं, अण्डरस्टैंड? और फिर तुम अगर यह समझती हो कि मैंने तुम्हें जानबूझकर गर्भवती बनाया है तो यह तुम्हारी भूल है नेहा डार्लिंग!"

"जानबूझकर नहीं, सोच-समझकर अजय।" रुआँसी पत्नी पथभ्रांत पति को उसकी भूल का अहसास कराना चाहती थी कि उसकी मंशा का खुलासा?

बहरहाल अजय अकर्मण्य किंकर्तव्यविमूढ़ से...हाँ चेहरे पर अवश्य लज्जित भावों के साथ आनन्द सा गडमड था।

नेहा के हाथ से उसका महत्त्वपूर्ण वक्त जा चुका। कहाँ गया, वह खूब जानती थी, किसी को बताने की जरूरत नहीं। वह शोकाहत सी अजय के सामने खड़ी रही, मानों छल से छद्म से उसके 'समय' को छीन लेने वाले अजय का रास्ता वह भी खुला नहीं छोड़ेगी।

दुलारे वागूदेवता ने अपनी माँ के पूजा-व्रत का फल नाती-पोतों के रूप में फलीभूत करने की ठानी होगी। पितृऋण उतारना जो है। शास्त्रों का विधान सास के मुखारविंद से झर रहा था। माना कि वे महराजिन और निजी सेविका रमा के सामने नेहा की अनुपस्थिति में कह रही थीं, लेकिन नेहा गर्भ और गर्भ से सम्बन्धित स्त्री के बारे में चर्चा सुनकर किवाड़ की आड़ देकर ठिठकी तो थी ही। सुन रही थी कान देकर, "बहू का मतलब है वंश बढ़ाने वाली माता। माता नहीं बनती तो बहू किस बात की? बाँझ औरत के ऊपर तो कानूनी तलाक भी मिल जाता है। अपने शास्त्र पुराण ही नहीं कहते यह, कोर्ट कचहरी तक मानते हैं। महराजिन तुम्हारी बहू के बच्चे नहीं होते तो छोड़ छुट्टी करो।"

नेहा का रोम-रोम थर्रा उठा।

अबॉर्शन की बात सोच रही थी, क्योंकि एम. एस. अधबीच लटकी थी। साथ ही पति अजय कह रहे थे, "नेहा इसे अगर भूल समझ रही हो तो खुद को भी इस भूल में शामिल करो। तुमने कोई प्रिकौशन क्यों नहीं लिया? पुरुष का पौरुष तो सदा बेकाबू रहता है। सॉरी!"

अजय की विशेषता यही है कि वे कटखनी बात को भी इस मासूमियत से कहते हैं कि आदमी को सारा दोष अपना ही लगे और उनके भोलेपन पर मर जाए।

हाँ, वह कोई अनपढ़ गँवार अज्ञानी औरत नहीं थी। अपना बचाव अपने आप करना होता है। इंटर्नशिप और हाउस जॉब के समय प्रसूति विभाग की ड्यूटी देते समय औरतों को ही तो समझाया करती थी—कॉपर टी लगवाओ, गर्भ निरोधक गोलियों का इस्तेमाल करो, दूसरे कई साधन हैं। साथ ही डा. अनुपमा वर्मा कहतीं—फँसती औरत है, इसलिए बचना उसी को सीखना चाहिए। एम आई करैक्ट?

—वेरी मच करैक्ट—नेहा कहकर खिलखिला पड़ती।

मगर यहाँ फँसना बचना अपने हाथ में नहीं!

सास के विचार सुन लिए। ससुर को बात पता चल गयी।

गॉड! यहाँ पति-पत्नी का निजी शयन कक्ष प्रायवेसी का किला है, मगर किले की दीवारों में राज कारीगरों ने कौन सा मसाला लगाया है कि पापा शरण एक-एक बात का ज्ञान कर लेते हैं। कैसे पता पा जाते हैं नेहा और अजय के अंतरंग का?

उफ्! अजय की आज्ञाकारिता की चरम सीमा! नेहा पति पर झपट पड़ी थी,

"अजय, मेरे पति तुम हो। यू आर माय हस्बेंड, नॉट युअर फादर। हमारे निजी मामले में बोलने वाले वे कौन होते हैं?"

"क्या कह दिया पापा ने? फर्स्ट यू शट युअर माउथ (पहले तुम अपना मुँह बन्द करो)।"

"मुँह बन्द कर लूँ तो फिर बताऊँ कैसे? क्या कहा तुम्हारे फादर ने?"

"माई फादर? तुम्हारे कुछ नहीं?"

"हैं, हैं क्यों नहीं? ससुर हैं, वेरी प्रैक्टीकल फादर इन ला। तभी तो कह रहे थे—नेहा, बच्चा आज नहीं तो कल होगा। कल पर टालना कहाँ की अक्लमन्दी है? वी शुड बी वाइजर। थीसिस को टालो, समय माँग लो छः महीने, एक साल। भगवान के इस वरदान से मुँह मत मोड़ो, आगे पछताना होगा, यू विल रिपेंट।

"पहले तो अपने पूज्य पापा से यह पूछो कि बच्चे की जिम्मेदारी महज छः महीने ही होती है एक माँ के लिए? वे जानते होंगे कि नहीं होती। उन्हें यह सुविधा भी हासिल है कि कह देंगे—एम. एस. छोड़ दो।—वे कोई भी ऑर्डर दे सकते हैं क्योंकि इस घर के कर्ताधर्ता हैं, जिसकी हम रोटी खा रहे हैं। वे हमारे पालनहार..."

अजय नादान की तरह पत्नी को देखते रहे।

"मैं गाइड से बात कर लूँगा" पापा शरण का वाक्य नेहा के कानों को लगातार कोंच रहा था, कि अपनी नादानी और पागलपन का क्षोभ कलेजा नोच रहा था, आदमी का वजूद ऐसे ही किन्ही बहानों से छीजता जाता है।

आभा दी की याद करती थी नेहा, बिलबिलाकर उन्हीं को पुकार बैठती थी, उनके सिवा कोई अपना नहीं—आभा दी मुझे माफ करना उम्रदार आदमी का लिहाज और सामर्थ्यवान का डर...मैं अपना पक्ष उजागर नहीं कर सकी। ऐसे मौकों पर अक्सर तुम्हें ढूँढ़ा है आभा दी, लेकिन ढूँढ़ने से तुम जैसा कोई मिल जाए तो कोई दुख क्यों पाए? मैं अकेली रह गई, निपट अकेली...इस घर के न मुड़नेवाले कानून, इस घर की मालकिन के मितभाषी, कठोर नियम, इस घर के बेटे का संस्कारित व्यक्तित्व और शरण आई सेंटर को वारिस के वारिस की जरूरत, एक चक्रव्यूह बन गया आभा दी, नेहा ने सर्जरी के कितने ही दाँवपेच, स्टैप्स और रूल्स सीखें हों, इस व्यूह के भेदन में अभिमन्यु की तरह ही मारी गई। चेतना कहीं न रही। गर्भवती स्त्री की तरह लाचार हुई पड़ी रही।

अजय का पितृऋण मैंने अदा किया। टिम्मी का जन्म हुआ।

हमारी नानी कहा करती थीं आभा दी, कि जिस औरत की कोख से बेटी जन्म लेती है, उसकी लम्बाई कम हो जाती है। मेरे यहाँ बेटा जन्मा था और मैं अजय से एक साल जूनियर हो गई थी। अजय के यहाँ सन्तान की इच्छा और जरूरत के लिए यह त्याग क्या अर्थ रखता था।

इसका दुख मुझे जो हुआ सो हुआ, तुम्हें कितना हुआ था आभा दी!

मैंने एक साल बाद जाना तुम्हारा वह दुख जो जिद में बदल गया था।

थीसिस सम्मिट की और जब बाइबा देने गई तो तुम देखते ही कैसी व्यंगभरी हँसी हँस दी थीं कि मेरे हृदय के आरपार चली गई तुम्हारी हँसी। डाँट लेतीं, बेवकूफ कहतीं, सिली और डम के विशेषण देतीं तो मेरा उत्साह बढ़-बढ़ आता, अपनी आभा दी कोस नहीं रहीं, आशीष दे रही हैं। मगर तुमने तो हँसकर सारे तन्तुओं पर चाकू चला दिया...मेरा दिल कोई कैटरैक्ट (मोतियाबिन्द) नहीं था आभा दी, जो तुम्हारी दृष्टि को धुँधला कर रहा था, फिर भी तुमने चीर फाड़कर उसे लहूलुहान कर डाला।

"क्या गृहस्थ चलाते हैं लोग! अपना आपा भूल जाते हैं। सुनते आये हैं गृहस्थ से बड़ा तप कोई नहीं। हमारी नेहा गृह-योगिनी बनकर निकली है!"

मैं सुनकर अवसन्न हो गई।

'मैं तुम्हें कभी नहीं छोड़ूँगी आभा दी, कभी नहीं, इस जिन्दगी में कभी नहीं।' यह वाक्य मेरे मन में गूँजा ही नहीं, इस वाक्य के दम पर अजय से अजय के पापा के सामने मैं अपनी बात कह पाई थी। संकट के समय, घबराने वाले लम्हों में मैंने तुम्हें याद किया था क्योंकि तुमने जब मुझे उकसाया है तो ताकत भी दी है कि बिगड़े हुए हालातों में अपनी बात दर्ज कर सकूँ। आज तुम ही मुझे छोड़ने लगीं आभा दी...

वह दिन कि वे घंटे मिनट कैसे कटे थे, क्या बताऊँ? जिसके बल पर टिक रही थी, वह आधार ही सरक गया! कितने उत्साह से आई थी!

मम्मी के सामने अभिनय करती हुई हँसी वाली बातें करती रही थी। दुख और शोक की अवस्था देखकर वे असली बात तो जान नहीं पातीं, माँओं की तरह माँ बनकर गृहस्थ वाली तमाम आशंकाओं को टटोलने लगतीं। मेरा मन उन बातों से आजिज आ चुका था।

माँ के साथ खाना खाया, उन्होंने जो छोटी-मोटी खरीदारी की थी, उसे देखा। बेटी जब बड़ी हो जाती है तो माँ हर बात में उसकी राय जानना चाहती है, यह बात मैं न जानती होती तो शायद पूरे दिन सोती रहती।

मम्मी ने सुई से लेकर टेलीफोन तक दिखाया, जो कुछ नया था।

"तेरी आभा को दिया था हमने सबसे पहले।"

"क्या दिया था?"

"फोन नम्बर।"

"आभा दी को, क्यों?"

"तेरे बाद अपनी वही तो रह गई है। बड़ा ख्याल करती है। तेरे पापा को जरा सा बुखार हो जाए तो चार बार हाल पूछेगी। बड़ी अच्छी लड़की है। जाने क्या

तो खोट ढूँढ़ लिया उसमें कम्बखत बरेली के बिसांइतियों (जनरल चीजें बेचने वालों) ने।"

मैं अपनी शादी के समय में पहुँच जाती हूँ। मम्मी का यह चेहरा उस चेहरे से कितना फर्क है। आभा दी की असलियत ने मम्मी का चेहरा बदल दिया या समय की माँग ने मेरी माँ के रवैये में अन्तर ला दिया है?

आभा दी से जितना अलगाव सा मिला था, मम्मी की बात सुनकर उनके करीब आने लगी। मन का विषाद भी घट गया।

फोन की घण्टी बजी। फोन मम्मी ने उठाया।

"नेहा, आभा का फोन है। तुझे ओ. पी. डी. में बुलाया है।"

मैं सोते से जागी आभा दी...मैं तुरत-फुरत आई। कमिंग वेरी सून।

मैंने पंख खोल दिए। जैसे किसी परवाज का ही इन्तजार कर रही थी।

चिरपरिचित माहौल था। मरीजों की रेलमपेल। लाइन बाहर अहाते तक!

डा. नेहा को शरण आई सेंटर की ओ. पी. डी. याद आ गई। मरीज आते हैं, उँगलियों पर गिन लो। शान्ति से सकून से सत्कार से उनकी जाँच होती है। यह बात अलग है कि गिनती के मरीजों से अनगिनत रुपए झाड़ लिएं जाते हैं।

बेचारे सरकारी डॉक्टर! महीने की पगार पर लाखों मरीजों की जाँच और सर्जरी करते रहते हैं। सन्तोष आ जाता होगा? नेहा लाभ-हानि का पहाड़ा सीख गयी थी।

उसने डा. आभा से नजरें मिलाते हुए इशारा किया—"आय हैव कम। मैं आ चुकी हूँ।

—ओ. के.। वेट फॉर हाफ एन आवर। ठीक है इन्तजार करो आधा घण्टा लगभग।

जो बातें हुईं, वे इस प्रकार थीं—

"सीनियर रेजीडेंसी के लिए फार्म भरकर जाना।"

"भरे जा रहे हैं क्या?"

"थोड़े दिन रुक भी तो सकती हो?"

"मिलेगी भी सीनियर रेजीडेंसी?"

"तुम्हें नहीं मिलेगी तो किसको मिलेगी? सब भूलभाल गई हो क्या?"

"नहीं, ऐसी बात नहीं।" उसने सकुचाकर कहा।

"ऐसा करो, अब तुम वहाँ मत जाओ। शरण आई सेंटर में तुम्हें एक्सपोजर (अनुभव) भी कितना मिलेगा? गिने-चुने मरीज...। कुछ समय के लिए यहीं रहो।"

"ऐसा क्यों आभा दी? एक्सपोजर ले लूँगी।"

“तुम्हारे बस का नहीं। उल्टे वहाँ जाकर तुम्हारे आत्मविश्वास को सूखा रोग लग जाता है। है न?”

“और टिम्मी?”

“साथ ले आना। अपनी मम्मी से मदद माँग लेना। ऐसे समय में माँ बड़ी सहायक होती है। आय बिल टॉक आंटी। मैं आंटी से बात कर लूँगी, आजकल मैं उनकी प्रिय हो रही हूँ यू नो!”

“आपकी बात आपके संग आभा दी। मम्मी तो मुझे ससुराल से अलग रहने का सपना भी नहीं देख सकतीं।”

“क्यों?”

“पापा भूचाल मचा देंगे।”

नेहा याद करती है। याद आता है, जैसे कल की ही बात हो—मैं इस बात को कहकर तुम्हारा चेहरा देखने लगी थी आभा दी। मुझे पता था, तुम इस बात का काट अवश्य प्रस्तुत कर दोगी।...लेकिन तुम तो बेसाख्ता हँसने लगी थीं। हँसते हुए होठ ऐसे हो गए कि मैं काँप कर रह गई। हो सकता है तुम्हारा प्रस्ताव और मेरी जिन्दगी...दोनों को लेकर मेरे मन में जो डर घिर आया था, मैं उसी से काँपी हूँ।

कैसी अजीब स्थिति और मेरी कैसी विचित्र अवस्था! डर-डर कर ही अपना डर भगाने पर तुल गई थी।

मैं यहाँ क्यों नहीं आ सकती? यहाँ आने और काम करने का मेरा मन है तो मुझे कौन रोकेगा? मैं एक डॉक्टर हूँ केवल गृहिणी ही नहीं। मैं वहाँ ऐसा क्या करती हूँ, जो एक डॉक्टर को करना चाहिए? यदि मुझे फकत गृहिणी ही रहना था तो एक सीट घेर कर क्यों बैठ गई? मेडिकल कॉलिज का पैसा अपने ऊपर क्यों खर्च कराया? वह शपथ क्यों ली थी, जो मरीजों के हित में जाती थी।—नेहा कुछ बातें कुछ सवाल खुद से करती रही...

अजय! अजय से तुलना मत करो अपनी। अजय ने मेडिकल स्टीज़ के लिए अपने पिता का पैसा खर्च किया है। वह अपने पिता का आजीवन कर्जदार है। मरीजों के हित से ज्यादा उसे पिता के हित की चिन्ता होगी। वह तो एक तरह से निरा पराश्रित है।

और मैं?

तुम प्रतिबद्ध डॉक्टर। अपनी प्रतिभा, अपनी कुशाग्रता और अपनी लगन की धनी, स्वलम्बी हो। अपना स्वाभिमान रखो। स्वाभिमान किसी का डर नहीं मानता। पराश्रित से बँधकर आत्मनिर्भर कैसे हो सकती हो?

नेहा जब-जब डा. आभा के चंगुल में आ जाती है, तब-तब ऐसी ही बातें सोचने लगती है। विशेष स्थान पर खड़ी होकर अपने जीवन की विशिष्टताओं को

देखने लगती है, नहीं तो उसके दिमाग में कमिटमेंट, सोशल सर्विस, सोशल जस्टिस, टैलेन्ट, एक्सीलेंसी जैसे शब्द हैं नहीं। सादा-सपाट सा जीवन और वह मामूली लड़की, गृहस्थ वानप्रस्थ का चक्कर भी नहीं जानती।

किसने ललकारा? किसने जगाया? किसने दुस्साहस दिया कि डा. आर. पी. शरण की पुत्रवधू ऐसी स्थिति में अपनी माँ के सामने खड़ी हो गई, जिसमें वह अपनी ऋद्धि सिद्धि भरी कोठी में लौटने से इनकार कर रही थी।

"मम्मी...!" उसने अपने मन की बात कह दी।

माँ चुपचाप थी, मगर आँखें फटी-फटी, नेहा को देखती रह गई।

मम्मी की वह छवि नेहा ने आँखों के कैमरे में कैद कर ली हो जैसे। आभा को बताया था—आभा दी, मैं माँ का इशारा समझ गई। मगर उस जिद्दी बच्चे की तरह कुछ भी समझना नहीं चाह रही थी, जो चाँद खिलौना लेने की जिद ठान बैठता है। बच्चा नहीं जानता कि माँ खिलौना भले दे दे, चाँद नहीं दे सकती।...लेकिन मैं तो सब जानती थी कि माँ मुझे न तो खिलौना दे सकती है न चाँद। मेरी उम्र और मम्मी की सामर्थ्य चाँद खिलौना की नहीं। माँ के पास अब अपनी बेटी के लिए कुछ भी नहीं...क्योंकि बेटी सफर में बहुत दूर निकल चुकी है, जिसकी खातिर वह मेहमान की तरह तो कर सकती है, घर की सदस्य की तरह हक नहीं जता सकती।

"आभा दी, मुझे अपने अज्ञान का भान हुआ कि मैं मम्मी से क्यों पूछ रही हूँ?"

आभा दी ने कहा था, "यस, यू शुड टेक युअर ओन डिजीज़न। युअर वेरडिक्ट इज युअरर्स। (हाँ तुम को अपना निर्णय लेना चाहिए। तुम्हारा फैसला तुम्हारा होगा)।"

अपना फैसला अपना रहा।

मम्मी अपनी माँ थीं, नेहा ने समझाया—मैं यहाँ नयी-नयी तरह के ऑपरेशन सीखूँगी। इसीलिए आ रही हूँ, समझ रही हो न?

मम्मी चुस्ती से उठीं और बाहर का दरवाजा बन्द करके सिटकनी चढ़ा आईं।

बोलीं, "हाँ, अब कह, क्या कह रही है?" उन्होंने बेटी को हाथ पकड़कर अपने पलँग पर बिठा लिया।

नेहा की आँखें खुशी से लबरेज हो आईं। मम्मी तो दूसरी तरह की मम्मी निकलीं।

"बेटा, मैं तो सदा ही यह चाहती हूँ कि तू नये से नये ऑपरेशन करे। आभा की तरह बढ़िया डॉक्टर बने। नाम हो रहा है उसका!" मम्मी ने बड़ी उमंग से कहा।

चढ़ती लहर जैसे किनारे पर आकर पछड़ जाती है, मम्मी का लहज़ा कुंद हो गया, ''नेहा, पर तेरे ससुर...उसके बाद तेरे पापा...डर लगता है बेटा, मुझे बड़ा डर लगता है। आभा निखालिस डाक्टर रह गई!''

''तो तुम दो नावों पर सवार करना चाहती हो अपनी बेटी को।'' नेहा ने हँसकर कहा।

''तेरी जैसी बेटी तो दो नाव क्या, चार नाव खे ले जाए। मैं तो सदा यही चाहती रही हूँ कि भगवान नेहा की हर इच्छा पूरण करना। जब से तूने पढ़ना शुरू किया तब से यही मनाती आई हूँ।''

नेहा ने बात काट दी, ''और शादी के समय?''

मम्मी के पास जवाब था, ''शादी ब्याह में औरतों की कहाँ चलती है? ये सब तो मर्दों के मामले हैं। हाँ लड़का काना बूचा, बेरोजगार या एबीला न हो, यही माँ देखना चाहती है सो किसी तरह की कमी नहीं थी अजय में।''

नेहा मम्मी से आगे क्या कहे? उन्होंने अपनी सीमाएँ बता दीं। अब नेहा को अपने फायदे बताने हैं कि मम्मी का हौसला डिगे नहीं। पापा भी कुछ एतराज़ करें तो वह माँ को संग खड़ी करके अपनी बात समझाने की ताकत पा लेगी। या उन बातों को कहने में सुख मिलता है, जिनकी योजना डॉ. आभा ने दी हैं?

'मम्मी समझेंगी हमारी नेत्र चिकित्सा?' नेहा ने सोचा।

''नेहा, तू कौन सी विद्या सीखने रुक रही है, यह तो बता। तेरे पापा ही पूछ बैठे तो?'' मम्मी ने खुद-ब-खुद पूछ लिया। डॉक्टर बेटी की माँ कुछ न कुछ तो समझती ही हैं।

नेहा को मन की मुराद मिल गई। मम्मी हिम्मत जमा कर रही हैं। डा. शरण के यहाँ से आया आक्रोश पापा को लड़ाकू और जुझारू बाप की तरह बेटी के विरुद्ध खड़ा कर सकता है। सालों यहाँ रहने की मोहलत पापा शरण क्या, बहू को कोई ससुर नहीं दे सकता।

''मम्मी डा. चक्रवर्ती का नाम तो सुना है न? मैंने ही हजारों बार लिया होगा। उन्होंने कैरेटोप्लास्टी की दुनिया में धूम मचा रखी है। कैरेटोप्लास्टी का मतलब नहीं समझी होंगी तुम, है न? अंधी आँख, जिसकी रोशनी बाली नस बची हुई हो, उसमें किसी की जीती-जागती पुतली लगाना। लगने के बाद समझ लो एक अन्धे की दुनिया में रोशनी का झरोखा खुल जाता है।

''अभी तक के नतीजे! माय गॉड! हमारे यहाँ के डा. चोपड़ा तो डिप्रेशन में आ गए। अभी तक इस दुनिया में कौन था? वे ही अकेले कार मुख्तार! ज्यादातर केसों में अंधी आँख नई पुतली को रिजैक्ट कर देती थी। बेचारे डा. चोपड़ा...अब की बार कॉन्फ्रेन्स में भी नहीं गए। जब कि कॉर्निया ग्राफ्टिंग पर ही पेपर इनवाइट किये गए थे।

"वे ही चक्रवर्ती सर मुझे अपनी यूनिट में ले लेंगे। बाउ!"

"बड़ी खुश हो रही है! सदा खुश रह बेटा...।" मम्मी की आँखों में पानी चमक आया। उनके चेहरे पर विह्वलता फैल गई।

"सर ऐसे हैं ही कि कोई भी उनके साथ काम करके खुश हो। हर तरह की छूट देते हैं सिखाने में खूब इंटरैस्ट लेते हैं। दूसरे प्रॉफेसर्स को देख लो, कंसल्टेंट तक को बस असिस्ट कराने में इस्तेमाल करते रहते हैं। यह नहीं सोचते कि यंग डॉक्टर्स ही कल के चतुर सर्जन होंगे। इनको कान्फिडेन्स भी आना चाहिए। उनका बस चले तो अपने बाद की दुनिया को तहस-नहस कर जाएँ। बुड्ढे होते जाने का डर लगता है, कुशल होते जाते हैं। लाचारी बड़ी डराती है, वे भी क्या करें? पर हम तो यह पूछते हैं कि डा. चक्रवर्ती को न उम्र डराए न रिटायरमेंट। अपने व्यर्थ होते जाने का अहसास उन्हें क्यों नहीं? बताओ मम्मी, क्यों नहीं?"

मम्मी थोड़ी देर चुप रहीं फिर सोच-समझकर जबाब दिया, "वे तुम लोगों में अपना अक्स देखते होंगे, जैसे माँ-बाप अपनी औलाद में अपनी छाया देखते हैं। बेटा, बाज़ ऐसे भी होते हैं, जो नहीं देखते, सो औलाद से कुटते-पिटते हैं या त्याग दिए जाते हैं। आदमी को आता समय और जाता समय समझ लेना होता है।" कहकर मम्मी ने नेहा का माथा चूम लिया, "जीती रहो, खूब तरक्की करो। हमारा वश चले तो तुम्हें..."

क्या चाहिए था?

फिर क्या रह गया था पाने के लिए? माँ का प्यार ही उसकी ताकत था। नेहा समझ गई कि मम्मी का वश चले न चले, रहेगी वह उन्हीं के दम पर। क्योंकि नेहा की खुशी उनकी खुशी है। शादीशुदा बेटी की बात का दम उन्हें भी है। नेहा मान गई—हम एक-दूसरे को ताकत देंगे। दोहरी ताकत से पापा भी हार जाएँगे। आभा दी हमारी रक्षक हैं।

साहस की बातें की थीं, उत्साह का झरना बहा। माँ बेटी भीग उठीं।

पापा!

दुख और अफसोस की तस्वीर हो गए। चुप और सुस्त। अपनी मानसिक यंत्रणा को व्यक्त करने का साहस न हो या मन ही न हो जैसे। उनके जीवन में यह एक नई घटना थी, जब उनकी पत्नी ने अपनी बेटी को ससुराल के बरक्स अपनी बगल में खड़ा कर लिया। जवाब किसको देना होगा? औरत तो घर में रहती है। मर्द को बाहर सबसे नजर मिलानी होती है।—पापा यही सोचते हैं, मम्मी ने कहा था।

और पापा ने जो कुछ थोड़ा-बहुत बोला, वह कराहते हुए बोला, "नेहा, अपनी

माँ को साथ लेकर फैसला कर लिया? यह क्या जानती है? पर मुझे दुख इस बात का हुआ कि तेरी माँ इतना भी नहीं जानती कि शादी के बाद बेटी की ज़िन्दगी का हक ससुराल वालों के हाथ में चला जाता है। उसमें दखल देने वाले हम होते कौन हैं।

"बेटी, फिर इसमें तो तेरे प्रोफेशन की बात जुड़ी हुई है। डा. अजय या डा. शरण से ज्यादा तेरी माँ क्या, मैं भी नहीं जानता। जो करना है, उनके हित में जाना चाहिए।"

नेहा पिता की बात सुनती रही। जबाव देने का मन न था, लेकिन पिछले वाक्यों ने उसे उकसा दिया—

"पापा, प्रोफेशन जुड़ा है। इसमें आप नहीं जानें, मम्मी नहीं जानें, मैं तो सब कुछ जानती हूँ। जो कुछ करूँगी लोगों के हित में करूँगी, जरूरी नहीं कि वह किसी विशेष आई सेंटर के हित अनहित में पड़े।"

पापा को नेहा की बात सुनकर सन्तोष नहीं मिला, और भी निराश से हो गए। मम्मी को खा जाने वाली नजरों से देखने लगे।

"डोंट वरी पापा। जो सीखूँगी, वह शरण आई सेंटर के काम न आए, ऐसा नहीं है। वे लोग कुछ कहें पर, किसी ट्रेनिंग पर एतराज क्यों करेंगे?" नेहा ने बात सँभाली।

"तू वहीं लौट जा। उनसे सलाह करके आना। नेहा, मेरी हालत तो समझ, बेटी के बाप की जगह खड़ा हूँ। लोग कहेंगे, लड़की कमाऊ थी, अपने घर रख ली। बेटी...कमजोर माली हालत वाले बड़ी जल्दी चपेट में आ जाते हैं। ऐसा करके खटास पैदा करने से क्या हासिल?"

पापा से बहस करना बेकार था। उन्होंने मम्मी को कमरे के भीतर बुलाया, एक दो थप्पड़...

"पापा!"

"छोड़ो मम्मी को।"

फायदा! नुकसान...हर समय इन दो शब्दों की खूँटियों से बँधी रस्सी पर नट की तरह सध-सधकर चलते रहो। हर समय मछुआरे की तरह जाल उधर ही लेकर भागो, जहाँ मछली दिखे। बाकी जगह क्या देखने की हैं? क्या गरीब को पैसा इतना खींचता है कि वह अमीर होने के अलावा कुछ सोच ही नहीं सकता? क्या जानते हैं, नेहा कितना ही कमाए, डा. शरण जैसा सोने का महल कभी नहीं बनवा सकती, जिसमें नेहा के जरिए पापा भी अपरोक्ष रूप से शामिल होंगे, आज नहीं तो कल। कल नहीं तो परसों...। वह हाँफ उठी।

इतना सब सोचने के बाद किसकी हिम्मत कितनी बचेगी? वह भी एक लड़की की, वह भी एक शादीशुदा लड़की की, जिसका माँ-बाप पर कोई अधिकार नहीं रहता।

कैसा गोल-मोल विधान है, जब चाहो, अपना लो, जब चाहो, खारिज कर दो। उसे नहीं तो उसकी माँ को सजा दो।

"आभा दी, मैं यहाँ नहीं रुक पाऊँगी। मम्मी बेचारी . . ."

"क्यों? अब क्या हुआ? अभी तक तो तुम्हारी मम्मी 'शेरे अफगन' बनी हुई थीं।" अपने हॉस्टल रूम में आभा दी ने अपना एप्रिन उतारते हुए कहा।

"बैठो दो मिनट। मैं हाथ-मुँह धोकर आती हूँ। खाने का अर्डर भी देती आऊँगी। बोलो तुम, खाओगी कुछ?"

"नहीं, मैं नहीं खाऊँगी। आपके लिए भी पराँठे बना लाई हूँ," कहकर नेहा ने प्लास्टिक का टिफिन बॉक्स मेज पर रख दिया और ज्वाइंट रूम में से फुल प्लेट और चम्मच निकाल लाई।

डा. आभा शलवार कमीज पहनकर दुपट्टा गले में डालती हुई मेज के सहारे कुर्सी पर आ बैठीं।

"हूँ, अब बोलो। कहावत है कानी के ब्याह को सौ जोखिम। तुम अपनी रेजीडेसी के लिए आया जोखिम सुनाओ तो।"

"आभा दी, इस निर्णय पर पहुँची हूँ कि मम्मी कितना ही दमखम दिखाएँ, रहेंगी पापा की मोचिन, धोबिन और रसोईदारिन ही। उनका 'बस' पापा की सेवा तक चलता है। छोटी-छोटी बातों पर पापा बड़े-बड़े कानून लादने लगते हैं, जिनके सामने मम्मी सदा से झुकती चली आई हैं। अब की बार भी ऐसा ही हुआ। ऐसे घर में मेरा निभाव..."

आभा दी ने अतिरिक्त गौर देकर नेहा की ओर देखा और देखती ही रहीं।

"क्या बात है आभा दी? मैंने कुछ गलत कहा?"

"नहीं। तुम बड़े घर में जाकर बड़ी बातें सीख गई हो, गलत बातें नहीं।"

और फिर उबल पड़ी आभा दी...

"अपनी उस माँ, जिसने तुम्हें अभाव झेलकर, मुश्किलें सहकर, कई विरोधों को पार करके पढ़ा लिया, उस माँ को तीन नाम—रसोईदारिन, धोबिन, मोचिन—देकर अपने राजमहल को लौट जाओ। वह भी तुम जैसी बेहया बेलिहाज और अहसान फरामोश लड़की से मुक्ति पाए। शेम टू यू। शेमफुल टू अस।" आभा दी ने कहकर पराँठा बीच से ऐसे फाड़ा ज्यों नेहा को ही चीर दिया हो।

"आभा दी!"

"मर गई आभा दी। खत्म करो यह रें रें करना। बेकार में ढोंग मत पसारो, आई कांट टॉलरेट युअर नखरा, अण्डरस्टैंड?"

"मैं क्या करूँ फिर?"

"तू पढ़ी-लिखी गधी, माँ की कमर पर डण्डे पड़ते हुए देखती है और चुप रह जाती है! तेरा भविष्य भी इससे ज्यादा कुछ नहीं।"

नेहा चुपचाप बैठी रोती रही थी।

डा. आभा ने उसे चुपाना तो दूर, सान्त्वना के दो शब्द तक नहीं कहे।

घर लौटकर देखा, मम्मी सिर झुकाए धरती पर बैठी थीं। यह समझना मुश्किल था कि उसके पीछे घर में कितना कुछ बवाल मचा है। हाँ यह देख रही थी कि माँ की आँखों से आँसुओं की राह वह विश्वास बह रहा है, जो उसने अपनी बेटी को दिया था। वह खुशी ढुलक रही है, जो माँ ने अपनी नेहा के साथ-साथ अन्धी आँखों में प्रवेश करती रोशनी के साये में मनाई थी। आशा से जगमगाती सूरतें स्याह होने लगीं।

और...

आभा दी नेहा की रगों में सनसनाने लगीं बेवक्त। बेहिसाब...

उसने मम्मी का हाथ पकड़ा और धरती में से उठा लिया। वहीं ले गई, जहाँ बरसों पुरानी फ्रेम जड़ी कलाकृति टँगी थी।

"देख रही हो न मम्मी? इसे गौर से देखो।

"याद आया न? यह कढ़े हुए फूलों वाला कपड़े का टुकड़ा जब तुमने फ्रेम कराकर दीवार पर टाँगा था, तब पापा ने क्या कहा था? याद करो। कि हमारी नेहा डॉक्टर बनेगी। बेहतरीन सर्जन होगी। नौ-दस साल की अवस्था में ऐसी कसीदाकारी कर सकता है कोई? मेरी बेटी के भविष्य की गवाही ये फूल पत्तियाँ दे रहे हैं।

"पापा ने यही तस्वीर डा. आर. पी. शरण को दिखाई थी। उन्होंने भी जो कहा था, याद होगा तुम को—कि उँगलियों का कमाल ही तो सर्जरी की दुनिया में चमत्कार करता है।—काश पापा को वह दिन याद आ जाए! तुम याद दिला दो मम्मी। रोना कलपना छोड़ो। पापा भी तो हमारे ही हैं। अपने पापा को मैं डा. आर. पी. शरण के हवाले नहीं होने दूँगी।"

आभा दी!

बेटी को किसी की अमानत मानने वाला आदमी उस अकेली के साथ सहयोग करना भी पाप मानता है। शरण आई सेंटर ने ऐसा गूँथा पापा को...कि मैं पिता के घर भी अकेली और पति के घर भी अकेली! विवाह होता है, एक से दो हो जाने के लिए। मगर विवाह की उल्टी पुल्टी शर्तें...

अजय का फैसला चाहिए मेरे पिता को।

और अजय को अपने पिता का फैसला चाहिए।

अपने जीवन में मैं कहाँ हूँ आभा दी? देखें शरण आई सेंटर के मालिक डा. आर. पी. शरण नाचीज नेहा की जिन्दगी का रुख किधर मोड़ते हैं? इधर या उधर?

नहीं, तालमेल नहीं बैठ पा रहा। बहुत चाहने पर भी फरमाबरदार नहीं हो पाई।

तुम पूछोगी—'क्यों?'

क्योंकि तुम...मैंने सबको दरकिनार करके तुम्हारी बात सुनी थी आभा दी। सीनियर रेजीडेंसी ज्वॉइन कर ली।

डेढ़ साल गुजरा था।

टिम्मी मम्मी के पास रह रहा था और नेहा ने डा. आभा का कमरा शेयर किया था। सीनियर रेजीडेंट की ड्यूटी कठिन नहीं, कठोर होती है। जूनियर्स के रॉस्टर से लेकर पेशेंट्स एडमिशन की जिम्मेदारी। नाइट ड्यूटीज के चलते 36 घंटे का लगातार काम।

आगरा जाना नहीं हो पाया। अजय आए तो भागते-दौड़ते ही मिली।

पापा शरण का मिजाज कैसा है, पूछने की याद ही नहीं रही। अजय क्या करते हैं, कितना करते हैं, यही मुश्किल से पूछ पाई। टिम्मी को लेकर उनके साथ अप्पूघर गई थी। प्रगति मैदान में ट्रेड फेयर लगा था, अजय को दिखाना अच्छा लगा।

अरसे बाद आए थे अजय।

डा. आभा ने घूमने-फिरने की आजादी उपहार स्वरूप दे दी थी। डा. चक्रवर्ती ने अपनी शिष्या के पति को डिनर के लिए निमन्त्रित किया था। नेहा अजय की वाइफ कम, गाइड ज्यादा बनी हुई थी। अजय टिम्मी के पिता कम, दोस्त हो गए थे।

यह प्यार आगरा में कहाँ खो जाता है? और यहाँ अनूठा गीत क्यों बज रहा है? क्या मैं अजय के घर अजय का ऐसा ही समर्थन पा सकूँगी? यहाँ आकर मुखर-मुखर हो जाने वाले अजय, वहाँ कौन-सी लज्जा, कौन-सा संकोच और कौन-सा भय तुम्हारा मुँह दबाए रहता है कि तुम मौन कि तुम बन्दी...तुम बन्दी मत होना अजय। देखो हम औरतें ही अपने बन्धन किस-किस तरह काट पा रही हैं।

अजय कमरे में बैठे हुए, उनकी बाँह मेरी कमर में, मुँह होठों की ओर बढ़ता हुआ! मेरा शरीर सिहरन से भर गया, जैसे प्रथम मिलन हो, पहला-पहला प्यार! प्यार ऐसा, जिसमें बन्धनों का पता न हो। बंदिशों की आहट न हो। पहरों का आभास न हो।

अजय के होठ अब कान की लवों के पास आ गए।

नेहा ने सिर अजय के सिर से सटा दिया। ज्यादा से ज्यादा नजदीकी ने प्रेम

की दीप्ति और भी बढ़ा दी। स्पर्श ने एक-दूसरे का सब कुछ अपना लिया। निस्पंद सी देह! सारे घर में अजय की खुशबू फैल गई है। अपनी दुनिया में खोई हुई, दूसरी दुनिया में प्रवेश किया उसने—दोपहर का आलस्य राग। मद भरी तन्द्रा का अभिनय मंच। अस्फुट स्वर। बालों की भीनी गन्ध। अजय धीमी-सी नितान्त अपनी सी आवाज थी—नेहा!

—हाँ अजय, हाँ! मैं बोल रही हूँ, तुम सुनो।

कुछ क्षण गुजर गए।

—मुझे लन्दन जाना है। एफ.आर.सी.एस. के लिये।

मैं छिटक सी गयी। मगर अजय की एक बाँह मेरी कमर में दूसरी बाँह गले में थी।

जाने के लिए परीक्षा पास करली?

"हाँ।"

"मुझे पता तक न चला!"

—पापा के पास हम दोनों में से किसी एक को रहना ही चाहिए।

—हैं! मैंने अपने ढुलकते हुए दुपट्टे को ठीक किया और सीधी बैठ गई।

संसार कैसे बदलता है?

जैसे मेरी दुनिया दो पल में ही बदल गई!

क्यों होना चाहिए पापा के साथ हम दोनों में से किसी को? 'किसी' का अर्थ नेहा? डा. नेहा का कैरियर सवाल करने लगा।

कि आभा दी ने आवाज दी—नेहा, भागो मत अवधि पूरी करो।

उथल-पुथल मच गई।

अजय चुपचाप बैठे थे।

आभा दी चिंघाड़ रही थीं भीतर ही भीतर—अभिमन्यु की कहानी चक्रवर्ती सर अक्सर ही सुनाते हैं। अधूरी विद्या खरतनाक होती है। याद करो नेहा, याद करो। याद नहीं करोगी तो अभिमन्यु की तरह ही मारी जाओगी।

मैं तुम्हारी आवाज सुन रही हूँ आभा दी। मुझे कोई अपने लक्ष्य से नहीं डिगा पाएगा। मैं यहाँ से पूरी विद्या लिये बिना टस से मस नहीं होने वाली। मेरा भरोसा करो आभा दी। मेरे कमिटमेंट को कमजोर मत समझो। मैं तुमसे अलग ही कहाँ हूँ?

"अजय मैं नहीं जा सकूँगी। हरगिज नहीं" नेहा ने अपना फैसला दे दिया।

पापा आए।

"अवधि पूरी करके क्या मिलेगा?" पिता पूछ रहे थे।

"नौकरी" नेहा कह रही थी।

"नौकरी की क्या गारंटी है?"

"उम्मीद है, आभा दी बता रही थीं।"

"क्या आभा अपनी पोस्ट से रिजाइन कर रही है? तुम्हारे लिए।"

"नहीं। पर तब भी..."

"तब भी क्या तुम्हें ही पोस्ट मिलेगी? इन सवालों के जवाब सोचो पहले।"

नेहा को अपने पिता ने ही कठघरे में खड़ा कर लिया, किसी दूसरे की बात तो पीछे होगी। क्यों होते हैं ऐसे पिता? कोशिश करने के पहले, संघर्ष के लिए उठने से पहले किसी जद्दोजहद के शुरू होने से पहले ही हौसला तोड़ डालते हैं, जैसे उड़ने से पहले कोई चिड़ा बच्चे के पंख नोच दे। फिर किसी सुरक्षित जगह को खोजने के अलावा विकल्प ही क्या बचता है! नेहा घबराई हुई सोचती जा रही थी।

"पापा, कोशिश करने में हर्ज क्या है? कोशिश तो करनी चाहिए न?" उसका मार खाया सा स्वर, अजय के सामने और भी धीमा हो गया।

"हाँ, करो कोशिश। करती रहो।"

नेहा को शायद इस फजीहत की आशा नहीं थी और न यह उम्मीद थी कि पिता इस कदर बेज़ार है बेटी को यहाँ रखते हुए कि अजय के संग धकेलकर ही मानेंगे। पिता का भरोसा अजय के सामने तो कई बार दिखाया ही था, भले उम्मीद में शक सन्देह मिला रहा हो। आज भरोसा पछाड़ खाकर गिर पड़ा। आइन्दा के लिए वह अजय के अपनेपन और घर पर आश्रित हो गई। यदि ऐसा गवारा न करे तो जीवन की तस्वीर कुछ दूसरी तरह की होगी।

सारी रात जागती रही थी नेहा। निर्णय डगमगाने क्यों लगा? करवट दर करवट...

सारा दिन सोच-विचार में बीता था। डा. आभा को खोजा वह मिली नहीं। मम्मी इस बारे में कुछ न बोलकर अपना मत पापा के खिलाफ दर्ज कर चुकी थीं, लेकिन मम्मी की रक्षा में तो नेहा को ही उठना पड़ता है। पढ़ी-लिखी पीढ़ी की समर्पिता स्त्री...पापा की बात पर पहले अस्वीकृति में सिर हिलाती है फिर अपने ही दोष खोजकर आँसू बहाती है। बेटी को छूटें देकर आज तक भी अपने लिए छूट नहीं दे पाई।

रात भर अजय से अनबोला सा रहा।

दिन निकला, सवेरा हुआ।

नाश्ते की मेज पर पापा ने कब-कब की बातें याद दिलाईं। याद दिलाने का मकसद था—अपने बारे में सोचना। मेडिकल कॉलिज के सलैक्शन-स्टाइल पर बातें होने लगीं। बातों ही बातों में उन सबके नाम आए, जिनके साथ अन्याय हुआ था। नेहा ने ही घर में एक-एक साथी का ब्यौरा दे रखा था। आजकल के पापा

की तरह नेहा के पापा अपने दोस्तों में कम, नेहा के साथियों में ज्यादा दिलचस्पी लेते थे। उनके यहाँ शादी-ब्याह, खुशी-गमी में शरीक होते थे। उन्हें बहुतों के नाम याद थे।

नाम में एक विशिष्ट नाम डा. आलोक! नौकरी नहीं पा सका, वही लड़का!!

आलोक, नेहा की दुखती रग। बिलकुल उसी तरह जैसे डा. आभा उसकी शक्ति-स्रोत हैं, डा. आलोक कमजोर नस...पापा ने कमजोर नस दबा ली। पापा क्या कुछ जानते हैं? उसी तरह जैसे आभा दी जान गई थीं।

जान गई थीं और उसने भी कहा था—आभा दी, डा. आलोक, क्या ख्याल है आपका?

—किस बारे में ख्याल? एबाउट हिज कॉम्पिटेन्स और हिज नेचर? उसकी कुशलता या उसका स्वभाव? क्या पूछना चाहती हो? अगर मैं कहूँ कि तुम्ही बताओ तो तुम क्या कहोगी यह मुझे पता है, भले अपने विचारों के बारे में न अनुमान कर पाऊँ।

—मैं क्या कहूँगी आभा दी?

—बता दूँ?—उन्होंने रहस्यमयी आँखों से देखा तो वह सहम सी गईं।

—आलोक मेरे प्रिय, आलोक मेरे आदर्श, आलोक मेरे प्राण बन्धु!

—आभा दी! प्लीज बस।

—नेहा, उसकी स्वीट-स्वीट सूरत, प्यारी-प्यारी बोली के चक्कर में पड़ोगी तो पछताओगी। उसकी जैसी ड्यूटी निभाओगी, तो दुबली होकर ओझल हो जाओगी। वह जादू-टोना जानता है। आलोक है, उजाले के पीछे भागता रहता है। कहाँ तक भागोगी छाया की तरह? पता नहीं क्यों मुझे उसके लिए बड़ी आशंकाएँ रहती हैं?

आभा दी, अन्तरंग बातें भी नहीं छिपा पातीं।

''भागना क्यों है आभा दी? वह तो सदा आसपास ही...''

आभा दी अपनी तीक्ष्ण दृष्टि से निहारती हैं। शरीर पर काँटे रखे कर देती हैं। मन्द-मन्द हँसती हैं। अर्थपूर्ण हँसी। उनकी आँखों की ओर ताकने का साहस नेहा कहाँ से लाए? वह तो वे सारी बातें भी भूल गई जो सोचकर आई थी।

क्या भूल हुई? आभा दी ऐसे क्यों मुस्करायीं? मुस्कराहट अच्छी थी, प्यारी तो नहीं। जैसा कुछ है, सहन नहीं हो पा रहा।

''माफ करना आभा दी। कुछ गलत...'' नेहा का गला भारी सा हो गया।

''धत् पगली।'' कहकर उन्होंने नेहा के सिरपर हाथ रख दिया और हौले हौले बाल सहलाने लगीं। इतना प्रेम कैसे साधे वह?

प्यार! आभा दी के प्यार के मारे नेहा रो पड़ी।

वे और भी प्यार बरसाने लगीं। दुलराया नेहा को। पीठ पर थपकी देकर अपने

घुटनों पर उसका सिर औंधा लिया। नेहा ने आँखें बन्द कर लीं।

बड़ा-सा चुम्बन उसके गाल पर जड़कर होठ अलग कर लिए आभा दी ने और बोलीं, "तेरे लिए ही शायद उसे मैंने छोड़ दिया था, कब? कब..."

क्या कहा आभा दी ने?

क्या सुना नेहा ने? उसका चेहरा यकायक तपने लगा। छाती धक्-धक् करने लगी। छोड़ा, किसको छोड़ा? किसके लिए छोड़ा, कब?

आलोक को मेरे लिए...

आभा दी स्थिर, अपलक आँखों सम्मोहित सी...किसी का दर्शन कर रही हों जैसे।

"क्या कहा आभा दी? साफ-साफ कहो न?" उनके घुटने पर अपना सिर रखकर फिर सिर हिला-हिलाकर जिद की।

वे नेहा की ओर सिर झुकाकर हँस पड़ीं।

"तू क्या सोच रही है? साफ-साफ क्या कहूँ? जिन्दगी में साफ स्पष्ट कुछ है? नथिंग इज क्लीयर इन लाइफ।"

"जो उलझ गया है, उसे ही बता दो आभा दी। मुझसे कुछ न छिपाओ, क्योंकि मैंने आप से कभी कुछ नहीं छिपाया। मेरे भीतर आप हैं आभा दी, भागकर जाएँगी भी कहाँ?"

नेहा की बात सुनकर कि उसकी हठ से टूटकर आभा दी खुल पड़ी थीं—"आलोक की चाहत हुई थी नेहा, मगर देखा कि मुझसे ज्यादा दूसरों को उसकी जरूरत है, हाथ पकड़कर उन्हीं लोगों के लिए उसे छोड़ दिया।"

"छोड़ दिया!"

"हाँ, छोड़ दिया।"

"कैसा साहस किया आभा दी?"

"हः हः हः" हँस पड़ीं डा. आभा।

"कहूँ कि तेरे लिए..."

नेहा ने कसकर हाथ दबा लिया उनका। और हाथ अपने माथे से लगा लिया, "ऐसा न करो आभा दी। ऐसा नहीं...मैं जिन्दा नहीं बचूँगी। आई विल नॉट लिव..."

युगान्तर की निद्रा त्यागी हो जैसे!

आलोक का प्रसंग आज यहाँ आ पहुँचा। पापा ने एक मुँह बन्द घाव कुरेद डाला। अब तक टीसता था, अब बह निकला।

मरीजों का हमदर्द, कलीगों का प्यारा आलोक पता नहीं क्यों हमारे परवरदिगारों की आँखों से उतर गया? कंसल्टेंट बनने का उसी का हक था, क्योंकि उसमें योग्यता थी, मेहनत से कमाए हुए पेपर्स थे और अगाध लगन थी काम करने की।

फिर क्या हुआ?

"पॉलिटिकल पुश था" कोई कहता।

"डी. जी. का बेटा उसका प्रतिद्वन्द्वी था" दूसरा पहले की बात काटता।

"फेवर दो, पोस्ट लो, सीधा सौदा है। मंत्री लिस्ट लिये बैठा है।"

"महज कंसल्टेंट की पोस्ट के लिए मंत्री को फुरसत है?"

"मंत्री के कई आदमी इसी काम पर लगे हुए हैं। एक पोस्ट पाँच लाख।"

"डा. चक्रवर्ती का गुरुत्व कहाँ उड़ गया?"

"बेचारा हल्का-फुल्का आदमी! हैड तो नहीं।"

"नहीं रहे हैड, आलोक के पक्ष में हम सबके साथ खड़े तो हो सकते थे। रिप्रजेंटेशन देते। बोर्ड खारिज करते।"

"अपनी आजीविका को सब डरते हैं। वे पढ़ाने के लिए हैं, तलवार भाँजने के लिए नहीं।"

खैर!

"नेहा!" पापा ने टोका।

क्या-क्या बातें हो गईं, उसने कुछ भी नहीं सुना। कहाँ डूब गई? किसी अँधेरे में गुम हो गई थी?

और वह आकाश आजकल कहाँ है?

नेहा डा. आकाश के साथ काम करने वाली, आलोक के बारे में पूछने पर जितनी रहस्यमयी हो उठती है, आकाश के लिए उतनी ही मुखर।

"पापा, दिन-रात वह मरीजों की देखभाल में जुटा रहता था। सच ही कहता था—हम इतने डॉक्टर हर साल निकलते हैं, उनके लिए इतनी ही जगहें कहाँ से आएँ?" इतना कहकर मुखर हो जाने वाली नेहा इस समय कुछ भी नहीं बोल सकी। न जाने खोए बिछुड़ों को लेकर भीतर से हूक क्यों उठती है? हूक उस दुख की है, शायद जो डॉक्टर के भाग्य में लिख गया है। आभा दी ने ही बताया था—आकाश ने तीन-चार आईसेंटर्स ज्वाइन कर लिए हैं। उनके बोर्डों पर उसका नाम नहीं रहता। वजह है कि वह उन सेंटरों के मालिकों के नाम पर सर्जरी करता है नेहा...। ही इज घोस्ट डॉक्टर। अयोग्यों के हाथ अपनी योग्यता छिपाकर बेचने को मजबूर अपना डा. आकाश! आय एम सॉरी फॉर हिम नेहा!

डा. गौरव का पत्र आया था, लिखा कि दृष्टि आई हॉस्पिटल में नौकरी मिल गई है, वेतन है सात हजार। इस महँगाई के जमाने में वह साफ और साबुत कपड़े पहनकर पेट भरता रहे, यही बहुत है।

नेहा ने चिट्ठी के ही जरिए पूछा था—विवाह किया कि नहीं? आर यू मैरिड? जवाब उसने फोन करके दिया था—यू आर मैरिड, सो यू थिंक ऑल आर मैरिड! तुम्हारी शादी हो गई है तो समझती हो कि सबकी शादी हो गई! सबका मुकद्दर तुम्हारे जैसा नहीं होता नेहा कि जूनियर रेजीडेंसी खत्म होने के पहले ही शरण आई

सेंटर के उत्तराधिकारी डा. अजय वरमाला लिये दरवाजे पर आ गए।

—नेहा, असल में तो डाक्टर्स की लम्बी पढ़ाई के साथ लम्बा कुँआरापन चिपका रहता है, समझ ले उसे मैंने 'आजीवन' कर लिया। अकेले रहो, फाके करो, कौन पूछता है?

डा. नेहा के जीवन का फैसला अब इन घटनाओं पर आटका।

जिन्दगी को आधार मिला है, स्थिर है। नहीं तो तूफान में डगमगाती डोंगी के खिवइया आलोक, आकाश, गौरव...मिसालें काफी हैं।

—मिसालें। मिसाल बड़ी खतरनाक बात है। एक का जीवन दूसरे की तरह कैसे हो सकता है? एक का रास्ता दूसरे का नहीं होता और न एक का दृष्टिकोण दूसरे जैसा ही हो—दूसरे क्षण यह सोचने लगती नेहा।

तर्क पीछे-पीछे सरकता आता—प्रोफेशन एक है, हुनर एक है, चयन समितियों के रुख लगभग एक से हैं, तभी न साथियों के साथ ऐसा हुआ। क्या जरूरी है कि उसके साथ ऐसा नहीं होगा। हर साल हजारों डाक्टर्स के साथ यही अन्याय घटित होता है, जिसकी पुकार किसी दरबार में नहीं। मरे को मारे शाहमदार—मम्मी की कहावत खरी और सच्ची है।

जॉब के डर से कोई ट्रेनिंग छोड़ दे? सीनियर रेजीडेंसी का सर्टिफिकेट न होगा तो आगे ईमानदारी भरा बोर्ड भी हो, नौकरी नहीं दे पाएगा। बेसिक नॉलेज को ही अधूरी छोड़ दे नेहा, यह साजिश तो कोई समिति या बोर्ड नहीं कर रहा। मूल बात यह है कि स्त्रियों का मामला जॉब मिलने न मिलने का नहीं, एज्यूकेशन के मामले में लोगों के नजरिया का है। उस नजरिया में घर परिवार की प्राथमिकता सबसे अहम है नेहा के लिए, यह प्रशिक्षण कहीं नहीं आता।

"अजय को पढ़ने जाना है, इसलिए नेहा को रेजीडेंसी छोड़कर शरण आई सेंटर जाना होगा।"

माय फुट।

"नहीं, मैं नहीं जाऊँगी।"

माँ ने पापा की ओर देखकर समझाया था—चली जा, तो अच्छा ही रहेगा। तू तो आँखों ही आँखों में कितना कुछ सीख लेती है। लड़कियाँ बड़ी चतुर होती हैं। हमारे जमाने में बहनें पढ़ती भी थी और घर का काम, बाप भइया की सेवा भी करती थीं।

"तुमने ऐसा क्यों नहीं कराया मम्मी? अपना वश चलते मेरी पढ़ाई में कोई रुकावट क्यों नहीं डाली? पापा किसी काम की कहते, खुद उसे पूरा करने भागतीं। क्यों पापा के पीछे पड़-पड़कर संगल कोचिंग सेंटर से तीन महीने का कोर्स ज्वॉइन करा दिया था? पापा को जीत लिया था तब, आज डा. आर. पी. शरण का डर लग रहा है मम्मी? या मुझे अपनी पीढ़ी से आगे नहीं जाने दे रही?

"मान लिया, मेरे साथी स्ट्रगल कर रहे हैं, संघर्ष। संघर्ष कभी तो रंग लाएगा। हम लोग किसी भी जद्दोजहद में साथ-साथ रहते थे, आज मैं मुँह मोड़ रही हूँ। दगाबाज और गद्दार डॉक्टर!"

माँ को अपना फैसला सुना दिया। सही है, गलत है, उचित किया, अनुचित किया...फैसला हो ही गया तो सोच-सोचकर पछताना क्या? खूब पक्का मन बना लिया था।

फैसला माँ के जरिए पिता तक पहुँचेगा, जो होगा देखा जाएगा।

अजय लौट गए।

पापा जैसे बीमार हो गए हों। घर में मनहूसियत छा गई। टिम्मी मासूम शिशु कभी अपनी नानी की ओर देखता कभी नाना की, अन्त में माँ से कहता—ममा मैं...और छोटी-छोटी बाँहें फैला देता।

'हॉस्टल में कहाँ ले जाऊँ बेटा तुझे...?'

विवशता और असमर्थता के साथ पुकार उठती—आभा दी, बोलो अब मैं कहाँ जाऊँ? मैंने मम्मी-पापा के घर तो कलह का बीज बो दिया है। अजय और मेरी जिन्दगी को अपने जीवन का मुद्दा बनाकर पापा-मम्मी को पछाड़ने का बहाना पा गए हैं। अपनी माँ को जहाँ तक जानती हूँ, चुप हो जाएँगी। चुप रहने का मतलब घुटने टेकना नहीं होता। लेकिन टिम्मी की उम्र इन बातों को समझने की नहीं है, उसके मन पर अभी से करुआहट फैल जाएगी। इसे बचाना होगा। क्या हॉस्टल में इन्तजाम हो सकता है?

कुछ समझ में नही आ रहा था। उसे अपने पास रखना मुमकिन हो पाएगा या नहीं, मुझे अपने आप की चिन्ता से ज्यादा बच्चे की चिन्ता लग गई।

तुम कहीं नहीं मिल रही थीं आभा दी...खोज खोजकर थक गयी। मरुथल में झरने सी डा. आभा के पीछे कहाँ जाऊँ, किधर जाऊँ?

थक हारकर तुम्हारे घर पहुँची थी।

तुम्हारी मम्मी ने बताया था आभादी कि तुम किसी मरीज के 'रेपकेस' की पैरवी करती हुई अलवर तक गई हो।

रेपकेस!

"हाँ तुम्हें नहीं पता? जो हुआ सो हुआ, आभा ने बवंडर मचा दिया है, उसकी यही आदत बुरी है बेटा। कितना ही समझाओ, तहस-नहस किए बिना मानेगी नहीं" आंटी कह रही थीं। और मैं सोच रही थी—मैं कहाँ थीं?

अजय के आने पर पूरे चार दिन घर में ही तो रही। घूमना-फिरना-मौज मस्ती, और फिर उस आँधी का सामना जिसे अजय जैसे शान्त धीर पुरुष छोड़ गए।

रेपकेस!

कार्ड बना था। नाम दर्ज था—सरोज, उम्र—पच्चीस साल।

स्क्विंट सर्जरी के लिए आई थी, भेंगापन दूर करने के लिए।

पूछने पर पता चला कि स्क्विंट की ओ. पी. डी. में डा. अनुज वर्मा थे।

घटना इस तरह थी—

सरोज बाल छितराये, पल्ला अस्त व्यस्त...ओ. पी. डी. के रूम नं. सात से बदहवास भागी हुई चली आई और जहाँ उसे कोई लेडी डॉक्टर दिखी, उस कमरे में मरीजों को धक्का देती हुई हाँफती हुई चली आई।

"क्या हुआ? क्या हुआ तुमको?" डा. आभा द्विवेदी पूछती हैं।

वह मुँह पर पल्ला डालकर अपनी कमर पकड़ते हुए ऐंठ सी जाती है।

"अरे बोलो तो।"

वह बोलने के बदले फफक-फफककर रोती है।

डा. आभा पास खड़े दो मरीजों को कमरे के बाहर जाने को कहती हैं और उसकी पीठ पर थपकी देकर उसे सांत्वना देती हैं।

सरोज के पास खड़ी हो जाती हैं डा. आभा। उसे थाम लेती हैं। उसका पल्ला सँभालती हैं तो फटे चिरे ब्लाउज में से उसकी देह की तबाही प्रकट हो पड़ती है।

"यह छेड़छाड़, यह जोर-जबरदस्ती..." डॉक्टर हक्की-बक्की रह जाती हैं।

"किसने? अरे किसने?" कहते हुए डा. आभा की नजर उसकी सूती साड़ी पर जाती है।

"सात नम्बर कमरे में कौन सा डाक्टर है? जरा जाकर देखो तो।" डा. आभा ऑडरली को दौड़ा देती हैं।

वे नहीं पूछतीं 'तुम्हारे साथ क्या किया था, कैसे किया था?' अखबारों में बलात्कार के ऐसे सवाल उनका जी खराब कर देते हैं, जब पुरुष भरी कचहरी में स्त्री से ऐसे अनर्गल सवाल करता है। डा. आभा पुरुष की हिम्मतपरस्ती को नतमस्तक होकर नमस्कार करती हैं, वे औरत होकर एक औरत से ऐसी भाषा का इस्तेमाल नहीं कर पा रहीं। स्त्री की आँखें, उसकी अवस्था, और उसका शरीर ऐसा कुछ न भी कहे, तो केवल उसका इस हालत में अपने आपको पेश कर देना सबसे बड़ा सबूत नहीं? वेश्यावृत्ति करने वाली औरत से भी कोई सरेआम अपने सँभोग-विवरण सुनाने को कहे वह तो सुना पाएगी?

सात नम्बर कमरे में डा. अनुज वर्मा! ऑडरली नहीं, सिस्टर देख आई।

"चु चु चु!" डा. अवश लाचार आश्चर्य में चु चु चु करने के अलावा क्या कर सकती हैं। उन्हें अनुज की जगह अपने ऊपर शर्म आई। लज्जित हुई, सरोज से आँखें मिलाने का हौसला नहीं कर पा रही थीं।

"रोओ नहीं। हिम्मत से सारा कुछ बताना नहीं, स्वीकार करना होगा। जो

स्वीकार किया है, वह अडिग रहेगा, याद रखना।'' डा. आभा ने डा. अनुज का मिजाज और उसके पराक्रम को याद करते हुए कहा।

सरोज के आँसुओं से कन्धे की जगह डा. आभा का एप्रिन भीग गया।

''मैं इस घटना का पर्दाफाश करूँगी। घबराओ मत। चलो मेरे साथ। अभी, इसी समय, इसी हालत में।''

डा. आभा और सरोज हैड ऑफ द डिपार्टमेंट के कमरे के आगे पन्द्रह मिनट खड़े होने के बाद कमरे में प्रवेश की स्वीकृति पा गईं।

लिखी हुई एप्लीकेशन पहले से हाथ में थी। डा. अनुज वर्मा काण्ड के कर्ता धर्ता थे। एक जूनियर रेजीडेंट...डा. आभा ने कहा था, ''सर, इस लड़के को सजा होनी चाहिए। इसने हमारे प्रॉफेशन पर कीचड़ पोत दी, आप अगर इस तरह भी लें तो भी वह कल्प्रिट है। इस औरत के नजरिए से देखें तो वह पूरे स्त्री समाज का गुनहगार है।''

हैड सर एप्लीकेशन को देखते रहे। छोटे से प्रार्थना पत्र को बीस मिनट तक पढ़ते रहे।

—पढ़ नहीं रहे वे, सोच रहे हैं कुछ।—डा. आभा द्विवेदी ने समझा था—सजा का कड़े से कड़ा रूप खोज रहे हैं सर।

''क्या किया जाए डा. आभा द्विवेदी? आपकी राय में क्या...?'' सर ने प्रार्थनापत्र के पीछे से अपना चेहरा निकाला।

''जूनियर रेजीडेंसी खारिज कर दी जाए। ही शुड बी डिस्मिस्ड।''

''इस अपराध के आधार पर?''

''तो फिर एफ. आई. आर. मैं लिखाऊँगी।'' डा. आभा समझ गईं, अनुज बड़े बाप का बेटा है, इसी के सहारे तो बड़ा गुनाह करने की हिम्मत रखता है।

''यू मीन पुलिस केस!''

''यस, आई मीन।''

''हमारे बिना ही? एफ.आई.आर. हमी लिखाएँगे।''

डिपार्टमेंट में सनसनी फैल गई थी, लेकिन ऐसी सनसनी नहीं, जैसी फैलनी चाहिए थी।

कोई कहता—यार मरीज औरतें बड़ी चालू होती हैं। एक्जामिन करने के लिए देर से बुलाओ तो चिढ़कर इलजाम लगाने पर आ जाती हैं।

—साली घर से बेजार आती हैं, डॉक्टर के ऊपर गिरती हैं, आनाकानी करो तो दोष लगा देती हैं। हम तो औरत को देखते समय नर्स खड़ी कर लेते हैं।

—कोई-कोई तो इश्कभरी चिट्ठियाँ लिख डालती हैं। डा. राकेश बता रहे थे, वे अपने कमरे से निकलकर ओ. टी. की ओर जा रहे थे, एक लड़की ने लिफाफा थमा दिया।

कोई पता नहीं। कोई पता नहीं कि क्या हुआ? असल बात क्या थी?

बहरहाल, रवैया यही था कि गलती औरत की हो सकती है। शिष्ट सुन्दर डा. अनुज वर्मा के लिए न तो लड़कियों की कमी है और न क्लबों होटलों की। गँवार अनपढ़ और अनगढ़ औरत डा. अनुज के पाँवों की धूल नहीं।

लेकिन सब कुछ कहते हुए भी डिपार्टमेंट में जो अनकहा चल रहा था, वह था—डा. अनुज ऐसा काम कर सकता है। उसकी हवस ऐसी ही है। ही इज सिक अबाउट विमैन।

मुँह खोलने का जोखिम बहुत बड़ा था।

डा. आभा चुप नहीं होती थीं। कितना ही चुप किया हैड ऑफ द डिपार्टमेंट ने। सारी कोशिशें लगा दीं। एफ. आई. आर. दर्ज कराकर मानीं।

"नौकरी करना है कि नहीं डा. आभा?"

वह बोली, "नहीं आप मुझे डिसमिस कर दीजिए। करिए तो सही।"

पुलिस आई थी।

हैड ऑफ द डिपार्टमेंट यदि अपने विभाग की बदनामी चुपचाप कराता रहे तो हर कोई लानत भेजेगा उस पर।

डा. चोपड़ा इन कामों में माहिर माने जाते हैं। वे ऐसे मामलों में सिद्धहस्त हैं।

पुकारे गए।

उन्होंने ही कहा था, "सर, डा. आभा सिरफिरी है। एफ. आई. आर. से निपटा जा सकता है, उससे नहीं। अब की बार एस. एच. ओ. से मुझे मिलवा दीजिए। पुलिस वाले इतने नासमझ नहीं होंगे, जितनी यह आभा नाम की औरत। मैं समझता हूँ वे ऐसे जल्लाद भी नहीं होते, जैसी कि ये औरतें।"

डा. चोपड़ा किसी औरत को काबू में करने के पक्ष में नहीं थे।

काबू किया सरोज का पति।

दुनिया के हर बलात्कार करने वाले का पर्दाफाश कर सकती थी सरोज, पति का पर्दाफाश करने की हिम्मत नहीं जुटा पाई।

बयान बदल दिए कम्बख्त ने! कह दिया मेरे साथ ऐसा कुछ नहीं...

डा. आभा सरोज को देखकर भौचक्की रह गईं। उनके सिर के ऊपर धरती आ गई, पाँवों के नीचे आसमान का शून्य!

"सरोज!" बयान देकर वापस जाने वाली स्त्री को पुकारा था उन्होंने।

मगर उस स्त्री ने बहरी की तरह कुछ सुना नहीं। अन्धी की तरह डा. आभा की ओर देखा नहीं। पति के साथ सीधे रास्ते पर चलती चली गई। आज वह न फटा ब्लाउज पहने थी न तार-तार पेटीकोट। झीनी पीली साड़ी में से साटन का पीला पेटीकोट चलते समय झलकता था। आभा देर तक उसी को देखती रहीं, जब कि

वह दृश्य पटल से ओझल हो चुकी थी।

'खिसियानी बिल्ली खम्भा नोचें' यह कहावत कहा करते हैं डा. चोपड़ा। डा. आभा पर वे इस कहावत को 'फिट' बिठाते हैं—

जब डा. आभा कहती हैं—पैसे खा गया चोपड़ा। बलात्कारियों का सरताज! चमचागीरी करता है। दलाली पकड़ ली है क्योंकि कैरेटो प्लास्टी में धाँधलेबाजी रंग दिखाने लगी थी।

—कमीनगी की हद करता है चोपड़ा, बयान कराये नहीं, बयान बदलवाये!

—कितना खाया डा. चोपड़ा?

उत्तर में डा. चोपड़ा कहते—डा. आभा इज मैड। शी इज सिनिकल। आभा पागल है, सनकी है। फ्रस्टेटिड वुमैन (कुंठित औरत)। साली ने पति क्या छोड़ा, पुरुषों की दुश्मन हो गई। आई फैमिनिज्म की नानी!

डा. आभा जैसे अपना ही सिर कूटती हों—औरत से हारी हूँ मैं। सरोज ने टंगड़ी मारकर मुझे गिराया है। यह भी नहीं देखा कि उसका बास्टर्ड हस्बेंड घूँस खा गया। बयान बदलने के लिये मारा पीटा होगा, मैं मानती हूँ, मगर मारपीट अपने ऊपर होते बलात्कार जैसे अपमान से ज्यादा कष्टदायी नहीं थी। मेरा साथ छोड़ दिया उस औरत ने...यह तो देख लेती कि एक औरत उसके साथ खड़ी है। बहनापे की ताकत भी कुछ कम नहीं होती। उसे पति की ताकत से औरत की ताकत हर हाल में कमतर लगी...। उसका भी क्या कसूर, उसे दुनिया को इसी तरह देखने की आदत है। यह बलात्कार डा. अनुज ने किया, तो पीछे हटने का गुनाह सरोज ने किया।

लोग डा. चोपड़ा की चापलूसी में डा. आभा का विलाप हँस-हँसकर सुनाते।

डा. चोपड़ा ठहाका लगाकर हँसते जैसे किसी विक्षिप्त पागल की बातों पर कोई जोर से हँसे। सामूहिक ठहाकों ने आभा नाम की डॉक्टर को कुचल डाला हो जैसे।

डा. आभा अपने कमरे में कुर्सी पर बैठी बुदबुदाया करतीं—क्या लोग हैं यहाँ...डा. अनुज वर्मा के मस्त भविष्य को बचाकर अपने इस जूनियर को तबाह कर रहे हैं। ये गुरुजन हैं। सारे मेडिकल कॉलिज में यह बात फैल गई थी कि अब किसी भी दिन किसी मामले में फँसाकर डा. आभा को सस्पेंड कर दिया जायेगा।

सारी सुविधाएँ छीन ली गईं। नजर टैस्ट से ज्यादा कुछ नहीं करेंगी। चालीस वर्ष से ज्यादा का मरीज डॉ. आभा के केबिन की ओर जाना नहीं चाहिए, फोर्थ क्लास कर्मचारियों को ताकीद कर दी गई।

बच्चों के कॉम्प्लीकेटेड केस डा. चोपड़ा लेंगे।

स्टोर विभाग भी छीन लिया गया। अब उस डा. आभा का विश्वास कौन करे जो अपने ही विभाग के डाक्टर के खिलाफ एफ. आई. आर. लिखाती है।

सच्चा आदमी कितना खतरनाक होता है! आई डिपार्टमेंट ही नहीं, सारे डिपार्टमेंट चौकन्ने हो गए।

'लगनशील डा. आभा द्विवेदी...आपके लिए फिलहाल इतनी वीरानी काफी है।' अनकहा यह हुक्म नेत्र विभाग में सनसनाया करता।

डा. आभा ने दुख करते हुए भारी और गहरी आवाज में कहा था—यह हताशा...कि आदमी की जिजीविषा खत्म होती जाए...स्वास्थ्य विभाग का यह बीहड़...कि डॉक्टर अपंग और बेकार हो जाए...ये जंगली इलाके, अगर कोई रास्ता छोड़ते हैं तो वह सीधा विदेशों को जाता है! डा. आलोक ने जो किया, क्या बुरा किया? उसे यही रास्ता मिला होगा, केवल यही एक रास्ता...

आभा दी...मैं तुमसे नहीं मिल पाई। क्योंकि तुम अब भी पत्रकारों और वकीलों से मिलती फिर रही थीं। और रेजीडेंट्स ऐसोसियेशन का आह्वान कर रही थीं, बावजूद इसके कि डा. अनुज वर्मा जूनियर रेजीडेंट था। तुम्हारा विद्रोह उन वरिष्ठों के खिलाफ था, जो नवयुवक डॉक्टर्स को जाते-जाते उस रास्ते डाल जाते हैं, जो विदेशों की ओर तो जाता ही है, अक्सर खतरनाक खाइयों की ओर मुड़ जाता है।

सात

'बलात्कार कहाँ रुकता है आभा दी?'

'मेरा निराश मन कहता है, औरत रहेगी, तब तक बलात्कार रहेगा। हाँ इतना जरूर है, वह लड़-लड़कर हारेगी, हार-हार कर जीतेगी या नहीं, मगर लड़ती रहेगी।'

'यह संघर्ष अनन्त काल से चलता आया है, चलता रहेगा आभा दी...इससे तुम भी लड़ रही हो, वह सरोज भी। धोखा दे गई या दाँव बचा गई? हो सकता है अगले दाँव की तैयारी कर रही हो, क्योंकि उसे पुरुष के हमले और बचाव के पेचों का पता चल चुका है।'

एक बलात्कार यहाँ!

डा. नेहा के कैरियर को बलात् छिन्न-भिन्न होना पड़ा। कितनी कसमें खाई थीं, कितने वादे दिए थे तुम्हें आभा दी, खुद को भी लोहे में ढाल लिया था, मगर दबाव ऐसा था कि लचकना पड़ा।

आदरणीय ससुर ने याचक का चोला पहना और भीख के रूप में नेहा का सहयोग माँगा। अपनी पुत्रवधू से ज्यादा भरोसेमन्द कौन था उनके लिए? कोशिश न की हो ऐसी बात नहीं, उन्होंने डा. नेहा की सीनियर रेजीडेंसी पूरी होने तक के लिए डा. प्रकाश अग्रवाल को नियुक्त कर लिया था।

आभा दी कोई डॉक्टर होता है तो मनुष्य होना नहीं छोड़ देता। मनुष्य में अनेक गुण-दोष होते हैं। केवल एक साल दो महीने के लिए अपॉइंट किए गए डा. प्रकाश अग्रवाल डा. आर. पी. शरण की प्रैक्टिस देखकर चकाचौंध हो गए थे।

युवा डॉक्टर के मन में शानदार प्रैक्टिस का सपना जागे, यह कोई गुनाह तो नहीं। संयोग से घर उनका अपना था। सड़क पर खुलने वाली छोटी-सी कोठी। कहते हैं कि उन्होंने अपनी क्लीनिक की कल्पना की और बाहर खुलने वाले ड्राइंगरूम को क्लीनिक का आकार दिया।

अगर संक्षेप में कहा जाए तो इतना ही कि परीक्षण और निरीक्षण के सामान के साथ शरण आई सेंटर के मरीज डा. प्रकाश अग्रवाल की प्रॉपर्टी में शामिल होने लगे। ओ. पी. डी. करने वाले डॉक्टर से मरीज का परिचय पहले होता है और अन्त

में भी होता है। बीच में सर्जरी होती है तो उसमें लगे सर्जन का दर्शन मरीज कैसे करे? एक आँख डाइलेटिड और सुन्न होती है, दूसरी पर हरे रंग का कपड़ा पर्दे के रूप में पड़ा होता है।

प्रकाश अग्रवाल मृदुभाषी, शान्त और लगभग मुस्कराती मुद्रा के अति रूपवान गोरे लम्बे डॉक्टर लोकप्रियता की दौड़ में डा. आर. पी. शरण को पछाड़ देंगे, यह पापा शरण ने सपने में भी नहीं सोचा था। शरण आई सेंटर की विश्वसनीयता की तुरप चाल लगाकर कुछ महीनों में ही उन्होंने ऐसा चमत्कार दिखाया कि शरण आई सेंटर में मरीजों का आए रोज रोजा पड़ने लगा।

'लाहौल विला कूबत' गुस्से में आए डा. आर. पी. शरण उर्दू के इस जुमले को बोलकर अपने भीतर की भड़ास निकालते हैं, जो अंग्रेजी के किसी वाक्य के बस की नहीं।

अजय अभी अपने जाने के प्रबन्ध में लगे थे।

गाज वहीं गिरती है, जहाँ गाज गिरकर सर्वनाश कर दे।

डा. आर. पी. शरण, उस दिन पहली बार नेहा के घर दिल्ली आए थे, जब उसका हाथ अपने बेटे के लिए माँगा।

आज दूसरी बार...

अपने सेंटर के लिए डा. नेहा से भीख माँगने आए।

"तबाही किसी तरह की अच्छी नहीं भटनागर साहब। न धन की न सद्‌भावना की।"

नेहा अपने ड्राइंगरूप में पापा के बराबर में बैठी सुन रही थी।

"वह सुअर सब खा गया। सब लूट ले गया। शरण आई सेंटर के पैड पर नुस्खे लिखता है।"

"रिपोर्ट करो। थाने में एफ. आई. आर. लिखाओ, शरण साहब।" पापा ने सुझाव दिया, और समुद्र की लहर की तरह सुझाव लौटा, नेहा से टकराया।

"रिपोर्ट, दावा, केस मुकदमा...इसके लिए मुझे दिन-रात भाग दौड़ करनी पड़ेगी। जाली आदमी है डा. प्रकाश, और हमारे दुश्मन उसके साथ मिल गए हैं। संकट भारी है। अजय को लन्दन जाने से रोक रहा हूँ।"

पापा ने धीरे से सिर घुमाकर नेहा की ओर देखा। देखा कुछ इस तरह जैसे वे मम्मी को करबाचौथ के व्रत में बैठी लक्ष्मी की तरह देखते हैं।

नेहा सकपका गई, क्योंकि अजय के लिए नहीं, इस समय अपने लिए सोच रही थी कि भारी संकट कहाँ आ सकता है।

"नेहा!"

"हाँ पापा" वह तन्द्रा तोड़कर बोली।

"बेटा सीनियर रेजीडेंसी, कुछ दिन बाद कन्टीन्यू नहीं कर सकती?"

"पता नहीं।"

नेहा के 'पता नहीं' कहने से डा. आर. पी. शरण का मेडिकल व्यवस्थाओं के नियम-कायदों का ज्ञान ओझल नहीं हो जाता।

पापा ने डा. शरण की ओर जिज्ञासा भरी नजरों से देखा।

नेहा ने नजरें झुका लीं और अपने दुपट्टे के छोर को उँगली से लपेटने का खेल करने लगी।

"आप क्या कहते हैं डा. शरण?" पापा ने पूछ ही लिया।

"ऑफ कोर्स! छुट्टी ले सकते हैं। अभी कुछ दिनों की ही तो बात है, फिर अजय के जाने न जाने का भी फैसला हो जाएगा।"

डा. नेहा के सामने अब कोई और विकल्प नहीं था, सिवा इसके कि वह छुट्टी लेकर आगरा चली जाए क्योंकि शरण आई सेंटर के हित में एक योग्य डॉक्टर का होना वहाँ जरूरी था और चिकित्सा जगत् के हित में यह था कि डा. प्रकाश अग्रवाल जैसे धोखेबाजों को पुलिस और न्यायालय के हवाले किया जाए।

डा. आभा द्विवेदी से मिलना, मतलब कि शरण आई सेंटर को तबाही के कगार पर छोड़ देना, डा. अजय के भविष्य को समुद्र में धक्का देना। डा. आर. पी. शरण के बुढ़ापे में खाक डालना। एक्ट्रीम में नहीं जा पाती नेहा। बीच से रास्ता खोजती है। क्या कोई रास्ता मिलेगा जो बीच से जाता हो?

लौटकर शरण आई सेंटर का काम सँभालने लगी।

डा. प्रकाश अग्रवाल कौन से मरीजों को अपने साथ ले गया? यहाँ तो आँखों के मरीज दिन रोज बढ़ रहे हैं! नेहा को आश्चर्य हुआ। और सोचा–प्रायवेट आई सेंटर्स में सरकारी अस्पतालों की तरह पेशेंट्स की लाइन नहीं लगती, मगर यहाँ तो जैसे सरकारी अस्पताल। क्या डा. आर. पी. शरण ने फ्री ओ. पी. डी. कर दी है?

नहीं, कंसल्टेशन फीस तो बढ़ा दी है।

डा. नेहा ओ. पी. डी. में पेशेंट्स के बारे में पूछताछ करने लगीं–

हाय ब्लड प्रेशर का केस है–सन्तोष कुमार का।

"प्रेशर लो सिस्टर" डा. नेहा की सलाह।

"नॉर्मल है" सिस्टर बी. पी. इंस्ट्रूमेंट हटाकर कहती है।

दूसरा मरीज!

शुगर हाय है। ऑपरेशन नहीं हो सकता था। मेडिकल कॉलिज से आया है।

"शुगर लेबिल टैस्ट कराओ, अपनी लैब में सिस्टर। टैक्नीशियन से कहो।" नेहा का आदेश होता है।

यह क्या हो रहा है? प्रेशर नॉर्मल, शुगर लेबिल इतना बढ़ा हुआ नहीं कि

सर्जरी न हो सके। क्या सोचते हैं सरकारी डॉक्टर्स? या कि अस्पतालों के बी. पी. उपकरण खराब हैं?

डा. नेहा केस हिस्ट्री पढ़ती हैं कुछ मरीजों की—

अमर सिंह, उम्र सैंतालीस वर्ष, परीक्षण—एंजिओ ग्रॉफी।

कमाल है! साधारण मोतियाबिन्द, सिंपल कैटरैक्ट में एंजिओग्राफी की क्या जरूरत है? साथ ही दो महीने बाद की डेट! हद है।

अमर सिंह को बुलाया डा. नेहा ने और पूछा, "यह टैस्ट कराने गए थे पहले?"

"हाँ जी, डाक्टरनी जी। टैस्ट की मशीन खराब पड़ी थी। सुधरवा रहे थे। हम फिर गए, पर सुधर नहीं पायी, वे लोग फिर क्या करते बेचारे। डाक्टर साब तो बड़ी कोशिश कर रहे थे। हमने भी सोच लिया कोशिश करना ही आदमी का काम है। अगर हमारी तकदीर में अन्धा होना ही लिखा है तो कौन रोक सकता है? अब दिखाई तो बस इतना ही देता है कि झाँई सी मारे।"

गहरा निःश्वास छोड़ा डा. नेहा ने। सरकारी मशीनरी के भाग्य में खराब रहना लिखा रहेगा, तो जनता के भाग्य में अन्धा होना लिखा है।

अमर सिंह ने बताया, "उन डाक्टर साब ने ही फिर यहाँ का पता लिखा। कहते थे, वहाँ अच्छा इलाज होता है। तुम फ्री के चक्कर में अन्धे हुए जा रहे हो।'

"डाक्टरनी जी, आठ महीना बाद हम सही जगह पहुँचे हैं। कृपा करो, दया करो।"

डा. नेहा के चौंकने की बारी थी। आठ महीना! अब तक तो कैटरैक्ट रैटिना पर सवार हो गया होगा। यानी कि मोतियाबिन्द ने पिछला पर्दा चबा डाला होगा। क्या उन डाक्टर साहब को यह ज्ञान नहीं था?

अमर सिंह के बाद रामप्रसाद, उम्र—पचास वर्ष।

रामप्रसाद बताते हैं—अजी बार-बार बुलावें, बार-बार लौटा दें। हाँ, अब की बार तो शर्तिया हो रहा था, पर औखा (विपत्ति) तो ससुर की, संग चलती है। मेज के ऊपर सूँ उठा दिया हूँ।

"क्यों?" नेहा ने सवाल किया।

—अपनी जानकारी के ही थे, सो बोले, यहाँ तो भइया जी नौसिखिया लौंडे लपाड़े अपरेसन कर रहे हैं। अपरेशन कम और उछलाकूदी ज्यादा, आँख फोड़ दी तो? सरकारी मामला, फिरी फंड का काम, भरोसा बैठ नहीं रहा, आँख वाला मुद्दा ठहरा।

डा. नेहा देख रही थीं, मरीज की आँख पर पट्टी बँधी है। क्या ब्लॉक भी दे दिया होगा? कैसे पूछे कि आँख सुन्न की थी या नहीं?

"आँख सुन्न करने की सुई लगाई थी बाबा?"

"सब पर्चा में लिख रहा होगा। सुई तो सास तब से लग ही रही हैं, जब

से अपरेसन की बात चली है, अब कौन बता दे कि सुन्न करने की थी कि खून खेंचने की?''

पर्चा है सादा। पर्चे के साथ चिट है, जिस पर लिखा है—डा. शुक्ला।

कोड वर्ड्स का संसार!

अब समझ में आया कि यह परनाला कहाँ से खुला है? या खोला गया है? शरण आई सेंटर का कम्पाउंड क्यों भरा रहने लगा है?

नेहा को क्यों दम मारने की फुरसत नहीं है? डा. आर. पी. शरण के बदन में क्यों गजब की फुर्ती है?

रात के बारह बजे नेहा बिस्तर पर गई।

अजय भी तभी लेटे थे। बगल में लेटकर पूछा, ''अजय, यह करिश्मा कैसे सम्भव हुआ?''

''कौन सा करिश्मा?'' अजय जैसे कुछ जानते न हों।

''यही अपने सेंटर में लहलहाती मरीजों की फसल का।''

अजय हँस पड़े। वैसे इन दिनों उनका चेहरा उल्लास से भरा रहता है।

''हँसी में बात मत टालो, बताओ।''

''सब समझकर नासमझ बने रहने की अदा कब तक अख्तियार करे रहोगी नेहा?''

''डॉक्टर्स की मेहरबानी है? है न?''

''पर्चे देखे होंगे। तुमने क्या नहीं देखा?''

''इनायत और ढेरों इनायत एक साथ? समझ में नहीं आ रहा, माजरा क्या है?''

अजय, ज्यों हंड्रेड परसेंट सुख की अवस्था में हों, बोले—''हमारे पापा की अन्वेषक दृष्टि! खोजी नजरें। ही हैज अ मास्टर माइंड। साले प्रकाश अग्रवाल को चारों खाने चित गिरा दिया कि जेल भिजवा दिया। पापा से बचकर कहाँ जाएगा?''

नेहा को डर सा लगने लगा। अपराधी तो था डा. अग्रवाल, मगर सजा अपराध से कई गुना बर्बर दी गई!

भेद की बात यह थी कि फेको (टाँके रहित) सर्जरी, लेजर एक्जाइमर (चश्मा हटाने वाला यन्त्र) ने ऐसे पाँव पसारे कि शहर के नर्सिंग होम्स ही नहीं, सरकारी संस्थाएँ, स्वापत्त संस्थान भी सर्कस की तरह अपनी-अपनी मुनादियाँ करने लगे। ऐनक से छुटकारा, ऑपरेशन कराइए, काम पर जाइये—का धुआँधार प्रचार होने लगा।

माध्यम भी तीव्रगामी थे—रेडियो, टी. वी. के लोकल केबिल, कम्प्यूटर और फैक्स ई मेल! सबके सब जरिए प्रचार के आश्रित हो गए। देखते ही देखते प्रायवेट

चैनल भी जुड़ गए।

डा. आर. पी. शरण पहले तो आश्चर्य में पड़े रहे, मगर अपनी ख्याति को नीची जाती देखते ही उनका चेहरा मुरझाने लगा। चलते तो सुस्त कदम पड़ते, शरण आई सेंटर की मन्दी ने सारा उत्साह दबोचकर मन्द कर दिया।

अब किया क्या जाए? मरीजों के जरिए माउथ टू माउथ का सिद्धान्त चरमराने लगा। कैसा अमोघ साधन था! हर्र लगे न फिटकरी...।

आमदनी का कितना अंश प्रचार की भट्ठी में झोंक दिया जाए कि अपने हाथ सिंकें? डा. शरण को फिर भी भरोसा न होता था कि उनके सेंटर की क्लाइंटेल बढ़ेगी। रोगी शरण आई सेंटर के मेहमान होंगे।

करना ही होगा कुछ तो। यह सोचकर कि आदमी के पास न अपनी आँख के लिए वक्त न अपने प्राणों के लिए। तेज दौड़ के धावक सुविधा साधन जुटाने के अभियान से क्षण भर नहीं निकाल सकते। धन धन धन का घन चारों ओर पड़ रहा है।

डा. शरण कितना ही कुछ सोचें ये आधुनिक साधन प्रचार-प्रसार का तामझाम उन्हें उतावलापन लगता था। उतावलापन बचकानी हरकत का दूसरा नाम है। बेचारों का चेहरा चिन्ता के मारे पीला पड़ गया।

—गम्भीरता से सोचा और अजय का लन्दन जाना रोक दिया।—अजय बताते हैं।

'ऐसा कहीं हो सकता है?' नेहा सोचती है।

''सच्ची बताओ अजय, तुम्हारे रुकने का कारण यही था? तुमने एफ. आर. सी. एस. के लिए होने वाले दूसरे पेपर को क्लीयर कर लिया था?''

अजय झूठ नहीं बोलते। बड़ी ईमानदारी से कहा, ''यहाँ डा. प्रकाश अग्रवाल ने बावेला मचा रखा था, मैं कैसे पढ़ता? उसी पाजी की वजह से सात क्वेश्चन गलती हुए।''

डा. आर. पी. शरण को रात में नींद नहीं आती।

दिन में चैन भी कहाँ? उन्होंने अपने अभिन्न और लगभग सम्बन्धी जैसे डॉक्टर मित्रों के साथ जल्दी-जल्दी तीन बैठकें कर डालीं। बैठकों का एजेंडा था—सेंटर की होती जा रही बदहाली को सदाबहार खुशहाली में बदल देना। तब कारगर उपाय पाया गया—कॉकटेल पार्टी।

फेको लेज़र और एक्जाइमर के प्रचारवादी वर्चस्व से लोहा लेने का नायाब तरीका—अपनी डॉक्टर बिरादरी को विश्वास में लेकर चलना होगा। भाईचारा ही सहयोग का मूल है।

तीन सितारा होटल बुक किया गया। सितारों की शान शहर पर हावी थी। अजय बताते हैं—यह जो मरीजों का रेला दिख रहा है न, इससे कई गुना तेजी से शराब का रेला चला था। पापा ने नदिया खोल दी। टी. वी. चैनल्स पर स्वाहा होने वाले धन को मित्रों की आवभगत, खातिरदारी और खुशामद में खर्च किया। जो अब तक विमुख रहे थे, सहोदर से हो गए।

—मरीजों का स्रोत किस वर्ग के नीचे से फूटेगा, यह परख लेना ही तो डा. आर. पी. शरण की आँखों का करिश्मा है। अजय के दर्प भरे चेहरे से पिता की सफलता झरती है, चमकदार सितारे बिखेरती फुलझड़ी की तरह। वे सगर्व बताते हैं—"छोटे बड़े क्लीनिक्स, नर्सिंग होम्ज़ और सरकारी, गैर-सरकारी स्वास्थ्य संस्थानों के स्तरीय डॉक्टर्स अब काबू में हैं।

"पार्टी का कमाल! नेहा, तुम होतीं तो देखतीं। पीने वालों की अपनी मण्डली होती है। कुछ पी-पीकर जमीन में लोट गए थे, कुछ ने पापा के पाँव पकड़ लिए, कुछ खूब-खूब रोए। लुढ़के पड़े हुए उल्टी कर रहे थे और फिर गाने लगते। गाने में डा. आर. पी. शरण की कसम, अजय शरण की कसम, वादा किया है, वादा निभाएँगे जैसा गीत...नहीं होंगे जुदा वी आर...युअर ब्रदर्स...की धुन में मगन थे लोग।

"खाली कोरी शराब भी आदमी को कितने दिन मदमस्त रख सकती है? खातिरदारी भी आदमी को तभी तक याद रहती है, जब तक भोजन का स्वाद मुँह में रहे और शराब का सरूर आँखों में, बदन उड़ता है, तभी तक आदमी जुड़ा रहता है। पापा इस बात को खूब समझते हैं। उम्र और अनुभव इंसान को पकाते हैं। पापा का तजुरबा कहता था—फिफ्टी फिफ्टी। इतना कमीशन इस शहर में कौन सा आई सर्जन देता है? "

नेहा ने कहा, "अजय, कहीं पढ़ा था—'लोक कल्याण' प्रधान वस्तु है, यह जिससे सधता है, वही सत्य है।" कहकर सोचने लगी—

सारे साधन बिखेर दिए अजय ने। मैं ही बौखलाई सी देख रही हूँ। या विश्वास नहीं कर पा रही? अजय का देखा हुआ, अपना सुना हुआ झूठ सा लगता है। तब क्या यह सत्य नहीं?

अपने ऊपर नेहा को अविश्वास हुआ। साथ ही शर्म आई। झेंपती हुई-सी बोली, "अजय, मैं तो यह मानकर आई थी कि पति को विदेश जाना है, ससुर अकेले पड़ जाएँगे, काम में परेशानी होगी।"

अजय ने कुछ नहीं कहा। कुछ न कहना ही उनका उत्तर था, क्योंकि वे कुछ कहने लायक न थे। क्या कहते? यही कि देख तो रही हो, सीजन कैसा चल रहा है! यही हमारी कमाई के दिन हैं। इस सेंटर की खुशहाली के लिए ही पापा विदेश भेज रहे थे। घाटे का सौदा कौन करना चाहता है?

कुछ नहीं कहा अजय ने, क्योंकि पहले ईमानदारी बरत चुके थे। 'सच' खोल चुके थे। सच को छिपाना दुनिया का असम्भव काम है।

नेहा सोचती है—मैं जिस भाव से अजय को देखती रह गई, उस पर उन्हें गुस्सा आया या ग्लानि हुई? अन्त में फिर यह क्यों कहा कि तुम नेहा पूरी बात समझ नहीं पा रहीं।—कहते-कहते उनके चेहरे का सारा जोश खोने लगा।

मेरे कारण अजय का मुरझा जाना...क्यों? उनसे ज्यादा सौभाग्यशाली पति कौन होगा, जिसके लिए डा. नेहा रिसेप्शनिस्ट बन गई। शरण परिवार की पुत्रवधू राज्य-लक्ष्मी सी आई, जिसको काट तराश कर यहाँ के कारीगरों ने शोभित होने वाली मूर्ति में ढाल लिया। लोग मूर्ति की सराहना करते हुए थकते नहीं, क्योंकि व्यवहार और कार्य-कुशलता ने मूर्ति में प्राण फूँक दिए।

दुर्निवार वेदना...जो भीतर ही भीतर उफन रही थी, पति के ठण्डे जोश वाले चेहरे को देखकर बैठने लगी। शरण परिवार के लोग सच्चे अर्थों में लगनशील, चतुर और कुशल धावक हैं। किसी को सोचने का मौका तक नहीं देते!

इस तरह की जलती झुलसती लहरें दिल में उठतीं और लपटों की तरह फैलने लगतीं। उसी से पैदा हुआ 'उठा-पटक' का घटिया खेल अन्दर चलता रहा, लेकिन नेहा नाम की बहू अपने व्यवहार को कसे रही। जानती थी, यहाँ मनोभावों की दुनिया नहीं, अजय की पत्नी का कौशल महत्त्व रखता है। उसी कौशल के कारण यहाँ के यश और वैभव से जुड़ी है नेहा। स्वभाव की चिकनाई ने बड़ा काम दिया।

"नेहा!"

डा. नेहा ने गर्दन घुमाकर देखा, पापाजी की आवाज कहाँ से आई?

"कम हियर, कम।"

हाँ, पापा जी!

विद्वान बाबा की दिव्य महात्मा मण्डली के स्वागतकर्ता आर. पी. शरण अपने अतिथियों को यथास्थान बिठाते हुए आगे बढ़कर नेहा की ओर आ गए थे।

पापा शरण की आवाज में आत्मीयता गजब की है! नेहा की पीठ पर हाथ रखकर अपने साथ उसे बाबा के आसन के पास ले चले। पास पहुँच गए तो बोले, "बाबा जी की चरण रज लो नेहा।"

अन्तर्राष्ट्रीय ख्याति प्राप्त बाबा आनन्दाचार्य आँखें मूँदे होठों के आसपास छबी दाढ़ी मूँछों में मुस्करा रहे थे। धर्म के रहस्य, जीवन के मोक्ष और बैकुण्ठवास के प्रयत्नों पर अविराम, धारा प्रवाह बोलने वाले का प्रवचन होने वाला था। ये बाबा, यही हैं वे बाबा, जिनकी डा. शरण के घर में अक्सर ही चर्चा चल जाती है। इन बाबा को श्रीमती शरण ने अपने काशी प्रवास के दौरान खोज निकाला था। पत्नी

द्वारा बुलाए गए आनन्दाचार्य शरण सेंटर की शान का इजाफा करने में सहायक होंगे, यही किसी पतिव्रता का अवदान है।

नेहा का मन किसी साधुवेशी मनुष्य के पाँव छूने को नहीं करता, क्योंकि उसके मत के अनुसार मनुष्य रहना ही, सबसे ज्यादा सहज क्रिया है। इन्सान के ऊपर चढ़ा कोई भी चोला उसे छद्म लगता है। पापा से उसकी अक्सर बहस हो जाती थी। और पापा के हारने से ठीक पहले नेहा यह कहकर कि 'हमसे ज्यादा आदमी का मौलिक रूप कोई नहीं देख सकता' अपनी जीत का कारण स्पष्ट कर देती थी कि पापा बेटी से पराजित होने की बजाय एक डॉक्टर से पराजित होने में तौहीन महसूस न करेंगे।

नेहा यहाँ नहीं कह सकती कि इन बातों में उसे जरा भी रुचि नहीं।

फुर्ती से बाबा के चरण छू लिए तो लगा कि ससुर की आज्ञा का बोझ उतार दिया।

"बाबा, माय डॉटर नेहा" कहते हुए पापा जी पिता जैसे हो गए, क्योंकि नेहा के पापा की तरह ही कहने लगे, "वेरी काम्पिटेंट डॉक्टर। रीयल एक्सपर्ट इन आई सर्जरी। आय एम प्राउड ऑफ हर।" (मेरी बेटी नेहा, बड़ी ही सक्षम डॉक्टर, नेत्र शल्य क्रिया की अद्भुत ज्ञाता। मुझे इस पर गर्व है।)

अपने रोम-रोम पर अद्भुत शान्ति बनाए हुए बाबा आनंदाचार्य, सफेद कमलों जैसी आँखें खोलकर देखने लगे। भरनजर देखते रहे। नेहा नजर से आती शान्ति में नहा रही हो जैसे, पापा शरण अभिभूत से देख रहे थे। ऐसी पवित्रता और शीतलता पहले कभी मिली थी नेहा? उन्होंने नेहा से निगाहों ही निगाहों में पूछा।

नेहा पर बाबा की दृष्टि थी और पापा जी की आँखों से छलछलाता स्नेह बरस रहा था। उन दोनों की मुस्कानों से गंगा की धाराएँ बही चली आ रही थीं।

नेहा पहले तो तरलता से भीगी, फिर प्रवाह में बही और उसके बाद डूबने लगी।

गोता लगाकर बार-बार ऊपर उछल आती थी।

उबर आई तो लौट चली।

विशाल पण्डाल खुंटियों और मोटे रस्सों की सहायता से बना है। शहर के नामी लोग आने वाले हैं। भीड़ होगी। चारों ओर से नेहा-नेहा की पुकार उठने लगी।

देखते ही देखते शुचिता और महिमा के सोते खुल गए। लोग पुण्य लूटने चले आ रहे हैं। जो आ गए हैं ध्यानमग्न और विह्वल से बैठे हैं।

अलौकिक झंकार हुई।

पहले प्रवचन सम्पन्न हुआ तो बाद में भजन और आरती का संजोग बैठा।

पुण्य कर्मों के पुण्य फल।

नव धनाढ्य वर्ग में अब शरण आई सेंटर की क्लाइंटेल (ग्राहक) थी। नजर

के देन लेन का ऐसा नायाब तरीका नेहा के लिए वास्तव में एक अविश्वसनीय तजुरबा था। एम. बी. बी. एस., एम. एस. और सीनियर रेजीडेंसी के दौरान बहुत किताबें पढ़ी थीं उसने। डा. चक्रवर्ती के सुझाव पर देशी-विदेशी जनरल्स छाने। ये तरकीबें कहाँ थीं?

हो सकता है समय के साथ आती जा रही स्पर्द्धा के हिसाब से आगे इन्हीं फॉर्मूलाओं पर शोध हो।

—तुम तो याद तक नहीं रही थीं आभा दी...पापा जी ने पाँवों में फिरकी जो बाँध दी थी। मैं दुलार की मारी घुमनी लगाती रही। चिन्ताएँ बस दो ही रह गईं—एक डा. आर. पी. शरण को ठीक से नींद आए, दूसरी—अजय की दिनचर्या भारी न हो।

...लेकिन लोग थे कि आराम से रह नहीं पा रहे थे।

कैसे रहें?

डा. अग्रवाल ने 'कमल चैरिटेबिल आई केयर' ज्वाइन कर लिया। रिटायर्ड प्रभावशाली डॉक्टर क्या आए, मरीजों ने आई केयर में कुम्भ के स्नानार्थियों की तरह प्रवेश किया। और पापा शरण का ब्लड प्रैशर उसी अनुपात में बढ़ गया।

कौन हारे कौन जीते? तू डाल डाल, मैं पात पात!

डा. आर. पी. शरण डॉक्टर के परामर्श पर बैड रैस्ट पर थे, लेकिन उन्होंने चुपके-चुपके रात के कारीगर पत्रकारों की ओर हाथ बढ़ा दिया।

पापा शरण नहीं हैं तो क्या, डा. अजय शरण ने महफिल सजाने और दावतें जिंवाने की जिम्मेदारी उठा ली। मेजवानी किसी योग्यता की मोहताज नहीं होती, उसे तो बस ताबेदारी की दरकार रहती है। अजय ने इस विद्या में अच्छा प्रशिक्षण पाया है, काम आया।

नतीजे संतोषप्रद थे।

अखबार अगर डा. अग्रवाल द्वारा संचालित 'कमल चैरिटेबिल आई केयर' की कल्याण भावना को प्रकाशित कर रहे थे तो डा. आर. पी. शरण की बताई रिपोर्ट छापने से कतरा भी नहीं रहे थे। अखबार ने कहा—कमल चैरिटेबिल आई केयर के यंत्र, भारद्वाज हॉस्पिटल द्वारा प्रयोग होते हैं, जो एक प्रायवेट संस्था है। यंत्रों का भाड़ा आई केयर के संचालक और उसके सहयोगियों की जेब गर्म करता है। जाँच होनी चाहिए। वे लेंस बाजार में बिक रहे हैं, जो रोगियों के लिए सरकार की ओर से दिए जाते हैं। यही नहीं, मरीजों से 250 रुपए से लेकर 1500 रुपये तक ऐंठे जाते हैं।

विश्वस्त सूत्र बताते हैं कि रोगियों की आँखों का ऑपरेशन कर दिया गया और लेंस डाले ही नहीं। और कुछ रोगियों के केवल नाम रजिस्टर में भर लिए, उन्हें

बैरंग वापस लौटा दिया गया। ध्यान देने की बात यह है कि अन्धापन दूर करने वाले ये अन्धे अभियान प्रकाशविहीन लोगों को कितनी रोशनी दे सकते हैं? एक अखबार नहीं, ऐसी सनसनीखेज और खेदजनक खबरों से ढेरों अखबार भर गए। शहर और आसपास के इलाकों में तहलका मच गया। प्रदेश का स्वास्थ्य मंत्रालय चौकन्ना हुआ। हर आदमी कमल चैरिटेबिल आई केयर को ही नहीं, किसी भी चैरिटेबिल और मुफ्त सरकारी नेत्र संस्थाओं को शक की निगाहों से देखने लगा।

शरण आई सेंटर ही शरणदाता के रूप में उभरा।

दो महीने न बीते थे, 'फेको' मशीन आ गयी।

पैक्ड 'फेको' खोला जाए।

एक दिन पहले से अजय की माँ निर्जला उपवास पर थीं। ग्यारह ब्राह्मणों का भोज किया था। वस्त्र और दक्षिणा साथ में थी।

पूजापाठ का माहौल जैसे मरीजों के लिए पवित्र वातावरण रचा गया है। गणेश जी की मूर्ति चन्दन की चौकी सहित रिसेप्शन के बीचोंबीच रख दी गयी—विघ्नकारी विनायक गणेशायः नमः।

राधाकृष्ण मंदिर के बड़े पुजारी महाराज आए थे, डबल दक्षिणा पर। उनके तत्त्वधान में मशीन खोली गयी। मशीन पर फूलों, चावलों और बताशों की वर्षा हुई।

ग्यारह अन्धे गरीब।

लाइन बनाकर शरण आई सेंटर के कम्पाउंड में बैठे थे। ऐसे मोतियाबिन्द के मालिक, जिस पर मशीन चल सके, न ज्यादा कच्चा, न ज्यादा हार्ड (पका)

एलान हुआ—आज गरीबों की मुफ्त सर्जरी होगी।

सप्लायर का फेको एक्सपर्ट मौजूद था, जो डा. अजय को टिप्स देगा और मशीन सैट करेगा। अजय ने एक हफ्ते का कोर्स पिछली साल बॉम्बे आई सेंटर बॉम्बे से किया था।

नेहा भीड़ के पीछे खड़ी थी।

हँस रही थी नेहा।

क्यों हँस रही है? हँसने की कौन-सी बात है? माना कि खुशी का मौका है, पर है तो गहन गम्भीर बात ही। इसमें हँसने की क्या बात है भाई?

नेहा हँसना बन्द नहीं कर पाई, जबकि उसने होठ भींच लिए। मुश्किल पड़ रहा था हँसी रोकना। हँसी रुकी तो समझो कुछ सोचने लगी नेहा। क्या सोचने लगी अब? क्या डा. आभा याद आ गईं। बेमौके याद आती हैं आभा। जब याद आती हैं रंग में भंग कर जाती है।

नहीं, आभा याद नहीं आईं। वह तो एक बात निरन्तर याद कर रही है। क्या

बात? यही कि अजय को फेको सीखना है।

कि ऊँचे लोग दया का सागर होते हैं।

कि सचमुच ही गरीब अन्धों का कल्याण होने वाला है।

—लो, बचो अब नेहा! अजय और अजय के पापा की डबल नजर, तुम्हारे ऊपर पड़ी। पकड़ी गई तुम्हारी बेसाख्ता हँसी। सवालों के घेरे में आ गई तुम्हारी हँसी। हँसी को बचा सकती हो? असमय की हँसी हमेशा परेशानी का कारण बनती है। परेशान करने वाली हँसी को कौन जिन्दा छोड़ेगा नेहा? तुम्हारी हँसी का राग बड़ा अटपटा-सा है। नारायण मूर्ति से आ टकराया। खुद से खुद ही बोल रही है वह...। और देख रही है—अत्यन्त तेजस्वी ससुर श्री के माथे पर तीन रेखाओं की सिकुड़नें पड़ीं। सूर्य के से घेरे में जड़े डा. आर. पी. शरण, उनके सफेद बाल जैसे भव्यता का खजाना, झुँझलाकर देखने लगे।

डर के मारे नेहा की साँस अटक गई। उनकी ओर सीधे देख सकती है नेहा?

जो सोच रही थी, वह कह सकती है? कहकर देखे तो!

—अमीरों की आँखों में टाँके न चुभें, इसके लिए तुम्हारा बेटा पहले गरीबों की आँखें फोड़ेगा डा. आर. पी. शरण। कैसी शुभ और मंगलमय वेला है, कैसी कल्याण भावना है!

यह बात कोई बहू अपने ससुर से नहीं कह सकती।

मगर कही तो है। मन में ही कही सही, डा. शरण ने चेहरा तो पढ़ ही लिया अपनी गद्दार बहू का। सजा तो देंगे ही, भले आज न दें।

'कैसी जिद है तेरी नेहा?' कौन बोलता है नेहा के भीतर? शायद उसकी मम्मी। समय-समय पर अन्दरूनी आवाज के रूप में मम्मी ही बरजती हैं।

और डा. आभा उकसाती हैं तभी के तभी—निजी उद्यम के चलते डा. आर. पी. शरण को यही रवइया अपनाना हो, यह जरूरी तो नहीं।

'आभा दी, बहुत हो गया। मम्मी ठीक ही कहा करती हैं, ऐसी जिद क्यों करो, जिसे साध न पाओ।' नेहा किससे बातें करती है? मम्मी नहीं हैं, आभा दी नहीं हैं, फिर कौन है वह, जो ख्यालों में बतियाता है।

आभा दी, शायद। जिन्हें नेहा बहुत प्यार करती है, भरोसा करती है, बेइन्तहा विश्वास है उनका, लेकिन सब कुछ ख्यालों ही ख्यालों में!

'कैसी मारामारी मची रहती है मेरे भीतर? कैसा संग्राम छिड़ा रहता है मन में? एक पल भी चैन पाया नहीं। इस घर को चाहने की, इस ढर्रे में रमने की, इस धार में पड़ने की बात सोच लेती हूँ, सुकून मिलता है, मगर कितनी देर? कुछ देर बाद ही विद्रोह करने पर उतर आती हूँ और इस दुनिया से छिटकने लगती हूँ, लेकिन वहाँ भी कितने दिन? आसपास के लोग ही खदेड़ लेते हैं कि यहीं आकर दम लेती हूँ। यह क्या हो रहा है? जिन्दगी ऐसे ही गुजर जाती है क्या?' नेहा सोचती है घबराती है।

अजय का चेहरा ठीक उसके सामने है। पंडित जी ने उनके माथे पर लाल टीका लगाया है। टीका...अन्धे की आँख से बहता खून...मैं पागल तो नहीं होती जा रही?

काश! अजय लंदन चले गए होते। काश! वे परीक्षा में पास हो गए होते। मेरा मार्ग खुल जाता। डा. शरण उनकी जगह मुझे पूछते। आज तो वे यह भी सुनने को तैयार नहीं हैं कि मुझे फेको आता है। मगर क्यों तैयार नहीं है? मैं पूछती हूँ, क्यों? इसलिए कि नेहा उनके बेटे से आगे न निकल जाए? वह स्त्री है, स्त्री को पीछे रहना चाहिए, इसीलिए उसे अनुगानिनी कहा है। डर लगता है कि नेहा पारंगत है, यदि यह बात जान गयी तो उनके बेटे की कद्र नहीं करेगी। पत्नी कद्र न करे तो पुरुष की क्या हालत होती है...उसे अर्द्धांगिनी कहा गया है और वह निश्चित ही मनुष्य का अर्द्धांग नहीं है। अजय की दुनिया में दूसरे पायदान पर है नेहा, और डा. आर. पी. शरण अजय के पिता हैं।

तब इसमें शक नहीं कि डा. शरण अच्छी तरह जानते हैं कि नेहा उनकी आकांक्षाएँ पूरी कर सकती है, लेकिन उनकी अपनी शर्तों पर नहीं। एक अच्छी लड़की, जो बुद्धिमान बहू बनकर अजय की जिन्दगी में सहयोग करती हुई, उसकी अनुगामिनी होती, ऐसी उम्मीद नेहा से करना...च् च् च् पापा शरण बेचारे क्या करें? महज पश्चात्ताप?

और नेहा भी क्या करे...कैसे कहे कि—मेरे ऊपर पापा, आभा नाम की हवा का फेरा पड़ जाता है। वही असर दिखाती है तो इस घर के हम तीनों डाक्टर्स का आपसी अनुपात गड़बड़ा जाता है, समीकरण बिगड़ जाता है। छोटी-बड़ी सीढ़ियाँ निर्मित हो जाती हैं। और गजब तभी होता है, जब नेहा, अजय की स्त्री निचले पायदान पर खड़ी होने के लिए तैयार नहीं होती, राजी करना भी मुश्किल...

नेहा इस घर में शामिल नहीं हो पाएगी, कभी नहीं...सच पापा? मगर उसने तो शामिल...अब आगे ऐसा नहीं होगा। बीती जिन्दगी के नक्श क्यों सताएँ? वे तो पीछे रह गए। जो यहाँ है, वही सामने है। जो सामने है, वही सच है। मैं महसूस कर सकती हूँ कि किसी भी स्थिति को झेलते जाना एक औरत के लिए न बड़ी बात है और न असम्भव कल्पना।

यह समय अपनी अलग कीमत रखता है, मानती हूँ और यह भी जानती हूँ कि आभा दी ऐसी स्थितियों में बिलकुल न रहतीं, मगर उतनी तोड़फोड़ मचाना मेरी प्रकृति में नहीं। कारण साफ है कि उनके पिता और मेरे पिता के चलन में अन्तर है, क्योंकि स्तर में भेद है।

नेहा सारा कुछ सोचकर एक बिन्दु पर आकर ठहर गयी—कहीं यही अन्तर तो मुझे आभा दी से जोड़े हुए नहीं? शायद...मगर इस समय मैं बड़ी निस्सहाय...क्योंकि मेरी चेतना छटपटाती है, और लालसाओं ने पर फैला लिए हैं।

आठ

'डा. आभा द्विवेदी!'

'नेहा का पीछा नहीं छोड़ सकतीं।' नेहा ने सोचा।

क्यों नहीं सोचा कि डा. आर. पी. शरण की सुशान्त और सुसौम्य पुत्रवधू बनकर रहना है तो दिल्ली जाने वाले डा. मनोज खरे से उनका नाम भी न ले। अब जीवन में आभा कभी नहीं, कहीं नहीं...मति की मारी ने रिक्वेस्ट की कि वे आभा दी से जरूर मिलकर आए। अपना बदला हुआ फोन नम्बर दिया और मोबाइल नम्बर भी।

आज कभी अपने किए पर पछताती है नेहा और कभी आभा दी के बारे में सुनकर कराहती है—मेरे कहने पर डा. मनोज तुमसे मिलने गए थे। आभा दी...गलती की या जो किया ठीक किया, समझ में नहीं आता। दरअसल मुझे तुम्हारी जरूरत थी, इसलिए याद आएँ जा रही थीं तुम। फोन कई बार किया था, घण्टी बजती रहती। चिट्ठी भी लिखी थी, न जाने वह लैटर कहाँ किसके पास पहुँचा? आखिर कहाँ गयीं आभा दी...? मेरी आशंकाएँ बढ़ने लगीं और मजबूत दिल दहलने लगा। चेतना खोखली होती जा रही है आभा दी...फोन का कनेक्शन कट गया या तुम रिसीव ही नहीं करतीं? कहाँ डेरा डाल लिया कि नेहा के पिंजरे से उड़ गईं? कोई धमका रहा है, या?

मनोज खरे ने कुशल मंगल तो नहीं दिया। (तुम कुशल रहो न मंगल आए) हाँ, इतना जरूर बताया कि डा. आभा लुधियाना गयी हैं।

"क्यों गयी हैं?" मैंने पूछा था।

"डा. जसवीर सिंह का अस्पताल देखने।"

"आभा दी को नए-नए काम देखने की बड़ी उत्सुकता रहती है।" मैंने तुम्हारी आदत बताई थी।

"उनके डिपार्टमेंट के लोग तो कह रहे थे कि डा. आभा बड़े बाप की बेटी है, कुछ भी करे।"

"कुछ मींस?"

"कुछ मींस, कुछ भी। क्लीनिक खोले, सेंटर खोले, कुछ भी।"

मैं यह बात सुनकर चौंक पड़ी थी। भीतर से दहशत सी हुई—क्लीनिक सेंटर क्यों? कहीं ऐसा तो नहीं कि तुमने डा. चोपड़ा से बाकायदा जंग छेड़ दी हो? सलैक्शन के मामले में डा. चक्रवर्ती की जो तुम्हारे लिए पक्षधरता रही, उस पर लोग आज तक खार खाए हुए हैं। वे सब मिलकर कमेंट्स करते थे, जाहिर है विपक्षियों के कमेट्स खुशफहम नहीं हो सकते।

"क्या सोचने लगीं' डा. नेहा?" डा. मनोज ने औचक ही मुझे पिछली दुनिया से खींच लिया।

"कुछ नहीं, कुछ नहीं..." मैंने अपनी तन्द्रा में मिली घबराहट को छिपा लेना चाहा, जैसे आभा दी के बारे में सोचना मेरी ऐसी कमजोरी हो, जिस पर लज्जा आए। इस गौरवमय गरिमापूर्ण अस्पताल के डॉक्टर्स के सामने कहाँ आभा, कहाँ आलोक।

"डा. आभा बहादुर लगती हैं, डा. नेहा।"

"कैसे?"

"लोग कह रहे थे, सबको जूते की नोक पर रखती हैं। डा. नेहा, पैसे वाले लोगों को तीर, भाले, बन्दूक, पिस्टल की नोक पर रख सकते हैं।" डा. मनोज ने अपनी दुखती रग पर अपनी ही उँगली रख ली।

मैं आभा दी के बारे में कुछ भी सुनना चाहती थी, अछा बुरा...मगर चर्चा उनकी ही हो।

डा. मनोज अपनी लाई खबरों में आगे बढ़े, "डा. ज्योति यह तो कह रही थीं कि डा. आभा पैसे वाली बात नहीं सोचतीं, हिम्मत पर दम भरती हैं। दबती नहीं। कायर लोग पैसे वाले बाप के बेटे भी हों, किसी सल्तनत के मालिक भी हों, तो भी क्या खतरों में आगे आते हैं?"

एक नौजवान बोला, "करेक्ट। एकदम यही बात है। यह तो सदियों से चला आ रहा मामला है, हिस्ट्री उठाकर देख लो। जब मुगल आये होंगे कि जब अंगरेज आए होंगे, तब यहाँ के राजे महाराजे अपने खजानों और सेनाओं के मालिक होंगे ही, मगर गुलाम होते गए! ताकत के मालिक बिकते गए। दूसरी ओर फक्कड़ों का दीवापन देख लो, अपने चन्द्रशेखर, भगत सिंह और सुभाष बाबू के पास कौन से खजाने थे? वे दुश्मन के लिए दीवार बन गए! दे वर रिच, बिकॉज दे वर करेजियस। वे अमीर थे क्योंकि साहसी थे।"

मैं समझ गई, यह नौजवान कौन होगा? डा. गौरव, जिसे हिस्ट्री पढ़ने का चाव चढ़ गया था, और कहता था कि डाक्टर बनकर फजीहत ही होनी है, वह आई. ए. एस. अफसर बनेगा। यहाँ तो जनता ही पीटने को आ जाती है, सिविल सर्विस का अफसर बनकर वह जनता के दाँत खट्टे कर देगा। आभा दी डाँटतीं—"तू पागल हो गया है। उन्हीं राजे महाराजों की तरह, जिन पर जीते जी कुछ न हुआ, मरने

के बाद समाधियों के बहाने पुजते रहे।"

इतिहास में से लौटी हुई चेतना में आभा दी चमकीं। मेरे मन में चिन्ता घिर आई।

"हाँ डाक्टर खरे, और किसी ने कुछ बताया कि डॉ. आभा किस महत्त्वपूर्ण कारण से लुधियाना गई हैं?" कोई सूत्र मिले, मैं बेचैन थी।

"डा. ज्योति कुछ ऐसा ही कह रही थीं कि डा. आभा डा. बिन्दु बत्रा से मिलने गई हैं।"

"बिन्दु बत्रा!" मैंने मन ही मन सोचा, आभा दी कहा करती थीं, "डा. बिन्दु एक बड़ी खोज करने में लगी हुई हैं, एन इम्पार्टेंट रिसर्च। वह कैरेटोप्लास्टी के बाद आँख के द्वारा पुतली के रिजैक्शन को चेलैंज करने वाली हैं। अगर आँख नई पुतली को स्वीकार नहीं करती है तो..."

मैं डा. मनोज खरे से बोल पड़ी, "यस् नाउ आय एम हड्रैड परसेंट करेक्ट, मैं अब शत प्रतिशत इस नतीजे पर पहुँच गई कि डा. आभा लुधियाना 'कैरेटोप्रॉथैसिस' देखने गयी होंगी। डा. बिन्दु बत्रा का गोल (लक्ष्य) पूरा हो गया होगा।"

"कैसे?"

"कैरेटोप्रॉथैसिस (नकली पुतली) लगाकर पूरी रोशनी तो नहीं आती, मगर आदमी अन्धा भी नहीं रहता। अपना इतना काम तो कर लेता है कि उसका जीवन किसी पर बोझ न बने। यह कहूँ कि रोगी को पराधीन होने से बचा लेती है डा. बिन्दु बत्रा, तो ज्यादा सही रहेगा।"

"एक्सीलेंट। अद्‌भुत!" डा. मनोज खरे के मुँह से निकला। साथ ही डा. खरे ने पूछा, "डा. जसवीर सिंह के अस्पताल में कब से हैं?"

"कई साल से। उनकी डॉटर इन लॉ हैं, पुत्रवधू!"

"अब वे पुत्रवधू कहाँ रहीं, डा. जसवीर सिंह की बॉस हो गई होंगी।"

मुझे न चाहते हुए भी हँसी आ गई। ये आदमी लोग बहू जैसी अनुचरी, या बॉस जैसी ताकतवर के बीच की किसी अवस्था के बारे में सोचते ही नहीं।

बहरहाल, मेरे मन में ईर्ष्या जागी थी—काश! मेरे भी ससुर छूट देने के पक्ष में ऐसे ही होते। मैं भी कुछ नया करने के विषय में सोच पाती। डा. आभा द्विवेदी मेरा काम देखने आतीं। अपनों को अपनी सफलता दिखाते हुए खुशी का जो अहसास होता है, दूसरों के सामने वह गर्व सा जरूर लगे, उल्लास नहीं लगता। थोड़े से उल्लास के अंश को भी तरसती है नेहा नाम की लड़की, मैं डा. मनोज के सामने यह दर्शाना नहीं चाहती थी, इसलिए ज्यादा से ज्यादा बातें डा. बिंदु बत्रा के बारे में करती रही।

बातें किसी की करूँ? कितनी भी करूँ? सोच का धागा एक ही खुंटी से विंधकर अटक जाता है। डा. मनोज खरे जिस तरह सहजता का मुलम्मा लपेटकर बातें बता रहे हैं, न बातें इतनी सहज होंगी, न बताने वालों के तेवर सरल होंगे। डा. गौरव

के अलावा...! मैंने एक दिन अनचाहे ही सुन लिया था कि एक दिन डा. चोपड़ा हैड ऑफ दा डिपार्टमेंट से कह रहे थे—यह साला चक्रवर्ती अपने साथ ही उठा लाया इसे भी। ऑल इंडिया मेडिकल इंस्टीट्यूट में क्या दर थी इसकी? इस साली को वहाँ का हैड घोड़ी बनाए हुए था, और डा. चक्रवर्ती को गधा। छः सीनियर्स को काटकर डा. राजेश जायसवाल को प्रोफेसर की पोस्ट दे दी, ऐसा होता है हैड, निडर निर्भीक।

—निडर निर्भीक की बात नहीं, इसमें भी किसी के 'कल्याण' की भावना छिपी होगी। सुनते हैं, एम्स के डाइरैक्टर और ऑप्था (नेत्र विज्ञान) के हैड को अपने-अपने एक्सटेंशन कराने हैं और वह एक्सटेंशन डा. राजेश जायसवाल करा सकते हैं, सरकार तो आजकल 'उन्हीं की' है। सैंया भये कोतवाल अब डर काहे का।—हैड ऑफ द डिपार्टमेंट ने अपना लिनिऐंट (कमजोर) होना बचाते हुए दलील दी।

—जो भी रहा हो, पर यह चक्रवर्ती तो आई डिपार्टमेंट की नाक का बाल था, चारों खाने चित कर दिया। वहीं का फ्रस्टेशन यहाँ निकाल रहा है, बड़ा कर्मयोगी बनकर दिखा रहा है, जैसे हम लोग तो सोते रहते हों। और 'वह' सुधारवादी पद्धतियों की नानी बनी फिर रही है, हम भी देखते हैं कि कहाँ तक चलती है?

आभा दी ...तुम किस रास्ते से गुजर रही होगी, काँटों की बाड़ वहाँ हर ओर लगी है तुम्हारे लिए। डा. चोपड़ा जहरीला आदमी है। उसने हैड की नसों में अपना विष इंजैक्ट कर दिया है, वे भी उसकी बीन पर लहरें लेते हैं और इस तरह नाचने वाले नाग का भी कोई डर क्यों माने? ऑप्थल्मालॉजी में आजकल चोपड़ा की तूती बोल रही है, मनोज बता रहे थे।

मेरी इतनी ही रिक्वेस्ट है कि डा. चोपड़ा को चुनौती पर चुनौती मत दिए चली जाना, असफल व्यक्ति की कुंठाएँ जान लेवा हो जाती हैं, चक्रवर्ती सर से भी कह देना।

इन दिनों मैं सोते जागते तुम्हारे बारे में सोचती हूँ। तुमको लेकर कई डर लगते हैं तो पिछली घटनाएँ याद आती हैं। याद ही नहीं आतीं आभा दी, सोने पर सपने में वे ही रूप धरकर साकार हो जाती हैं। आज रात ऐसा ही तो सपना देखा—

मैं हूँ, तुम हो और वही ऑपरेशन थियेटर!

सर्जरी के चीफ सर्जन डा. चोपड़ा हैं। डा. मंजूसिंह के छुट्टी पर चले जाने के बाद डा. चोपड़ा के पास कोई विकल्प नहीं बचता, जो रैटिना (पिछला पर्दा) चैक करे। हालाँकि कैटरेक्ट (मोतियाबिन्द) के ठोसपन के कारण रैटिना का चैकअप मुश्किल हो जाता है, लेकिन तुम्हें इस मामले में माहिर माना जाता है।

तुम ओ. टी. में आती हो आभा दी। असिस्टेंट की जगह वाशुड मैं हूँ। ऐनस्थैटिस्ट (बेहोश करने वाला डॉक्टर) डा. अभय वर्मा हैं।

सिस्टर सहित हम चार-पाँच लोग ऑपरेशन टेबिल के आसपास घिरे हैं। सबकी

नजर मरीज पर है। आँख सामने है। तुम चैकअप कर रही हो। जितना कुछ देख पाती हो, बता देती हो।

डा. चोपड़ा आँख पर चीरा देते हैं।

मैं आँख के कॉर्निया पर पानी डालने लगती हूँ। बराबर डालती रहती हूँ और सावधानी बरतती हूँ कि कॉर्निया (बाहरी पर्दा) सूख न जाए।

डा. चोपड़ा उपकरण माँगते जाते हैं। अब वे मोतियाबिन्द निकाल रहे हैं। मरीज की लेंस पावर के अनुसार नया लेंस सामने है। नर्स आगे करती है लेंस को। वे गौर से देखते हैं। जाँचते हैं।

यकायक ठिठकती निगाह से नर्स को देखते हैं। नर्स भोली आँखें उनके सामने किए है।

आभा दी, कार्यवाही को रुकते देखकर तुम कहती हो—ह्वाट हैपण्ड, क्या हुआ?

वे तुम्हारी ओर बिना देखे ही नर्स से कहते हैं—लेंस बदलवाओ।

नर्स असमंजस में पड़ी देखती रह जाती है।

—गो एण्ड फॉलो द ऑर्डर्स (जाओ, मेरा कहा करो)।

नर्स लेंस लेकर बाहर जाने लगती है तो डा. चोपड़ा एक बार तुम्हारी ओर देखते हैं और जल्दी ही नजरें घुमाकर नर्स से कहते हैं—लेंस सिस्टर विमी मल्होत्रा को दे देना, वह मँगा लेगी रलेटिव्स (सम्बन्धियों) से।

आभा दी, तुम भौचक्की सी...कभी मुझे देखती हो कभी ऐनस्थैटिस्ट डा. अभय वर्मा को, मगर डा. चोपड़ा को ऐसे देखती हो जैसे वे परले दर्जे के बेवकूफ हों।

—व्हाट रोंग विद लेंस डा. चोपड़ा? (लेंस में क्या गड़बड़ी थी?)

डा. चोपड़ा तुम्हारी ओर ध्यान नहीं देते।

लेंस लौटाना और वह विशेष लेंस, जो डॉक्टर चोपड़ा चाहते हैं, अगर उस कम्पनी की दुकान पर न मिले तो दूसरी जगह से लेना! आभा दी के चेहरे पर हवाइयाँ सी उड़ने लगती हैं।

कम से कम तीस से चालीस और पचास मिनट लगेंगे अदलाबदली में और यहाँ तक लेंस आने में। यहाँ यह चीरा लगी आँख खुली हुई सामने पड़ी है, क्या होगा?

मन में जो आशंकाएँ थीं, साकार हो रही थीं।

डा. आभा द्विवेदी डा. चोपड़ा को खा जाने वाली नजर से देखती हैं। डा. चोपड़ा उनकी अनकही को समझ रहे हैं—दिस इज क्रिमिनल, कसाई हो तुम। डॉक्टर हो गए तो किसी की रोशनी से खिलवाड़ करोगे? सब कुछ तुम्हारे कब्जे में है इस समय, बस इसलिए!

तमतमाए हुए चेहरे को नजरों से झटक देते हैं डा. चोपड़ा। उनका साँवला चेहरा गम्भीर है और निर्लिप्त भी, जैसे कुछ हुआ ही न हो।

'आँख कब दम तोड़ दे!' मैं सोच-सोचकर पीली पड़ी जा रही हूँ, क्योंकि रगों का खून सूखता सा लग रहा है।

दूसरा लेंस आ गया!

सब की जान में जान आई। डा. चोपड़ा भी प्रसन्न हो गए। उनके हाथ अब तेजी से चलने लगे। वे अनुभवी सर्जन अफर्टलैस (सहज) सर्जरी सम्पन्न कर रहे हैं।

डा. आभा उस विशेष लेंस के ब्राण्ड को आँखों में ही पढ़ लेती हैं।

ऑपरेशन थियेटर के बाहर!

आभा दी तुम डा. चोपड़ा की बराबरी पर चल रही हो। जिस हाथ में टॉर्च है, उसी को उठा-उठाकर कह रही हो—वण्डरफुल! डाक्टर चोपड़ा, यू आर ग्रेट सर्जन! (अद्भुत, डा. चोपड़ा तुम महान शल्य चिकित्सक हो।)

—यू वर वेटिंग फॉर दिस अनअप्रूब्ड लेंस! (तुम इस अमान्य लेंस का इन्तजार कर रहे थे!)

—मैं क्या कर रहा था, क्या नहीं कर रहा था, आप से मतलब? —डा. चोपड़ा ने तेज कदमों से जाते हुए कहा।

—बिलकुल है मतलब। मरीज के साथ होते अन्याय से हर डॉक्टर को मतलब होना चाहिए। कमाल के व्यापारी हैं आप भी! कौड़ियों की चीज अशर्फियों के दाम!

—डा. आभा द्विवेदी, सर्जरी मैंने की है, लेंस की च्वॉइस मेरी ही होगी, न, आप कौन कि खामख्वाह! आपका काम सर्जरी से पहले का था, करने के बाद आपको ओ. टी. से निकल जाना चाहिए था। मेरी शराफत कि जाने के लिए नहीं कहा।

—शराफत नहीं, डा. चोपड़ा, ढीठपन, निर्लज्जता, बेहयाई कि आप अमेरिका से चोरी छिपे लाए हुए इस घटिया और सस्ते लेंस को मेरे सामने ही मँगवाने और आँख में इस्तेमाल करने की जुर्रत कर पाए। रोगी को चालीस मिनट टेबिल पर आँख कटाए हुए हो गए थे, व्यवधान देती तो और भी बुरा हो सकता था, इसलिए सर्जरी होने दी, वरन् मैं उस सर्जरी को चैलेन्ज करती। पर्दाफाश होता डा. चोपड़ा। जो कुछ नहीं कर सकी, उसके लिए मरीज की अपराधिनी हूँ।

डा. चोपड़ा अब अपने कमरे की ओर मुड़ने लगे। डा. आभा ने पीछा नहीं छोड़ा।

—आप जितने भी लेंस लाए होंगे, मुँह माँगी कीमत पा गए होंगे, क्योंकि इन पर विदेश की मोहर लगी है और विक्रेता जानता है कि यहाँ की जनता के लिए विदेश सबसे बड़ा स्वर्ग है, जहाँ अजर-अमर होने की दवाएँ बनती हैं, वहीं रोशनी के खजाने खुले हैं। मगर यह किसको पता है कि इन लेंसेस को बिकवाने की खातिर हमारा सर्जन अपने मरीज की दुनिया अँधेरी कर देने से नहीं चूकता।

—व्हाट डू यू मीन डा. द्विवेदी?

—यू परफैक्ट ली अण्डरस्टैंड, व्हाट आइ मीन। (तुम खूब समझ रहे हो मेरा मतलब क्या है?)

—प्लीज गो ऑन युअर वे। (कृपया जाओ अपने रास्ते)

डा. आभा ने उनका रास्ता रोक दिया—नो, आइ विल नॉट गो। नहीं मैं नहीं जाऊँगी।

—क्या? विल यू नॉट शट युअर माउथ? (तुम अपना मुँह बन्द नहीं करोगी?)

—मैं मुँह बन्द कर लूँ, इसलिए कि तुम मनमानी करते जाओ?

—बहुत हो चुका देवी, मेरा रास्ता छोड़ो।

—क्या हो चुका? जो हो चुका, आपने किया। अच्छा बुरा कुछ भी...प्रसिद्ध डॉक्टर और सिद्ध आदमी को डर ही किसका लगेगा?

अब डा. चोपड़ा अपने कमरे में न जाकर ड्यूटी रूम की ओर बढ़ गए, जिसका दरवाजा उनके दाएँ हाथ पर ही था। बड़ी मेज पर अपना बैग रख दिया।

डा. आभा पीछे थीं। घूम कर आगे आ गयीं।

—एक बात का आंसर दीजिए डा. चोपड़ा, क्या आप इस अस्पताल के ओनर हैं, मालिक? मनमानी तो मालिक भी नहीं कर सकता। उसके भी हक मानवता के हित में ही होते हैं, नहीं तो वह मालिक कैसे हुआ? आप क्या हैं, डा. चोपड़ा? जल्लाद? कसाई?

डा. चोपड़ा का धैर्य जवाब दे गया। डा. आभा लगातार उनके सिर पर चमगादड़ की तरह मँडरा रही हैं, कहाँ तक सिर बचाए कोई? वे आपा खोकर बोल पड़े—चुप होगी, या नहींऽऽ...कब से बक-बक करे जा रही है हरामजादी!

डा. चोपड़ा की चिंघाड़...हमारे साथ कितने लोग वहीं इकट्ठे हो गए।

आभा दी चीख रही थीं—ब्लडी बगर! यू बास्टर्ड। मैं बक-बक कर रही हूँ? आगे अब देखता जा मैं क्या करती हूँ। तेरी एक-एक करतूत लिखूँगी।

तनकर खड़ी हुई डा. आभा की आँखों से लपटें उठ रही हैं। चेहरा आग का गोला!

"लिख, साली लिख। खूब लिख। लिखकर क्या कर लेगी?"—डा. चोपड़ा ने शब्द ऐसे चबा-चबाकर कहे जैसे आभा दी को चबा रहे हों। और अपनी कमर के नीचे हाथ रखकर बोले—उखाड़ ले मेरा यह।

डा. चोपड़ा का अश्लील भद्दा इशारा डिपार्टमेंट के शिष्टाचार का नया संकेत है।

आभा दी मर जाएँ या मार दें?

—बास्टर्ड! विदेशों से चोरी करके लाते हो और उसी माल से अपने देश में डाका डालते हो!

—डालेंगे डाका। क्यों नहीं डालें डाका? आर वी सच अ लो स्टैंडर्ड, क्या हम

इतने नीचे स्तर के हैं कि पगार पर महीना काटें? साली खसम को छोड़ आई तो हर मर्द की दुश्मन हो गई। खाने पीने तक न देगी? डा. विमला शर्मा को नहीं देती गालियाँ, गायनी का पूरा स्टोर पचा लिया।

—किसी विभाग में क्या हो रहा है, वह देखना सम्भव न हो, पर मैं अपने विभाग की धाँधलेबाजी हैल्थ मिनिस्टर को लिखूँगी। प्राइम मिनिस्टर तक...कहते-कहते वे हाँफ रही हैं।

डा. चोपड़ा को मजा आ गया हो जैसे!

—आय हाय! आय हाय! कौन न मर जाए इस भोलेपन पर!—अश्लीलता उनकी आँखों में रेंग रही है।

—देखती हूँ कौन बचाता है?

—नादान आभा! बेबी, वही। वही बचा लेगा, डा. अनुज वर्मा! याद है, तुम्हारा जूनियर रेजीडेंट। बलात्कार के केस में तुमने उस बेचारे को कितना खींचा था! मगर अन्त पर मजा आ गया, जब मरीज ने ही तुम्हारे मुँह पर जूता मार दिया।—कहकर वे बाहर निकल गए।

हम देखते रह गए आभा दी...मामला! हद से गुजर रहा है। सब्र के किनारे कब के टूट चुके।

आभा दी...तुम कोई कमजोरी दिखाओ, उससे पहले मैं तुम्हें वहाँ से हटाना चाहती हूँ। क्योंकि मैं काँप रही हूँ, गुस्से से या क्षोभ से...अनन्त दुख से आभा दी! कहाँ से यह लेंस प्रसंग चला आया? कहूँ क्या हतवाक् सी...। तमाशा खत्म हो रहा है, लोग जा रहे हैं।

डा. चोपड़ा का चेहरा बाज का चेहरा! इस झपट्टामार चोरी और बाद में सीनाजोरी पर हम रो ही सकते हैं, क्योंकि रोक नहीं सकते। कैसे समझाऊँ तुम्हें कि कुछ लोग मनमानी करने के लिए ही पैदा होते हैं। और कुछ उस मनमानी को बर्दाश्त करने के लिए...

आभा दी...छोड़ो अपनी जिदें! वह जिद क्या जो आदमी को कमजोर करके फेंक दे।

तुम्हारी आँखें डबडबा आईं! मैंने इधर-उधर देखा, कोई देख तो नहीं रहा? मगर आँसुओं के बादल तुमने रोके हुए हैं और कह रही हो—चोपड़ा भी डॉक्टर है और चक्रवर्ती भी। दोनों स्वास्थ्य सेवा से जुड़े हुए, मनमानी करना तो किसी की बपौती नहीं। न एक-दूसरे को कोई सिखाता, न आपस में कोई सीखता...अपने-अपने स्वभाव अलग होते हैं नेहा, पर प्रभाव तो अलग-अलग नहीं होता। चिकित्सा की नैतिकता (मेडिकल एथिक्स) का असर कुछ नहीं हुआ? मेरे ख्याल में अब डा. चोपड़ा जैसे लोग इस पेशे में जानबूझकर घुस रहे हैं, क्योंकि वे ही आँख की रोशनी, दिल की धड़कन और दिमागी शिराओं के अच्छे व्यापारी हो सकते हैं, बाजार को ऐसे

लोगों की सख्त जरूरत है! जरूरत बड़ी अनैतिक है नेहा, मगर इंसान के साथ इस तरह की खिलवाड़ घोर अनैतिक है।

—मेरा जमीर मुझे जीने नहीं देता नेहा...कहते हुए आवाज लड़खड़ाती है तुम्हारी। मैं कितनी हिम्मत बँधाऊँ? चुटकी भर हिम्मत मेरे पास नहीं, फिर समझाती हूँ—तुम क्यों इतना सोचती हो आभा दी? वे तो अपनी इस सफलता पर सीना फुलाकर चलते हैं। दे फील, दे आर ग्रेट। दे आर एक्सपर्ट्स! कितनी कुशलता से अपना काम कर जाते हैं! आनन्द का मामला है आभा दी। मेरे पापा कहते हैं, युद्ध में कुछ नैतिक-अनैतिक नहीं होता। मेरी समझ में आया है, आनन्द में कुछ नैतिक अनैतिक नहीं होता, न कुछ न्याय-अन्याय और न कुछ आचार-अनाचार...

तुम दुख भरी हँसी हँसती हो आभा दी! सिर झुकाए बैठी हो। मेरी ओर नहीं देखतीं। और मैं लज्जित सी होती हूँ। पराजय सिर चढ़कर बोल रही है।

—कुछ बोलो आभा दी...

तुम्हारा आँसुओं से भीगा चेहरा उठता है और काँपते हुए होठ कहते हैं—एक दिन इन ग्रेट डॉक्टर्स से कोई महान मरीज ही भिड़ेगा। भिड़े, यही हमारी चाह है। क्योंकि ये लोग किसी डर, किसी लिहाज किसी नियम को मानने वाले नहीं। क्या करें, ये अपनी आत्मा को मारकर खा चुके हैं। दे हैव नो सेंटीमेंट्स, नो सिम्पैथी (इनके पास न भावनाएँ हैं न सहानुभूति) ये सब भी तो आत्मा से सम्बन्धित चीजें हैं। हैं न नेहा?

तुम फफक-फफककर रोती हो! आँसू गिराती जाती हो।

मेरे पास भी शब्द नहीं। केवल मेरा हाथ है मेरे पास जो तुम्हारे हाथ से मिल जाता है। हर बार तुम मुझे खींचती थीं आभा दी, अब की बार मैं तुम्हें हाथ पकड़कर खींच रही हूँ। जल्दी, जल्दी...नहीं तो कोई आ जाएगा। तुम रो रही हो, इस पर ही वह हँसेगा। हम औरत जात हैं आभा दी, किसी के हँसने के बावजूद भी रो सकते हैं। लेकिन डॉक्टर हैं, रोना कमजोरी की निशानी है। डॉक्टर्स की दुनिया में न कमजोरी होती और न रोग आता। लोग हमें मनुष्य की इन स्वाभाविक प्रवृत्तियों से काटकर देखते हैं, कभी-कभी, इसलिए ही देवता का रूप मान बैठते हैं।

हमारा कष्ट प्रबल है आभा दी।

लेकिन राजकुमार क्या कह गया है अभी-अभी? औरतें, बेचारी! पलकों पर आँसुओं की फसल उगी रहती है। कमजोर दिल की मालकिन। पहले जमाने में घर के भीतर रोया करती थीं। अब देख लो कि आफिसों में, दफ्तरों में, स्कूलों में, अस्पतालों में...रोया करती हैं। रोना था तो घर ही रहतीं।—टैक्नीशियन और कितना सोच सकता है? मखौल का मौका मिल गया आज।

तुम्हारा रोना और उस रोने पर मुझे शर्म आना...

मुझे आलोक का रोना लगता है, तुम्हारा रोना! डा. आलोक रोया था, कलीग्स

ने खूब मखौल उड़ाया था। डाक्टर अरुण श्रीवास्तव ने तो लगभग थूका था उस पर। क्या करते डा. श्रीवास्तव, आलोक अपने पौरुष को लजा रहा था, जैसे हम अपने व्यक्तित्व के चिकित्सक को लजा रहे हैं। कोई हमें भी उसी तरह बदहाल कर डालेगा, जैसे आलोक को बदहाल कर डाला था। उसका दुख भारी से भारी होता चला गया। और फिर कोई सिर उठाकर कैसे देखे?

सपना टूट गया आभा दी। तुम अलक्षित हो गयीं। कहाँ ओ. टी. कहाँ डॉक्टर चोपड़ा और कहाँ अपना डिपार्टमेंट? पलँग पर बगल में अजय सो रहे हैं।

मगर!

याद में स्थायी बना रहा तुम्हारा रोना।

तुम्हारे रोने के बरक्स खड़ा था डा. आलोक का दुख! मेरी व्याकुलताएँ जिन्हें मैं किसी से व्यक्त नहीं कर सकती। तुमसे भी नहीं। वह मेरी चेतना का हिस्सा नहीं, मेरी भावनाओं का अंश है। वह तत्त्वज्ञानी नहीं, प्यार का सागर जैसा है। उसके साथ अस्पताल नहीं, मैंने काल्पनिक धरती-आकाश जोड़े थे।

धरती-आकाश के बीच भारी-भरकम दुख किस मजबूती से लटका है!

सपने का असर न रहता तो मन में डा. आलोक इस कदर डेरा जमाकर बैठ जाते।

मुड़ी-मुड़ी बरौनियों वाली उनकी छोटी-छोटी रोयी हुई आँखें!

मुझे क्या सूझा था, दिलासा देने की जगह बोली, "छिः!"

भीगी आँखों के बीच सुतवाँ लम्बी नाक तन गयी थी आलोक की। एकटक देखते रहे, धीरे-धीरे नजरों को खंजर बना लिया और जैसे सामने कुर्सी पर बैठी नेहा पर तलवार तानकर बोले हों—खत्म कर दूँ? तुमसे मुझे इस घृणा की उम्मीद नहीं थी।

निःश्वास छोड़ते हुए सस्वर कहा, "जानती हो, अपनों से मिली धिक्कार जानलेवा होती है। मगर मैं इतना कायर नहीं कि जान दे दूँ। जान दे देता तो रोने की क्या जरूरत थी? नेहा, याद रखना, आत्महत्या करने वालों के मुकाबले रोने वाले बड़े बहादुर होते हैं।"

"डा. आलोक, यू आर ब्रेव (डा. आलोक, तुम बहादुर हो) डोंट माइंड, सॉरी!" मैं क्षमा मागने लगी थी।

रात को सपना आया, वह क्या था? अतीत का एक क्षण मात्र! एक क्षण ने मेरे मन् का एक कोना सूना कर डाला। खाली शून्य! अकेली का जी घबराता है। मैं बार-बार सपने को उस खाली जगह पर प्रत्यारोपित करती हूँ। कैरेटोप्लास्टी करते हैं। खाली जगह में पुतली लगाते हैं, जैसे आँख में ही ब्रह्माण्ड जाग्रत हो उठता है। मैं उसी तरह की ज्योति अपने मन में जलाना चाहती हूँ, आलोक आ जाएगा

तो दुनिया जाग पड़ेगी।

कोशिश करो तो कुछ न कुछ तो होता ही है।

भले आलोक यह कहे—"नेहा, मैं कुछ कर दिखाना चाहता था, नहीं कर पाया।"

मैं उसे दुख से नहीं, आशा से देखती हूँ और कहती हूँ, "करने का सभय आएगा और मौके बनेंगे क्योंकि तुम्हारे जैसे सर्जन की आप्थल्मालॉजी (नेत्र चिकित्साविज्ञान) को जरूरत है।"

"ठीक है। मगर फिलहाल इतना कि मैं जीना तो चाहता हूँ।" कहते हुए उनकी दृढ़ नुकीली ठोड़ी और कटी हुई छोटी-छोटी मूछें आत्म विश्वास के चिन्हों में देखी जा सकती थीं।

"आलोक लाइफ कितनी ही सख्त क्यों न हो, तुम्हें डरा नहीं सकती। मैं जानती हूँ। पलायन करने वाले तुम नहीं।"

काश कही हुई बातें फलीभूत हुआ करें!

स्थितियों के ऐसे शिकंजे कसे कि डा. आलोक उन्हें खोलने पर नहीं, तोड़ने पर आमादा हो गए। पलायन कर जाने के सिवा चारा भी क्या था? डिपार्टमेंट में लोग उनकी सावधानियों को ही काँटा बनाकर मरीज की आँख फोड़ने का बहाना बनाने की फिराक में रहते। 'आराम से रहो और रहने दो, आनन्द से जिओ और जीने दो। सम्पन्नता पर चिकित्सकों का जन्म सिद्ध अधिकार है, के सिद्धान्त वाले घुटे-मिड़े वरिष्ठ युवकों के भावुक आदर्शों को नीची नजर से देखते।

अपना कॉलिज, अपना विभाग।

डॉ. आलोक विष का घूँट पिए कॉरीडोर में घूमते रहे। एनस्थिसिया विभाग के लोगों ने तबाही में अच्छा योगदान किया कि सारा कुछ खत्म हो गया।

टैक्नीशियन राजकुमार का अधेड़ चेहरा बच्चे के चेहरे की तरह खुशी से खिल रहा था, जब उसने खबर दी, "डॉ. साब जी, बड़ी गुड न्यूज है जी। बीस साल का मुँडा था जी। एक्सीडेंट बिच...। बड़ी सोड़ी आँखें हैं।" जुबान पर चपलता और हाथों की उँगलियों में चुस्ती।

"राजकुमार जी!" आलोक के मुँह से यकायक नहीं निकला, अक्सर ही निकल जाता है। राजकुमार ने अपनी मुस्कराहट बीच में ही रोक ली, जैसे वह जान गया हो कि डॉ. आलोक का आशय क्या है? किसी का जवान बेटा मरा होगा और हम खुशी मना रहे हैं। खुशी, वह खुशी, जिसमें सजकुमार को डॉक्टरों की शाबाशी मिलेगी। वह खुशी, जो मृतक की अच्छी से अच्छी आँखें लाने की विशिष्टता में राजकुमार हासिल करता है, वह खुशी जो पुतलियों की रोशनी ग्रहण करने वाले

मरीज उसे कुछ रुपयों की बख्शीश के रूप में देंगे।

डॉ. आलोक ने यह भी सुना है कि यही राजकुमार जब कच्ची उम्र का था। मृतक के घर से आँखें लाते हुए जोर-जोर रोया करता था। कमीज की बाँहों से आँसू पोंछता हुआ आता और डॉक्टरों की झाड़ खाता, क्योंकि फोर्थ क्लास स्टाफ को वहाँ की करुण कहानी सुनाने में रमा लेता। मातम बाँधकर लाता, मातम बाँट देता। मगर पेशे की जरूरत ने उसे पत्थर कर दिया है। होंठ हँसे हुए रहते हैं, आँख रोती नहीं। डॉ. आलोक अपनी संवेदना को जब्त करते हुए राजकुमार से कहते हैं, ''गुड! हम जल्दी ही पुतलियों का इस्तेमाल करते हैं।''

उन्होंने ग्रफ्टिंग की सभी तैयारी कर डाली। अपने केबिन में बैठकर एनस्थैटिस्ट (बेहोशी के डॉक्टर) का इंतजार करने लगे।

घड़ी देखते-देखते दो घंटे बीत गए। चार घंटे का समय बचा है अब।

मगर कोई आया, तीन घंटे बीत ए। आधा वक्त व्यर्थ गया।

चार घंटे बीते तो डॉ. आलोक का धैर्य जवाब देने लगा, मगर अपने आपको नियन्त्रित करते हुए प्रतीक्षा के आगे सिर झुकाए रहे।

पाँच घंटे गए। डॉ. आलोक उठ खड़े हुए। बात हद से गुजर गई तो वे तेज कदमों, लगभग दौड़ लगाते-से चिकित्सा अधीक्षक के पास पहुँचे।

वे हाँफ रहे थे, क्योंकि चाल कई जगह लड़खड़ाई और ठोकर खाते-खाते बचे।

तेज साँसों में लिपटा स्वर था, ''सर! ऐसा कब तक चलेगा?''

''क्या हुआ? अरे डॉक्टर आलोक!'' चिकित्सा अधीक्षक ने अपना दुबला चेहरा कागजों के बीच से उठा दिया।

''जो होता आ रहा है, वही हुआ सर।''

लगभग पचास वर्षीय डॉ. श्रीवास्तव की समझ में नहीं आया कि वे इस अस्पताल में पिछले दस साल से इस पोस्ट पर काम कर रहे हैं। क्या-क्या हुआ होगा, जो होता आ रहा है?

''बैठा, यहाँ बैठो पहले।'' उन्होंने सामने की कुर्सी की ओर इशारा किया।

''बैठकर समय बरबाद होगा सर। आय विल वेस्ट माय टाइम। प्रेशियस टाइम। कोर्निया ग्राफ्टिंग का केस है। बताइए एनस्थैटिस्ट के इन्तजार में कब तक सूखते रहें। तब तक, जब तक कि पुतली न सूख जाए? हम विशेष पुतलियों का महीनों से इन्तजार करते हैं, क्योंकि मरीज बरसों से भटक रहे होते हैं, लेकिन सर ...दिस इज वेरी सैड...कि इस अस्पताल में तमाम ऐसे विभाग हैं जो डेडवुड की तरह बस डाल रखे हैं, उपयोगिता कुछ भी नहीं हे। क्यों नहीं उनकी जगह एनस्थिसिया डिपार्टमेंट में पद बढ़ाते कि सबके लिए सुविधा हो। काम समय पर हो और नतीजे अच्छे निकलें।''

''जैसे?'' चिकित्सा अधीक्षक ने पूछा।

"रिप्रोडक्टिव बायलॉजी डिपार्टमेंट। देश की जनसंख्या आकाश छू रही है, सोचिए।"

इतना कहकर उल्टे पाँव अपने विभाग में लौटे डॉ. आलोक।

वहाँ खबर मिली—जनरल सर्जरी का केस लम्बा है। सर्जन छोड़ेगा तभी आ पाएगा एनस्थैटिस्ट। बाकी जगह कुछ दूसरे कारण हैं या कुछ इस तरह ही...

आलोक चिढ़ गए, "हमारा विभाग उन्हें घूरा लगता है। दे गिव लीस्ट इम्पॉर्टेन्स टू अवर डिपार्टमेंट।"

अपनी कुर्सी पर सारा वजन छोड़ दिया और दोनों हाथों में सिर थामकर बैठ गए।

फिर जैसे होश आया हो, और भी चिड़चिड़ाए, "उनसे कहना, अब न आएँ। हमारी आँखें तो कब की मर गई होंगी और हमें मातम मनवाने का शौक नहीं...ब्लडी बास्टर्ड।"

आलोक नहीं जानते थे कि वे कमरे में अकेले हैं। उनका विलाप-प्रलाप वे स्वयं ही सुन रहे हैं, क्योंकि दीवारों के कान नहीं हुआ करते।

कब तक बैठे रहे, अपने अधियारो में घिरे डॉ. आलोक?

जब तक कि डॉ. जगोटा ने आकर उनका झुका हुआ सिर न हिलाया।

"ओऽऽ यस सर!" वे उठकर खड़े हो गए।

"यार किस गम में बैठे हो? कोर्निया ग्राफ्टिंग नहीं हो पाई तो कैटरैक्ट सर्जरी कर लेते हैं। बैठो अपनी सीट पर।" कहकर डॉ. जगोटा सामने वाली कुर्सी पर बैठ गए।

डाक्टर आलोक खोखली-सी हँसी हँस दिए, "सर, डिपार्टमेंट चलता नहीं, तो ढकेलना पड़ता है। है न? पर मैं इस विभाग को ढकेलूँगा नहीं।"

"क्या बेतुकी जिद है! हमें तो ड्यूटी देनी है, जो भी मिले या न मिले। वेतन तो मिलेगा ही। अपनी एनर्जी वेस्ट मत करो इस तरह।"

"मुझसे नहीं होता, मैं क्या करूँ सर?"

"क्या नहीं होता?"

"ऑप्रेशन! आप वाला मरीज भी हाइ ब्लड प्रेशर वाला है। बताइए बिना एनस्थैटिस्ट के उसकी सर्जरी हो पाएगी? मोतियाबिंद सरल ऑप्रेशन है। मगर इस तरह की बीमारी के साथ भी सरल रह जाता है क्या?"

"यार, तुम भी एकदम रोबो, थ्योरिटीकल आदमी। प्रेशर कम करने की दवा फिर क्यों ईजाद हुई है, सोचो। वही देकर सर्जरी कर डालेंगे।"

"फ्लक्युएशन यानि कि रक्तचाप का उठाव-गिराव दवा से रुक पाएगा, कहा नहीं जा सकता, यह तो आप भी मानते होंगे।"

डाक्टर जगोटा ने अपने कपाल पर हल्के-से हथेली मारी, "माइ गॉड, डॉ.

आलोक तुम सचमुच साइकेट्रिक हो चले हो।''

''मे बी सर!'' डॉ. आलोक ने ऊपर से नीचे सिर हिलाया।

''आलोक! मेरी बात सुनो और समझो। यदि समझ सको तो। ओ.पी.डी. करते समय मरीजों की कतारें देखते हो? उन सबकी किस्मत में रोशनी लिख सकते हो? क्योंकि वे खुद भी रोशनी का हक लेने नहीं, भाग्य आजमाने आते हैं। इसलिए कि घर के धार्मिक और सामाजिक क्रिया-कलापों के मुकाबले वे अपनी नजर को रत्तीभर महत्त्व नहीं देते। इनके लिए विवाह समारोह जरूरी हैं। आँखों के ऑप्रेशन डरावनी चीज है। गंगा नहाने का महात्म्य है। आँख की रोशनी को कौन पूछता है? परलोक जरूरी है, संसार मोह माया और मिथ्या। ये इतना ही जानते हैं, टोटली इल्लिट्रेट पीपुल। अशिक्षित जनसमूह में से किसी का ऑप्रेशन बिगड़ भी जाएगा तो ये शिकायत नहीं करेंगे, उसे भी भाग्य का लेखा मान लेंगे।

''सोचो, हमको सर्जरी के तमाम तर्जूबे हासिल करने हैं। इनसे अच्छा शिकार कहाँ मिलेगा? ये ही हमारी उन्नति-तरक्की के मददगार, पद प्रतिष्ठा में सहयोगी, इन्हीं के दम पर हमारी रिसर्च रंग लाती है, क्योंकि इनकी दर एनीमल हाउस के कुत्ते, बन्दर और खरगोशों से ज्यादा नहीं।''

''डॉ. जगोटा!'' आलोक के मुँह से निकला, जैसे किसी कठपुतले के मुँह से गर्म भाप निकली हो।

''चलो। तुम्हारी जिद है तो एनस्थैटिस्ट को आ जाने देते हैं, लेकिन तब तक ओ.टी. में तो चलो।''

कठपुतला डॉ. आलोक अपने वरिष्ठ के पीछे-पीछे क्यों गया था? कुछ दिलासा, कुछ विरोध, कुछ जिदें बाँधकर या कोर्निया न होने का प्रायश्चित करने के लिए? आज दो पुतलियों की मृत्यु का शोक इस तरह हावी था कि अपना भी नाश हो जाए तो होश नहीं...

डॉ. आलोक के सामने डॉ. जगोटा सर।

टेबिल पर लेटे हुए मरीज की आँखों पर चीरा देते हुए डॉ. जगोटा गुनगुनाने लगे। गुनगुनाने से मानसिक तनाव कम हो जाता है। डॉ. शहाना कहा करती थीं। वे लेंस डालते समय, लेंस न जाने की मुसीबत को गीत में ढाल देतीं—नहीं गया, भई नहीं गया, लेंस हमारा नहीं गया।द

आलोक उसे अपने होठों तक उँगली ले जाकर चुप होने का संकेत देते। मतलब होता कि—मरीज सुन लेगा।...लेकिन गाने वाली चिड़िया की चहचहाट कौन रोक पाया है?

एक दिन टेबिल पर पड़े मरीज ने ही टोक दिया—बेटी, नहीं गया तो रहने दे।

सब के सब हँसी दबाए खड़े रहे। शहाना जीभ काटकर रह गयी। उसे मरीज ओ. पी. डी. में आकर 'गाने वाली डाक्टर' के नाम से पूछते।

शहाना कहा करती, यार, गाने गुनगुनाने से सर्जरी का टेंशन कम हो जाता है। क्यों आलोक मानते हो या नहीं?

डा. जगोटा आँख पर चीरा दे रहे हैं।

अब मोतियाबिन्द निकालने के लिए उपकरण माँगेंगे, डा. आलोक तैयार थे। उनके पास नया लेंस सही नम्बर के साथ तैयार था। वे सब तरह से चौकन्ने थे।

डा. जगोटा शान्त और सहज सर्जरी का आगे वाला स्टैप करने आगे बढ़े। और फिर...

इंस्ट्रूमेंट की जगह उन्होंने कॉटन माँगा। रुई लाओ।

आँख से पानी उमड़ने लगा!

डा. जगोटा जूझने लगे। कॉटन से बराबर पानी सुखाने का यत्न कर रहे थे।

अरे! पानी के साथ...सफेद सैलाब के साथ भीतरी अवयव...

देखते ही देखते आँख का भीतरी पर्दा सामने फैल गया। अब यह बाढ़ नहीं रुकने वाली जो आँख के समुद्र से आई है, भयानक चक्रवात का रूप! किनारे तोड़ता हुआ साइक्लोन...

"सूचर!" डा. जगोटा पसीने सो तर हो गए।

भीतर से आए फोर्स (उछाल) के खिलाफ वे रैटिना को भीतर कर देना चाहते थे।

मगर आँख थी कि तटबन्ध तोड़ने पर आमादा...इस जल-उफान को रोकने के लिए कौन सा महान मछुआरा आएगा? किसी सिद्धहस्त सर्जन का नाम याद तक न आया। दहशत में स्मृति लोप हो गई। चेतना बची न थी। समय चलता गया। बेरहमी हर जगह तारी थी।

डा. जगोटा ने अपनी पूरी ताकत लगाकर टाँके लगाने का यत्न किया। पूरी शक्ति व्यय हो गई कि क्षय हो गई या बढ़ते हुए टेंशन के साथ आँख ही बगावत पर उतर आई?

टाँके टूटते चले गए।

अब आँख मृत्यु के कगार पर थी। वह धीरे-धीरे बुझे अंगार की शक्ल में तब्दील होने लगी!

निरुपाय डा. आलोक, निस्सहाय डा. जगोटा और अपंग नेत्र चिकित्सा! चिकित्सा, जिसे रोग और मृत्यु के संसार में अमृत पुत्री माना गया है, ये डॉक्टर्स, जिन्होंने लोगों के दुख को अपना दुख समझकर दर्द दूर करने की शपथ ली है, उनके समर्पण भाव में कैसी कमी आई कि इस दुर्घटना काल ने ज्योति और जीवन को पछाड़ डाला!

— —

"कन्सेंट!" डा. जगोटा की डूबती हुई सी आवाज थी।

डा. आलोक ने इस आवाज को वास्तव में सुना या डा. जगोटा के होठों की हरकत से जाना, कहा नहीं जा सकता। हाँ, उनकी समझ में जरूर आ गया था। कि अब उन्हें पाखण्ड की चरमसीमा से गुजरना होगा। वही हुआ भी।

डा. आलोक फार्म लिए मरीज के सम्बन्धियों को समझा रहे थे, "आँख में रोशनी नहीं थी। अगर इस खतरनाक आँख को छोड़ देंगे तो यह दूसरी आँख की भी नस को ले डूबेगी। अच्छा यही है कि हम इसे निकाल दें।"

"निकाल दें?" सम्बन्धी ने ताज्जुब किया।

"जल्दी कीजिए। मरीज टेबिल पर है। आँख में विष फैल रहा है।" आलोक समझ रहे थे खतरा दिखाकर खतरों से बचा जा सकता है।

"आप जैसा समझें डाक्टर साब।" कहकर सम्बन्धी ने उस इबारत के नीचे 'दस्तखत' कर दिए जिसमें रौशन आँख की जगह आँख की शक्ल को भी मिटा देने की सूचना है।

दस्तखत कराकर फॉर्म वापस लिया। आलोक के निःश्वासों के साथ निकलती हवा उनके इर्द-गिर्द फैल गई। उस हवा में एक ही ध्वनि बज रही थी—मेरी साधना अपूर्ण है।

उस कागज को पकड़ते हुए उनके हाथ काँप रहे थे। बदन में काँटे खड़े हो गए थे क्योंकि आँख की मरती हुई छवि आँखों के सामने नाच रही थी। क्यों नहीं समझा कि डा. जगोटा का मकसद इस बिन्दु तक ही आता है। चिकित्सा हमें ऐसे ही छकाती रहेगी और चिकित्सक व्यर्थ की आत्ममुग्धता में घिरे रहेंगे? सहयोगी इसी तरह साजिश करते रहेंगे? साजिशों के शिकार मरीज अन्धे होंगे, मरेंगे और हम अपनी मृत आत्मा लिए जिए जाएँगे...

डा. आलोक अपने विचारों में उलझे हुए...कसेंट का कागज डा. जगोटा को दिखा रहे थे, अर्थात ओ. के. गो अहेड। काम हो गया, आगे चलो।

कुछ बोल पाते तो कुछ कहते। गला तो रुँधसा आया था।

नहीं कह पाए कि—सर क्षति से कई गुना कष्टदायक असफलता होती है, मैं इसी कुग्रह से बचना चाहता था, जिसे आप मेरा वहम कह रहे थे। मुझे डरपोक सर्जन मान रहे थे। सच ही सावधानियों का नाम भीरुपन है। यह चिकित्सा संसार कभी कभी ऐसे अन्धे कुएँ का रूप ले लेता है, जहाँ से निकलना मुश्किल ही नहीं, असम्भव हो जाता है, क्योंकि यहाँ कोई रास्ता नहीं।

सर्जरी करने को मिलती है तो बड़े से बड़े सर्जन को जैसे मन की मुराद मिल जाती है, मरी आँख को उठाना इस मृत मुराद का शव ढोना है। डा. आलोक डा. जगोटा के साथ मिलकर स्कूप की सहायता से पुतली काटकर बाहर कर रहे थे?

शल्पक्रिया की मर्मांतक बेदना...संतोष का स्थान दुख की दारुण भट्ठी ने

लेलिया।

डा. जगोटा का चेहरा काला पड़ गया। क्या सोच रहे हैं वे? क्या यही कि हमारी सभी भूलें और असावधानियाँ ही सारे अनर्थों की जड़ हैं?

नहीं, डा. आलोक कहना चाहते थे—हमारा इन्सान को इन्सान न समझकर कीड़े-मकोड़े समझना भी अनर्थ की जड़ है, जो हमारे अति आत्मविश्वास की जड़ है। हम जानते हैं कि बीमारी असावधानियों को अपने हथियार बनाती है। मौत हमारे अति आत्मविश्वास को पहले मारती है, क्योंकि हम सच के नाम पर झूठ का व्यवहार करने लगते हैं। झूठ को कोई सहे तो सहे, मौत नहीं सहती। उसके तेवर हमारी हर चालाकी से ज्यादा चतुराई बरतते हैं।

डा. जगोटा, सीनियर थे। सीनियर का कुछ नहीं बिगड़ता, अगर कोई जूनियर केस में शामिल है। जूनियर्स अपने वरिष्ठों के अक्सर शिकार होते हैं।

माना कि कागजी कार्यवाही पूरी थी। मरीज और मरीज के सम्बन्धी बेजुबान थे, क्योंकि इलाज के लिए ही पैसा मुश्किल से जुटाया था, केस करने के लिए आने जाने का किराया कहाँ से जुटाते? दीनहीन ही बेजुवान हो जाता है, जगोटा सर जानते थे। गरीब की निर्ज्योति आँख किसी को कैसे धमका सकती है, यह कोई भी जान ले।

मगर एक डॉक्टर, वह भी वरिष्ठ डॉक्टर जानता है कि ऐसे केस कब के लिए सँभाल कर रखे जाते हैं?

छः महीने बाद!

जब डा. आलोक पूल ऑफिसर थे, सीनियर रेजीडेंसी खत्म हो गयी थी और असिस्टेंट-प्रोफेसर की पोस्ट मिली नहीं थी। तब डा. आलोक ने स्वास्थ्य मन्त्री के नाम पत्र लिखा था—

यहाँ पोस्ट खाली पड़ी हैं, और हम बेरोजगार से हैं। पूल ऑफिसर का अर्थ होता है, उसे किसी भी काम में लगा दिया जाए। किसी भी काम के लिए तो यहाँ बहुत से 'कोई' नियुक्त हैं। एक आई सर्जन की प्रतिभा, शिक्षा और योग्यता इन कामों में नष्ट हो तो फिर हम जैसे डॉक्टर्स ने इतना लम्बा कोर्स किया क्यों?

ये पोस्ट किसलिए खाली हैं, जवाब माँगा जाए। इंटरव्यू हुए थे। चालीस लोगों का साक्षात्कार हुआ। एक भी योग्य नहीं पाया गया, जब कि पोस्ट दो हैं। डिपार्टमेंट के चीफ से पूछा जाए कि वे दो कौन से विशेष डॉक्टर्स आने वाले हैं, जो इन पदों के हकदार होंगे।

मैं अपनी इस हिमाकत के लिए माफी माँगता हूँ कि अपने वरिष्ठों की पूछताछ के लिए अनुरोध कर रहा हूँ, लेकिन यह मेरी मजबूरी है, क्योंकि मेरे साथी कुछ बोलने की बजाय इधर-उधर छोटी-मोटी प्रैक्टिस करके गुजारा करते हैं या इन लोगों की सेवा (चापलूसी) में लगे हुए हैं कि वह सुबह कभी तो आएगी...

ऐसी एप्लीकेशन!

विचित्र प्रार्थनापत्र...आलोक ने एक दुर्बासा जैसे एम. पी. की मार्फत भिजवाया, जिसने राज्य सभा में सवाल उठा दिया।

विभाग में चुप-चुप हंगामा हुआ। इशारों में मुजरिम पर वार हुए।

हैड ऑफ द डिपार्टमेंट से जवाब माँगा गया था।

जवाब वरिष्ठ प्रोफेसर्स ने मिलकर बनाया। डा. जगोटा भी उन वरिष्ठों में शामिल थे।

आलोक!

मेडिकल कॉलेज के नेत्र विभाग का अँधेरा। अँधेरा काटना होगा। डा. चोपड़ा फेंटा कसकर खड़े हो गए। और तब उन्हें वह केस याद आया था—स्कूप के जरिए आँख निकालने वाला...

वह सर्जरी का केस था।

आलोक के खिलाफ आँख की मौत का केस दायर किया। कोई बनावटी सम्बन्धी बना और कहा गया कि अँगरेजी के फॉर्म पर दस्तखत करा लिए थे। वह अनपढ़ आदमी भला क्या जाने कि फॉर्म पर क्या लिखा है?

सर्जन डा. आलोक!

''लापरवाही और असावधानी...मरीज लाखों का दावा करने वाला है। लगभग छः लाख। देख लो अपनी सामर्थ्य या फिर सजा...चीफ तो सी. बी. आई. को केस दे देंगे।''

डा. आलोक में इतनी भी ताकत नहीं कि आश्चर्य से मुँह खोले रह जाएँ

''अब ऐसे मुर्दे की तरह क्या देख रहे हो? तुमने ही इसे राजनीतिक रूप दिया है। सोचकर देखो। दूसरे की पोजीशन भी समझो।''

डा. चोपड़ा ने सारा खेल खुलासा कर दिया।

''बॉल इन युअर कोर्ट डा. आलोक (गेंद अब तुम्हारे कोर्ट में है) बोलो क्या मंजूर है?''

डा. आलोक ने शायद ही पन्द्रह मिनट सोचने का वक्त लिया हो।

''सर आय विल रिजाइन! (सर मैं त्यागपत्र देता हूँ)।''

मेडिकल कॉलेज का विभाग छोड़ने के बाद अपने 'दृष्टि आई हॉस्पिटल' में डा. आलोक को बुलाकर डा. बरनवाल ने सचमुच राहत का काम किया था। ऐसा न किया होता तो आलोक वहाँ से पता नहीं कहाँ...

आलोक ने प्रायवेट प्रैक्टिस में जाने की बात सपने में भी नहीं सोची थी। लेकिन मेडिकल कॉलेज के नेत्र विभाग की कार गुजारियाँ देखकर उनके मन में यह

बात जरूर आई कि प्रायवेट प्रैक्टिस बेईमानी और ठगी के लिए बदनाम तो है, लेकिन अगर डाक्टर संवेदनशील और कुशल कुशाग्रबुद्धि है तो बिगड़े हुए हालात पर नियंत्रण किया जा सकता है। अच्छे परिणाम पैसे वाली बात को छोटा कर देते हैं। मरीज को सैटिस्फैक्शन यानी कि संतुष्टि चाहिए।

डा. बरनवाल से अच्छी पटरी बैठ गई थी। एक सर्जन को और क्या चाहिए, जो डा. बरनवाल के आई सेंटर में नहीं था? वेल एक्यूब्ड ऑपरेशन थिएटर, वेल मेन्टेन्ड एण्ड हाइजिनिक कण्डीशंस एक्सीलेंट (अच्छे यन्त्रों से लैस ऑपरेशन थिएटर अच्छे रख-रखाव वाली अद्भुत रूप से स्वच्छ सफाई वाली स्थितियाँ)।

आलोक कहा करते—डा. बरनवाल इज ग्रेट, डाक्टर बरनवाल महान हैं, उन्होंने मुझ जैसे बदनाम हुए सर्जन पर भरोसा करके यह सिद्ध कर दिया कि युवा डॉक्टर्स के प्रति उनका दृष्टिकोण क्या है? वरन् जब मेडिकल कॉलेज के आई सेंटर से इस्तीफा देकर आया था तो यह हल्ला तो हो ही गया था कि डा. आलोक निकाल दिया गया। डॉक्टर्स की दुनिया आखिर कितनी बड़ी है? उसमें भी अप्थाल्मॉलॉजी की दुनिया। बात आग की तरह फैल गई थी। कहीं मुँह छिपाने की जगह न दिखती थी। समझना चाहिए कि डा. बरनवाल के यहाँ शरण लेने भागा था। थैंक गॉड उन्होंने आसरा दे दिया।

रैटिना सर्जरी थी आज।

डा. आलोक का अपना विषय। पोस्ट ग्रेजुएशन रैटिना को लेकर ही किया है, हालांकि उन्होंने सब तरह के ऑपरेशन किए हैं कैरेटोप्लास्टी तक।

"कहाँ? किसने इजाजत दे दी थी?" डॉक्टर बरनवाल ने पूछा था।

"सर चक्रवर्ती ने। वे अपने स्टूडेंट्स को बहुत बढ़ावा देते थे। इसी बात पर तो उनकी डा. चोपड़ा और हैड ऑफ द डिपार्टमेंट से खटकती थी। चोपड़ा तो उन्हें सरेआम गाली देते थे कि साला डॉक्टर नहीं, प्रायवेट प्रैक्टिशिनर तैयार कर रहा है, हरफन मौला।

"वे कहते, रिटायरमेंट के बाद हर डॉक्टर को प्रैक्टिशिनर बनना है। यह शब्द क्या कोई गाली है? मेडिकल कॉलेज या स्वायत्त संस्थानों के डॉक्टर्स इस शब्द को इतना बुरा मुँह बनाकर क्यों कहते हैं?"

डा. आलोक नर्स को हिदायत देने लगे—सूचर, ग्लब्स, ब्लेड्स के साथ और दूसरी चीजें तैयार करो। ऑटोक्लेव अच्छी तरह किया या नहीं। अनस्टरलाइज्ड इंस्ट्रूमेंट्स आर डेंजरस। ओ. टी कार्बोलाइज की या नहीं?

"यस डॉक्टर, एव्रीथिंग आर रैडी।" नर्स ने आश्वासन दिया।

"एनैस्थैटिस्ट आ जाएँ तो मुझे बता देना।"

"वह नहीं आएँगे।"

"नहीं आएँगे? क्या एबेलिबिल नहीं है, यानी मिल नहीं रहे?"

"सर, कॉल नहीं किया।"

"ह्वाट कॉल नहीं किया, बुलाओ जल्दी।" डा. आलोक ने जरा तैश में आकर कहा।

"डा. बनरवाल ने मना किया है।"

"क्यों?"

नर्स ने कन्धे उचका दिए।

"डा. बरनवाल को बजर दीजिए।"

"ओ. पी. डी. में पेशेंट देख रहे हैं।"

"तो कहो कि डा. आलोक सर्जरी नहीं करेंगे।"

नर्स तेज कदमों से ओ. पी. डी. चैम्बर में भागी और डा. आलोक की मंशा बताकर आई नर्स के पीछे-पीछे ही डा. बरनवाल चले आए। काले रंग का लम्बा पुरुष, दुबला बदन।

"क्या हुआ डा. आलोक?"

डा. आलोक क्या कहें? उनके खुले होठों से झाँकते सफेद दाँतों को देखते रहे। नहीं, डा. आलोक के सामने जैसे इस समय कुछ भी न हो। एक खालीपन हो बस, जो डा. बरनवाल के मूर्खतापूर्ण प्रश्न 'क्या हुआ डा. आलोक' से बना था। दृष्टि आई सेंटर चलाने वाला वरिष्ठ सर्जन पूछ रहा है कि क्या हुआ? बताना पड़ेगा? वह मामूली सा कारण जो बहुत जरूरी है, जैसे आँखें शरीर का बहुत छोटा सा हिस्सा मनुष्य के जीवन में कितना जरूरी है!

"सर कोई बड़ी बात नहीं है, ऐनस्थैटिस्ट को बुलाना था। माना कि मरीज जनरल एनस्थिसिया में पूरी तरह बेहोश नहीं करना, लेकिन ब्लड प्रैशर, शुगर आदि का किस्सा ऐसा होता है कि सर्जरी करना मुहाल कर देता है। आप तो खुद जानकार हैं सर, आपको क्या बताना?"

"छोड़ो यार ऐनस्थैटिस्ट का किस्सा। मेडिकल कॉलेज का रवैया भी मालूम है हमें। वहाँ कौन-सा तुमको हर केस पर ऐनस्थैटिस्ट मिल जाता होगा? आई डिपार्टमेंट को तो साले भाव ही नहीं देते। जनरल सर्जरी, न्यूरो सर्जरी और कार्डिओ थ्रैसिक विभाग में जुटे रहते है। उनकी प्रतिष्ठा उसी में है।"

"हाँ सर, कह तो आप ठीक रहे हैं। हम उनसे कहते थे कि आँख की सर्जरी में बड़े से बड़े ऑपरेशन में दो घण्टे से ज्यादा नहीं लगते, कैटरेक्ट जैसी सर्जरी तो पन्द्रह-बीस मिनट में हो जाती हैं, तुम लोग यहाँ न आकर वहाँ लगे रहते हो जहाँ एक-एक सर्जरी आठ-आठ घण्टे की होती है। कमाल है तुम्हारे कर्मठ होने का।"

डा. आलोक ने यह नहीं कहा कि डा. आकाश क्या कहते थे? झटकेदार गाली देकर कहते थे—साले कुत्ते हैं। हमसे तो कहते हैं कि वहाँ वे अनुभव और गम्भीरता के चलते जाते हैं, पर हम जानते हैं, इनको किस चीज का अनुभव हो रहा है, और

किस बात की गम्भीरता लगती है, लाखों हजम करने वाले बड़े-बड़े सर्जन इन्हें हजारों तो दे ही सकते हैं। कम्पनी वाले इंस्ट्रूमेंट्स की खपत पर भी टुकड़ा डाल देते होंगे। हमें भाव दिखाने का कारण ही यह है कि हम इन्हें कुछ नहीं दे सकते। साठ-गाँठ करो, ईमानदारी से हिस्सा लो। कमीशन की रकम ही सफल बाजार तैयार करती है। एनस्थैटिस्ट होगा तो ऑपरेशन सम्पन्न होगा, ऑपरेशन होंगे तो सर्जरी में काम आने वाली चीजों की खपत होगी। चेन इस तरह चलती है।

"डा. आलोक!" डाक्टर बरनवाल ने पुकारा।

"यस सर!"

"सर्जरी डिले मत करो, सोच-विचार में पड़ गए?"

"सर कुछ गड़बड़ी हुई तो? मैं आपसे रिक्वेस्ट करता हूँ, सर।" डा. आलोक लगभग गिड़गिड़ाने लगे।

"क्या मतलब?" डा. बरनवाल ने न मालूम-सा कड़ा लहजा अपनाया।

डा. आलोक ने दो टूक कर दी, "मैं बिना ऐनस्थैटिस्ट के ऑपरेशन नहीं करूँगा। आप करें तो कर लें।"

डा. बरनवाल ने आलोक की ओर ऐसे देखा, जैसे कह रहे हों—तुम मेरी मजबूरी का फायदा उठा रहे हो? मैं रैटिना सर्जरी कर लेता तो तुम्हें रखता, जिसे सड़े फल की तरह मेडिकल कॉलेज से घूरे पर फेंक दिया गया है।

"इतना फस मत बनाओ। ओ. टी. में जाकर सर्जरी शुरू करो।"

डा. आलोक ने निगाहें नीची कर लीं।

"तो तुम्हारा यह फैसला बदलने वाला नहीं?"

"सर, बदलने के लिए फैसला किया जाता है क्या?" उन्होंने मुस्कराकर कहा।

"डा. आलोक, तुम सरकारी संस्थान से आए हो। वहाँ सर्जरी हो न हो, किसी का क्या जाता है। वहाँ डॉक्टर दस असिस्टेंट बुला ले, तो भी कुछ फर्क नहीं पड़ता। यह प्राइवेट संस्था है। आठ सौ या हजार रुपये का एनस्थैटिस्ट बुलाने का हमें क्या, किसी भी प्रायवेट प्रैक्टिशनर को शौक न होगा। मरीज पैतालीस वर्ष से ज्यादा का नहीं फिर खतरे की बात ही क्या है? काम ऐसे ही निकल जाएगा।"

डा. आलोक विनीत भाव से अपना मत देने लगे, "काम ही नहीं निकालना होता सर, सर्जरी के समय डॉक्टर की पहली ड्यूटी होती है मरीज के हित में सावधानी और सतर्कता रखना।"

"यंग मैन! तुम मुझे मेडिकल एथिक्स सिखा रहे हो? चलो मान लिया। मगर अब जरा मेरे अनुभवों की बातें सुन लो—ये मरीज, जिनकी हमदर्दी में तुम मरे जा रहे हो, न तो इतने भोले और न इतने दीन, जितने तुम समझ रहे हो। अपनी पूरी मेहनत, लगन और अच्छी से अच्छी चीजें इस्तेमाल करके डी सी आर (नाक के जरिए आँख की सर्जरी) किया था, सफल नहीं हो पाया, ब्लडी बास्टर्ड कंज्यूमर एक्ट के

तहत दावा ठोंक आया। दो लाख नकद वसूल लिए थे हम से, डा. बरनवाल से। कभी-कभी तो पैसे बनाने के लिए ही केस बना देते हैं, ये दुखी और दर्दमन्द मरीज।

"जिस मेडिकल कॉलेज से तुम आए हो उसके डा. मुखर्जी ने क्या बिगाड़ा था किसी का? जूनियर डॉक्टर ने ऑपरेशन किया था, बस यूनिट उनका था। छः लाख का दावा होने वाला था।"

डा. आलोक का मन किया कि डा. बरनवाल की गलती दुरुस्त कर दें। बता दें कि वे डा. मुखर्जी नहीं, डा. जगोटा थे, और उनका जूनियर और कोई नहीं, डा. आलोक था। आलोक की छाया में वह आँख मृत्यु को प्राप्त हुई थी। मरते समय ऐसी बिफरी थी कि डॉक्टर की भीतरी सत्ता को आँधी की तरह रौंदने लगी थी।

और फिर! आँख की जगह जो रोशनी विहीन मृत गड्ढा बन गया था, वह आलोक के अंतस्तल का खोखल है। खोखल टीसता है सर, क्योंकि उसमें जीवित शिराएँ मौजूद हैं। उसी बेबसी के मारे डा. आलोक का खोखल आज भी रोशनी तलाशता फिरता है।

काश! डा. आलोक के हाथ चाँद आ जाए, सूरज आ जाए, आदमियों के बनाए प्रकाश उपकरणों के ऊपर से भरोसा उठता जा रहा है उसका क्योंकि आदमी ही खुद भरोसेमन्द नहीं रहा। आलोक थका-थका-सा, कुछ अवसन्न सा उजाले के भण्डार चाँद सूरज को देखता रहता है और पछताता है—मैं अब डॉक्टर नहीं, आदमी नहीं, बस पत्थर हूँ। अपने काम में असफल व्यक्ति...मरीज मुझे क्षमा नहीं करेंगे। अँधेरों से टकराकर अँधेरों में गुम हो जाना मेरी नियति है। दिस इज माय एण्ड।

गिरते जाने का मलाल आलोक के दुख को और भी दुखाता।

यकायक बोले डा. आलोक, "सर, मैं वह दृश्य बार-बार नहीं देखना चाहता।"

वे आपॅरेशन थिएटर में नहीं गए। ऑफिस में बैठकर इस्तीफा लिखा—मैं डा. आलोक...

डा. बरनवाल के पास नर्स के जरिए पहुँचा दिया।

डा. बरनवाल ने उन्हें अपने पास बुलाया था, और कहा था, "दिस इज पुअर कमिटमेंट फॉर पेशेंट्स? यही तुम्हारी मरीजों के प्रति प्रतिबद्धता है? मरीज सर्जरी के लिए तैयार है, और तुम हमें इस्तीफा दिखा रहे हो? एट दिस वेरी मुमेंट, ठीक इसी वक्त?"

उन्होंने नर्स को बजर देकर कॉल किया।

नर्स के आने पर ऑर्डर दिया, "डा. कुलश्रेष्ठ को बुलाओ एनस्थिसिया देने के लिए।"

ऐनस्थैटिस्ट के आने पर ही डा. आलोक सर्जरी करने ओ. टी. में घुसे।

ऑपरेशन करके आने के बाद डा. आलोक को डा. बरनवाल ने फिर बुलाया और समझाया था, "भागने से क्या होगा? कहाँ-कहाँ से भागोगे? तुम मेरे यहाँ से

इस्तीफा देकर दुनिया से कूच तो नहीं कर जाओगे? जीने के लिए मरना नहीं, लड़ना पड़ता है आलोक। और जो डरता नहीं है, भय नहीं मानता, वही लड़ता है। तुम तो शोक में डूबे हुए से खड़े हो।'' डा. बरनवाल ने आलोक को ऊपर से नीचे तक देखा।

''तो क्या करूँ सर? आप ही बताएँ क्या करूँ?''

''आदर्शवाद की दुहाई देना छोड़ दो, यह हर किसी को प्रभावित नहीं करती। हर किसी पर तुम्हारा असर डालता है तुम्हारा काम। वह अच्छा हो या बुरा हो, मगर हो तो सही।''

''सर, अच्छा सोचता हूँ, बुरा हो जाता है। शायद इसका कारण यह है कि मैं दूसरों के साथ अपना तालमेल नहीं बिठा पाता। एडजस्टमेंन्ट। समझौता। एक-एक सीढ़ी उतर नहीं पाता।''

''मत उतरो। कौन कहता है उतरने की। ऐसा ही नेक इरादा है तो गाँवों में जाओ। गन्दी गलियों में घूमो और जनता के निचले तबके को जागरुक करो, दे शुड बी अवेयर अबाउट देअर हैल्थ प्रॉबलम्स। उन्हें अपनी सेहत की समस्याओं से रूबरू होना चाहिए। क्योंकि आदमी का पहला सुख उसका निरोग शरीर है। 'क्यों?'' डा. बरनवाल ने अपने गहरे साँवले मुखड़े पर जड़े चश्मे में से देखते हुए कहा।

डा. आलोक बोलना चाहते थे या नहीं, लेकिन बात पर बात मुँह से निकल ही गयी, ''गाँव और गन्दी गलियों की दुहाई देकर ही तो आप लोग अपने आप को रास्ते से अलग कर लेते हैं। पता नहीं हमें और आपको यह भ्रम क्यों है कि गाँव में रहने वाले लोग सुविधा साधनों में कमतर हैं तो अज्ञानी भी हैं। अज्ञानी होते तो गँवई आदमी आपके सेंटर तक आता? यह ज्ञात तो कर लिया है कि सरकारी अस्पताल बहकावे और लूट की जगहें हैं। वहाँ डॉक्टर को मरीज से नहीं, अपनी तनख्वाह से मतलब है। प्रायवेट में पैसे के बदले इलाज मिलेगा, पर मिलेगा तो सही। सर, अफसोस तो यही है कि यहाँ भी उनका भरोसा कुचला जाता है।'' अन्तिम वाक्य कहते-कहते डा. आलोक का दुख और भी झलकने लगा।

डा. बरनवाल ने धीरे-धीरे सिर हिलाया—दायें बायें!

मतलब कि डा. आलोक इज गॉन केस। ''तुम्हें कोई नहीं समझा सकता।''

''यस, आय एम गॉन केस, यही कहना चाहते हैं न आप? ठीक कहना चाहते हैं। डॉक्टरों, इंजीनियरों और टैक्नीकल प्रतिभा पाए युवाओं को समझाता कौन है? मालिकों की तानाशाही मार गिराती है।'' डा. आलोक ने बात पर और भी तीखी धार धर दी और वैसी ही अपनी नाक ज्यादा नुकीली करके दिखा दी।

''यू आर टोटली फ्रस्टेटिड मैन!'' (तुम एकदम कुण्ठित व्यक्ति हो, हताश!) फिर नहीं रुके डा. आलोक।

छोड़ दिया डा. बरनवाल का दृष्टि आई सेंटर। नेहा को बड़ा धक्का लगा था।

आभा दी, सुना था कि कोई और अस्पताल भी ज्वाइन किया था, क्या आपको पता है कौन सा? वहाँ तो आठ दिन भी नहीं रह पाए।

रह गईं उनकी बातें। पीठ पीछे हजार तरह की बातें!

कोई कहता–फ्रस्टेशन अच्छी चीज है। आलोक फ्रस्टेटिड न होता तो बाहर जाने का जुगाड़ न बिठा लेता। पागल होकर भागा था। आज विदेश में है।

दूसरा बोलता–हाँ! यस। पता है, कितने पौंड्स पाता है? रुपयों में कन्वर्ट करके देखो, गश आ जाएगा। बेहोशी...

हताशा! पागलपन! पौंड्स!

माँ-बाप ढलती उम्र के राहगीर...आलोक को पुकारें तो कहाँ? बेटा इस देश के जंजालों से रिहा होकर चला गया। यहाँ के झूठों, बेईमानियों और समझौतापरस्त नीतियों से मुक्त हो गया। अच्छा हुआ या बुरा, मगर उन बूढ़ों का कारागार नहीं टूटने वाला...

आवाज गुम, कान बहरे, आँखें पथरा गईं...घर पर दिन में तीन बार फोन करने वाला उनका भोला बेवकूफ बेटा...। माता-पिता कुछ कहते नहीं, आँखों से जताते हैं कि इस संसार में उनके लिए अब कुछ नहीं।

नेहा लोगों के सामने तो क्या, आभा दी के सामने भी हँसमुख बनी रहने की कोशिश करती, मगर भीतर ही भीतर दिल लहूलुहान हुआ रहता। अंकल आंटी के चेहरों से अपनी कल्पना में पूछती–लोगों का जीवन सुन्दर बनाने के लिए बड़े बड़े आदर्श रख दिए थे बेटे के मन में। वे ही आदर्श शिलाएँ होकर उसकी छाती पर लद गए...संसारी नहीं बन पाया तो चलते पुर्जा डॉक्टर कैसे बन पाता? उसके चरित्र के जाने पहचाने से स्पष्ट पहलू...कोई रहस्य कहाँ था, जो आदमी में अक्सर होता है। ऐसा पारदर्शी ओस की बूँद सा निर्मल बेटा दुनिया की झुलस झार कैसे सहता?

आभा दी को नेहा ने यह भी नहीं बताया था कि वह अंकल आन्टी के पास बोलने-बैठने चली जाती है। कैसे कहती कि वह जब तक बैठी, वे रोते रहे! साथ में वह भी रोती गयी।

बड़ी मुश्किल से अपने आपको साधा था नेहा ने और हिम्मत बाँधकर भी भविष्य के दुःस्वप्न और दहशत भरे दिनों से काँपती हुई अंकल की ओर देखती, मुस्करा देती। आंटी की ओर ताकती हँस-सी पड़ती, आँखें डबडबातीं तो भी क्या?

डबडबाती आँखों की झिलमिल में नजरों के दायरे से कुछ बड़े-बड़े पोस्टर, इश्तिहार गुजरे तो पूछ बैठी–यह...

अंकल की रुँधी हुई आवाज ने पूरे जोश से कहा था–आकाश...

वह समझ गई डा. आकश अंकल आन्टी के पास बैठकर शोषण तन्त्र के खिलाफ कुछ इश्तहार तैयार कर गया है। शायद दोनों वृद्धों को इसी से तसल्ली मिले। वह भी उन्हें दीवार पर चिपकाकर अपनी भड़ास निकालकर थोड़ा सा तो हल्का हो गया होगा!

पोस्टरों की इबारत पढ़ते हुए घर बोल उठा था, मगर फिर एकदम खामोश हो गया। नेहा नाम की लड़की की चपल मुस्कराहट हो सकता है आलोक ही अपने साथ लेता गया हो या मुरझाकर इस घर में डूब गयी...नेहा का ध्यान इंग्लैंड तक चला जाता है—

आलोक, तुम्हारे साथ मैंने, गौरव ने, आकाश ने मिलकर जो सपने देखे थे, वे अब बेवकूफी की परछाइयाँ लगते हैं। हमारे घर में अलमारियों की तिजोरियों में हमारी सनदें और डिग्रियाँ रखी हैं, और हाथ खाली हैं!

सर्जरी की विद्या के कितने-कितने स्टैप्स सीखे हैं, मगर उँगलियाँ लकवा की शिकार... सपनों को कोसकर भी तो तसल्ली नहीं मिलती।

सन्नाटा चारों ओर से घेरने लगा। आलोक तुम सारी रौनकें बाँध ले गए या फिर वे हमारे मेडिकल कॉलेज के आई सेंटर में दफन हैं? घर भाँय भाँय कर रहा है!

मैं अंकल का घुटना हिलाकर बोली, "ऐसे चुप न बैठो आप। कुछ बोलो अंकल!"

मेरी प्रार्थना कबूल करने के बाद बस इतना ही बोले, "बेटी, उन बेईमानों से कहो, हम जैसे माँ-बापों को गोली से उड़ा दें, हमने अपने बेटे को ईमानदारी सिखा दी! उन जालिमों के लिए हत्या करना कौन सी बड़ी बात है?"

आगे कुछ बोले नहीं या स्वर ही हारता चला गया?

सफेद घनी मूँछें, तनी हुई नाक और चौड़ी पेशानी के साथ दीप्त आँखों से देखते हुए जीवन्त ठहाके लगाने वाले मेरे प्यारे अंकल...मेरे कन्धे पर झुककर स्याह बादल से रोने लगे।

मैं पूरी ताकत लगाकर बोलती हूँ, "अंकल! अंकल शर्तिया मानिए कि आलोक इंगलैंड में अपने मन की नहीं कर पाता होगा। देख लेना जल्दी ही लौट आएगा...ही लव्स यू अंकल, लव्स हिज कंट्री।"

वे फिर सीधे बैठ गए। शायद भीतर ही भीतर आँसू पीने लगे और आँसुओं में से चुनकर शब्द सँजोने लगे। शब्द एक ही..."शायद!"

इतना कहने के बाद उनके चेहरे का तनाव ढीला हुआ, वे सहज से हो आए, जैसे रोने के बाद छोटा बच्चा हो जाता है नॉर्मल सा।

मैंने राहत की साँस ली। दुख कुछ हल्का हुआ।

अंकल मन ही मन जंग लड़ रहे थे। जंग की बारीकियों में आशंकाएँ बहुत थीं, अंदेशे भी कम न थे शायद। तभी तो कह उठे, "बेटी, आलोक के पास पराए

देश में अपना मन साधने के लिए यह काफी मजबूत बात है कि—यह देश मेरा नहीं। मेरा नहीं, इसलिए कोई भी हक मुझे नहीं। माना कि परायों के जुल्म सितम सहते हुए भीतर ही भीतर आदमी बिफरता रहता है, मगर अपने इरादे हारता नहीं क्योंकि वह दूसरों की धरती पर फसल काट रहा होता है। बेटी नेहा, हारेगा नहीं तो लौटेगा भी नहीं...क्योंकि यहाँ से बुरी तरह हार कर गया है।

रात का चन्द्रमा निकल आया था, आलोक उजियारी फैला रहा था। अंकल आसमान में जगमगाते चन्द्रमा को देख रहे थे और आंटी अपनी बूढ़ी आँखों के आँसू सूखने दे रही थी...या नये आँसुओं से जूझ रही थीं? नहीं, वे रोने के बदले मुझे चूमने लगी थीं।

नौ

दिल्ली से लौटने के बाद पापा की चिट्ठी पीछे-पीछे आई।

चिट्ठी में पापा परेशान हैं। परेशानी नेहा को लेकर है। सार निकाला जाए तो परेशानी यही है कि नेहा गृहस्थी में और शरण आई सेंटर के लिए कोई लापरवाही न करे। लिखा है—

'मैं जानता हूँ कि इन दिनों तुम्हारा चित्त शान्त नहीं है। तुम लौट-लौटकर पीछे देखती हो। पीछे क्या रह जाता है? बीता हुआ कल हम पकड़े भी रहें, तो क्या पाएँगे? अपने आज को देखो नेहा—यही तुम्हारा है, क्योंकि यह तुम्हारे पास है। तुम्हारी मुट्ठी में है। सोचकर देखो कि यह तुम्हारे अतीत से कितना-कितना बड़ा है। सपने में भी न सोचा होगा कि तुम्हारा पदार्पण किसी ऐसे शालीन शिक्षित घर परिवार में होगा और कैरियर में योगदान देगा, 'शरण आई सेंटर'।

मुझसे बड़े-बड़े शब्द नहीं लिखे जाएँगे बेटी, मगर तुम्हारा जीवन तो शब्दों से बहुत बड़ा है, यह तो लिख ही सकता हूँ। बार-बार पछता रहा हूँ, नेहा को आलोक के माता-पिता के पास जाने से रोका क्यों नहीं? अगर उनसे न मिली, अगर उन बूढ़ों की वीरानी को न देखती, अगर वहाँ उनके साथ न रोती तो नेहा का मन क्यों डूबता? उसकी अपनी जिन्दगी तो साधन सुविधा से भरपूर भरी-भरी नदी सी है, धीमे-धीमे बहती नदी सी!

इस नदी में कंकड़ पत्थर मारते हैं ये ही—आलोक, आभा, इनके माता-पिता। ठीक है, पर उनके दुख उनके साथ...वैसे दुख भी क्या है ऐसा? लड़का तमाम पैसा कमा रहा है। ये यहाँ पौंड्स भुना रहे होंगे। किसी दूसरे की खातिर तो देश निकाला नहीं हुआ आलोक का। दुख तो उनसे पूछो, जिनके बेटे देश पर शहीद हो गए थे। परिवार के परिवार खत्म हो गए, जो रह गए जेलों में ठूँसे गए। फाँसी सूली चढ़ाए गए। तब देश की आजादी लाए।

आलोक शहीद तो नहीं हुआ। जो कर रहा है अपने लिए कर रहा है। आज के नौजवान जरा-सी तकलीफ बर्दाश्त नहीं कर पाते। जद्दोजहद करना जानते ही नहीं। काश! वह जमाना देखा होता, जब अंगरेज का कोड़ा बरसता था। तब के

लोगों की बराबरी अब कौन करेगा?

नेहा बेटी मन खट्टा मत किया कर। हमको बहुत दुख लगता है। जब से तू गई है, तेरी ही चिन्ता लगी है। तू उदास रहेगी तो अजय कैसे खुश रह पाएगा? डाक्टर साहब क्या सोचेंगे। शहर के अंदेशे में हम दुबले क्यों हों? हमारे आगे बहुत बड़ा संसार है। ऐसा सोचना और खुश रहना।

—शुभेच्छु पापा'

पापा का पत्र नेहा को सदा ही अच्छा लगता है, लेकिन पापा ने अबकी बार पत्र नहीं लिखा, नेहा की जिन्दगी, अपने साथियों सहकर्मियों सहयात्रियों के मुकाबले कितनी भिन्न है, यह समझाया है। पापा हमेशा ही नेहा को नादान समझते हैं। अपनी और उनकी जिन्दगी का अन्तर न जानती तो दुख ही किस बात का था? मुश्किल तो यही है कि इस अन्तर ने उसे उनसे और भी मिला दिया है।

क्या वह भी ऐसी नहीं, जो आजादी मिलने के बहुत बाद पैदा हुई है? उसने कौन से इन्कलाब में भाग लिया है? किसी अनशन पर नहीं बैठी। अंगरेजों के डण्डे नहीं खाए, जेल नहीं गई। वंदे मातरम् कहकर सूली नहीं चढ़ी। आज के युवाओं जैसी युवा नेहा ने क्या किया है? कि आप जिसे सुख की नदी कह रहे हो, उसमें उसने लंगर डाल रखा है?

ऐसी ही बातों पर चिढ़ छूटती है नेहा को...सीनियर जैनरेशन आजादी के दौरान किए गए करिश्मों की मिसालें दे देकर उसकी पीढ़ी को निकम्मी ठहराती है। गा-गाकर कहती है—ये क्या जाने संघर्ष? ये क्या जाने दुख? ये क्या जाने गुलामी...परसी हुई थाली मिल गई है, लात पर लात मार रहे हैं।

'हाँ, इन्कलाब का झण्डा नहीं उठाया हमने' वह मानती है। और प्रार्थना करती है कि अगर अगला जन्म होता हो तो वह किसी गुलाम देश में मिले। क्रान्ति में भाग लेने का मन करता है नेहा का। शहीद हो जाएँगे उसके साथी तो जयजयगान तो होता रहेगा। किसी की कमाई आजादी को एनजॉय करने के कसूरवार तो नहीं ठहराए जाएँगे।

पापा...

कैसा दुर्भाग्य रहा आलोक विदेश गया, मुझे बताकर नहीं गया! मैं यहाँ अपनी ससुराल में मजे से जमी रही, वह अपना डेरा उखाड़ता रहा।

काश! उसे जाते हुए देख लेती...तो इत्मिनान कर लेती। आँखों देखी बात सदा सच होती है, ऐसा लोग कहते हैं। मैं क्या करूँ मेरी आँखों में घड़ी-घड़ी एअरपोर्ट बनते हैं, उन पर जहाज खड़े रहते हैं। वे आलोक के साथ अनेक आलोकों से भरे जाते हैं। जगह नहीं होती तो भी ठूँस दिए जाते हैं। फिर वह जहाज मेरी आँखों

की पट्टी पर दौड़ता है। कुछ क्षण दौड़ता ही रहता है।

...और जब उड़ान भरता है पापा तो मेरी आँखों में अँधेरा छा जाता है। कुछ नहीं दिखाई देता फिर! केवल कानों में कर्कश गड़गड़ाहट रह जाती है।

मैं खड़ी की खड़ी रह जाती हूँ पापा...लगता है सब कुछ गँवा दिया। मेरा वजूद भी चला गया उसी के साथ। हाथ-पाँव भी काटकर ले गया...

सच में, हम गुलाम देश में पैदा हुए होते। क्रान्ति में भाग लेते। शहीद कहलाते। कितना कुछ खो गया होता, मगर आलोक तो न खोया होता। गदर में फौजी अंकल का बेटा आलोक अपनी धरती से विदेशी को खदेड़ रहा होता, खदेड़ते-खदेड़ते चुक जाता तो नाम हो जाता—अमर शहीद, स्वतंत्रता सेनानी। कभी न खोता आलोक।

कैसी गलती हुई! कैसा अँधेरा हुआ! उस आलोक ने अंग्रेजों की जेलों में नहीं, अपने मेडिकल कॉलेज में अपमान पाया। अपने लोगों का इलाज उपचार ही उसकी खता बन गया। वह अपनी भूलों का अपराधी नहीं, सावधानियों का गुनहगार हुआ।

पापा!

हम अपने गुरुजनों और वरिष्ठ प्रशासकों के खिलाफ इन्कलाब बोलें? क्रान्ति के नाम पर चिकित्सा क्या किसी भी नेक पेशे में खड़े हो गए जालसाजों को खदेड़ देने के लिए मारकाट मचायें? डा. चोपड़ा से लेकर डा. बरनवाल और डा. आर. पी. शरण जैसों से कहो कि वे हमें सूली चढ़ा दें पापा...क्योंकि वे आजादी का मर्म जानते हैं और हमें इसी बात की सजा दे रहे हैं क्योंकि हमने स्वतंत्रता संग्राम का कोई इतिहास नहीं रचा।

इसलिए ही हमारे पूर्वज आलोक को उसी रास्ते खदेड़ने लगे, जिस रास्ते उन्होंने अपने विदेशी शासक को दुश्मन की तरह खदेड़ा था। विदेशियों के हाथ अपनी प्रतिभा बेचता आलोक...और इस पीढ़ी के हम कायर ऐसे कि क्रान्ति करते तो क्या, क्रान्ति जानते तक नहीं...विद्रोह उठता है मन ही मन और फिर सवाल बन जाता है—अभिजनों स्वजनों के प्रति बगावत?

बगावत का कोई इरादा नहीं था।

इसलिए डा. आर. पी. शरण नेहा की जो तारीफ करते, तारीफ ही होती।

सुपात्र बहू, योग्य डॉक्टर और अद्भुत रिसैप्शनिस्ट स्वागत कक्ष में अपनी कुर्सी पर बैठी मरीजों के ब्यौरे देख रही है।

"मैम, ओ. पी. डी. में आज आपको बैठना है।" सामने खड़ी सफेद फ्रॉक टोपी वाली नर्स बता रही थी।

"डा. शरण आज ओ. पी. डी. नहीं करेंगे?"

"आप और डा. अजय केबिन में बैठेंगे।"

जाँच के दौरान–

पिछले साल का मरीज आज लौटा है। सर्जरी हो तो चुकी है।

मरीज कोई गँवार अनपढ़ नहीं। अपटूडेट बुजुर्ग हैं। भरतपुर से आए हैं। बताते हैं कि रोशनी नहीं आई।

क्यों नहीं आई? डॉ. नेहा 'ऑटोरेप' पर बिठाती हैं और गहन पड़ताल करती हैं।

'अरे! नहीं, नहीं मैं ही कुछ गलत तो नहीं देख रही?'

नर्स की सहायता से 'अप्थल्मिकि चेयर' को बेड की शक्ल में फैला दिया जाता है और डा. नेहा मरीज से कहती हैं, "लेटिए। इस तरह कि मशीन की ओर आपका सिर रहे।"

अब नेहा अपनी खोजी आँख रोगी आँख में डाल देती है। डाले रहती है। मशीन बराबर प्रकाश दे रही है।

"नहीं गलत नहीं। लेंस अपनी जगह नहीं। रेटिना (पिछला पर्दा) पर गिरा हुआ है।"

"सिस्टर कॉल डा. अजय। सिस्टर डा. अजय को बुलाओ।"

डा. अजय के आने पर–

"लुक। अजय यह..." आगे का वाक्य वह मरीज के सामने बोल नहीं सकती।

डा. अजय ने क्या देखा क्या नहीं, मगर वे पत्नी की बात से सहमत थे।

नर्स उन सज्जन को बाहर ले गई। वह दूर बाहर कुर्सी पर बिठा दिया। पानी पीने के लिए दिया जा रहा है। तब वार्तालाप हुआ–

"यह कैसे हो गया?"

डा. अजय कन्धे उचका देते हैं, होठ बिदोर देते हैं, हाथ की उँगलियों में न जानने की भंगिमा है।

नेहा को खीज आ गई। कमाल है अजय। ऑपरेशन पिता ने किया, गड़बड़ किया, बेटा कन्धे उचका रहा है, तब भरोसा किस पर किया जाए हू इज द रेस्पोंसिबिल पर्सन?

"इसे कौन निकालेगा अजय, सोचो।"

"पापा निकालना जानते होंगे।"

"ह्वाट जानते होंगे? जानते हैं या नहीं जानते?"

नेहा अजय से क्या बहस करे? यहाँ कहने-सुनने का मार्जिन नहीं रहता। मरीज को फौरन भर्ती कर लिया गया।

दस दिन गुजर गए।

यह बात तो नहीं थी कि डा. आर. पी. शरण को चिन्ता न हो? वे बाकायदा फिक्रमन्द थे कि लेंस कैसे निकसला जाए और आँख का कोई पार्ट डैमेज न हो।

नेहा अपने ससुर को दरियाफ्त करते हुए भी देख रही थी।

देख रही थी कि उस मरीज को डा. शरण दिन में कई बार उल्टा लिटाते और देखते कि लेंस पुतली पर आ जाता है। लेकिन जैसे ही वह सीधा होता लेंस अपनी जगह लौट जाता। अजय इस क्रिया में पिता की भरसक मदद करते रहे।

नेहा की हँसी छूट गई।

बाप-बेटा अच्छा खेल कर रहे हैं। लेंस ने रैटिना में कुण्डली जमा ली है। ये लोग मुझसे क्यों नहीं पूछ लेते?

"अजय, मैं कुछ मदद करूँ?" उसने अपनी ओर से प्रस्ताव दिया।

"कैसी मदद? लेंस निकाल लोगी?"

"एकदम।"

"इम्पासिबिल असम्भव। पापा कितने अनुभवी हैं, फिर भी रिस्क लेना नहीं चाहते।"

"अरे अनुभवी हैं तो जरूरी है कि लेंस निकालने के ज्ञाता भी हैं।"

"देखो, उनके कामों में मैं दखल देना नहीं चाहता।"

"मदद करना दखल देना है? तुमने तो मैं घर की मुर्गी दाल बराबर समझ ली हूँ। हमारे यहाँ डा. मेहता तक ऐसे मामले में मुझे कॉल करते थे, यू नो?"

"नेहा, कितनी बार बताया जाए कि यह सरकारी नहीं, प्रायवेट सेंटर है। जिस डॉक्टर का सेंटर होता है, फैसला भी उसी का होता है। पापा को मुझ पर तक तो इतना कॉन्फिडेंस नहीं है कि इस रोगी की आँख छूने दें, तुम्हारी क्या चलती है?"

'ओऽ शिट!' नेहा ने मन ही मन गाली दी।

"पापा ने इन्तजाम किया है। दो डॉक्टर्स आएँगे। एक लेंस निकालेगा, दूसरा डालेगा।"

"वेरी फनी! जादूगरी का खेल हो रहा है क्या?"

"यार तुम भी नेहा...यहाँ तो शामत आ रही है, तुम अपनी शान में हो।"

"अजय जैसी तुम्हारे पापा की मर्जी।" नेहा ने हाथ जोड़कर कहा।

वह अब एकदम मौन रहना चाहती थी, मगर आदत से लाचार...डा. आभा का, डा. आलोक का कुछ तो प्रभाव आ ही गया था। उनके पास थी, तब इतना प्रभाव नहीं दिखता था। अब तो खुद उसे भी ऐसा लगता है, कुछ ज्यादा ही आभा जैसी होती जा रही है। नहीं, उतनी कहाँ? उतनी होती तो मरीज की ट्रॉली ओ. टी. में खिसका चुकी होती और अब तक लेंस निकलकर बाहर आ गया होता। दूसरा लेंस फिट हो जाता।

मगर अभी नेहा तो परामर्श पर ही है।

"अजय, अगर आपके पापा अदरवाइज न लें। उनका ईगो अहं ठेस न खाए तो कहूँ कि यह केस डा. नायक को रैफर कर दें। अजय लेंस निकालना सबके बस

की बात नहीं।"

"तुम्हारे बस की बात तो है, तुम कह रही थीं।"

"मैं कह रही थी तो तुम मान कहाँ रहे थे? जिस कहने को कोई माने नहीं, वह 'कहना' भी व्यर्थ होता है।"

अजय अब चुप थे। नेहा की ओर से नजरें फेर लीं। वह भी समझ गई कि उसने इस अस्पताल की महान परम्परा की शान में गुस्ताखी की है।

शुभ लाभ पर लात मारने का हक घर की लक्ष्मी को नहीं।

ऑपरेशन की तैयारियाँ हो गईं।

डॉ. नेहा स्वागत कक्ष की कुर्सी पर बैठी शोभा बढ़ा रही थीं। उनके जिम्मे काम था, लाइट जाए, तुरन्त जैनरेटर चलवाएँ। ओ. टी. से घण्टी आए, तुरन्त हाजिर हों।

कोई घण्टी नहीं आई सर्जरी के पहले नर्स आई।

"डा. नेहा, पेशेंट को ब्लॉक (आँख सुन्न करने की सुई) दीजिए।"

"मैं नहीं आ पाऊँगी, यहाँ भी काम है।"

नर्स के बाद डा. अजय आए और बोले, "पापा सर्जरी के डिस्कसन में लगे हुए हैं। ब्लॉक तो तुम्ही देती हो, अब नहीं दे रहीं, यह बात मैं वहाँ जाकर कहूँ?"

"अजय अपना काम मैं देख रही हूँ। ब्लॉ,क देना मेरा काम बना रखा था। कोई मेरा काम कुछ भी बना दे, तब क्या मैं करती ही जाऊँगी?"

अजय बहुत चिढ़ गए।

कड़ुआ मुँह बनाकर शब्दों को चबाते हुए से कहने लगे, "मैं समझता था, तुम समझ जाओगी, लेकिन तुम तो बुरी से बुरी होती जा रही हो! पापा ही तुम को बेहतर समझते हैं।'

"पापा! तुम्हारे पापा!!

"अजय, तुम पर मुझे गुस्सा नहीं आता। कैसे आए, तुम हो ही इतने भोले! तुम पर तरस आता है अजय, दया। कोई ऐसा होगा कि पिता की अन्ध भक्ति करे और योग्यता का दावा माने? तुम्हारे पिता तो पिता तक नहीं, गुरुजन क्या होंगे? जिसमें इंसानी जज्बात का कतरा तक नहीं, वह पिता का दिल रखता होगा, संदेह है।"

अजय इतने भोले नहीं थे कि क्रोध में तमतमाना भी न जानें! पत्नी की औकात क्या होती है, यह भी न जानें। अजय इतने बुद्धू नहीं। उन्होंने नजरों से ही नेहा को दहला दिया।

...मगर औरत की धृष्टता!

"तुम्हारे पापा की आँखें मोह और अहंकार के हवाले हैं अजय, वे मुझे क्या पहचानेंगे?"

"यूऽऽऊ...ब्लेक मेल!" डा. अजय किचकिचाए।

नेहा आँखें बन्द किए हुए अपने ही भीतर गोता लगाती हुई...क्या वह इतना कुछ कहने के लिए तैयार थी? होठ बगावत पर उतर आए या पानी ही सिर के ऊपर से गुजर गया था। प्रतिभा को मान न मिला, अपमान समझ लिया? जलकर खाक होती रही...

पापा, आर., पी. शरण! —उसने आँखें खोलकर देखा।

"हाँ क्या कह रही थीं बेटी? डा. नायक के लिए केस रैफर कर दें। नेहा, तुम डॉक्टर हो तो इतना भी समझती होगी कि एक कॉम्पिटेंट डॉक्टर को अपने मरीज की कितनी चिन्ता होती है। उसे दर्द होता है, डॉक्टर की नींद गायब हो जाती है, उसे दर्द का जरिया अपनी की हुई सर्जरी में ढूँढ़ने के लिए मजबूर होना पड़ता है, भले ही दर्द किसी दूसरे कारण जैसे ब्रेन-वाइरल से हुआ हो। क्या हमें अपने पेशेंट की चिन्ता नहीं? और फिर यह सोचो कि केस रैफर ही करते जायें तो अस्पताल क्यों खोला था?"

पापा शरण नेहा का सिर सहलाने लगे, "डा. नेहा, तुम्हारी गलती कुछ नहीं। दरअसल बात यह है कि सरकारी नौकरी बजाने वाले डॉक्टर्स निजी नर्सिंग होम्ज और निजी आई सेंटर्स के तौर तरीके कैसे जानें? सरकारी अस्पतालों के मुकाबले जब मरीज यहाँ के साधन-सुविधा देखता है, अफैक्शन (अपनानापन) पाता है तो दो दिन के बजाय चार दिन तो अपने आप ही रहना चाहता है। सालों गुजर गए, तुम अब तक यह बात समझी नहीं!

"असल बात यह है कि तुम्हारी जैसी उम्र में आदमी को आदर्श बहुत लुभाते हैं। वह गठरी बाँधता जाता है। बाद में आदर्शों का यही वजन उसकी गर्दन तोड़ने लगता है। अजय कह रहा था, तुम्हारे कुछ कलीग्स का यही हश्र हुआ है।"

पापा शरण जो कुछ कहना चाहते थे कहते रहे। वह सिर झुकाए सुनती रही, मगर भीतर से आवाज उठ रही थी—मेरा भी हश्र तो वही हुआ है, जो मेरे साथियों का...

डा. आर. पी. शरण चले गए।

डा. अजय उनका अनुसरण करते हुए...

जाते-जाते जो कुछ सुनाई पड़ा, नेहा के कानों में जहरीले कीड़े सा रेंगने लगा, जिसने उसके कान को जगह-जगह लहूलुहान कर डाला—हाउ कैन यू से, शी इज युअर वहइफ? शी एक्ट्स लाइक अ फॉरेन बॉडी! वाइफ मीन्स...(तुम उसे अपनी पत्नी कैसे कह सकते हो? वह तो बाहरी आदमी की तरह काम करती है! पत्नी का मतलब...)

'यस, आय एम फॉरेन बॉडी! वी ऑल आर फॉरेन बॉडी, हू डू नॉट ओवे युअर ब्रिलिऐंट वॉइस ऑफ चीटिंग एण्ड सैल्फिश आयडिआज (हाँ मैं बाहरी आदमी हूँ, जैसे कि मेरे साथी थे, हम सब बाहरी...क्योंकि हम तुम्हारे धोखों और स्वार्थी विचारों को आज्ञा की तरह नहीं मानते) सो यू मेक अस फॉरेन बॉडी (इसीलिए तुम हम को बाहरी बना डालते हो।' हम तुम्हारे बीच रहने लायक नहीं, हमें विदेश भागना पड़ेगा या परलोक का रास्ता...

'डा. शरण तुम अपनी नेक सलाह से बेटे का रास्ता बुहारते रहो।–

'ओ डा. शरण! तुम गर्व करते हो अपने भोले बेटे पर और उसी फ़ख्र से अपने आप को अजय का बाप कहते हो।

'...मगर तुम नहीं जानते कि जानते ही हो जिस तरह तुम एक क्रूर शासक से ज्यादा कुछ नहीं, उसी तरह अजय तुम्हारा आज्ञाकारी पुत्र नहीं, पालतू कुत्ता है! बस। मगर अफसोस...कि तुम फिर भी मान बैठे हो कि तुमने उन पिताओं की दुनिया फतह कर ली जो मेडिकल कॉलिजों, अखिल भारतीय चिकित्सा संस्थानों से लेकर अनेक प्रशासित संस्थाओं और राजनीतिक गलियारों तक जाती है। उन रास्तों पर भी तुम्हारे जैसे अनेक पिता जीत का परचम लहराते हुए मिल जाएँगे। वे अजय की तरह के डिग्रीधारी पुत्रों के जरिए अगली पीढ़ियों तक आलाकमान बने रहने का लायसेंस पा गए हैं और इसीलिए राह के रोड़े प्रतिभावान नौजवानों को ठिकाने लगा रहे हैं।

'कैसी बदगुमानी है!

'शायद गलतफहमी!!

'धोखे में तुम्ही आओगे डा. शरण क्योंकि तुम्हारे जैसों के ये बेटे अपने दिमाग और सूझबूझ के लिए नहीं, शातिर बेवकूफियों के लिए जाने जाएँगे। इस देश का इतिहास तुमने ही रचा है, आगे भी तुम्हीं रचोगे, क्योंकि तुम अपने बेटों के रूप में खुद को छोड़ जाओगे, जो संकीर्ण दृष्टि के मालिक होंगे और गलत समाधानों पर कब्जा कर लेने भर का माद्दा रखते होंगे।

'क्या पता कभी कोई अदना सा आदमी आ जाए?

'क्या पता कभी कोई मामूली सा मरीज चुनौती देने लगे?

'समुद्र की सतह बड़ी गहरी है। भीतर मछलियों के दल कहाँ छिपे हैं, माहिर से माहिर मछुआरा नहीं जान पाता। सुना गया है, अक्सर बड़े-बड़े पोत मगरमच्छों ने नहीं मछलियों के दल ने भ्रमित किए हैं। कोई मरीज आएगा जो तुम्हें औकात दिखा देगा। मुझे उस दिन का इन्तजार है।'

''तुम फिर क्यों आ गयीं सिस्टर? डा. आर. पी. शरण ब्लॉक दे सकते हैं। डा. अजय क्या कम हैं? ब्लॉक देना बड़ा मामूली काम है।''

''मैम आप को...''

"मैं तुम्हारे अस्पताल की गुलाम नहीं और न मैंने खाली ब्लॉक देना ही सीखा है।" डा. नेहा की बगावत होठों पर आ गयी।

वह वसंत की खलबली भरी दोपहर थी। उस दिन का सवेरा भी बड़ा विचित्र था। उस सवेरे के पीछे छूटी रात नेहा ने आँखों में काटी थी। उसे आलोक ने जगाया था, उससे आभा झगड़ती रही थी। पिता ने पत्र में लिखा था–अपने 'पास्ट' के बारे में मत सोचा कर नेहा... । वह कहाँ सोचती है? कोई भूत वर्तमान और भविष्य उसके साथ नहीं। दिन महीने सालों का हिसाब भी पास नहीं, कुछ चित्र कुछ घटनाएँ मन में बचे हुए हैं, जिनसे उसका जीवन धागे की तरह गुँथा है, जिनसे उसका वजूद किसी न किसी कारण चिपका है, बस। पापा कैसे जान पाएँगे कि वे जिस समय को तरह-तरह से बाँट सकते हैं, नेहा के बस का उस तरह का विभाजन नहीं। नेहा के सामने तो फकत एक पर्दा है, जिस पर वह नाटक चल रहा है, जो उसके जीवन से गुजरकर आया है, वही नाटक आगे के सर्ग लेता जाता है, दृश्य बनाए जा रहा है।

उसी के एक दृश्य में...

शरण आई सेंटर में यकायक भगदड़ पड़ गई। नर्सें, टेक्नीशियन्स, ऑडरली, स्वीपर और चौकीदार...हड़बड़ाए हुए अनसमझ से धमधम करते इधर से उधर...

नर्सें काले नहीं सफेद पंख फैलाए दिन की चमगादड़ सी कमरों में फेरियाँ देने लगीं।

आक्सीजन!

इधर सेंटर का गेट बन्द किया जा रहा था। मरीजों की एंट्री बन्द।

"डा. नेहा!" उसे तलब किया गया। तूफान की आमद हुई हो जैसे, डा. अजय बाहर आए। कमाल है, ओ. टी. के कपड़े बदलकर? किसी को भेज दिया होता, इमरजेंसी में क्या वह जाती नहीं? मुश्किल में डॉक्टर रोगी के पास न जाए तो लानत है उसकी सनद पर।

नेहा स्क्रब रूम में...गाउन उल्टा है कि सीधा, देखना तक भूल गई। किसी तरह बाँहों में वह कपड़ा फँसा लिया, उसके रिबन बिना गाँठ के ही अटका लिए।

भीतर पहुँची।

मरीज के पास नर्स थी, ऐनस्थैटिस्ट भी था। डा. आर. पी. शरण मुख्य सर्जन के रूप में उपस्थित थे।

मगर दृश्य कुछ ऐसे बनता था–सर्जरी का इंस्ट्रूमेंट थामे बेआवाज डॉक्टर। ऐनस्थैटिस्ट की आँखों में दहशत के डोरे। मास्क में ढके डा. शरण के माथे से चुचाती पसीने की बूँदें...अजय का चेहरा अपने पिता का चेहरा था, जिस पर प्रार्थना लिखी

थी—मरीज के सम्बन्धियों को घटना की भनक भी न लगे। ऐसे वैसे लोग नहीं वे...

ऑपरेशन के समय मरीज की सर्जरी होने वाली आँख सुन्न होती है, दूसरी कपड़े से ढकी हुई। वह देख नहीं सकता कि डॉक्टर की भाव मुद्रा क्या है? मगर उसका अस्तव्यस्त होते रहना, डॉक्टर को डिस्टर्ब करना, उसकी चेतना की निशानी होती है। उल्टी बात यह भी कि बूढ़े मरीज जवान मरीजों की तरह अपने आपको ढीला नहीं छोड़ते। शायद असुरक्षा की भावना आड़े आ जाती है। उम्र हो जाए, मौत आने का समय लगता है।

यह मरीज शान्ति का वाहक लगता है!—नेहा सोचती है।

डा. शरण उसे हिला रहे हैं, वह फिर भी अस्तव्यस्त नहीं होता।

"सिस्टर, डा. नायक को फोन लगाओ" अजय फुसफुसाते हैं। नेहा अजय को देखने के बाद डा. आर. पी. शरण की ओर देखती है जैसे पूछ रही हो—मेरे लिए क्या काम बचा है?

कोई कुछ नहीं कहता। ओ. टी. में गजब का सन्नाटा है।

मरीज ऐसा सकून का दीवाना कि सब लोगों के हाथ-पाँव अजगर की तरह निश्चेष्ट कर डाले! अजय फिर स्तब्ध हुए। अजय को अब तक जिन रूपों में देखा है, आज वे उनसे एकदम अलग रूप में हैं। घबराए हुए अवश तो रहते थे, आज पिता के सामने बौखलाए और विवश...

डा. शरण ने आँख के ऊपर से कपड़ा उठा दिया।

सुन्दर मछली सी आँख में हरकत नहीं। ब्लॉक का असर है यह तो। इसमें घबराना क्यों? नेहा की पुतलियाँ हिलती हैं। उत्सुकता और चिन्ता...मगर खतरा कहाँ है?

साँस!

पापा शरण रोगी का सीना मलने का इशारा दे रहे हैं।

नेहा के मुँह से यकायक निकलता है—"डा. नायक क्यों, कोई कार्डियोलॉजिस्ट बुलाओ।"

"मुझे नम्बर याद नहीं, अजय तुम देखो।"

नेहा की चेतना लौटी, लपककर मरीज की नाक बन्द कर ली। उसका मुँह खुल गया।

मुँह पर कपड़ा ढककर अजय उसे अपने मुँह से अपनी साँस देने लगे। और देर तक उस पर झुके साँस देते ही रहे। नेहा को अजय की कुशलता पर खुशी हो रही है। युवा डॉक्टर की ताकतवर अप्रोच।

"कार्डियक अरेस्ट!" नेहा के मुँह से निकला। और फिर कहा, "डोंट वरी, ट्राय।"

डा. शरण ने होठों की ओर अपनी उँगली बढ़ाकर चुप रहने का संकेत दिया।

नेहा ने गौर किया पापा शरण का चेहरा निचुड़ा सा सफेद...गला भी शायद सूख रहा है, थूक बार-बार सटक रहे हैं, गर्दन के आगे के भाग की हरकत बता रही है। तभी वे ना मालूम सा बोलते हैं, नहीं तो इशारे करते हैं। रौब भरा चेहरा एकदम मुरझा आया, लटका सा...चमकती हुई आँखों के ज्योतिलोक में अँधियारा घिरने लगा!

उनको पहचानना भी मुश्किल, तीर लगे शेर से ओ.टी. में इधर-उधर आ-जा रहे हैं। क्या खोज रहे हैं डा. शरण? मरीज को बचाने का कोई अलौकिक उपकरण? या जीवन के देवता का आह्वान कर रहे हैं, क्योंकि उनकी ओ. टी. के दरवाजे पर यम आ खड़ा हुआ है।

पसीने-पसीने हुए डा. आर. पी. शरण निश्चित ही यम से आँख बचाकर उस गोपनीय द्वार से भाग जाना चाहते हैं, जिसमें होकर अक्सर घोस्ट डॉक्टर (दूसरों के नाम पर काम करने वाले डॉक्टर) आया करते हैं।—नेहा को आशंकाएँ सूझती हैं। और वह मरीज के तलवे मलने का इशारा अजय को देती है।

"पापा, पेशेंट के तलबे मलिए" अजय पिता से कहते हैं। आवाज में कैसी हड़बड़ी है!

नेहा का कलेजा भी टूट आया। बूढ़े होते डा. आर. पी. शरण की लटकती मुद्रा, शेर की उतरती अवस्था वाली सूरत...बुढ़ापे ने सालों महीनों और दिनों में नहीं, क्षणों में झपट्टा मारा, डा. शरण के कन्धे झुक गए उनके घुटनें साथ नहीं दे रहे।

वे बच्चे की तरह बेटा-बहू का आदेश मानकर मरीज के तलवे मलने लगे।

अचानक हकरत हुई। रोगी की टाँग अपने आप सरकी!

ओ. टी. में जीवन आ गया। नर्स ऐनस्थैटिस्ट अजय और नेहा के साथ डा. आर. पी. शरण के चेहरे पर रोशनी का अभ्युदय हुआ। उनकी बुझी हुई आँखों में हर्ष की संतोष की आग सी लहक उठी। फुलझड़ी में से छूटते आग के छींटे...

लकड़ी में जान पड़ जाय तो? असम्भव!

वह खिलौने की जैसी टाँग, सामने डा. शरण की छाती से टकराकर नीचे की ओर झूल गई। यही उसकी आखिरी कोशिश थी।

अजय के हाथ थम गए। नेहा की नजर झुक गई।

ओ. टी. से विदा लेने वाले प्रो. विकास चन्द्र नाम के आदरणीय रोगी को इस क्रू का सलाम! सलाम करने वालों के दिल डूबने लगे। लगा कि शरण आई सेंटर के इर्द-गिर्द दर्द का सागर फुफकारा है। क्रुद्ध लहरें पछड़ रही हैं। इस मुर्दाघर से निकलकर कहाँ जाए कोई?

यही मौरच्युरी है!

और यहाँ खड़े लोग उसके कर्मचारी। मरीज खत्म हो गया, सेंटर कगार पर है।

नेहा अजय की दुखित नजरों में अपनी संवेदना मिला देती है। अजय उसकी

निगाहों का अर्थ समझे भी या नहीं?—ऐसे ही मरीजों ने तो इस सेंटर को सोने की ईंटों से बनवाया था। ये ही तो थे डा. शरण के हम सफर बनकर चलने वाले चिर साथी...क्या आदमी को उसका हम सफर भी तबाह कर सकता है? बहुत प्यार करने वाले ऐसे ही हमलों पर उतारू हो जाते हैं! मनुष्य की प्रकृति कैसी विचित्र है! इसमें किसी का क्या दोष?

डा. शरण कहाँ चले गए?

अरे!

डा. नेहा चारों ओर देखती हैं। देखने के दौरान अजय दिखते हैं द्वार की ओर से आते हुए।

नेहा समझ गई इस समय डा. शरण ने यहाँ रुकना उचित नहीं समझा। छोटे डॉक्टर्स की जिम्मेदारी बड़ी नहीं होती। सेंटर का मालिक बचा रहेगा तो सेंटर जीवित रहेगा। उसकी जिन्दगी को मालिक के वजूद की जरूरत है, डॉक्टर की योग्यता तो पैदा कर ली जाएगी। रुपया पास में हो तो इस संसार में क्या नहीं मिलता?

चोरद्वार शाहों के सदा काम आया है, अब भी आया।

डा. आर. पी. शरण ने बहुत सारे डॉक्टर्स को 'घोस्ट' बनाया है, अदृश्य अनाम...आज खुद को उसी अवस्था में आना पड़ा तो कौन सा पहाड़ टूट पड़ा? हाँ, वैधानिक कार्यवाहियों के हमले की कल्पनाएँ उन्हें मुर्दनी में उतार ले गईं।

नेहा! क्या-क्या ख्याल आ रहे हैं—महाशक्ति के प्रतीक डा. आर. पी. शरण को कोई देखे तो देखता रह जाए। जमीं खा गई आसमाँ कैसे कैसे...आलोक गाया करते थे।

नेहा उस भयंकर दिन को याद करने से भी डरती है। अवसन्न मूर्ति सी...बस देह में उगते काँटों का आभास पाती है।

लौट-लौटकर आता है पिछला जीवन, कोई कितना ही आँख चुराए, कितना ही पीठ दिखाए, अच्छा-बुरा इतिहास छुटाए नहीं छूटता और जो उसे पार कर जाते हैं वे ही नया सवेरा लाते हैं, नई सिद्धियाँ गढ़ते हैं। उलझी हुई नेहा छटपटाती है।

'क्या मेरा महज भ्रम नहीं था कि शरण आई सेंटर से मेरा कोई वास्ता नहीं?'

वास्ता नहीं था तो चिन्ता ने संदेहों ने आशंकाओं ने गर्दन से जोंकों लीचों की तरह चिपककर क्यों पूछा—अब इस सेंटर का क्या होगा? क्या बचेगा, क्या खत्म हो जाएगा? तुम्हारे पास हौसला नहीं, उपाय भी नहीं, मगर योग्यता और ईमानदारी तो है। गुनाह को कबूल करने की साफगोई तो है, सबसे बड़े उपकरण यही हैं।

भीतर उलझे-पुलझे विचारों का जंगल पैदा हो गया।

जंगल की जद पर अजय आ खड़े हुए।

"प्लीज नेहा, हेल्प मी (नेहा मेरी मदद करो)" कहते हुए उनका ऊपर का होठ मूँछों सहित सूखे पत्ते-सा थरथरा रहा था।

पिता के जाते ही अनाथ हुआ सा बेटा...

"क्या अजय? ह्वाट हेल्प?" नेहा इशारे से पूछती है कि उनकी कातरता में उतर जाती है?

"मुझे कुछ सूझ नहीं रहा नेहा!"

सामने लाश हो तो किसी डॉक्टर को क्या सूझे। बहुत कुछ सूझ जाता है, जब यह लाश मैडीसन वार्ड में होती है। जनरल सर्जरी की टेबिल पर होती है। कार्डिओ और कार्डिअथ्रैसिक विभागों में होती है। गाइनी और ई. एन. टी. तक झेल जाते हैं लाशों को।

मगर आँख?

आँख के ऑपरेशन के दौरान हुई मौत किसी के गले उतरना बहुत मुश्किल है। सच में ही अजय के साथ नेहा को भी कुछ नहीं सूझ रहा, सिवा माफी माँगने के। मगर माफी माँगी जाती है असावधानियों की, किसी की हत्या की माफी क्या होती है?

नेहा गहरे-गहरे साँस भरती है, एक खोखली सी हँसी होठों को घेर लेती है, जो नेहा और अजय का मखौल उड़ाती है कि डा. आर. पी. शरण चिकित्सकी वानप्रस्थ की दाद देती है।...

"अजय, पापा ने हमें जिम्मेदारी सौंपी तो, मगर ऐसे नाजुक वक्त पर!"

"प्लीज नेहा मैनेज (कृपया नेहा, सँभालो इसे)!"

अभी परम्परा बदली नहीं, बदलेगी भी या नहीं। पिता का संकट बेटे पर और बेटे का संकट पत्नी पर...रास्ता यही है, राह सार्वजनिक रूप से यहीं होकर जाती है। नेहा सोचती है—

...लेकिन मेरी साँसें तो उड़ी जा रही हैं। तुम्हारे कितने काम आ सकूँगी?

"नेहा, डिक्लेयर द डैथ (नेहा, मृत्यु घोषित करो)।"

अजय नहीं, यमराज आदेश दे रहे हैं। क्या वह यमी है?

"अजय!" उसने यातना भरी आँखों से छटपटाहट के साथ देखा। मर्माहत नेहा मर जाए?

"नेहा, टेक एडवांटेज ऑफ युअर वुमेन हुड।"

नेहा के निःश्वास आँधी की गति पर आ गए। तुम एक स्त्री को ब्याहकर इसीलिए लाए थे अजय कि वह स्त्री बनकर तुम्हें खुश करे और स्त्रीपन का लाभ उठाकर तुम्हारे खतरे दूर करे। खुद पेशेंट के सम्बन्धियों की मार खाए, गालियाँ खाए! कहाँ गया तुम्हारा पौरुष? कहाँ गया। वह पुरुषार्थ जो डा. आलोक का नाम लेते ही भवों को कमान बना देता था। नाक तीर हो जाती थी, और होठ की दशा जहरीली...

"मैं!"

“यस, हरिअप (हाँ, जल्दी करो)” अजय का युवा खून पगलाए पानी सा ठाठें मारने लगा।

नेहा नहीं उठी।

अजय देखते रहे। स्थिति बड़ी दारुण हो चली। और नेहा को इसी समय एक सवाल पूछना जरूरी लगा। क्या जरूरत थी उसकी?

“ब्लॉक किसने दिया था अजय?”

“क्यों ब्लॉक (सुन्न करने का जायलोकिन इंजैक्शन) से क्या मौत आ गई?”

नेहा ने अजय का वाक्य सुना कि न सुना, क्योंकि वह यह नहीं सुनना चाहती थी कि अजय कहें, ब्लॉक उन्होंने दिया। डर रही थी इस वाक्य से। सवाल पूछकर पछता रही थी। जवाब पाकर क्या मरीज की साँसें लौट आएँगी?

“नेहा क्या पूछ रही थीं? ब्लॉक, ब्लॉक तो मैंने दिया था।” अजय ऐसे बोल गए, जैसे कह रहे हों आँख की पलकों के बाल उन्होंने काटे थे।

नेहा के भीतर डा. चक्रवर्ती गूँज उठे—“सिम्पल जायलोकिन रिएक्शन...”

नेहा ने अजय के सामने धीरे-से दोहरा दिया, “सिम्पल जायलो किन रिएक्शन...”

पहले तो अजय की आँखें फैलीं, फिर नाक ने साँसें भरीं, अन्त में सिर झुकाकर खड़े हो गए जैसे कन्धे डाल दिए हों। धीरे-धीरे जो बदलाव आ रहा था, वह ब्लॉक देने की स्वीकृति नहीं? कत्ल के गिल्ट का भाव होता गया, अपराधबोध से घिरे डा. अजय मौत से घिरे मरीज जैसी असहाय अवस्था में थे।

पति-पत्नी आमने-सामने।

एक मुजरिम, दूसरा सोगवार...।—यही है हमारी स्थिति। यही है हमारी नियति...हम दूसरों के हाथ ऐसे ही मारे जाएँगे। इस आई सेंटर की जड़ में दीमक का प्रवेश बहुत पहले हो गया, जब हम न थे। अब हम कैसे बचाएँ? एक पिता ऐसा महत्वाकांक्षी, ऐसा संकीर्ण हृदय और ऐसा संस्कार ग्रस्त हो सकता है कि बेटे को अपने रूप में ढालने के लिए महानाश की कीमत पर तैयार हो जाए? अभ्यास कराने का ऐसा खतरनाक संकल्प कोई डॉक्टर कैसे कर सकता है? नहीं तो खुद ही ब्लॉक क्यों नहीं दिया? क्या जानते नहीं थे कि जायलोकिन असावधानी वश किसी बड़ी वैसिल में चली जाए तो भीतर ताण्डव मचा डालती है। कमाल है कि ऐनस्थैरिस्ट भी नहीं सँभाल पाया!

“अजय, ऐनस्थैटिस्ट भी नहीं सँभाल पाया? फिर हमने वह क्यों रखा था?”

“उस साले के पास अपना सिलेण्डर ही नहीं था। पापा से कह रहा था—आप मँगा लीजिए। मेरे पास इतने पैसे नहीं हैं कि...और हमें आप लोग देते ही क्या हैं? स्थिति डाँवाडोल सी रही। पापा ने कहा—आगे मँगा लेंगे। अब तो समय नहीं रहा।”

नेहा जानबूझ कर डा. शरण के पैसा-प्रेम को पकड़ती है—हाँ, तीन हजार तभी के तभी कौन खर्च करता? वह भी सिर्फ एक मरीज के लिए! चार-छः ऑपरेशन होते तो कॉस्ट एफैक्टिव कीमत के मुताबिक पड़ता। सोने की ईंटों से बने इस हॉस्पिटल का अमीर मालिक थोड़ा-सा भी खर्च करके गरीब हो जाने का खतरा महसूस करता था?

'यह समय बातें सोचने का है?' अंजय ने निगाहों से कहा।

नेहा को कोई ध्यान नहीं...क्योंकि अब खुद की बारी है।

और मैं...इन बिना मुकुट के देवताओं के आगे मुँह खोलने की कसम खा चुकी थी, क्योंकि कुछ कहना गुस्ताखी करने जैसा माना जाता। अजय ने भी पति होने के नाते न अपनी ताकत मेरे साथ बाँटी, न कमजोरी मेरे सामने जाहिर की।

पति के रास्ते में पुरुष का अहं आड़े आता रहा, जिसे वे विरासत में ढो रहे हैं। अजय, मेरे मना करने पर तनिक सी ठेस लगी होगी, तुमने इतनी बड़ी चोट खाना मंजूर कर लिया! मैं जानती हूँ कि पिता ने बेटे को अपने बाद के लिए ही हर तरह से पुख्ता किया है, और बेटा पिता का आज्ञा रूपी ऋण उतारने के लिए सेंटर बचाने का भरसक प्रयत्न कर रहा है। कैसा अच्छा तालमेल है—राजा दशरथ और रामचन्द्र जी के जैसा, सतयुगी।

"नेहा, मैनेज फॉर द सेंटरर्स शेक।" (नेहा सेंटर के लिए इस संकट से उबारो)

नेहा ने पति की ओर असहाय अवस्था में देखा। एक क्षण बाद आँखों में उम्मीद जग गई! कैसी दुविधा है! कैसा द्वन्द्व! उबारूँगी अजय या नहीं उबारूँगी...उबर पाएँगे हम या नहीं उबर पाएँगे, यह तो बाद की बात है।

बस एक बात कहना चाहती हूँ—तुम जानते हो कि मैं एक स्त्री हूँ। यह भी मालूम है कि देश की राजधानी के एक बड़े अस्पताल में काम कर चुकी हूँ। मैंने चिकित्सा के अनमोल सूत्र सीखे हैं, यह तुम लोगों ने नहीं समझा...मगर यह मान लिया कि मैंने मरीज की मृत्यु की घोषणा में महारत हासिल किया है, वरन् इस समय मुझसे ऐसी अनुचित माँग न करते।

मैं नहीं समझ पा रही कि मैं कैसे कहूँ—इस भव्य इमारत में चल रहे नेत्र चिकित्सालय के नौजवान डा. अंजय शरण को ब्लॉक तक देना नहीं आया, जो सर्जरी का पहला स्टैप है। इस अस्पताल के उसी वारिस से भूल हुई और मौत हो गई। मैं डा. नेहा शरण उसकी अनफोर्च्युनेट (अभागिन) पत्नी अपने पति के लिए क्षमा मागती हूँ और मृतक की आत्मा के लिए शान्ति की कामना करती हूँ।

हाँ!

मुझे ऐसा ही करना होगा क्योंकि अजय इस भीषण काण्ड के लिए तुम अकेले ही तो दोषी नहीं। मैं भी तो भागीदार हूँ, इस मृत्युकाण्ड में...कोई परोक्ष, कोई अपरोक्ष...जन्म-मरण में कितनों-कितनों का हाथ रहता है, यह तो तब पता चलता

है, जब हम जन्म-मरण की विभीषिका से गुजर जाते हैं।

यह घटना मुझे छः साल पीछे खींच ले जाती है। कैसा बदलाव आया था मेरी जिन्दगी में, जैसे धरती और आकाश की जगह बदल जाए! झोंपड़ी महल में परिवर्तित हो गई। नेहा भटनागर उस महल की रानी हुई, जिसको डा. आर. पी. शरण ने अपनी पूँजी लगाकर बनाया था, पूँजी यथाशक्ति और साधनों से कमाई थी।

क्या कभी सोचा कि डा. शरण नेहा नाम की लड़की को अपने महल में क्यों लाए?

अपने बेटे की कमजोरियाँ कौन-सा पिता बताता है?

अपने जैसे स्तर के आदमी की तालीमयाफ्ता लड़की लाकर कोई पिता अपने पुत्र को निचले पायदान पर आ जाने का खतरा नहीं लेना चाहता।

अमीर बाप की बेटी न सही नेहा, प्रतिभा और योग्यता में दरिद्र नहीं थी। उसके पास भी अमीरों जैसा बहुत कुछ था—अति प्रतिष्ठित कॉलेज से डॉक्टर बन जाने का शिष्ट अहंकार। मैडल और पदकों की पूँजी, साथ ही वह दल जो किसी की दासता स्वीकार नहीं करता।

हम पति-पत्नी बने मगर साथी सहचर की तरह नहीं रहे। एक-दूसरे की कमियों को पाटना था, उघाड़ते गए। साधना अधूरी रह गई अजय...याकि जहरीली लुगदी सी वह कुढ़न आत्मा से लिपट गई, जो तुम्हारे पापा से उपेक्षा, अवमानना के रूप में समय-समय पर मिलती थी।

अनुराग और अन्तःसम्बन्धों के हरेभरे दृश्यों को अनदेखी अमरबेल चबाती रही...

मन में हाहाकार उठता है तो मैं अपने ऊपर ही अवसन्न...चेतना दीए की लौ सी काँपती है...सच में ही क्या मेरा और अजय का आपसी बन्धन इतना ढीला-ढाला या कमजोर था? कि वह बन्धन ही बाधा बनता रहा। बार-बार सँभालने के लिए झुकती, हर बार रेशा-रेशा टूटने लगता। सँभालते-सँभालते थक गई कि तनकर खड़ी हो गई?

पता नहीं!

हाँ इसमें शक नहीं कि डा. आर. पी. शरण को मेरे तौर तरीके जँचे नहीं। मैं उन्हें चिकित्सा का असली मर्म समझा नहीं पाई। 'मेरे सच' को वे अपना विरोध समझते रहे।

ऐसा क्यों हुआ? यही सवाल मुझे परेशान करता है। इन्हीं सवालों को पार करती हुई एक आवाज...

आभा दी का फोन!

तीन दिन से इस संताप में डूबी हुई हूँ कि उनका फोन आया। कितनी भूली-बिसरी यादों ने मुझे ही नहीं, सारे सेंटर को घेर लिया। वे कल्पनाएँ भी चली

आईं, जिन से गुजरकर आभा दी यहाँ आईं और आँखों के सामने ओ. टी. में जाकर फेको का डिमॉस्ट्रेशन देने लगीं।

नजर भी कमाल की चीज है। क्षण में यहाँ तो क्षण में वहाँ...आभा दी का दूसरों के कुकृत्यों पर दुखी होने का दृश्य सजीव हो उठा और फिर खुद को ही ललकारना...

'अँधेरों में से धीरे से मत निकलो, अँधेरों के खिलाफ गुस्सेवर आवाज उठाओ।'

दस

डा. नेहा शरण!

स्वागत कक्ष में नहीं, अपने केबिन में हैं। आप्थल्मिक चेयर के सामने स्टूल पर बैठी हुई। अकेली।

शीशे के शीर्ष वाली बड़ी-सी मेज और उसके पीछे रिवॉल्विंग चेयर उनके दायें हाथ की ओर है, जिस पर बड़ी-सी आँख का मॉडल रखा है। टॉर्च और आप्थल्मिक स्कोप के साथ कुछ फाइल, कुछ मरीजों के कार्ड्स! प्लास्टिक की हरी चिक सामने खिड़की पर है।

डा. नेहा शरण स्वस्थ और हँसमुख व्यक्तित्व की स्वामिनी...स्टूल पर बैठी कब से बुदबुदा रही हैं—जिन्होंने मुझे यह कला सिखाई है, मैं उन्हें अपने माता-पिता के समान समझूँगी। उनके साथ रहूँगी। आवश्यकता हुई तो अपनी चीजें उनके साथ बाँटूँगी। यह कला रोगियों के भले के लिए...यह कला रोगियों के भले के लिए...यह कला रो...

नर्स कब से देख रही थी।

धीरे-धीरे सिस्टर की आँखें फटने लगीं।

डा. नेहा का स्वर ऊँचा होता जाता और नर्स की आँखें विस्फरित।

स्वर और ऊँचा—यह कला रोगियों के भले...

असहनीय स्थिति में आशंकाओं की मारी नर्स डा. अजय की ओर भागी। पास पहुँचकर घबराहट से हकलाने लगी। जैसे तैसे बोल पाई, "सर, डा. नेहा को कुछ हो गया, डा. नेहा...शी इज सिक।"

□□□